When Strangers Marry
by Lisa Kleypas

偽《いつわ》れない愛

リサ・クレイパス
平林 祥[訳]

ライムブックス

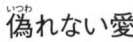

偽《いつわ》れない愛

主要登場人物

リゼット・ケルサン……………………クレオールの名家の娘
マクシミリアン（マックス）・ヴァルラン……名門ヴァルラン家の長男
ジャスティン……………………………マックスの息子、フィリップの双子の兄
フィリップ………………………………マックスの息子、ジャスティンの双子の弟
イレーネ…………………………………マックスの母親
ベルナール………………………………ヴァルラン家の次男
アレクサンドル（アレックス）…………ヴァルラン家の三男
コリーヌ…………………………………マックスの亡き妻
エティエンヌ・サジェス………………リゼットの婚約者
ガスパール・メダール…………………リゼットの継父
ウィリアム・クレイボーン……………オーリンズ準州の知事
アーロン・バー…………………………合衆国前副大統領

物語の背景について

アメリカは、一四九二年のコロンブスの米国到着を経て、英、仏、スペインをはじめとする欧州諸国による植民地時代が長くつづきました。東部が独立を果たしたのが一七七六年七月四日。ミシシッピ川以東の地域が一七八三年に英国からアメリカに譲渡され、この後、ミシシッピ以西のルイジアナ・テリトリーが、一八〇一年に名目上の統治国であるスペインからフランスに譲り渡されました。そしてアメリカがついにこの領土をフランスから購入したのが一八〇三年。本作の二年前の出来事です。

ルイジアナ・テリトリーというのはミシシッピ川以西から現在のモンタナ、ワイオミング、コロラド州までの合計一五州を含む広大な地域で、本作の舞台であるニューオーリンズを擁するオーリンズは「準州」として独自の議会を持ち、運営されていました。オーリンズ準州は現在のルイジアナ州。上ルイジアナ準州と呼ばれていたのが、現在のミズーリ州です。

合衆国によるルイジアナ購入からわずか二年後という設定のため、フランス領だったニューオーリンズでは、依然としてフランス系移民の子孫であるクレオール人が実権を握っています。

そんななか、一八〇四年にオーリンズ準州の初代アメリカ人知事に就任したウィリアム・クレイボーンは、合衆国による準州の統治と、「州」としての合衆国編入を目指しています。クレイボーン知事の大望を破り、ルイジアナの掌握をもくろんでいるのが、合衆国前副大統領であるアーロン・バー。そして上ルイジアナ準州のウィルキンソン知事が、表向きはクレイボーン知事を支持しつつバーと共謀、ルイジアナの奪還を企むスペインにも内通している可能性が……という複雑な事情があります。

プロローグ

一八〇五年　ミシシッピ州ナチェズ

こぶしが肉をたたく音が部屋に響きわたった。リゼットは両腕で頭をかばって丸くなり、ひりひりする喉から押し殺した叫びを絞りだした。彼女が起こした謀反は鎮圧され、残されたのは継父の攻撃をしのぐ気力だけ。

ガスパール・メダールは背は低いががっしりした男で、知性に欠ける部分はばか力でおおむね補っている。リゼットがそれ以上抵抗を示す可能性はないと納得したのだろう、彼は腹立たしげにぶつくさ言いながら身を起こすと、こぶしについた血をベストでぬぐった。

攻撃が終わったのだと気づくまでには、丸々一分かかった。リゼットは頭をかばっていた腕を用心深く下ろし、顔を横に向けた。ガスパールが相変わらずこぶしを握りしめたまま、こちらを見下ろしていた。彼女はごくりとつばを飲みこみ、血の味を覚えながら、体を引き上げて座る姿勢をとった。

「おれに楯突くとどうなるか、思い知っただろう」ガスパールがつぶやいた。「今後は、おまえが生意気な目つきで見るたびにこうしてやるからな」と言って、リゼットの顔の前でこぶしを振り上げる。「わかったか？」

「ウイ」リゼットは目を閉じた。行って……。無我夢中でそう思った。早く向こうに行ってよ……。この男を立ち去らせるためならなんだって言うし、どんなことでもするから。

ガスパールが蔑むように鼻を鳴らし、部屋を出ていくのがぼんやりとわかった。頭がくらくらしたが、ベッドまで這っていき、やっとの思いで立ち上がる。痛む顎におそるおそるさわってみると、口いっぱいに塩辛い味が広がり、リゼットは低くうめいた。そのとき、扉がきしむ音が聞こえた。継父が戻ってきたのでは？　警戒し、戸口に目を向ける。現れたのはおばのデルフィーヌだった。ガスパールが激しい怒りをぶちまけているあいだ、別の部屋で縮み上がっていたのだろう。

人はみな、デルフィーヌを「おばさん《タント》」と呼ぶ。その呼び名には、若いころに夫を見つけられなかった不幸なオールドミスという意味合いが込められている。しかたなく面倒を見てくれる親類たちの、あてにならないお情けにすがって暮らしている女性という意味も。リゼットの殴られた顔をじっと見つめていたおばは、心配とひどいいらだちとで、まるまる太った顔にしわを寄せた。

「当然の罰を受けただけだと言いたいんでしょう」リゼットはかすれ声で言った。「否定してもだめよ。けっきょく、ガスパールは家長……この家で唯一の男性。だからあの人の決めたことはつべこべ言わず受け入れなくちゃいけない。そうなんでしょう？」

「それくらいですんで運がよかったのよ」おばは哀れみのこもった、それでいて独善的な声音で応じた。「あそこまで我慢するなんて」リゼットに近づき、腕をつかむ。「傷の手当てを――」

「さわらないで」リゼットはつぶやき、おばの肉づきのいい手を振り払った。「いまさらあなたの助けなんかいらない。助けがほしかったのは一〇分前、ガスパールがわたしを殴っていたときだわ」

「自分の運命を受け入れなくちゃ。憎まれ口をきいてはだめよ」おばは言った。「エティエンヌ・サジェスの妻になるのは、あなたが考えているほどひどいことではないかもしれないわ」

リゼットは歯を食いしばって息を吐きだし、やっとの思いでベッドによじのぼった。「心にもないことを言わないで。サジェスはいやらしい、身勝手なけだものよ。まともな感覚の持ち主なら誰だってそう思うわ」

「神《ル・ボン・デュー》様があなたのために決めてくださったのよ。そういう男性の妻になることが神のご意志なら……」おばは肩をすくめた。

「決めたのは神じゃない」リゼットは誰もいない戸口をにらみつけた。「ガスパールよ」この二年間で、ガスパールはリゼットの父が遺してくれた財産をすべて使い果たしていた。財布の中身を満たし、つけ払いを再開するために、リゼットの姉ジャクリーヌと年が三倍もちがう金持ちの老人との縁談までまとめた。今度はリゼットが、「一番高く買ってくれる男」

に売られる番だった。ジャクリーヌの相手よりもひどい夫はとうてい見つけられないだろうと思っていたのに、どうやらガスパールはそれをやってのけたらしい。

リゼットの夫となるはずの男はニューオーリンズの農場主で、エティエンヌ・サジェスといった。一度だけ顔を合わせたときサジェスは、リゼットが最も恐れていたことが事実だと証明してみせた。無作法な態度でいばり散らしたあげく、こともあろうに、酔っぱらって彼女のドレスの前をまさぐり、胸をさわろうとしたのだ。その様子を愉快げに眺めていたガスパールは、あの不愉快なけだもののことを、男らしくていいじゃないかと褒めさえした。

「リゼット？」と呼びかけながらかたわらでぐずぐずしているおばに、むしょうに腹が立った。「水を持ってきてあげるから、さっぱりしなさい――」

「よしてよ」リゼットは顔をそむけた。「どうしてもなにかしたいなら、お姉様を呼んできて」姉のことを思ったとたん、慰めてほしい気持ちでいっぱいになった。

「だけど、ジャクリーヌのだんなさんがだめと言うかも――」

「お姉様に伝えて」リゼットは譲らず、紋織の上掛けに頭をもたせた。「わたしが呼んでるって」

おばが部屋を出ていくと、不自然な静けさが訪れた。リゼットは目を閉じ、腫れ上がって割れた唇を舐めながら計画を練ろうとした。ガスパールに殴られたおかげで、この悪夢の出口を絶対に探しだしてみせるという思いがかえって強くなっていた。

ひどい痛みにもかかわらず、リゼットは午後の日がかげり、部屋が夕闇につつまれるまでうたた寝をしてしまった。目が覚めると、ベッドの脇に姉がいた。

「お姉様」リゼットは小声で呼び、唇をゆがめて苦々しげに笑った。

以前の姉なら、リゼットの苦痛を思って涙し、抱きしめて慰めてくれただろう。しかし、かつての姉は姿を消し、不自然なほど落ち着いた、冷たい女性に取って代わられていた。ふたり姉妹の姉は、幼いころから妹よりも美しかった。リゼットの赤毛は縮れているのに、ジャクリーヌの赤毛はなめらかでつやがある。リゼットの顔は琥珀色のそばかすだらけだが、ジャクリーヌの肌は白く、染みひとつない。けれどもリゼットは、姉をねたましく思ったことは一度もなかった。姉がリゼットに、母親のような愛情を絶えず示してくれたからだ。むしろ、ふたりの母であるジャンヌよりも母親らしく、愛情深いほどだった。

姉は笑顔を見せ、香水の匂いがするほっそりとした手を上掛けに置いた。髪をおしゃれに結い上げ、顔には入念におしろいをはたいている。だがどんなに手を加えようと、結婚してからひどく老けてしまった事実は隠せそうにない。

「お姉様……」リゼットはかすれ声で呼んだ。

姉の顔はこわばっていたが、狼狽の色はない。「どうしてここまでしなくちゃならなかったの。いずれあなたの振る舞いがガスパールの逆鱗《げきりん》に触れるのではないかと、わたしはずっと恐れていたのよ。彼には逆らうなと言ったのに」

リゼットは必死に訴えた。「だって、わたしをニューオーリンズの農場主と結婚させようとしているのよ……わたしが軽蔑する相手と」

「ええ、エティエンヌ・サジェスとでしょ」姉はすげなく応じた。「サジェスがこっちにやってくる前から知っていたわ」

「知っていた？」リゼットは当惑して顔をしかめた。「だったら、ガスパールがなにを企んでいるか教えてくれればよかったのに」

「わたしが聞いたかぎりでは、悪い話ではないわ。それがガスパールの望みなら、そうなさい。少なくとも彼からは解放されるじゃないの」

「いやよ。お姉様はその男がどんな人間かわかっていない――」

「サジェスもきっとほかの男性と同じよ」ジャクリーヌは生気のない声で応じた。「ねえ、リゼット、結婚なんてそれほど大変じゃないわ。こんな目に遭わされるのと比べたらね。自分で切り盛りできる家が持てるし、お母様をかいがいしく世話する必要もなくなるのよ。それに、子どもをひとりかふたり産んでしまえば、夫がベッドにやってくる回数だって減るわ」

「そんな人生を、これからずっと送れというの」リゼットは耐えがたいほどに喉が締めつけられるのを感じた。

姉はため息をついた。「あまり慰めにならなかったのならごめんなさい。でも、月並みな励ましよりも、真実を知ったほうがいいでしょう」身を乗りだし、妹の痛む肩に触れる。リゼットはつらそうに顔をしかめた。

姉は唇を引き結んだ。「もっと利口になって、ガスパールがいるところでは口を慎みなさい。服従しているふりくらいできるでしょう?」

「ええ」リゼットはしぶしぶうなずいた。

「さてと、お母様の様子を見にいってくるわね。今週はどうだった?」

「いつもよりひどかったわ。お医者様の話では……」リゼットは口ごもり、ヘッドボードの上に掛かっているダマスク織を見据えた。この家のほかの調度品と同様、織物は年月を経て擦り切れ、薄汚れている。「お母様はもう、ベッドから出たくても出られないって」ぼんやりとつづける。「長いこと病弱なふりをしてきて、自分の部屋から一歩も出なかったから、体が弱ってしまったのよ。ガスパールがいなかったら、お母様はいまも健康そのものだったのに。でも彼が怒鳴りだすたび、お母様はお酒を飲み、カーテンを閉めて、丸二日間眠りつづける。どうしてあんな男と結婚したのかしら」

姉は難しい顔で首を横に振った。「女性はね、与えられるもので我慢しなければいけないの。お父様が亡くなったとき、お母様はもう若くなかったし、求婚してくれる男性はほとんどいなかった。ガスパールが一番見込みがあると思えたのでしょうね」

「ひとりで暮らす道だって選べたのに」

「たとえいやな夫でも、ひとりで暮らすよりはまし」姉は立ち上がり、スカートのしわを伸ばした。「そろそろお母様のところへ行くわ。お母様、あなたとガスパールの騒動に気づいたかしら?」

昼間の騒ぎを思い出し、リゼットは苦々しげな笑みを浮かべた。「当然気づいたでしょうね」

「じゃあ、きっと動揺しているわね。わたしたちがふたりともいなくなれば、ここはいまより平和になるのかもしれない。それを願うわ。お母様のために」

姉が部屋を出ていく。リゼットはその姿をじっと目で追ってから、ベッドの上で横向きになった。息をするだけでも体が痛い。「ばかみたい……」と皮肉めかしてつぶやく。「同情してもらえると思っていたなんて」

リゼットは目を閉じ、必死に計画を練り始めた。エティエンヌ・サジェスの妻になんか絶対にならない……それを避けるためならなんだってしてみせる。

1

ニューオーリンズ

ヴァルラン家のジャスティンとフィリップはぶらぶらと森を抜け、よどんだ川《バイユー》へ下りていった。泥だまりやマツの木、スズカケノキをよけながら、なんとか進んでいく。少年たちは年のわりには背が高かったが、痩せて手足ばかりが長く、父親のがっしりとたくましい体格にはまだ追いついていなかった。

ふたりの顔にはヴァルラン一族特有の傲慢さが刻まれている。ウエーブしたぼさぼさの豊かな黒髪は額にかかり、青い瞳は黒く長いまつげに縁取られている。外見はぱっと見ではほとんど区別がつかないが、性格はこれでもかというほどちがっていた。フィリップは優しくて思いやりがあり、理由が十分に理解できなくても規則に従う。かたやジャスティンは無鉄砲で権威を嫌い、そんな自分を誇りに思っている。

「どこに行くんだい？」フィリップはたずねた。「一緒に丸木舟で川を下って、海賊を探すんじゃなかったの？」

ジャスティンはばかにしたように弟を笑った。「好きにしろよ。おれはマドレーヌに会いに行く」

マドレーヌ・スキピオは街の商人の娘だ。黒髪の美少女で、このところジャスティンにちょっとどころではない興味を示しているが、フィリップが自分に夢中なことにも気づいている。どうやら、兄弟を争わせて楽しんでいるらしい。

フィリップの柔和な顔にねたましげな表情が浮かんだ。「マドレーヌを愛してるの？」

ジャスティンはにやりと笑い、ぺっとつばを吐いた。「愛だって？　ばかじゃないのか。それより、この前会ったときにマドレーヌがなにをさせてくれたか、おまえに教えてやらなかったっけ？」

「なにをしたんだ？」わきおこる嫉妬にフィリップは強く迫った。

ふたりはにらみあった。ふいにジャスティンがフィリップの頭をぴしゃりとたたいて笑いだし、木々のあいだを縫って逃げていく。フィリップはあとを追った。「言えよ！」泥をひとつかみすくい、兄の背中に投げつける。「言えったら――」

ふたりは急に足を止めた。丸木舟のそばで動くものがあった。擦り切れた服に身をつつみ、くたびれた帽子をかぶった小柄な少年が、ぎこちない手つきで小舟をいじっている。舟をつないだ縄が手から落ちたそのとき、少年は見つかったことに気づいた。紐でくくった包みを大急ぎで拾い、その場から逃げだす。

「あいつ、舟を盗もうとしているぞ！」ジャスティンは叫んだ。双子はけんかをしていたことも忘れ、鬨《とき》の声をあげて、小さくなっていく泥棒の姿を追った。

「先まわりしろ！」ジャスティンは指令を出した。フィリップが左にそれ、群生するイトスギの向こうに姿を消していく。木々の幹にびっしりと生えた苔は、穏やかな、にごった水面までつづいていた。数分後、フィリップは少年のゆく手をまんまとさえぎり、イトスギの木立を越えたところで相手と向きあった。

少年がぶるぶると震えているのに気づいたフィリップは、勝ち誇った笑みをたたえ、汗ばんだ額を腕でぬぐった。「ぼくたちの舟を盗もうなんて、大それたことを考えたもんだね」

息を切らし、獲物に向かって進んでいく。

泥棒は荒い息をしながらくるりと向きを変えたが、とたんにジャスティンと衝突した。ジャスティンは片手で少年をつかまえ、脇に横抱きにした。少年が包みを落とし、甲高い悲鳴をあげると、双子は笑いだした。

「フィリップ！」ジャスティンは少年の弱々しい攻撃をかわしながら叫んだ。「ほら、つかまえたぞ！　人様の物に敬意を払わない小悪魔《リュタン》だ！　こいつをどうする？」

フィリップは、裁判官を思わせる厳しい目つきで不運な泥棒を見つめた。「おい！」逃れようともがくリュタンにいばった口調で訊く。「名前を言え」

「放して！　なにもしてないってば！」

「おれたちに見つかったからやめただけだろ」ジャスティンが言った。

フィリップはひゅーと口笛を吹いた。少年の細い腕と首に真っ赤なみみず腫れが広がり、血のにじんだ引っかき傷ができていた。「蚊のごちそうになったんだろう？　どれくらいあそこにいたんだい？」

必死にもがく少年の足が、ジャスティンの膝に命中する。

「痛いじゃないか！」ジャスティンは目にかかった黒い髪を払い、少年をにらみつけた。「こうなったら容赦しないぞ」

「放してったら！」

いらだったジャスティンは、獲物の横っ面をたたこうと手を上げた。「礼儀作法を教えてやる」

「ジャスティン、待って」フィリップが口を挟んだ。兄の手につかまれ、なすすべもなく囚《とら》われの身になっている少年に同情せずにはいられなかったのだ。「まだ子どもじゃないか。いじめたらかわいそうだよ」

「おまえは甘ちゃんだな」弟をばかにしつつ、ジャスティンは腕を下ろした。「どうやってこいつに白状させる？　バイユーに沈めるか？」

「それはやりすぎ……」フィリップは言いかけたが、すでに兄は悲鳴をあげる少年を引きずり、水際を目指して進んでいた。

「知ってるか？　ここにはヘビがいるんだ」いますぐ投げこんでやるぞとばかりにジャスティンが少年を抱え上げる。「毒ヘビだぞ」

「やめて！　もう許して！」

「それにワニもいる。みんなでおまえを待ちかまえ、がぶりと一口……」ジャスティンの声はだんだん小さくなり、最後には聞こえなくなった。少年のくたびれた帽子がバイユーに落ち、静かに流れていく。長く編んだ、縮れた赤毛が少年の肩にかかり、帽子に隠されていたほっそりとした顔が現れた。

泥棒は女の子だった。年は兄弟と同じくらいか、少し上かもしれない。少女は燃え盛る炎にかざされたかのように、ジャスティンの首に腕を巻きつけ、しがみついた。

「それだけはやめて。お願いだから《ジュ・ヴ・ザン・プリ》。泳げないの」

ジャスティンは少女を抱えなおし、目の前にある薄汚れた小さな顔を見下ろした。ごく普通の女の子だった。かわいいが、とりたてて美人ではなさそうだ。泥を落とし、蚊に食われた跡が消えればちがうかもしれないが。「なるほど」ジャスティンはゆっくりと言った。「フィリップ、どうやらおれたち、かんちがいしたみたいだな」暴れる少女を揺すって黙らせる。「おとなしくしろったら。バイユーには投げこまないよ。もっといい方法を考えてやる」

「ジャスティン、その子をこっちに寄越しなよ」フィリップが言った。

ジャスティンはほくそえみ、弟から顔をそむけた。「どっか別のところで遊んでこいよ。この子はおれがもらう」

「ひとりじめなんてずるいじゃないか！」

「つかまえたのはおれだ」ジャスティンはそっけなく応じた。

「ぼくが手伝ったおかげだろ！」フィリップは怒って叫んだ。「それに、ジャスティンにはマドレーヌがいるじゃないか！」

「マドレーヌはおまえにやる。おれはこっちがいい」

フィリップは顔をしかめた。「本人に選ばせるべきだ！」

ふたりは挑むようににらみあった。ふいにジャスティンがくっくっと笑いだす。「そうするか」険しい表情が徐々に和らいで、くつろぎ、おどけた顔になる。彼は腕に抱えている少女を小突いた。「さあ、自分で選びな」


リゼットはかぶりを振った。すっかり体力を失い、くたくたで、なにを言われているのかよくわからなかった。湿地帯を抜けながら、恐怖の二日間を過ごしてきたのだ。濡れねずみになり、薄汚れ、いつワニや毒ヘビに襲われても不思議ではない二日間を。この蒸し暑さだけでもうんざりするのに、次から次へとわいてくる虫のせいで、頭がおかしくなりそうだった。服の上からも虫に食われたり刺されたりで、どこもかしこも熱を帯び、かゆくてたまらない。自ら計画したこの地獄のような旅を、生きて終えられそうもないと思い始めてさえいた。でも、それならそれでかまわなかった。エティエンヌ・サジェスと生涯をともにするくらいならなんだって、たとえルイジアナのバイユーでみじめな死に方をするのだって、まだましだ。

「おい、一日中待たせるつもりか」ジャスティンという名の少年が、いらいらした声でせっついた。リゼットは抵抗しようともがいたが、少年のひょろ長い腕は驚くほど力があった。

体をぐっと締めつけられると、痛さに息をのみ、おとなしくせざるを得なくなった。

「おいっ、乱暴《モン・デュー》はよせよ」フィリップと呼ばれた少年がたしなめた。

「乱暴なんかしてない」ジャスティンが憤然として言いかえす。「ちょっと腕に力を入れただけさ」彼はリゼットをにらんだ。「いますぐ決めないとまたやるぞ」

リゼットは自分を押さえつけている少年の傲慢そうな浅黒い顔をぼんやりと見てから、そばに立つ少し色白なほうの少年を見た。なるほど、一卵性双生児ということか。フィリップのほうが少し優しそうだし、青い瞳には、片割れにはない哀れみの色がわずかながら感じられる。こっちの少年なら、解放してと説得できるかもしれない。

「そっちの人」フィリップを見つめながら、リゼットは破れかぶれになって言った。

「こいつ？」ジャスティンは冷笑を浮かべ、リゼットを地面に下ろすと、ふんと鼻を鳴らして彼女を弟のほうに乱暴に押した。「ほら、好きにしな、フィリップ。どっちにしろ、おれは本気でこの子がほしかったわけじゃないし」地面に落ちている包みを拾い上げて、なかをあさる。中身はハンカチにつつんだ硬貨が数枚と丸めたドレス、琥珀の櫛だった。

リゼットは押された勢いでよろけ、もうひとりの少年にぶつかった。少年の手が、なだめるように細い肩に置かれる。「名前は？」

その声は思いがけず優しかった。ふいにこみあげてきた涙で目が痛くなり、リゼットは頬の内側を嚙んで、首を振った。一瞬、弱いところを見せてしまった自分がいやになったが、くたびれ、空腹で、万策尽きたも同然の状態では泣きたくもなる。

「どうして舟を盗もうとしたんだい？」フィリップがたずねた。

「ごめんなさい。いけないことよね。お願いだからもう許して。二度と迷惑はかけないから」

リゼットの頭から足先まで、フィリップがくまなく視線を走らせていく。彼女はあきらめの境地でそのまなざしに耐えた。どんなにきれいにしているときだって、絶世の美女などと呼ばれたためしはない。しかもいまは、湿地帯にしばらくとどまっていたために泥だらけで、強烈な臭いを放っている。

フィリップはリゼットをじっと見つめていたが、やがて結論に達したらしい。「一緒においで」と言って彼女の両手首をつかむ。「困っているなら、ぼくらが力になれるかもしれない」

リゼットはたちまち恐怖でいっぱいになった。少年たちの家に連れていかれるかもしれない。もしそうなら、サジェスに引き渡されるのは時間の問題だ。「やめて、お願い」懇願し、つかまれた腕をぐいと引っ張る。

「ほかに方法はないよ」

肘や膝を使い、フィリップを押しのけようと力のかぎりがんばってみた。だがみじめにも、あっさりと押さえこまれた。「乱暴はしないから安心して」肩にひょいと担ぎ上げられ、膝の裏を腕でぎゅっと押さえられる。リゼットは怒りと絶望が入り混じった悲鳴をあげ、腕を振りまわして、彼の背中を力なくたたいた。

ジャスティンは苦笑を浮かべて弟をじっと見ている。「どこへ連れていくんだ?」

「父さんのところ」

「父さん? いったいなんのために? 自由にしてやれと言われるだけだぜ」

「こうするのが一番なんだ」フィリップはそっけなく言った。

「あほくさ」ジャスティンは小さくぼやいてから、手に入れたばかりの獲物を担いでバイユーの岸辺を離れる弟のあとにしぶしぶついていった。

斜面の途中まで来たところで、リゼットは体の力を抜いた。どんな運命が待ちかまえているにせよ、それに立ち向かうためには、残された力を温存しておくほうが賢明だろう。この傲慢な少年たちの手から逃れる方法はない。そこまで考えたところで、気分が悪くなり、目を閉じた。

「もう下ろして」とかすれ声で訴える。「ずっと頭が下になってるから、吐きそう」

ジャスティンが背後から指摘する。「おい、彼女、顔が真っ青だぞ」

「本当に?」フィリップは立ち止まり、リゼットをそろそろと地面に下ろした。「自分で歩く?」

「ええ」リゼットは少しよろめいた。兄弟が両脇から彼女の腕をつかんで、歩くのを支える。めまいを覚えながら右から左へと視線を移し、ふたりはきっと大金持ちの家の息子なのだろうと踏んだ。その予想どおり、バイユー地帯の大農園《プランテーション》のお屋敷はみなそうだが、兄弟の住む邸宅も、ポンチャトレーン湖からミシシッピ川にかけて延びる水路〈バイユー・セント・

ジョン〉に面していた。物憂げな午後の陽射しが、母屋の白と薄灰色の外壁に照りつけている。屋敷は三階建てで、どの階も、純白の太い円柱で支えられた大きなベランダで囲まれている。周囲に植えられたイトスギやオーク、モクレンがそちこちで木立を作り、木立のあいだに礼拝堂、燻製小屋、奴隷用の住居と思われる建物が立っている。

兄弟に促されて屋敷の表玄関に通じる階段を上がりながら、リゼットは胃がひっくりかえりそうな不快な感覚に襲われた。暗くひんやりとした玄関広間には、細長いマホガニーのベンチが並んでいる。

「父さん？」フィリップが呼ぶと、大きな声に驚いた黒人の女性が、廊下に面したふた間つづきの居間のすぐ先にある部屋を身振りで示した。兄弟がいやに澄ました様子で、意気揚々と書斎に入っていく。ふたりの父親は、マホガニーのどっしりした机の前に座っていた。豪華なしつらえの部屋で、こっくりとした黄色のシルク張りの椅子は、壁に描かれた黄色と瑠《る》璃《り》色の模様とよく調和していた。窓辺に掛かるカーテンは、深紅の厚手の毛織物《モリーン》だ。

リゼットは室内の様子から、机に向かっている人物に視線を移した。なにやら仕事中らしく、顔を上げようともしない。ベストは着ておらず、白いシャツが、がっしりしたたくましい背中にぴったりと張りついている。

「どうかしたか？」という深みのある声に、リゼットは背筋に心かき乱すようなおののきが走るのを感じた。

「父さん」フィリップが言った。「水辺でうちの丸木舟を盗もうとしていた者をつかまえたんだけど」

机に向かっていた男性が書類を並べ替え、きちんと積み重ねた。「ほほう？　その男に、ヴァルラン家の物に手を出すとどういう目に遭うかちゃんと教えてやったんだろうな」

「じつは……」フィリップは切りだし、小さく咳払いをした。「じつはね、父さん……」

「女の子なんだ」ジャスティンがだしぬけに言った。

その一言だけで、ヴァルランは注意を引かれたらしい。椅子の上で向きを変え、冷ややかな好奇の視線をリゼットにそそいだ。

人に化けた悪魔がいたとしたら、まさにこんな容貌をしているにちがいない。髪は漆黒、ハンサムで、鼻筋がとおり、口元には頑固さと気難しさがにじみ、黒い瞳はよこしまな光をたたえている。男のなかの男といった感じだ。肌は日に焼けて浅黒く、そのたくましい体つきから、多くの時間を外で過ごしているのが一目瞭然だった。リゼットは背が高いほうだが、ヴァルランの圧倒的な肉体を前にすると、自分が小さな子どもになったように思える。ヴァルランは立ち上がると、机に寄りかかって、大儀そうに彼女を観察した。自分の書斎に立つ泥まみれの女に、これっぽっちの魅力すら感じなかったらしい。

「何者だ？」ヴァルランがたずねた。

その値踏みするようなまなざしを、リゼットはまばたきもせず見かえした。頭のなかでは、どう振る舞えばいいのだろうと考えていた。涙ながらにお願いしたところで、心を動かされる人には思えない。脅し文句や反抗的な言葉にひるむ人でもないだろう。サジェス家の知りあい、いや、ひょっとすると親しい友人の可能性もある。となれば、ここから逃げる方法はひとつだけ。手をわずらわせるほどの存在ではないと、彼に納得してもらうしかない。

質問に答えようとする前に、ジャスティンが熱を帯びた口調で訴えた。「彼女、名前を言おうとしないんだよ！」

ヴァルランが机を離れ、リゼットに近づいてくる。無意識に後ずさると、背後に立つフィリップにどんとぶつかった。目の前まで来たヴァルランが手を伸ばし、彼女の顎の下に長い指をすっと添え、顔を上に向かせる。慎重な手つきで左右に向かせ、バイユーを旅するあいだにできた傷を冷静に調べた。たこができた指の腹が頬に触れ、リゼットはごくりとつばを飲みこんだ。分厚い胸板がちょうど顔の高さにあり、薄いローン地のシャツの下に黒い胸毛が透けて見えている。

すぐそばにいるので、彼の瞳が黒に近いこげ茶色なのがわかった。茶色は温かみのある色、リゼットは常々そう思っていたが、それがまったくのかんちがいであることを彼の目が告げている。

「なぜ舟を盗もうとした？」

「すみません」リゼットはかすれ声で謝罪した。「盗みを働いたことなんて一度もないんです。でも、どうしてもあの舟が必要で」

「名前は？」答えずにいると、ヴァルランはさらに少し顔を上げさせた。「家族は？」

「ご心配していただいてすみません、ムッシュー」リゼットは質問を受け流した。相手が親切心から訊いたわけではないのは百も承知だ。「でも、手助けは無用ですし、ご迷惑をおかけしたくありませんから。解放してくだされば、ひとりで――」

「道に迷ったのか？」

「いいえ」リゼットは即答した。

「誰かから逃げているわけか」

今度はぐずぐずしすぎてしまった。「いえ、そうでは――」

「誰から逃げている？」

リゼットは顎に添えられた指を押しのけた。どうしようもない敗北感がじわじわ忍び寄ってくる。「あなたには関係ありません」そっけなく答えた。「もう行かせてください」

彼女が垣間見せた気概に満足したのか、ヴァルランは笑みをたたえた。「ニューオーリンズの人間か、マドモワゼル？」

「いいえ」

「やはりな。ヴァルラン家について聞いたことは？」

そういえば、どこかで聞いた。リゼットは見知らぬ男性の引きしまった浅黒い顔をじっと見つめ、どんな話を聞いたのだったか思い出そうとした。たしか、夕食のテーブルでガスパールが友人と政治や事業について議論をしていたときに、一族の名前が出たのだった。ルイジアナの大農園主のなかには、米国屈指の大金持ちになった者もおり、ヴァルランもそのひとりだった。記憶がたしかなら、一家はポンチャトレーン湖の対岸にある森林を含め、ニューオーリンズの東側にも西側にも広大な土地を所有しているはず。ガスパールの友人が多少の憤りをこめて語ったところでは、家長のマクシミリアン・ヴァルランは、オーリンズ準州の初代知事の友人で、顧問でもある。

「お噂はうかがっています」リゼットは淡々と応じた。「ニューオーリンズの重要人物、でしたよね《ネスパ》？　ということは、わたしなんかにかかずらっている暇などないでしょう。ささやかな罪についてはお詫びしますが、被害がなかったのは明らかですし。とくに用がないようでしたら、わたしはこれでもう失礼します」

息を潜めて背を向けたが、大きな手に腕をつかまれてしまった。「用ならある」という声は穏やかだ。

軽い触れ方だったけれど、つかまれたのがちょうど、ガスパールにとりわけひどく痛めつけられたところだった。リゼットは鋭く息をのみ、蒼白になるのを覚えた。激痛に腕全体がずきずきする。

とたんにヴァルランは手を下ろし、彼女をじっと見つめた。リゼットは背筋を伸ばし、痛みを隠そうと精いっぱいがんばった。言葉を継ぐヴァルランの声は、最前よりもなお優しげだ。「丸木舟でどこへ行くつもりだった？」

「ボーヴァレにいとこがいるんです」

「ボーヴァレだって？」ジャスティンがおうむがえしに言い、呆れ顔をした。「二五キロも先じゃないか！　ワニがいるのを知らないのか？　川には海賊もいるんだぞ。あそこでなにが待ちかまえているか、ちっともわかってないんだな。いったいどういうつもりなんだ」

「ジャスティン」ヴァルランが口を挟んだ。「もういい」

　息子はすぐに黙った。

「女ひとりでボーヴァレを目指すとは、壮大な計画だな」ヴァルランが言った。「あるいは、ひとりではなかったのか。途中で誰かと落ちあう計画だったんだろう？　恋人か？」

「ええ」リゼットは嘘をついた。ふいに強烈な疲労感と喉の渇きと絶望を覚え、目の前で銀色の火花が散った。この人から逃れなくては。「そのとおりよ、だから邪魔しないで。これ以上、ここでぐずぐずしているわけにはいかないの」逃げることだけで頭がいっぱいになり、くるりと背を向けて扉のほうへ進む。

　すぐにヴァルランにつかまった。長い腕が体にまわされ、もう一方の手が襟首をつかむ。リゼットは歯を食いしばり、涙は見せずにしゃくりあげた。もうおしまいだ。「なんなの……どうして許してくれないの」

　ヴァルランの深みのある優しい声が耳をくすぐった。「落ち着きなさい、傷つけたりしないから。じっとして」

　好奇心もあらわにふたりを見ている双子にちらっと目を走らせる。「ふたりとも、向こうに行ってなさい」

「なんで？」ジャスティンが抗議した。「彼女を見つけたのはおれたちだし、それに――」

「行きなさい。ついでに、書斎に来るようおばあ様《グランメール》に伝えなさい」

「わたしの荷物を返して！」リゼットはジャスティンに咎めるような視線を投げた。「その子が持ってるの」

「ジャスティン」ヴァルランは低い声で呼んだ。

少年は苦笑を浮かべた。硬貨やドレスをくるんだ包みを近くの椅子に放り投げ、父親にしかられる前に、弟と一緒にこそこそと出ていった。

ヴァルランとふたりきりになると、リゼットは彼につかまれたまま、なすすべもなく体をよじった。だがあっさりと押さえこまれた。「じっとしていなさいと言っただろう」

彼がシャツの裾をぐいと引き上げるのがわかり、リゼットは身を硬くした。ひりひりする背中がむきだしにされる。「なにをするの？　やめて！　あなたみたいに横柄で傲慢な人に――」

「落ち着きなさい」ヴァルランはまくりあげたシャツの裾を襟首に押しこんだ。「怖がらなくていい。きみの女性としての魅力には――」いったん言葉を切り、冷笑とともに言い添える。「まったく興味がない。それにわたしは、清潔な女性が好みでね」

大きな手が背中に触れる。リゼットは息をのみ、体の前にまわされたヴァルランのたくましい腕に爪を立てた。指先が背中をかすめる感覚に、うなじの産毛が逆立ち、むずむずする。右腕の下にたくしこんであった包帯の端を、ヴァルランが器用に探しあてた。

いくら抵抗しても無駄だ。リゼットは抗うのをやめた。「紳士とはほど遠い人ね」包帯が緩められるのを感じて、しりごみしながらつぶやく。

どれだけいやみを言っても、ヴァルランは手を止めようとしなかった。「そのとおり」シャツの下で胸のふくらみを隠していた目の粗い布をほどいていく。

赤の他人に半裸にされるのは屈辱的だった。にもかかわらずリゼットは、解放感にほっとため息をもらさずにいられなかった。胸を締めあげていたちくちくする包帯が、痛む背中からすっかり取り除かれる。汗ばんだ背中をひんやりした空気に撫でられると、思わず身震いした。

「やはりそうか」とつぶやく声が聞こえた。

彼がなにを目にしたのかは、訊かなくてもわかった。一週間前にガスパールに殴打されてできたあざ、虫に食われた跡、ずきずきと痛む、汚い引っかき傷や擦り傷だ。リゼットは生まれてこの方こんな恥ずかしい思いをしたことがない。けれども沈黙が長くなるにつれ、なぜか、彼にどう思われようがかまわなくなってきた。へとへとで、自力で立っているのもやっと。顎が下がり、ついには太い腕に頬が触れる。すると、かぐわしい香りが鼻孔をくすぐった。清潔な男性の肌の匂いに、馬とたばこの匂いがほんの少し混じっている。極めて男らしい香りは、思いがけず魅力的だった。鼻と喉を開いてその香りを深く吸いこむと同時に、彼のたくましい体に身を預け、リゼットは緊張を解いていった。

指先が背骨を滑り落ち、繊細な道筋をつけていくと、全身になじみのないおののきが走った。こんなに大柄な男性が、こんなに軽やかに触れられるとは思ってもみなかった。まともにものを考えられなくなり、目の前に濃い霧が広がって、忘我へといざなう。リゼットは懸命に意識を保とうとしたが、ほんの数秒、気を失っていたらしい。気づいたときにはシャツは元どおりに引き下ろされて背中を覆い、体の向きも変えられて、ヴァルランと顔を見あわせていた。

「誰がこんなまねを？」

　リゼットは首を横に振り、乾いてひび割れた唇を開いた。「あなたには関係ありません」

「マドモワゼル、反抗している場合ではないだろう？　お互いに時間を無駄にするのはよそう。きみは質問に答えればいい。そうすればあとはゆっくり休める」

　ゆっくり休める。その言葉に、リゼットは心の底から惹かれた。ヴァルランにわたしを解放する気がないのは一目瞭然。抵抗しても意味がない。あとで考えよう。彼女は自分に言い聞かせた。これからどうするか、新たな計画を立てるのはあとまわしだ。いまは失った体力を回復しなくては。

「継父です」

「そいつの名前は？」

　リゼットは顔を上げ、ヴァルランの黒っぽい瞳をじっとのぞきこんだ。「答える前に、継父に知らせないと約束して」

　ヴァルランは笑いを押し殺した。「きみと取引するつもりはないよ、おちびさん《プティット》」

「だったら、とっとと失せて」

　彼がくすりと笑い、歯が光った。リゼットが反抗しても、腹を立てるどころか、明らかにおもしろがっている。「わかったよ、知らせないと約束する。名前は？」

「ムッシュー・ガスパール・メダール」

「殴られたわけは？」

「わたしの結婚のために、家族と一緒にナチェズからこっちに来たんです。でもわたしは婚約者が大嫌いで、継父が取り決めた婚約をどうしても受け入れられなくて」

ヴァルランの眉がかすかに上がった。フランス系移民の子孫であるクレオールの娘にとって、結婚するまでは父親が――あるいは継父が――あるじだ。つまり父親は夫とまったく同等の権限を持つ。親の希望に逆らうなど考えられない。話が結婚となればなおさらだ。「そういう場合、反抗的な娘を折檻した父親を非難する人間はまずいないだろうな」

「あなたはどうなの？」リゼットはぼんやりとたずねた。答えは訊くまでもない。

「わたしは絶対に女性を殴ったりしない」ヴァルランは即答してリゼットを驚かせた。「どんなに挑発されても」

「それなら……」言葉が喉に引っかかった。「あなたの奥様は幸運ね、ムッシュー」

ヴァルランが手を伸ばし、リゼットのほつれた髪を一房、優しく後ろに撫でつけた。「わたしはやもめでね、プティット」

「まあ」リゼットは驚いて目をしばたたいた。彼の告白になぜか、みぞおちのあたりが小さくうずいた。

「継父の滞在先は？」

「ムッシュー・サジェスのお屋敷です」と答えたとたん、ヴァルランの瞳が奇妙にぎらついた。

彼はしばらく黙っていたが、やがて穏やかな、優しい声でたずねた。「するときみは、エティエンヌ・サジェスの婚約者なわけか？」

「ウイ」

「それで、きみの名前は？」ヴァルランが促す。

「リゼット・ケルサン」ついにあきらめ、小声で答える。「サジェス家の人たちと知りあいなんでしょう、ムッシュー？」

「ああ、まあ」

「友だち？」

「いや。われわれのあいだには憎しみしかない」

その言葉の意味を、リゼットはじっくり考えてみた。ヴァルランがサジェス家に反感を持っているのなら、助けを求めるのはいくぶん楽になるだろう。

「マックス？　どうしたの《ケス・キ・リ・ヤ》？」銀髪の年配の女性が書斎に入ってきた。レースのトリミングをあしらったラベンダー色のモスリンのドレスで美しくよそおっている。リゼットの泥まみれの格好を目にするなり、婦人は仰天して眉をひそめた。

「母上、こちらはマドモワゼル・リゼット・ケルサン。ナチェズからいらしたお客様です。どうやらご家族とははぐれてしまったらしい。ジャスティンたちが外で偶然お会いして、わが家にご案内したんですよ。部屋を用意してもらえますか？　今夜はうちに泊まっていただきますから」ヴァルランはリゼットに謎めいた視線を向けた。「わたしの母のイレーネ・ヴァルランだ」とつぶやくように言う。「母と一緒に行きなさい、プティット」

イレーネは好奇心もあらわな表情だったが、とやかく言うのは控え、歓迎のしるしに片手を差しだした。ニューオーリンズの人びとには生まれつきもてなしの心が備わっており、イレーネも例外ではなかった。「かわいそうに《ポーヴル》、プティット」婦人は哀れみのこもった声で言った。「いらっしゃい。お風呂を用意させましょう。さっぱりしたあとは食事をして、やすまなくてはね」

「マダム」リゼットは震える声で切りだした。「わたし――」

「話はあとよ」イレーネはリゼットの手をとった。「行きましょう《アロン》」

「はい、マダム」リゼットはつぶやき、婦人についていった。マクシミリアン・ヴァルランの前から逃げたくてたまらなかった。急いで体力を回復し、一刻も早くこのプランテーションを出ていこう。

二時間後、イレーネは困惑の面持ちで書斎に戻ってきた。マックスは飲み物を片手に窓辺にたたずんでいる。

「どんな具合ですか？」彼は振り向かずにたずねた。

「お風呂に入って、少し食事をして、いまは眠ってますよ。擦り傷と虫に食われたところはノエリンが軟膏を塗ってくれたわ」イレーネは息子のかたわらに立ち、バイユーをじっと見つめた。「ずいぶん前に、リゼットの母親のジャンヌと会ったことがあるわ。かつてはニューオーリンズの名家だったマニエ家の出だけれど、あいにく、家名を継ぐ男の子ができなかった。ジャンヌはとびきりの美人だったわ。お嬢さんがあの美しさを受け継がなかったのは残念ね」

マックスはふっと笑みをもらした。娘のそばかすだらけの顔と意志の強そうな青い瞳、乱れた赤毛が脳裏によみがえる。たしかにリゼット・ケルサンはいわゆる美人ではない。にもかかわらず彼女には、気持ちをそそるなにかがあった。なんとなく惹かれたとか、ありきたりな劣情を覚えたというのではない。切望感に似た気持ちが全身にみなぎっている。彼女は普通の女性とはちがう、そんな気がする。自分に歓喜を与え、満たしてくれるのではないか。あまりにも長いあいだおのれを苦しめてきた渇望を、ついに満たしてくれるのではないか、そんな予感がした。

そうした思いとは別に、マックスは強烈な好奇心も覚えていた。彼女を、彼女のすべてを知りたい。あのように率直な物言いをし、絶望に打ちひしがれながらも決然とした女性には、いままで出会ったことがない。マックスは彼女を自分のものにしようと決めた。エティエンヌ・サジェスなぞにはもったいない。

「彼女の婚約相手をご存じですか？」マックスはたずねた。

イレーネはきれいな黒い眉を寄せて顔をしかめた。「ウイ。エティエンヌ・サジェスとのことを話してくれたわ」

「そう、妻とわたしの顔に泥を塗ってくれたあの男ですよ。婚約者を奪ってやれば、サジェスへの格好の復讐になるでしょうね」

母は赤の他人を見るようなまなざしを息子に向けた。「奪うって、あなたいったいなにを……？」

「そのあとは……」彼は思いをめぐらせた。「決闘は避けられないでしょう」

「ばかおっしゃい、わたしが許しませんよ！」

マックスは小ばかにするように母を見た。「母上に、わたしを止められるんですか？」

「エティエンヌ・サジェスに復讐するだけのために、なんの罪もない女性の人生を台無しにするつもり？　リゼットはあなたになにもしてないでしょう。そんなまねをすれば、この先ずっと良心の呵責に苦しむわよ」

「ご存じでしょう、わたしには良心などない」彼はそっけなく言った。

イレーネは鋭く息を吸いこんだ。「マックス、絶対にだめよ」

「つまり母上は、彼女がサジェスみたいな男と結婚するほうがいいとお考えなわけですか？」

「そうよ。彼女に唯一残された選択肢が、あなたに人生をめちゃくちゃにされ、捨てられることならね！」

母の瞳には恐怖が宿っていた。息子なら本当にやりかねないと思っているのだろう。そのとおりだと母に言ってやりたい衝動に駆られたが、マックスは「捨てたりしませんよ」と冷ややかに答えた。「もちろん、その後の面倒も見るつもりです。彼女がくれるチャンスを思えば安いものです」

「彼女の継父が黙ってはいないでしょうね」

「決闘なら過去にも経験がありますから」

「つまり《アロール》、あなたはリゼットを辱め、ここに住まわせ、世間の蔑みにさらすつもりなのね。そのうえ、辱めを受けた娘のかたきをとろうとする老いた父親と決闘するつもりなのね」

「継父です。娘を殴る継父、と言ったほうがもっといい」

「だからといって、あなたの行いが正当化されるわけではないでしょう！　あなたをそんな腹黒い人間に育てた覚えはありませんよ」

　母の言葉がわずかばかり残された良心を呼び覚まし、マックスの心をぐらつかせる。だが、自分の人生を台無しにした男に復讐できるときがついに来たのだと思うと、誘惑に抗えなかった。この機会を捨てることなどできない。おのれの心臓の鼓動を止められないのと同じだ。

「言っておきますが、邪魔したら承知しませんよ。この日が来るのを何年も待っていたんだ。それに母上の同情なぞ、あの娘にとってなんにもならない。すべてが終わったあかつきには、わたしが彼女に相応のものを与えます」

2

リゼットが持ってきたドレスは、湿地帯を旅してきたために使いものにならないほど汚れていた。だが翌朝、イレーネが淡いブルーのドレスを用意してくれた。サイズはちょうどよかったものの、ハイネックでこまかなタックを寄せたデザインは、リゼットのような若い娘には少々地味だ。それでも彼女は、夫人の厚意と寛大さに感謝した。清潔な衣類を身に着け、バイユーの汚れと悪臭から解放されると安堵につつまれた。

「だいぶ元気になったようね、あなた《マ・シェール》」イレーネが優しく言った。

リゼットはもぐもぐと礼の言葉を口にしながら思った。このようにしとやかな女性に、マクシミリアン・ヴァルランみたいな息子がいるのが信じられない。きっと彼は突然変異なのだろう。家族は彼のような人柄ではないにちがいない。

「マダム・ヴァルラン」リゼットはたずねた。「ほかにもお子さんはいらっしゃるのですか？」

「ウイ、マックスの下に息子がもうふたりね。ベルナールとアレクサンドルよ。いまはフランスに行っていて、もうじき帰国するわ」イレーネは内緒話でもするかのようにリゼットの耳元に口を寄せた。「あちらにいとこが住んでいて、お嬢さんが五人もいるの。息子たちには、ぜひ足を伸ばして訪ねてみなさいと言ってあるわ。アレクサンドルでもベルナールでもどちらでもいいから、そのひとりと仲よくなって、お嫁さんとして連れて帰ってきてくれるといいのだけど」ふと顔をしかめる。「とはいうものの、五人とも母親が言うほど器量よしではないし、頑固者の息子たちは絶対に結婚しないと言い張っているわ。帰国は二カ月後の予定なんだけど」

リゼットの質問の意図を察したのか、イレーネは言い添えた。「ふたりはマックスとは正反対の性格よ。でもね、あの子も元からあんなふうなわけではないの。ひどく気難しくなったのはここ数年。なにしろこれまで、さんざん悲劇に苦しめられてきたから」

夫人の話が信じられなくて思わず鼻を鳴らしたくなったが、リゼットはなんとかこらえた。あの人が苦しんだ？　昨日会った、見るからに健康そうで自信に満ちた男性は、あまり苦しんできたようには見えなかった。ひと晩ぐっすり眠ったおかげで、いまのリゼットは彼と対決する覚悟ができている。二度とヴァルランにつけいられるつもりはないと固く心に決めている。たとえどうあっても、ガスパール・メダールの元に帰され、エティエンヌ・サジェスに引き渡されることだけは避けねばならない。

母はよく、神様《ル・ボン・デュー》がお与えくださるものをすべて受け入れて耐えるのが女の運命だと言っていた。おばのデルフィーヌからも以前、たとえ最低な夫でもいないよりはましと助言されたことがある。そういう人生に甘んじる女性もいるだろうが、自分はそうではない。

イレーネとともに応接間に足を踏み入れながら、リゼットは鼓動が速まるのを覚えた。こぢんまりとしているが風通しのよい部屋で、ピンクと茶色とクリーム色の花模様があしらわれた金襴で飾られていた。複雑な渦巻き模様がほどこされたホワイトオークの調度品が並び、天井まである掃きだし窓はくもりひとつなく磨かれて、ルイジアナのかすむ陽射しを招き入れている。モスグリーンの椅子が数脚と小さなバロック様式のソファが、くつろいだ会話へと誘うかのようだ。部屋に誰もいないことに気づくと、リゼットの緊張はほぐれていった。

そのとき、背後の戸口からヴァルランの声が聞こえてきた。

「マドモワゼル、きみに話が――」と言いかけたヴァルランは、リゼットが振りむくとふいに言葉を切った。

彼は釘づけにされたようにリゼットをじっと見つめていた。そのまなざしを冷静に見かえしながらリゼットは、いったいなにをじろじろ見ているのだろうと不思議に思った。たしかに、風呂に入ってしっかり睡眠をとったおかげで、昨日よりはいくぶんこざっぱりしている。だが彼が自分の外見に見とれているわけではないことくらいわかる。そもそも、ふわふわに縮れた赤毛はいくら梳かしても言うことを聞かないし、丸二日間おもてにいたせいで、そばかすの量もすっかり増えてしまった。体つきがほっそりしている分、胸もお尻も小さくて見栄えがしない。不美人とは思わないが、鼻は少し大きすぎるし、ぽってりとした唇は時代遅れだ。

沈黙がつづく。レディにあるまじき行為と知りつつ、リゼットは大胆にもヴァルランをまじまじと観察した。記憶のなかにあるよりずっと印象的で、男らしく見えた。日に焼けた肌、上背のあるたくましい体、漆黒の髪、黒目がちな瞳、そして、不敵な表情。彼を見ていると、ナチェズの青年たちが子どもっぽく、未熟に思えてしまう。ひょっとして、ニューオーリンズに住むクレオールの男性はみなこんなふうなのだろうか。彼のような男性ばかりうようよしていないことを祈るばかりだ。

「わたしも話があります」リゼットはきっぱりと言った。イレーネが紋織の長椅子に座るのを見て、内心よりもずっとくつろいだ態度をよそおい、近くの椅子に歩み寄る。腰を下ろすと、挑むような目でじっとヴァルランを見つめた。「まずは、わたしをサジェス家に送り帰すつもりかどうか教えてください」

ずけずけした物言いにも、ヴァルランは不快げな表情を見せなかった。戸枠にゆったりと肩をもたせ、ひたすら彼女を凝視している。「きみが望まないのなら送り帰したりしないよ、マドモワゼル」

「もちろん望みません」

「この縁談を拒む理由は？」ヴァルランはたいして興味もなさげにたずねた。「サジェス家の男となら喜んで結婚する若い女性は大勢いるが」

「彼のすべてがいやなのです。性格も、礼儀作法も、見た目も。年齢だって」

「年齢？」ヴァルランは顔をしかめた。

「もう三〇代半ばだもの」リゼットは挑発的な笑みを浮かべて言い添えた。「中年だわ」

ヴァルランは皮肉めかした目で彼女を見つめた。サジェスと同年輩の彼へのあてこすりだと気づいたのだろう。「三五歳なら、まだ墓場に片足を突っこんでいるとは言えまい」とそっけなく言う。「まだまだ元気に暮らせるだろう」

「サジェスと結婚すれば、きっとなに不自由なく暮らせるわよ」イレーネが口を挟んだが、息子に目で警告されると黙りこんだ。

「そういう問題じゃないんです」リゼットは答えた。「嫌いな人と結婚するくらいなら、貧乏暮らしのほうがましです。それにムッシュー・サジェスには、はっきりいやだと伝えました。そもそも、どうしてわたしを選んだのかがわからない。持参金だってごくわずかだし、家柄は誇れますけど、貴族というわけじゃありません。それに、わたしは美人でもなんでもありませんから」彼女は肩をすくめた。「彼の目的にかなう女性なら、ほかにいくらだっているわ」

「ボーヴァレのいとこはどうした？」ヴァルランがたずねた。「彼のところに行っていったいどうするつもりだった？」

「彼女です」リゼットは訂正した。「マリー・デュフールとだんなさんのクロード」ふたりは農園を経営して成功している。リゼットの記憶のなかにいるマリーは、愛のためにクロードと駆け落ちをした、優しく思いやり深い女性だ。「マリーとは小さいころから仲がよかったんです。あのふたりなら、継父の決めた結婚を断る手助けをしてくれるかもしれないと思ったんです。それから、居候もさせてくれるかもしれないと」

ヴァルランは穏やかな表情をよそおっている。「なんなら、少し時間稼ぎをしてあげよう。二、三日ならどうにかなるだろう。いとこに手紙を書き、苦境を伝えて、返事が来るまでここにいればいい。いとこが力になってくれると言ったら、その夫妻にきみを託そう。それまではムッシュー・メダールに指一本、触れさせない」

リゼットは難しい顔をした。「継父やおば《タント》やサジェス家の人たちがわたしを見つけだすのは時間の問題だわ。あの人たちが迎えにきたら、あなたにもノーとは言えないでしょう？」

「だったら、湿地帯を旅したせいできみが病気になったと説明すればいい。うちの主治医が、すっかりよくなるまで動かすのは危険だと断言してくれる」

「実際には病気でもないのに？」

「主治医に頼めば大丈夫」

その申し出についてじっくりと考えながら、リゼットはヴァルランの視線を感じていた。

「それにわが家には母がいるから、きみの評判が傷つく心配もない」

「でも、なぜわたしを助けてくれるのですか？」リゼットは用心深くたずねた。

彼の口元にかすかに笑みが浮かんだ。「もちろん、親切心からだ」

リゼットは信じられないとばかりに笑い声をあげた。「嘘ばっかり。本当の目的はいったいなに？　ひょっとして、ムッシュー・サジェスが手に入れようとしているものを横取りするため？」

「そう」ヴァルランはあっさり認めた。「まさしくそのとおりだ」

翳りを帯びたヴァルランの瞳を見て、リゼットは彼がまだなにか隠しているのを悟った。

「サジェスとの仲たがいの原因はなんなのですか？」

「きみに教える必要はなかろう」リゼットがなおも質問しようと口を開くと、ヴァルランはぞんざいにつづけた。「マドモワゼル・ケルサン、手紙を書くのか、書かないのか？」

「書きます」リゼットはのろのろと答えた。内心では疑念が渦巻いており、ヴァルランを信じる気はなかったが、選択肢はない。「ありがとう、ムッシュー」

ヴァルランの黒い瞳が満足げに光った。「どういたしまして」


マックスはリゼットとともに書斎に向かうと、自分の机につかせ、ペンと羊皮紙とインクを用意した。それから椅子の後ろに立ち、彼女の頭頂部に視線を落とした。編んで結い上げたこの鮮やかな髪の色を見て、派手すぎると言う人も大勢いるだろう。きっちりと巻かれた深紅の髪は、ところどころに紫色のきらめきがちりばめられている。その情熱的な色彩の濃淡と、こんなにか細い首では支えきれないのではないかと心配になるほど豊かな巻き毛に、マックスは魅了された。

昨日の出会いのときに感じた欲望は、今朝がたリゼットを見た瞬間、白熱のごとく燃え上がった。これほど激しく誰かを求めるのは久しぶりだ。彼女には型にはまらない、人を惹きつけてやまない美しさがある。それは、昔ながらの陳腐な美の基準とは相容れないものだった。表情は生き生きとし、頬と顎と首筋のラインには芯の強さと清冽さがにじんでいる。それに、いくつも散った小さなそばかす……これほどそそられるものを目にしたことはない。全身に広がるそばかすの跡をたどり、そのひとつひとつに舌で触れてみたい。

自分にはリゼットは若すぎる——本来ならそれを問題視すべきところだが、マックスはまるで気にしなかった。彼女にはその年ごろの女性にしては驚くほどの落ち着きがある。しかもマックスをちっとも恐れていない。年の差などないかのように、対等の人間として彼に接している。

よからぬ妄想が脳裏をよぎり、マックスは鼓動が速くなるのを覚えた。すぐさま目下の問題に意識を集中させる。「代わりに書こうか、マドモワゼル・ケルサン？」

口角のきゅっと上がった官能的な唇が、ふとほころんだ。「せっかくですけど、自分で書けますから」

リゼットよりも育ちがよく、ずっと家柄がよくても、ほとんど読み書きのできない女性は大勢いる。クレオール人の多くが、女性にとって過度の教育はためにならないと考えているからだ。マックスは机に浅く腰かけて彼女の顔をのぞきこんだ。「するときみは、ちゃんとした教育を受けたわけか」

「ええ、父のおかげで。姉のジャクリーヌとわたしのために家庭教師を雇ってくれたんです。フランス語だけではなく、英語の読み書きと会話も教わったわ。歴史に地理に数学……それに科学も少し。でも父が亡くなったあと、家庭教師は解雇されました」リゼットは彫刻がほどこされた銀のペンを手にとり、ほっそりした指でくるくると回した。「いずれにせよ、あの先生に教われることはもうあまり残ってませんでしたけど。残念ながら、女性に許される教育はその程度ですから」

「それ以上の教育を受けてどうする？」

リゼットはほほえみ、彼の挑発的なまなざしをまばたきもせずに見かえした。「望みをかなえようかしら。どこかの偉そうな貴族の妻となって子どもを産むだけではない、もっと豊かな人生を送るわ。そういう男性は、自分より利口な妻を嫌いますから」

「自分の知性をずいぶん高く評価しているようだな、マドモワゼル・ケルサン」

「それがなにか問題？」彼女の声は絹のようになめらかだった。

マックスは彼女にすっかり魅了された。頭のなかは彼女のことでいっぱいで、挑発的な物言いに血が騒いでいる。彼女とベッドをともにしたくてたまらない。「いや、別に」

リゼットはにっこりと笑って、羊皮紙のしわを伸ばした。「ムッシュー、しばらくひとりにしていただけます？　足りないおつむを働かせて、意味のとおった文章を考えたいの。あとでつづりを見ていただければ助かりますわ」

見てみたいのは、つづりなどではない。マックスはやっとの思いで冷静な笑みを浮かべたものの、内心では、スカートをまくりあげ、彼女を膝にのせて、たっぷり時間をかけて味わいたい衝動と戦っていた。「ではわたしはこれで。つづりもなんの心配もないだろう」彼はほほえみを返し、平常心を失わないうちに書斎をあとにした。

応接間に戻るころには、荒れ狂う欲望をかろうじて抑えこんでいた。息子が戻ってきたのに気づいたイレーネが、あからさまにほっとした表情を見せる。「あなたのことだもの、リゼットを利用したりしないとわかってましたよ」母は熱のこもった口調で言った。「気が変わってくれて本当によかったこと」

マックスはぼんやりと母を見やった。「気が変わってなんかいませんよ」

母は表情を曇らせた。「だって、いとこ宛に手紙を書かせるって――」

「手紙は送りません。これからリゼットの体面を傷つけようというのに、いとことやらに邪魔されては困りますから」

母は呆然とした面持ちでマックスを見つめた。「よくもそんなまねを。わが息子がこんなふうに女性を利用するだなんて！」

「もっとひどいことだってできる、本当はそう思ってるんでしょう、母上」マックスはふいに辛らつな声音になって言った。

母は答えられずに顔をそむけた。「ちがいますか？」その顔に深い後悔の色が浮かぶのに気づいて、マックスは怒りを覚えた。


メダール家の人びとは、マックスの予想よりもずっと早くヴァルラン家にやってきた。サジェス家と協力してバイユー沿いの家をしらみつぶしに訪ねてまわり、道に迷ったと思われる若い女性の消息を探っていたらしい。たしかにリゼットはわが家にいる。マックスとイレーネがそう告げると、明らかにほっとした表情を見せた。

マックスの胸中にすでに芽生えていたガスパール・メダールへの嫌悪感は、当人に会うと倍増された。ガスパールは背が低くがっしりした体格の男で、いかつい顔には黒曜石の粒のような目がついている。このいかにも冷酷そうな、尊大な小男がリゼットを殴っていたのかと思うと、抑えきれぬほどの敵意が胸に渦巻いた。

ガスパールは太った女性を同行していた。女性の髪はコーヒーで染めたのだろうが、ところどころに白いものが残っている。すっかり取り乱した表情のこの女性が例のタントだろう、そうマックスは踏んだ。彼女なら、継子を虐待するガスパールにいかにも異議を唱えなさそうだ。

「娘はどこだ?」ガスパールは滝のような汗をかきながら詰問した。椅子の後ろに隠れているのではないかとばかりに室内を素早く、探るように見まわす。「いったいどこにいる? すぐに連れてきてくれ」

マックスはガスパールの言葉を無視してまずは母を紹介し、客人とともにテーブルについた。そこへタイミングよくメイド長のノエリンが、軽食をのせたトレーを運んでくる。いつなんどきも急がないのがクレオールの流儀だ。来客の際ものんびりと、相手が初対面であれば家族の来歴や、脈々とつづく先祖の歴史やらを最初に語るのがしきたりとなっている。ニューオーリンズの人間は、共通の縁者がひとりでもいなければ、初対面の人間をけっして信用しない。誰もが自分の家系図を熟知しているので、一〇世代前の親類だの、何親等も離れた親族だのをこまかに検討しあって、最後には共通の縁者を見つけだしてしまう。

だがガスパールは、しきたりなどかまっていられる気分ではないらしい。「いますぐ娘に会わせろ」と迫った。「つまらないおしゃべりをしている暇はないのだ。さっさと娘を渡せ」

イレーネは客人の無礼な態度に驚き、息子をちらりと見やった。マックスは無表情な顔をガスパールに向けた。「ムッシュー、じつは残念なお知らせがあるのです」

「また逃げたのだな！」ガスパールは激昂した。「思ったとおりだ！」

「いや、そうではありません。どうか落ち着いて。熱病で倒れただけですから」

「熱病！」デルフィーヌが叫んだ。ときおりこの街を襲う死病だと思ったのだろう。

「症状はさほど重くありません」マックスは安心させるように言った。「それでもやはり医師の診察は必要ですから、わが家の主治医を呼んだところです。医者に診せるまで起こさないほうがいいでしょう。いまは二階の客間でやすませていますから」

「やはりいますぐ会わせてもらおう」ガスパールは言い張った。

「わかりました」マックスは立ち上がりながらたずねた。「ときに、ムッシューは熱病にかかったことはおありで？」

「ノン」

「だったら、やはり彼女のそばには寄らないほうがいい。万が一移れば、あなたくらいのお年ですと命にかかわる危険がある」

「そうよ、ガスパール……」デルフィーヌが慌てて取りなした。「明日またお邪魔しましょう、お医者様に診ていただいたあとで」

イレーネが力強く言い添えた。「大丈夫ですよ、ムッシュー・メダール。お嬢さんは、わたしどもが手厚く看病しますから」

「なんだか、ご迷惑をおかけして……」デルフィーヌがもじもじし、大きな体が小刻みに揺れた。

「迷惑なものですか」イレーネはきっぱりと答えた。「その点もご心配なく。大切なのは、リゼットが健康を取り戻すことだけですよ」

「そもそも、娘がここにいる証拠はないぞ！」ガスパールが叫んだ。

「わが家におります」マックスは断言した。

ガスパールがにらみつける。「あんたの評判なら知っている。リゼットの婚約者と敵対していることも。妙なことを企んだら承知しないぞ！」

イレーネは身を乗りだして相手に言い聞かせた。「わが家にいればお嬢さんは安全ですよ。けっして危ない目になど遭わせませんわ」息子に視線を投げてから、きっぱりと言い添える。「このわたしが保証しますとも」

その後もしばらく説得をつづけ、ようやくガスパールたちもほかに選択肢はないと悟り帰っていった。私道から馬車の音が聞こえてくると、マックスは心から安堵してため息をついた。「見下げ果てた連中だな」

イレーネは不機嫌に唇を尖らせた。「あの人たちに、どうせ嘘だとばれていますよ」

マックスは肩をすくめた。「だとしても、彼らにはなにもできません」

「あのあざさえ見なかったら、すぐにリゼットを引き渡していたところだけど。まさか、折檻されるとわかってて、ムッシュー・メダールの手にゆだねるわけにいかないものねえ」

「これで噂が立ちますよ」マックスは暗い満足感を覚えてつぶやいた。「ガスパールからリゼットの居場所を聞いたときのサジェスの顔を見られるなら、一財産やってもいいくらいだ」

「やっぱりリゼットは、あなたよりエティエンヌと一緒にいるほうがまだ幸せですよ」イレーネは息子を咎めた。「少なくとも彼は結婚すると言ってるんですからね！」

「いずれリゼットにも、やっと結婚するより、わたしといるほうがましだとわかるでしょう」

「わが子がこんなに冷酷でむごい人間だったなんて」イレーネは愕然としてつぶやいた。

「お父様がいまのあなたを見たらどんなにがっかりなさるかしら」

さすがのマックスも胸が痛くなり、むっつりと母をにらんだ。「父上だってわたしと同じ目に遭わされたら、きっと同じように行動しますよ」

「やっぱりあなたは、お父様のことをなにもわかってないのね」母はやりかえし、肩をいからせて部屋をあとにした。

たしかにイレーネは長男の言動にうんざりしていた。とはいえ、まだあきらめてはいなかった。息子もいつか罪をあがなってくれるはずだ。自室で朝食をとりながら、彼女はいまの状況について、メイド長のノエリンに相談してみた。ノエリンは細身の美人で、一五年前からヴァルラン家に仕えてくれている。現実的で、自分の意見をはっきり言う女性だ。思ったとおり、メイド長はその鋭い観察眼で、リゼットがどんな女性か、マックスが彼女をだしになにを企んでいるのか、しっかりと見抜いていた。

「まさかあの子、本気でリゼットを辱めるつもりなのかしら」イレーネは磁器のカップを口元へ運びながら言った。「彼女はきちんとしたお嬢さんだし、息子とエティエンヌ・サジェスの確執に巻きこまれるいわれはないのに」

ノエリンのコーヒー色の顔は無表情だが、瞳には痛ましげな色が浮かんでいた。「きっとだんな様は、ムッシュー・サジェスへの復讐にとらわれてしまって、他人のことが考えられないんですよ」

「そのようね」イレーネはしぶしぶうなずいた。「でもね、だからってなんの罪もない女性を悪意から誘惑するほど、わが子がよこしまな人間だなんて」

「ちっともよこしまな人間じゃないですよ」ノエリンは鏡台に移動し、フラスクとブラシをまっすぐに並べた。「男だから仕方がないんです。あんなかわいいお嬢さんから男の人を遠ざけておこうったって、土台無理ですよ。目の前にソーセージをぶらさげて、犬をつないでおこうとするようなもんです」

「あなたもリゼットはかわいいと思う?」イレーネは眉をひそめて考えた。「正直言って、わたしは最初はそうは思わなかったのよ。でもね、彼女を知れば知るほど魅力的に思えてくるの」

「だんな様はあのお嬢さんのなにかに惹かれたみたいですね」ノエリンは淡々と応じた。「ミス・ケルサンが部屋に現れるたび、煮えたぎる鍋みたいに熱くなってらっしゃいますから」

「ノエリンったら」イレーネはメイド長をたしなめ、ティーカップに向かって笑った。

ノエリンも笑みを浮かべ、「だって本当の話ですよ」と言い張った。「それにミス・ケルサンを見るときは、復讐以外のことを考えてるご様子ですしね。ご自分で認めようとしないだけですよ」

継父が屋敷を出ていったのをたしかめると、リゼットはヴァルランを捜しに行った。玄関ポーチで葉巻と酒を楽しんでいたらしく、クリスタルの灰皿から煙が一筋うっすらと立ち上っている。ヴァルランは、馬丁が厩舎から連れてくる立派なサラブレッドをじっと見ていた。馬で街に出かけるところのようだ。

ポーチに響く軽やかな足音に気づいたのだろう、彼は振りむいた。にらむような薄目と、不機嫌そうに結ばれた唇を目にしたとたん、リゼットはなんだか妙な気持ちになった。ヴァルランにふい打ちを食わせ、あっと言わせてみたい……しまいには途方もない想像が脳裏を駆けめぐりだした。さりげなく彼に歩み寄り、あの魅力的な、気難しそうな口元にキスをして、ぱりっとした純白のクラヴァットを引っ張ったら……いったいどんな反応を見せるだろう。リゼットはこんなふうに心動かされる男性に会ったことがなかった。ひげ剃りあとのなめらかな頰に触れ、そっと唇を重ね、熱い吐息をこの肌で感じてみたい。ヴァルランにはどうも思いつめるところがあるように見える。彼のような人には心なごませ、警戒心を和らげてくれるなにか――あるいは誰か――が必要だ。わたしが彼の妻になったら、なんとかしてあげられるのに。

ばかげた想像に仰天しつつも、リゼットはさらに思った。やもめになってからどれくらい経つのだろう。奥さんはどうして亡くなったのだろう。だがその話題がヴァルラン家のタブーなのは明らかだった。おしゃべりなイレーネでさえ、この問題についてたずねたときには答えてくれなかった。

リゼットはヴァルランにおずおずとほほえみかけた。「娘に会えないと言われて、継父はさぞかし怒ったでしょう？」

「とてつもなくね」

「ああ、よかった」ヴァルランに歩み寄ったリゼットは、視線を合わせるために首を曲げた。彼はまさに見上げるようだった。「娘が病気だと聞いて、継父は信じました？」

「いや、信じてないだろう」

「なのに帰ったの？」リゼットは唇を嚙んで難しい顔をした。「あなたに決闘でも申し込むんじゃないかと思ってたけど」

「スキャンダルを避けたいんだろう」ヴァルランが答えた。「だから決闘の可能性はまずない。わが家にいるかぎり、誰も強制的にきみを連れ去ることはできないよ」

「当局にも？」

ヴァルランは首を横に振った。「クレイボーン知事とはごく親しい仲でね」

リゼットは小さく笑った。「それほどの有力者と知りあえたなんて、わたしってよほど運がいいのね」封蠟《ふうろう》で閉じた四角い封筒、マリー宛の手紙を袖から引っ張りだして差しだす。

「手紙です。すぐに配達してもらってください。とても重要な内容ですから」

「言われなくてもわかっている」

リゼットはヴァルランを見つめ、彼はいったいなにをいらだっているのだろうといぶかしんだ。どうせこの率直な物言いが気に入らないのだろう。彼のような人は、湿地帯を平気で歩きまわったり、家族に反抗したりしないニューオーリンズのお上品なレディに慣れているだろうから。「ムッシュー・ヴァルラン」リゼットは優しく呼びかけた。「ご迷惑をおかけして申し訳ありません。手厚くもてなしていただいたせめてものお礼に、できるだけ早く出ていきます。いとこのマリーが手を貸してくれなかった場合には、ウルスラ会の尼僧院に入るつもりですし。わたしに我慢するのも、いましばらくのあいだですから」

するとヴァルランは、リゼットの話のいったいなにがおかしいのか、ふいに笑みを浮かべた。「魔女のごとき赤毛の尼さんというわけか」という声には、どこか妙な甘い響きが感じられた。

リゼットははにかむように笑って、ピンで留めたふわふわの髪に手をやった。「きっと、そんな髪は剃ってしまいなさいと言われるでしょうね」

「いや」彼はすぐに打ち消した。「きみの髪はきれいだ」

からかわれたのだとかんちがいして、リゼットは危うく腹を立てそうになった。だが翳りを帯びたまなざしでじっと見つめられるうち、心からの賞賛なのだと察せられた。そう悟ったとたん、さらに驚くべきことにも気づいた。マクシミリアン・ヴァルランが自分に惹かれていることに。自分が彼に惹かれていることにも。

もちろん、それがわかったところで、なにがどうなるわけでもない。それでもリゼットは心躍らせずにはいられなかった。頰が熱くなり、慌てて目をそらす。「ではごきげんよう、ムッシュー」そうつぶやいて彼に背を向け、ドレスの裾が足首にからまるのものともせず、小走りにその場を去った。

「今夜もいらしてくれたのね?」マリアムは喉を鳴らし、扉を大きく開けて、平屋建ての白い家にマックスを招き入れた。家はランパート通りにほど近いヴュー・カレに立っている。フレンチ・クオーターとも呼ばれるこの界隈は、黒人の血を四分の一受け継いだ人種、クワドルーンが多く住む。マリアムは濃いまつげを伏せ、糊のきいたクラヴァットを緩める作業に集中した。「ゆうべはすっかり満足させてあげたつもりだったけど」

八年前、マリアムの庇護主は無情にもふたりの取り決めを反故にすると、家も金も残さず、彼女を婚外子ともども捨てた。絶望したマリアムは、荷物をまとめて母親の家へ戻るつもりでいた。ところが、噂を耳にしたマックスはためらうことなく彼女の元を訪れた。ニューオーリンズでも指折りの美人の彼女を、かねて賞賛の目で見つめていたのだ。

だが庇護主になろうと申し出ると、マリアムは心底驚いて、「男性は普通、処女を求めるものよ」とやんわり断った。ニューオーリンズには若くて美しい娘が数えきれぬほどいる。ほとんどは混血で、彼女たちを囲う余裕のある裕福な農園主や商人の愛人《プラセー》になるべく仕込まれている。そうした娘たちの多くは、庇護主のおかげでたいそう贅沢な暮らしを享受している。

マックスは彼女の言葉を笑い飛ばし、「処女かどうかなど関係ない」と告げた。「わたしの好みは聡明で美しい女性だ。条件を言ってくれ、マリアム。きみさえ手に入れば、こまかいことはどうでもいい」

マックスに賛美されて、マリアムの悲嘆と傷ついた自尊心は計り知れないほど慰められた。ヴァルラン家にまつわる恐ろしい噂は彼女も耳にしており、果たして本当なのだろうかと疑問を抱いていた。けれども彼の暗い瞳に宿る孤独を目にし、優しさに触れたとき、彼を信じようと決めた。

以来八年間、マリアムは己の選択を一度も後悔しなかった。マックスは優しい恋人であり、気前のいい支援者であり、思いやり深い友人だった。子どもは絶対に作らぬよう気をつけていたが、彼女の息子をパリの学校に行かせる費用を出してくれた。交際を始めてから贈られた宝石や衣類は、これから一生、贅沢に暮らしていかれるほどの価値があるものだ。それに関係が終わるときも、彼なら法外な財産を与えてくれるだろう。

マックスにはずっとよくしてもらってきた。だからマリアムは、彼の足枷にはなるまいと心を決めている。終わりを告げられたら、なにも言わずに別れるつもりだ。彼を縛りつけたいとは思わない。これまでだってちゃんと、愛することを避けてきた。

マックスの肩に腕をまわしながら、マリアムはにっこりとほほえんだ。ほっそりとして長身の彼女は、爪先立ちになればすぐに唇を重ねることができる。ところが今夜のマックスは、いつものような反応を示さなかった。心ここにあらずといった様子で、なにやら悩んでいるようだ。

「そういう気分じゃないんだ」彼はマリアムの抱擁から逃れながら言った。

マリアムは酒の用意を始めた。「じゃあ、なんのご用かしら？」

「わからない」マックスは落ち着きなく部屋を歩きまわった。

「座って、あなた《モン・シエール》。目の前を飢えたトラみたいに行ったり来たりされると落ち着かないわ」

おとなしく長椅子に腰を下ろしたものの、彼は考えこむ顔で、焦点の定まらない目を見開いている。

マリアムはマックスのとなりにゆったりと座り、たくましい太ももに優美な長い脚をぞんざいにのせた。ブランデーグラスを渡しながら声をかける。「これで少しは緊張がほぐれるわ」

グラスを受け取ったマックスは、上等なヴィンテージをほとんど味わいもせず、ぐいとあおった。

マリアムはいつものように太ももを指先でなぞった。「本当に今夜はいいの――？」

「ああ」彼は小声で答え、小さな手を払いのけた。

マリアムは肩をすくめた。「わかったわ《ダコール》」好奇心たっぷりの、いたずらっぽい笑みを口元に浮かべる。「じゃあ《アロール》、お宅にいる例の女性について詳しく聞かせて」

噂は彼の予想を上まわる早さで広まっていたのだ。マックスは皮肉なまなざしをマリアムに向けた。「息子たちが偶然、望まぬ結婚から逃げているマドモワゼル・ケルサンと出会ってね」

「ふうん」マリアムはきれいに整えた眉を意味ありげにつりあげた。「それほどの勇気がある女性はそうそういないわ。婚約者は誰なの、愛しいあなた《ビャン・ネメ》？」

「エティエンヌ・サジェスだ」

マックスの肩を撫でていたマリアムの指がつと止まる。「サジェス……そうだったの。まさに偶然ね。よりによってあなたのところへ逃げこむなんて。それで、これからどうするの？」

「もちろん、この状況をうまく利用するつもりだ」

マリアムは不安げに、なめらかな額にしわを寄せた。「気をつけてね、マックス。かつてサジェスにされた仕打ちへの復讐のためなら、手段は選ばないつもりなんでしょう？　だけど、なんの罪もない人を辱めたりすればいずれ後悔するわ」口元に思いやり深い笑みを浮かべる。「あなたにはちゃんと良心がある。そうじゃないふりをしているだけ」

マックスはしぶしぶ笑った。「お褒めにあずかって光栄だ」頭を後ろに倒し、イトスギの羽目板天井をじっと見上げる。「マリアム」彼は急に話題を変えた。「ふたりの関係が終わっても、わたしは必ずきみの面倒を見るよ」

「わかってるから大丈夫」マリアムは穏やかに答えた。だが内心では、自分への関心が薄れつつある兆候かもしれないと思っていた。「ねえ。いつか下宿屋をやりたいの。わたしなら、すごくうまくやれると思わない？」

「ああ、そうだな」

「早めに計画を立てたほうがいいかしら？」

「そのうちな。本当にきみがそうしたいなら」マックスは彼女の頬をそっと愛撫した。「でも、いまはまだいい」


木曜日はヴァルラン家恒例のお茶会の日だ。イレーネの友人知人がやってきて、チコリコーヒーを飲みながらおしゃべりをする慣わしとなっている。だがこの日はリゼットが滞在中のため、訪ねてきた客人をそのまま帰すことになってしまった。

「せっかくの集まりなのに邪魔をして、ごめんなさい」リゼットは謝罪した。

イレーネは明るく、「いいの、いいの」と言った。「ふたりだけでコーヒーをいただきましょう。友だちよりもあなたと一緒にいるほうがずっと楽しいわ。あの人たちときたら、毎週毎週、同じ噂話を持ちだすんですもの。そうだわ、あなたのお母様のお話をぜひ聞かせてちょうだい。それにナチェズのお友だちや、もちろん恋人のこともね」

「それがじつは、ナチェズでは隠遁暮らしをしていたようなもので……姉もわたしも、恋人を作ってはいけないと言われてたんです。男のいとこや親戚とも、ほとんどつきあいがなくて」

わかるわ、とばかりにイレーネはうなずいた。「そういうのって、いまの基準からすれば時代遅れなのでしょうね。でもね、わたしもそういうしつけを受けてきたわ。新聞だって結婚してから初めて読んだのよ。外の世界なんてなにも知らなかった。家族にぬくぬくと守られていた繭を出て、ヴァルランの妻という立場を受け入れる日がやってきたときは、怖くてたまらなかったわ」イレーネはほほえんだ。娘時代の自分を思い出しているのだろう、目がきらきらしてやわらかな表情になっている。「おば《タント》のマリーと母が初夜のベッドまでついてきて、ここで夫を待つんですよと言ってわたしを置き去りにしたわ。うちに連れて帰ってとどれほど頼んだことか！　妻になんかなりたくなかった。ましてやヴァルランの妻だなんて。夫のヴィクトルはクマみたいに大きな人で、すごく近寄りがたかったの。いったいなにをされるのかと思うと恐ろしかったわ」

すっかり興味をそそられて、リゼットはカップを置いた。「でも、すごくいい結果になったみたいですね」

イレーネはくすくす笑った。「そうよ、ヴィクトルは優しい夫だった。だからすぐに夫が大好きになった。ヴァルラン家の男は見かけによらないのよ。見た目はいかにも偉そうで横柄。でもね、相手としてふさわしい女性がうまく操縦すれば、ありとあらゆる方法で喜ばせてくれる」彫刻がほどこされた銀のスプーンをつかみ、カップに砂糖を足してかき混ぜる。「これでいいわ」イレーネは満足げに言った。「コーヒーはとびきり濃くて甘いのにかぎるわね」

「マダム」リゼットはコーヒーを一口飲んで、何気なくたずねた。「息子さんの奥様はどんな方だったのですか？　やっぱり、夫をきちんと操縦したのかしら？」

イレーネが緊張するのがはためにもわかった。彼女はしばらくためらってからようやく答えた。「コリーヌほど美しく、わがままな女性はいなかったわ……自分のことしか考えられない、他人を愛せない人だった。マックスのことだってちっとも操縦できていなかった。彼女がほんの少し努力してくれれば、息子は幸せになれたでしょうに」

「では、幸福な結婚ではなかったんですね」

「ええ」イレーネは穏やかに言った。「幸福だったと言う人はいないでしょうね」

残念ながら、ヴァルランのいまは亡き謎めいた妻について、イレーネはそれ以上、打ち明けてくれそうになかった。

その夜、ヴァルラン家は大騒ぎとなった。けんかをしてあざを作り、血だらけになったジャスティンが真夜中過ぎにこっそり帰ってきたのだ。マックスはすぐさま息子に詰め寄ると厨房に引っ張っていき、説教を始めた。怒鳴り声は二階にいるリゼットのところまで聞こえてきた。好奇心に負けた彼女は、抜き足差し足で階段まで行き、ふたりの言い争いに聞き入った。

「子ども扱いするな！　おれはもう大人なんだ！」

「自分でそう思ってるだけだ」ヴァルランは痛烈に返した。「大人はただの気晴らしのためにけんかしたりしない」

「気晴らしじゃない」ジャスティンは憤然と応じた。

「だったらなんだ？」

「証明するためだよ！」

「けんかっ早いってことをか？　そんなことをしてもなんにもならないぞ。じきに殴りあいではすまなくなり、剣を使わざるを得なくなって、その手を血で染める羽目になるんだ」

「父さんみたいに？」

少年の言葉に仰天したリゼットは、階段の下り口の陰にしゃがんで耳を澄ました。

「おれがいくら悪さをしたところで、父さんにはかなわないよね」ジャスティンは父を責めた。「全部知ってるんだよ、父さん。マドモワゼル・ケルサンを利用して、サジェスになにをしようとしているのかも」

神経をすり減らさんばかりの長い沈黙がつづく。やがてヴァルランがうなった。「おまえはなにもわかってない」

「へえ、そう？」ジャスティンは父をあざけった。

「噂を耳にしたらしいな」

「真実だよ！」

「真実なんて誰にもわからん」ヴァルランはにべもなく否定した。

ジャスティンは乱暴に捨てぜりふを投げてから、厨房を飛びだした。リゼットは慌てて立ち上がると、盗み聞きをしていたのがばれぬようすぐさま寝室に戻った。ベッドに潜りこみ、暗闇を見据えながら、いまのは自分の聞きまちがいだろうかと考える。ジャスティンが最後に父親に浴びせかけた言葉……「人殺し」と聞こえた気がした。

ありえないわ。リゼットは心のなかで否定し、激しい困惑に毛布をきつく握りしめた。

3

翌日、マックスは街で用事があり一日、留守にしていた。リゼットがイレーネに行き先をたずねると、クレイボーン知事との会合だという答えが返ってきた。

「ムッシュー・ヴァルランは、どのようにして知事と知りあったのですか?」リゼットは興味をそそられてたずねた。

イレーネが肩をすくめる。「わたしもよく知らないのよ。政治活動に関して、マックスがわたしに話すことはめったにないから。でも知事に就任後、ミスター・クレイボーンが自らマックスに、クレオール人とアメリカ人との交渉や彼らに受け入れやすい体制作りのために力を貸してほしいと頼んだそうよ。アメリカ人はだいたいそうだけど、知事もわれわれの流儀をすべて理解しているとはかぎらない。息子はクレオール人にもアメリカ人にも顔がきくから、知事の方針に賛同するようみんなを説得することもできるわ。知事が失策を犯したときだって、息子が事態収拾に奔走したのよ」イレーネは舌を鳴らし、非難がましく言い添えた。「アメリカ人ときたら面倒ばかり起こして」

多くのクレオール人同様イレーネも、アメリカ人はわずかな例外を除いてみな野蛮だとみなしている。アメリカ人はがさつで野暮ったくて、頭のなかはお金のことでいっぱい。大酒飲みで、クレオール人のゆったりした生き方をまるでわかろうとしない。

それればかりか、クレオール人の好きなカドリールやコティヨンといったフランス生まれのダンスを排除して、リールだのジグだのといった英国生まれの騒々しいダンスを流行らせようとしている。そのうえアメリカ人は、日曜日はのんびり過ごすクレオールの習慣を非難し、殊勝そうな顔で朝から晩まで教会で礼拝にいそしむのだ。

イレーネとのおしゃべりのあと、とくにすることもなかったリゼットは、そばかす対策にパラソルをさして農園内を散策した。だが夏の暑さにやられてすっかり活力を失い、やがてこめかみに激しい頭痛まで覚え始めた。彼女はすぐに屋敷に戻り、イレーネに頼まれた簡単な針仕事にとりかかった。するといくらもしないうちに、屋敷内でもとりわけ涼しいはずの場所にまで熱気が押し寄せてきた。汗でドレスが肌にまとわりつき、いらだったリゼットは襟元や裾を引っ張った。

イレーネが暑くて疲れたから昼寝をしてくると言って自室に下がると、リゼットもそれにならった。重い足どりで寝室に向かい、ドレスを脱いで下着姿になって、ひんやりした白いシーツの上で思いっきり手足を伸ばす。蚊に刺されないよう、メイドが蚊帳《かや》をつってくれた。二メートル以上ある天蓋を見上げながら、リゼットは眠気が訪れるのを待った。バイユーを旅してからもう三日も過ぎたのに、まだ疲れが抜けきらない。体力を消耗しており、骨まで痛むようだった。

書斎に忍びこんだジャスティンは、部屋の端から端へ素早く視線を走らせた。室内は午後の熱気でむっとしている。数えきれぬほどたくさん並んだ本が、書架の上から番兵のように見下ろしている。

父の愛用する頑丈なマホガニーの机、謎めいた引き出しや棚がついた机は、カーテンの掛かった窓の手前にある。机を視界にとらえたとたん、ジャスティンの背筋をおののきが走った。父はいつもその机に向かい、書類や書物に目を通している。引き出しには鍵や領収書、用箋類、金庫がしまってある。ジャスティンが捜している、あるものも。彼は机に駆け寄ると、引き出しをひとつひとつ開けて中身を物色し始めた。

やがて、小さな書類箱を見つけた。祖母の部屋から失敬したヘアピンを使って鍵を開ける。ふたを開けるときに小さな音が鳴り、ジャスティンは左右に視線を送ってから箱のなかをのぞきこんだ。領収書が数枚に、手紙が一通。手紙は未開封だった。ジャスティンは勝ち誇ったように瞳を輝かせた。その手紙をシャツの下に慎重に隠し、ふたを閉めて、箱を元の場所に戻す。「こいつで」少年はひとりごちた。「このあいだの仕返しをしてあげるよ、父さん《モン・ペール》」

イレーネの気づかいもあり、リゼットは夕食の時間になってもまだやすんでいた。ようやく目を覚ましたときには、すでに部屋は暗く、ひんやりとした空気につつまれていた。リゼットは淡い黄色のドレスにのろのろと着替え、階下に下りていった。

「やっとお目覚めね」イレーネの明るい声がした。「好きなだけ寝かせてあげたほうがいいだろうと思ったの。おなかがすいてるでしょう？」リゼットの腕をとり、愛情を込めてぎゅっと握る。「双子とわたしはもうすませてしまったの。マックスがついさっき帰ってきて、夕食をとっているところよ。あなたも食堂《サラ・マンジェ》で一緒にどうぞ」

食べ物のことを考えたとたん、リゼットはなんだか胸がむかむかしてきた。「せっかく《ノン》・ですけど《メルシー》」やっとの思いで口を開く。「おなかがすいてないので」

「でも、なにか食べなくちゃ」イレーネは彼女を食堂にいざなおうとした。「今夜はおいしいガンボシチューよ。それから、コバンアジのカニ肉詰めにホットライスケーキ――」

「いえ、本当に結構です」こってりした食べ物を思い浮かべたら、いよいよ気分が悪くなってきた。

「食べなくちゃだめよ。あなたは痩せすぎなんですから」

イレーネに連れられて食堂に入っていくと、大理石の暖炉の上に掛けられた金縁の鏡に、テーブルについたマックスの姿が映っているのが見えた。ランプの明かりが漆黒の髪をきらめかせている。

「こんばんは、マドモワゼル」マックスはクレオールの紳士らしい礼儀正しさで立ち上がり、リゼットに手を貸して席へ案内した。「ずいぶんよく眠っていたそうじゃないか」そう言って、値踏みするようにリゼットを見る。「疲れはとれたかい？」

「ええ、おかげさまで。食欲がないだけですから」

イレーネが軽く舌打ちをした。「ちゃんと食べるように見張っててちょうだいね、マックス。わたしはとなりの部屋で刺繍をしているわ」

リゼットはほほえんで、食堂をあとにするイレーネを目で追った。「とても頑固なのね」

「まったくだ」マックスは顔をしかめた。

メイドがやってきて、リゼットの前に料理を置いた。ライスケーキの上で湯気を立てている魚をじっと眺めていると、喉に苦いものがこみあげてきた。グラスに手を伸ばし、水を口に含んで、胃が落ち着くのを待つ。

「今日は、お友だちのミスター・クレイボーンと会ったそうね」

「ああ」マックスは真っ白な歯をのぞかせて、きつね色に焼けたパンにかじりついた。

「なにを話したの？　女なんかには難しすぎて理解できないお話かしら？」

リゼットの皮肉に、マックスはふっとほほえんだ。「クレイボーン政権は八方ふさがりだ。敵につぶされる前に、ありったけの情報を収集しようとしている」

「敵って？　クレオール人？」

マックスは首を振った。「いや。フランスやサントドミンゴから逃れてきた連中と、少数ながらなにかと口やかましいアメリカ人だ。その筆頭がアーロン・バー。いまはナチェズにいる」

「合衆国の前副大統領？」

「そう。オーリンズ準州の掌握に向けて賛同者を集めるため、バーが偵察の任務を帯びているとの噂が流れていてね」

「知事はさぞ慌てているでしょうね」

マックスは椅子にもたれ、笑みを浮かべたままリゼットを見つめた。「それはそうだろう。知事はまだ若いし、経験も浅い。政敵の狙いは彼の評判を落とし、ルイジアナを合衆国から分離させることだ」

「あなたも知事のように、ルイジアナが州になることを望んでいるの？」

「ああ、期待している。二年前に合衆国がルイジアナを購入したとき、わたしは知事に忠誠を誓った。残念ながらアメリカ人は、ルイジアナを州として合衆国に編入するという約束を守っていない」

「どうして？」

「連中は、クレオール人に公民権を与えるのは時期尚早だと考えている」

「わたしにはどういうことか……」リゼットは突然めまいに襲われ、言葉を失った。いったん目を閉じ、そして開けると、マックスがこちらを凝視していた。

「顔色がよくないな……気分が悪いのか？」

リゼットは首を振った。「いえ……あの、なんだか疲れたみたい」がたがたと椅子を後ろに引く。「ごめんなさい、部屋に戻るわ」

「そのほうがいい」マックスは大きな手でリゼットの肘を支え、慎重に立たせた。「楽しい夕食の相手がいなくなるのは残念だが。女なんかにしては、わたしの話をよく理解していたようだから」

リゼットは短く笑い、ちゃめっけを帯びた彼の瞳にほほえみかけた。「仕返しは明日、気分がよくなってからにするわ」

マックスはなおもリゼットを見つめていたが、やがて名残惜しそうに肘から手を離した。

「ゆっくりおやすみ」とささやき、彼女が部屋をあとにするときもずっとそこに立っていた。

階段を上りながら、リゼットは自分の脚を鉛のように重たく感じた。寝室に入り、なにかがおかしいと思いつつ顔に手をあてる。顔中に冷たい汗をかいていた。胸のあいだや身ごろの下を汗が伝い、体に張りついたドレスを剝ぎ取りたくてたまらない。

ふと視線をベッドに向けると、枕の上に四角い白い紙がのっていた。けげんそうに眉をひそめ、慎重に手にとる。それがなにかわかったとたん、心臓が止まりそうになった。

「あの手紙……」とつぶやくなり、息ができなくなった。手のなかで封筒が震えた。マリーに宛てた手紙は、配達も開封もされていなかった。手紙はたしかに送った、マックスはそう請けあった。なぜ嘘をついたのだろう。これを送らずにどうするつもりだったのだろう。やはり、彼を信じるべきではなかった。

いますぐ問いただささなければ。リゼットは決意を固めたが、ふいにすさまじい頭痛に襲われ、背骨のてっぺんから腰にかけて痛みが走った。怒りに蒼白になりながら汗ばんだ手で手すりをつかみ、長い階段を下りていく。その途中で、食堂から出てくるマックスの姿が目に入った。

「ムッシュー」リゼットは呼びかけた。舌が腫れているような感覚がある。「わたしに言うべきことがあるはずよ」

「言うべきこと？」マックスは階段の下までやってきた。

リゼットは手紙を掲げてみせた。「なぜ嘘をついたの？　マリーに書いた手紙……ずっと持っていたのね！　出すつもりなんかまるでなかったんだわ」耳鳴りを追い払おうと、もどかしげに首を振る。「わけがわからないわ」マックスが階段を上ってきたので、後ずさりしようとした。耳鳴りがひどくて、なにも考えられない。「ち、近寄らないで！」

マックスは冷ややかと言っていいほど落ち着いた表情で応じた。「どうやってそれを手に入れた？」

「そんなことどうでもいいでしょう。理由を言って。さあ、早く！　いったいなんのために――」力を失った手から手紙がすり抜け、階段に落ちる。「出ていくわ。サジェスのほうがましよ。もう一分たりとも、あなたと一緒にいるのは耐えられない」

「行かせない」マックスはきっぱりと言った。「わたしに考えがある」

「ばかばかしい」リゼットは小さく罵った。目の奥が痛んで、いまいましいことに涙がこみあげてくる。「わたしにどうしろというの？」両手で頭を抱え、激しい耳鳴りを抑えようとする。これが治まってくれさえすれば、落ち着いてものを考えられるのに……。

と突然、マックスの顔色が変わった。「リゼット……」ぐらりと揺れた彼女の体を支えようと腕を伸ばし、両手で腰をつかむ。

リゼットは乱暴に彼を押しのけた。「さわらないで!」

たくましい腕が背中にまわされる。「部屋に戻ろう」

「やめて——」

逃れようともがいていたはずなのに、リゼットはぐったりと彼に寄りかかっている自分に気づいた。頭は彼の肩に力なくのり、両腕は体の脇にだらりとたれている。

「マックス?」騒ぎを耳にしたイレーネが応接間から出てきた。ノエリンもすぐ後ろにいる。「どうかした? まあ、大変《モン・デュー》、いったいなにがあったの?」

マックスは母親を見もせず、「医者を呼んでください」と手短に言うと、リゼットを横抱きにした。リゼットの抗議は無視し、やすやすと彼女を運んでいく。

「自分で歩けるわ」リゼットはすすり泣き、腕から逃れようとした。「下ろして——」

「静かに」マックスは穏やかに言った。「おとなしくしなさい」

寝室まではほんの数秒だったが、リゼットには永遠にも思われた。肩に頬をのせているため、糊をきかせたリンネルのシャツが涙で湿っていく。体が熱く、吐き気がして、恐ろしいほどのめまいに襲われていた。この世で頼れるものは彼の厚い胸板だけだった。みじめさを募らせながら、リゼットはなぜか彼への憤りを忘れ、支えてくれる腕に感謝した。

つかの間気分が和らいだが、ベッドに横たえられたとたん、部屋が回り始めて吐き気をもよおした。リゼットは押しつぶさんばかりの闇のなかへと落ちていった。なんとかそこから這い上がろうと、やみくもに腕を伸ばす。すると、優しい手が熱を持った額から髪をかきあげ、後ろに撫でつけてくれた。「助けて」リゼットはささやいた。

「大丈夫だよ、プティット」マックスの声は穏やかで、心なごませる。「わたしが看病してあげるから。ほら、泣かないで。わたしにつかまりなさい」

覆いかぶさってくる熱い雲から逃れようとして、リゼットは発作的に手足をばたつかせた。懸命になにかを説明しようとする。わけのわからない言葉の羅列を、マックスはどうやらちゃんと理解したらしい。「ああ、わかってる……じっとして、プティット」

あとから部屋に入ってきたノエリンは、マックスの肩越しにリゼットを見つめ、沈鬱な表情で首を振った。「黄熱病ですよ。こんなにあっという間に悪くなるのは、よくない兆候です。あたしも、昨日まで元気に歩きまわっていた人が今日になったらぽっくりと死んでしまうのを見ましたから」そうなるのは確実だと言わんばかりに、ベッドの上で苦しむリゼットを痛ましげに見つめる。

マックスはメイド長をきっとにらみつつ、声は荒らげまいとした。「水差しに冷たい水を入れてきてくれ。それと、あの粉薬――双子が黄熱病にやられたときに飲ませた薬があっただろう？」

「殺菌剤と下剤です、だんな様」

「それをすぐに持ってくるんだ」彼が命じると、ノエリンはすぐさま部屋を出ていった。

支離滅裂な言葉をつぶやくリゼットを、マックスは見下ろした。シャツをつかんでいる手を優しくほどき、熱を帯びた指先を握る。

「なんてことだ」マックスはつぶやいた。もう何年も感じることのなかった恐怖に全身を襲われる。こんな気持ちになるのは、息子たちが死に至りかねない黄熱病に倒れたとき以来だ。彼はリゼットの髪をあらためて後ろに撫でつけた。頭皮まで汗で濡れているのに気づくと、思わず荒々しい悪態をついた。

母が背後に立つ気配を感じた。「彼女が亡くなったら、あなたの計画は台無しね」イレーネは静かに言った。

マックスはリゼットから視線をそらさなかった。「死なせません」

「だってあっという間に、恐ろしいほどの勢いで症状が現れたわ」母はささやいた。「ひょっとしたらもう、正気を失っているかもしれない」

「二度と彼女の前でそういうことは言わないでください」マックスは母をたしなめた。「きっとよくなります。わたしが治してみせる」

「そんなこと言ったって、彼女には聞こえや――」

「いいえ、ちゃんと聞こえているはずです」マックスは立ち上がり、母をにらんだ。「服を脱がせて、冷たいタオルで体を拭いてやってください。それと、医者が来たら、わたしの許可なしにいかなる処置もしてはならないと伝えてください。瀉血《しゃけつ》だけはごめんですから」

イレーネはすぐさまうなずいた。一家は、黄熱病にやられたジャスティンを過度の瀉血で危うく失いかけたことがあったのだ。

それからの二日間、イレーネはノエリンと交代でリゼットに付き添った。黄熱病の患者を看病するのに必要な労力と忍耐がどれほどのものか、イレーネはすっかり忘れていた。何時間もベッドに身を乗りだし、冷たい水でリゼットの体をぬぐっていたせいで、背中が痛む。発作的な嘔吐、錯乱や悪夢によるうわごと、体を拭くために使う酢の鼻をつく臭い……なにもかもがイレーネをひどく消耗させた。

マックスは頻繁にリゼットの具合をたずねたが、礼儀をわきまえて寝室には入らなかった。例の手紙については、話題にしたり、リゼットの手に渡った理由を追及したりはしなかったものの、ジャスティンがかかわっていたのではないかと疑っていた。ジャスティンは始終、面倒を引き起こしている。リゼットが倒れてからは、父や弟を避けている様子だ。

こんなふうに大人たちが忙しくしているとき、双子たちはいつもしたい放題で、家庭教師の授業をさぼったり、こっそり友だちに会いに行ったり、街で悪さをしたりする。だが今回ばかりはいつになくおとなしくしていた。重苦しい雰囲気が家中に漂い、静寂を破るものは、譫妄《せんもう》状態に陥ったリゼットが発する叫び声だけだった。

リゼットの家族がふたたびヴァルラン家にやってきたが、今回は本当に病気なのだと納得してすごすごと帰っていった。デルフィーヌが寝室を見舞ったが、リゼットは相手が誰だかわからないようだった。リゼットが助かる見こみは薄いと思ったのだろう、ガスパールは屋敷を出ていくとき、ずいぶん落ちこんでいた。

ジャスティンはにわかにふさぎこみ、病人を家に泊めるなんて迷惑だとぼやいた。「どっちにしても、早く終わってくれないかなあ」弟とふたりで階段に腰を下ろしながら、彼はうっとうしそうに言った。「みんな、気をつかって音をたてないようにしているし、リゼットはうるさいし、家中がお酢臭いし、もう我慢できない」

「あまり長くはかからないよ」フィリップが言った。「おばあちゃん《グランメール》が、あと一日もたないだろうって」

　そこへ二階から弱々しい叫び声が聞こえ、ふたりは凍りついた。すると突然、書斎から父親が現れ、ふたりの横を無言で通りすぎた。階段を一段抜かしで駆け上がっていく。双子は驚いて顔を見あわせた。

「リゼットを好きなのかな?」フィリップがたずねた。

　ジャスティンは弟を小ばかにするように顔をしかめた。「利用する前に死んだらどうしようかと気を揉んでるだけさ」

「どういう意味?」兄が隠し事をしているのではないかと疑ったのだろう、フィリップは兄の袖をつかんで問いただした。「なにか知ってるの?」

　ジャスティンはいらだたしげに弟の手を振りほどいた。「教えないよ。おまえに話したって、父さんの味方をするだけだからな」

　リゼットは譫妄状態に苦しみ、しきりに寝返りを打っていた。イレーネがどれほど手を尽くしても無駄だった。「かわいそうに《ポーヴル・プティット》」イレーネはつぶやいた。なにをやっても病状は一向によくならない。患者は水も飲まず、一時もじっとしておらず、薬を飲ませても効き目が出る前に吐いてしまう。疲れ果てたイレーネはベッド脇の椅子に腰を下ろし、絶えず体を引きつらせているリゼットをじっと見つめた。

「やめて……来ないで……お願いだからあっちへ……」リゼットはか細い声でうわごとを言いつづけている。

なんとかして熱を下げなければ。スポンジの入ったたらいにのろのろと手を伸ばしたイレーネは、暗い部屋に息子が現れたのに気づいて驚き、跳び上がった。

「マックス、いったいなんの用？　ここは男の人が来る場所じゃありませんよ。彼女は服を着てないの」

「そんなことはどうでもいい」

乱暴に蚊帳を払いのけると、マックスはベッドの端に腰を下ろし、もだえ苦しむリゼットの体の上に身をかがめた。

「マックス、失礼ですよ」イレーネが抗議する。「出ていきなさい」

母の言葉を無視して、マックスは汗ばんだ体を覆うしわくちゃのシーツを引き剝がした。シュミーズは湿って肌に張りついており、もはや裸身を隠してはいない。彼は険しい表情で顔をゆがめ、リゼットのもつれた髪をかきあげると、彼女を膝に抱いた。腕のなかで震える女《ひと》に気持ちのすべてを向ける。「しーっ」耳元にささやきかけ、片手で小さな頭をつつみこんだ。「寄りかかって。そう、落ち着いて、プティット。そんなに暴れてはいけない」

リゼットは彼にしがみつき、うわごとを言っている。

彼女の上半身をさらに起こし、マックスは濡れたスポンジを手にした。スポンジを顔と胸に滑らせると、肌を伝った水滴が自分の服にしたたり落ちた。「リゼット、じっとして。わたしに任せなさい。眠るんだ。心配ないよ。さあ、いい子《マ・シェール》だから」なだめたり静かに語りかけたりしていると、ようやくリゼットは落ち着き、ぐったりと彼にもたれかかった。マックスはベッド脇のカップと粉薬をとり、リゼットの口元に運んだ。むせて抗う彼女を懸命になだめすかし、薬を飲みこませた。

リゼットの背中をマットレスの上にそっと戻し、シーツを掛けなおす。マックスは驚いた表情の母に目を向けた。「ノエリンにきれいなシーツを持ってくるよう伝えてください。シーツを替えるのを手伝ってほしいと」

ややあってからイレーネは口を開いた。「助かったわ、マックス。あとはわたしがやりましょう」

マックスはナイトテーブルから櫛をとり、リゼットのもつれた髪を梳かし始めた。「母上もお疲れでしょう。少し休んでください。わたしが看ますから」

けしからぬ申し出に、イレーネはどう返せばいいのかわからないようだった。「あなたが？　ばかなことを言うもんじゃありません。少しはわきまえなさい。そもそも男性に看護のなんたるかがわかるの？　看護は女性の仕事。それはもう大変な——」

「女性の体のことならわかってますから。それに、息子たちのときも看病をしたのはわたしです。忘れましたか?」

母はしばし黙りこんだ。「たしかにね」と認める。「あの子たちのときは、それは立派に看病してましたよ。でもふたりはあなたの息子、この無垢なお嬢さんは――」

「まさかわたしが彼女になにかよからぬまねをするとでも?」マックスは苦笑した。「いくらわたしでもそこまではしませんよ、母上」

「だったら」イレーネは疑わしげに言った。「どうしてわざわざこんな面倒を引き受けるの?」

「当たり前のことでしょう。彼女には健康でいてもらわないと困りますからね。さあ、もう行って、休んでください。数時間なら、わたしが看ていられますから」

しかし、イレーネはしぶしぶ立ち上がった。「ノエリンに代わるよう言っておくわ」

しかし、ノエリンであれ誰であれ、マックスはいっさい看病を代わろうとしなかった。この瞬間から片時もリゼットのベッドを離れず、シャツの袖を肘の上までまくって、ひどい熱と格闘した。疲れも見せず、驚くほどの忍耐力を発揮して。

イレーネは大いに驚いていた。たとえ夫婦であっても、男性が女性のためにそこまですることはない。激しく困惑したが、息子にやめさせるすべは浮かばなかった。マックスは母の言うことなど聞かない。次男や三男が家にいれば、無理やり病室から引っ張り出す役を引き受けてくれるかもしれない。だがふたりの帰国はまだ先の話で、マックスはひたすら病室にこもりつづけた。まるで、それが当然であるかのように。

リゼットは夢を見ていた。一頭のオオカミが彼女に忍び寄る。やっとの思いで逃げだしたが、よろめいて地面に倒れてしまった。オオカミはゆっくりと迫ってくる。そして、うつ伏せになった体の上にかがみこんで牙を光らせたかと思うと、いきなり嚙みつき、肉を引き裂こうとした。食いちぎられ、ばらばらにされる恐怖に、リゼットは悲鳴をあげた。すると突然、低い声が響きわたり、オオカミは逃げていった。「ここにいるよ……。大丈夫だ。静かに……わたしはここにいる。安心しなさい」

灼熱が肌を焦がし、肺に火ぶくれを作っていく。リゼットは苦痛のあまり叫び声をあげ、熱から逃れようともがいた。すると、ひんやりした手に額を撫でられた。もっと撫でてほしくて身をよじる。「お願い」あえぎながら言うと、生きかえるような感触が戻ってきたので、安堵のため息をもらした。心地よい冷たさが全身を覆い、耐えがたい熱が和らいでいく。

オオカミの目が闇のなかで邪悪な光を放ちながら、こちらを見ているのをふたたび感じる。パニックに陥ったリゼットはきびすをかえし、とたんに男性の硬い胸と腕にぶつかった。

「お願い、助けて――」

「おまえはわたしのものだ」というエティエンヌ・サジェスの声がして、恐怖におののきながら顔を上げる。サジェスの目は重たそうなまぶたの下で欲望にぎらつき、唇はてらてらと濡れていた。身をひねって逃れると、今度は継父が目の前に立っていた。

ガスパールの顔は憤怒に赤黒くなっている。「彼と結婚するんだ!」継父はリゼットを殴り、ふたたび手を振り上げた。

「お母様！」リゼットはかたわらにいる母に気づいて呼んだが、母は頭を横に振りながら後ずさりした。

「お義父様《ボー・ペール》の言うとおりになさい」

「いやよ……」

カップの縁が唇にぶつかり、口のなかに苦味を感じた。リゼットはひるんだが、背中に置かれた鋼のごとき腕が解放してくれない。

「やめて」息が詰まって頭を後ろに倒すと、たくましい肩にぶつかった。

「暴れないで、プティット。ちゃんと飲むんだ。いい子だから……あともう少しだよ」優しく促されるまま、リゼットはあえぎながら口を開けた。

濃い霧のなかを駆け抜けていく男の黒い影が目に入った。あの人が助けてくれるかもしれない……きっと助けてくれる。リゼットは死に物狂いで男のあとを追ったが、行く手を高い鉄の門に阻まれてしまった。柵をつかんで激しく揺らす。「待って！　なかに入れて！　わたしもなかに……」

オオカミの気配を背後に感じる。徐々に近づいてくる。霧深い夜をつんざく低いうなり声。リゼットは恐怖に震えながら門をぐいぐい引っ張ったが、無駄だった。強靭な顎が喉元に襲いかかる。

「静かにおし。じっとして、体を休めないと」

「やめて、やめさせて……」

「わたしの腕のなかにいれば安全だよ、マ・シェール。誰もきみを傷つけたりしない」

濡れた布が首から腕、背中、脚へと滑っていく。先ほどのカップがふたたび口元に押しあてられた。「もう一口」穏やかな声が言う。「がんばって」

リゼットはおとなしく従った。オオカミはなおも彼女の周りをそろりそろりと歩いている。飢えた牙で喉笛を噛み、彼女を暗がりへ引きずりこもうとしている。恐怖に駆られ、やめてと叫んだが、オオカミは放してくれない。どうしても……。

暗闇から抜けでようと、リゼットはもがきながら上を目指し、そしてついに深い眠りの表層を突き破った。彼女は薄暗い部屋でうつ伏せに横たわっていた。片隅に置かれたランプが琥珀色の光を放っている。まばたきをしながら明かりのほうに体をずらし、マットレスに頬をのせる。体も頭も腕も、砂袋がのっているかのように重い。心地よい冷たさに背中を撫でられ、彼女は思わず小さく喉を鳴らした。

優しい手が頬に触れ、体温をたしかめる。「だいぶよくなったな」聞き覚えのある声。「熱は引いたらしい」

それが誰の声か気づいて、リゼットは仰天し、目を見開いた。「ムッシュー・ヴァルラン？」と弱々しく呼びかける。「どうして？　あなたなの？」

「残念ながらそうみたいだよ、プティット」という穏やかな声には笑いがにじんでいた。

「でも……なぜ……」リゼットは口ごもり、呆然と黙りこんだ。いったい誰が彼をこの部屋に入れたのだろう。まさか彼が看病をしてくれた？　記憶のかけらが疲れた頭に浮かびだす。なだめる声、力強い腕、彼女に求められるがままに世話をやいてくれた優しい手。信じられなかった。

しばらくすると、自分が裸で寝ている事実が徐々に理解されてきた。腰の下のほうにシーツが掛かっているものの、背中はむきだしだ。いったいどういうことなのか……どう反応すればいいのかわからない。

「わたし、服を着てないわ」リゼットは泣きそうな声で言った。

マックスはベッドに身を乗りだした。シャツの袖はまくられ、はだけた襟元から胸を覆う黒い巻き毛がのぞいた。日に焼けた顔はひげが伸び、髪もぼさぼさだ。黒い瞳には濃い影が差している。

彼はリゼットのほつれ髪を慎重に耳にかけた。「すまない」と言ったものの、本心から謝っているとは思えない。「そのほうが看病しやすかったのでね」

熱を帯びた耳の後ろに指先が触れ、リゼットは身を硬くした。

「大丈夫」マックスはささやいた。「きみみたいな健康状態の女性にいたずらをする気はないよ」いったん言葉を切り、真顔で言い添える。「元気になるまで待とう」

仰天しつつも、リゼットは思わずくすくす笑いだした。「倒れてからどれくらい？」とかすれ声でたずねる。

「三週間になるね」

「そんなに……」口のなかがからからに乾いてくる。リゼットはシーツを手探りしながらのろのろと仰向けになった。すると胸があらわになってしまい、全身を真っ赤に染めた。

マックスは気づいたそぶりも見せず、寝返りを打つのを手伝ってくれた。胸までシーツを引き上げて、わきの下にたくしこむ。リゼットは驚きとともに彼の褐色の顔をじっと見ていた。マックスがつづけて、熟練の看護師さながら、背中の後ろに手際よく枕をあてがってくれる。

リゼットの気持ちを察したらしく、今度は黙って彼女の口元にカップを運んだ。リゼットはごくごくと喉を鳴らして、冷たい水が乾ききった口と喉を潤す感覚を味わった。カップが口元を離れると、枕に身をもたせた。

「あなたのお母様、なぜ看病を任せたりしたのかしら」リゼットはかすれ声でつぶやいた。

「いや、母は反対したんだよ」マックスは正直に言いながら、毛布をきちんと掛けた。「だが母は最初の数日で疲れてしまったし、わたしも頑として譲らなかった」苦笑を浮かべる。

「その後母は、どのみちきみはよくならないのだし、誰が看病してもかまわないだろうと決めつけた」

その言葉の意味をじっくりと考え、リゼットはしみじみと思った。彼が根気強く、疲れをおしてつきっきりで看病してくれなかったら自分は死んでいたのだ。「あなたが救ってくれたのね」弱々しい声で言う。「でも、なぜ？」

彼の指先が、そばかすの浮いた頰をたどっていく。「きみがいないと、この世はますます暗く退屈な場所になってしまうから」

マックスがナイトテーブルの上の物をきちんと並べるさまを、彼女はぼんやりと見守った。病に倒れた日のこと、投函されなかったマリー宛の手紙の一件が脳裏によみがえる。自分は彼に腹を立てて当然なのだと思った。だが、その件を持ちだすのはあとにしようと決めた。マックスが自分にどんな仕打ちをしたにせよ、倒れているあいだずっと看病してくれた。それについては感謝しなければならない。

「よければスープを持ってこさせるが、飲んでみるかい？」

リゼットは顔をしかめた。「無理みたい。せっかくだけど遠慮しておくわ」

「少しでいい」どうやらマックスは、彼女がうんと言うまであきらめないつもりらしい。眉根を寄せ、ため息をつく。「じゃあ、ほんのちょっとだけ」

マックスはノエリンにスープを頼んでから枕元に戻ってきた。リゼットはシーツのへりをもてあそびながら彼を見やり、胸毛ののぞく上半身から無精ひげの生えた顔へと視線を走らせた。「こんな毛むくじゃらの看護師さん、初めて見るわ」

すると彼は浅黒い顔に白い歯をのぞかせて笑った。「えり好みはできないんだよ、プティット。よくなるまで、わたしで我慢しなさい」

やがてリゼットが気分転換を望むほど回復すると、マックスは彼女を階下の居間に運んでくれた。だが元気になるにつれ、彼女はマックスとの距離がどんどん近づいていく事実に思い悩むようになっていった。

この三日間というもの、リゼットは彼と距離を置こうと試みてきた。体を清めるのも、髪を梳かすのも、髪を編むのも、着替えも、彼ではなくノエリンやイレーネに手伝ってもらうようにしていた。

ところがこうしてマックスに抱かれて居間へ運ばれていると、そんな思いとは裏腹に、彼への親しみを感じている自分がいた。優しさや思いやりに気づかずにはいられなかった。彼に裏切られ、いいように利用されようとしている事実を、危うく水に流しそうになる。だが二度と彼を信じるわけにはいかない。リゼットは自分に言い聞かせ、不審げに眉根を寄せた。

「どうした？」マックスはたずね、彼女を抱く腕の位置を直した。「どこか痛いのか？」

「いいえ」リゼットは彼の首に腕をまわしたまま答えた。「どんなゲームを企んでいるのかしらと思っただけよ、ムッシュー」

マックスはぽかんとした顔をした。「ゲーム？」

そのとぼけた表情に呆れて、リゼットは天を仰いだ。「わたしは駒なんでしょう？　あなたとエティエンヌ・サジェスのゲームの。ちゃんとわかってるんだから。いとこに手紙を届けるつもりなんて最初からなかったくせに。あなたは、わたしをここに置いておきたかった。そしてまんまと成功した。さあ、なにを企んでいるのか教えて」

「その話は元気になってからにしよう」マックスはつぶやいた。

「白状しなさい」リゼットは問いつめた。「あなたがなにを求めているか、それをどうやって手に入れるつもりか、ちゃあんとわかってるんだから」

「ふうん」彼の目に一瞬、炎が宿る。「じゃあ、わたしがなにを求めているか、言ってごらん」

リゼットが答える間もなく、マックスは彼女を長椅子の上に慎重に下ろした。すかさずノエリンが膝掛けを掛けてくれる。

マックスが手を離そうとしたとき、リゼットは頭皮が引っ張られるのを感じた。彼の上着のボタンに髪が引っかかっているらしい。なにが起きたのか気づいて、ふたりは同時にボタンに手を伸ばした。すると指がからみあい、リゼットはどぎまぎしながら慌てて手を引いた。温かい息が頬に触れた瞬間、なんともいえない気持ちになり、彼女は動揺した。ゆっくりと手を下ろしたが、まだ心臓がどきどきしていた。マックスが小さなもつれを慎重にほぐし、ふたりを結びつけていたものをほどいていく。彼の匂いが鼻孔を満たす。酔わせるような男らしい匂いに、ふいに彼の素肌に唇を押しつけたくなる。ひどくみだらな想像にわれながら驚いて、リゼットは身を縮めて彼から離れた。

マックスは相変わらずリゼットの上に身をかがめていた。片手をローズウッドの長椅子の背に、もう一方の手を彼女の腰のあたりに置いている。「怖がらなくていい」リゼットの瞳に宿った色を読みちがえたのだろう、彼は言った。

「怖がる?」リゼットは上の空でつぶやいた。「怖がってなんかいないわ」

その言葉に、なぜかマックスは動揺した表情になった。呼吸が速くなり、信じられないとばかりに彼女を凝視している。

そこへイレーネが入ってきて、ふたりを縛っていた沈黙を破った。「あらリゼット、今朝の気分はどう?」

マックスの顔から奇妙な表情が消える。「よさそうですよ」彼はそっけなく言い、大またで扉に歩み寄った。「書斎に行ってます」

イレーネは部屋をあとにする息子を目で追い、かぶりを振った。「なんだか最近、おかしいのよねえ」

リゼットはため息をついて考えた。マックスがなにを企んでいるのかはわからない。だがその企みは、病気のために一時棚上げされているにすぎない。「マダムもご存じですよね」彼女はゆっくりと口を開いた。「いとこのマリーに宛てた手紙を、ムッシュー・ヴァルランが出してくださらなかったこと」

イレーネは顔をしかめた。「リゼット、その話はもっと元気になってからのほうがいいんじゃないかしら?」

「彼はわたしを辱めるつもりだったのでしょう?」リゼットはみぞおちの上で指を組みあわせた。「こんなに長くこちらにお邪魔してるんですもの、わたしの評判はきっともうずたずただわ。マダムが一緒だろうと関係ありません。これだけ長いことムッシュー・ヴァルランとひとつ屋根の下で暮らして何事もなかっただなんて、誰も信じるわけがないもの。ひょっとしてサジェスは決闘を申し込もうとしているのでは？　それがクレオールの男のやり方、そうでしょう《ネスパ》？　すべてムッシュー・ヴァルランの望みどおりなんだわ」

イレーネは長いこと黙っていたが、ようやく「リゼット」と口を開いた。「いまならまだ、サジェスの元に戻れるわ。そうしたいというのなら、わたしが取り計らってあげますよ」

リゼットは首を振った。「まさか。彼のところに戻るくらいなら、娼婦になるほうがましだわ」

あからさまな物言いに、イレーネはぎょっとした顔を見せたものの、ノエリンが戸口に現れたのでとくに非難の言葉は口にしなかった。

「マダム」メイド長は困り果てたように天を仰いだ。「ムッシュー・メダールがお見えで……マドモワゼル・リゼットを連れて帰りたいとおっしゃっています」

4

リゼットは病みあがりの弱った体を呪いつつ、居間に現れた継父とおばを見やった。長椅子から飛び下り、逃げだしたい衝動に駆られたが、逃げたところでいくらも行かないうちに倒れてしまうのはわかっていた。

「リゼット」ガスパールは口元をほころばせ、穏やかに言った。しかし、目には紛れもない憎悪の色が宿っている。リゼットとエティエンヌ・サジェスの結婚は、ガスパールの破産を食い止める唯一の手段。そのもくろみをまんまとリゼットが妨害したも同然だからだろう。

「この大ばか者め。それにしてもおまえは運がいい。こんなことがあったにもかかわらず、サジェスはまだおまえを妻に迎えたがっているんだからな。予定どおり彼と結婚してもらうぞ。さあ、もうよくなったのだから一緒に帰るんだ」

「彼とは絶対に結婚しません。そんなこと、とっくにわかっているはずよ」

「まあまあ、リゼット」デルフィーヌはまるで母親のように心配げな面持ちでリゼットに駆け寄った。「子どもじみたことは言わないでちょうだい。あなたを迎えにきたのよ。これ以上、見ず知らずの方たちのご厄介になるわけにはいかないでしょう。あなたもわかってるわね」肉づきのいい手でリゼットの顔を撫で、膝掛けをしっかりと体に巻きつける。

　リゼットは罪悪感を覚えた。おばの指摘ももっともだった。ヴァルラン家にとって自分はたしかに厄介者だ。それにマックスを破滅させる道具になりたくはない。自分がここにいるせいで本当に決闘が起きたら、サジェスにけがをさせられるかもしれない。いや、殺される恐れだってある。そう思うと、頭のなかが真っ白になるほどの恐怖に襲われた。

「リゼット」哀れみのこもったイレーネの声に、そこにいた全員が驚いた。「おふたりと一緒に行くべきかもしれないわ。きっとそれが一番の選択肢よ」

「そうとも、そうとも」うなずくガスパールの顔から険しい表情が消えた。「あなたは良識のある方だ、マダム・ヴァルラン」

「リゼットの幸せをよく考える必要がありますから――」イレーネは慎重に応じた。

「マダム・ヴァルランは、おまえがここで世話になっているのはまちがいだとわかっておられるのだよ」ガスパールはイレーネの言葉をさえぎり、手を伸ばしてきた。「さあ行くぞ《アロン》、リゼット。外で馬車が待っている。見たこともないほど立派な馬車だ。サジェス家が、おまえに必要なものをすべて前もって用意してくれたんだぞ」そう言うと、いやがるリゼットを丸太のような腕で軽々と抱き上げた。太い腕で体を押さえこまれ、身動きも息もできない。

「面倒をかけた償いはしてもらうからな」継父が耳元でささやき、熱いつばが肌に飛び散った。

　打ちひしがれながらもリゼットは抵抗した。「マックス」大声で叫び、どうして彼がここにいないのかと必死に考える。おばと継父がやってきたことを、誰も彼に伝えていないのだろうか。「マックス——」

そのとき、ふいに平衡感覚が失われたかと思うと、誰かの低いうなり声が聞こえた。ガスパールの声ではなかった。見えない力に引っ張り上げられ、容赦なくつかんでいる継父の手から逃れたとたん、その勢いでマックスの硬い胸にぶつかった。すぐさま彼の首に腕をまわし、懐かしい匂いのする首筋に顔をうずめる。「サジェスのところへ連れていく気よ」リゼットはあえいだ。「そんなことさせないで。絶対にいや——」

「どこへも行かせない」マックスはぶっきらぼうに言った。「落ち着くんだ、リゼット。興奮すると体によくない」わがもの顔の物言いに、リゼットの心は奇妙に舞い上がった。リゼットは自分のもの。マックスはそう思っている。誰も彼からリゼットを奪うことはできないのだ。

彼女を長椅子に座らせたマックスは、身を起こすとガスパールをねめつけた。「二度と彼女にさわるな」声は穏やかだったが、その響きにリゼットはぞくりとするものを覚えた。

「髪一本でも乱したら、きさまを八つ裂きにしてやる」

「おれの娘だぞ!」ガスパールはわめいた。激昂し、ありえないと言わんばかりにふたりをにらみつけている。

冷たい満足感とともに、リゼットは継父をにらみかえした。マックスはこの争いで彼女を味方につけようとしている。手元に置いておけば、自分の目的にかなうからだ。ここは彼に任せよう。評判が台無しになろうが、マックスに利用されようがかまわない。肝心なのは、エティエンヌ・サジェスとの結婚を回避することだ。

憤怒の形相でガスパールが言う。「午後までに戻らなかったら、サジェスは婚約を破棄すると言っている。純潔を奪われたものとみなすと！　わかってるのか、このばか者。そうなったらおまえと結婚したがるまともな男などもういない。そんな娘はおれにとってただのお荷物だ。それにおまえは自分の名前を汚すだけじゃない、サジェスの名誉も汚すことになる。それこそまさに、ムッシュー・ヴァルランの思うつぼだ。ムッシュー・ヴァルランにとって、自分がただの道具にすぎないのがわからんのか？　長年の確執に決着をつけるための道具だ。片がついたときには、サジェスの妻として送れただろう生活はもう望めない。自分を大事にしろ、リゼット。さあ、おれと一緒に来い。茶番はもう終わりだ！」

ふいに激しい疲労を覚えながら、リゼットは口元に苦々しい笑みを浮かべた。「ムッシュー・ヴァルラン、父の話はすべて本当なのね？」

マックスは顔をそむけたまま、そっけなく「ああ」と答えた。

リゼットは驚かなかった。「ゲームが終わったら、わたしをどうするつもりだったの？」

「復讐の機会を与えてくれたことに対して、相応の礼をするつもりだった」彼は恥じる様子などみじんも見せずに答えた。「どんなかたちであれ、きみが望むやり方で面倒を見る。きみにもいずれ、わたしの感謝の気持ちがどれほどのものかわかったはずだ」

あまりにも尊大な物言いに、リゼットは思わず苦笑いした。「それほどの敵意を抱くなんて、サジェスはいったいなにをしたの?」

マックスは答えない。

リゼットは自分の選択肢をじっくり考えた。「もう利用されるのはうんざり」誰にともなく言い、継父を見据える。「ボー・ペール、残念だけど、わたし抜きでサジェスの元へ帰ってください。わたしはもう、ボー・ペールにとってはなんの価値もない女ですから。お金儲けなら別の方法を探してください。それからムッシュー・ヴァルラン……ムッシュー・サジエスと決闘するならどうぞご自由に。念願がかなってよかったわね」

「そんな、あなたはどうするつもりなの、リゼット?」イレーネは心配そうにリゼットを見つめた。

「体力が戻りしだい、ウルスラ会の尼僧院に行きます。尼になるつもりはありませんけど、身の振り方を決めるまで置いてくれるでしょうから。住み込みの家庭教師の口が見つかるかもしれません。あるいは、どこかで教える仕事とか」リゼットは、戸口で一部始終を見ていたノエリンに手を差しだし、静かな威厳を漂わせて言った。「二階に行くから、手を貸してちょうだい」

入浴を終えてすっきりしたリゼットの髪は、まだ湿っている。もつれた部分をノエリンが丁寧にほぐし、櫛で梳かしている。イレーネはかたわらの椅子に座って、窓の外を眺めた。午後の陽射しが私道に沿って並ぶオークの木立に照りつけ、木もれ日が湿った地面に降りそそいでいる。黒いサラブレッドに乗って出かけていくマックスの姿が見える。息子はしばらく帰ってこないだろう、そう判断し、イレーネはリゼットに向きなおって静かに語りかけた。

「リゼット、あなたには知る権利があるわね。マックスとエティエンヌ・サジェスとのあいだになにがあったのか。それがわかれば、息子をもっと理解できるでしょうし、もしかすると少しは許す気になるかもしれない。意地の悪い身勝手な男に見えるだろうけど、マックスは本当はそんな人間ではないの。もっと若いころは、親のあらゆる期待をはるかに超えていたものよ。たしかに自由奔放でいたずらな面はあったけど、思いやり深くて、優しくて、自慢の息子だった。ニューオーリンズ中の女性があの子に恋をしていたわ。老若問わず、既婚者も独身者も関係なくね。その当然のなりゆき《ナチュレルマン》として、あの子は女性で身を滅ぼしたの。コリーヌ・ケランといって、ニューオーリンズの名家の娘だった。息子が結婚したのはいまのあなたくらいの年だったわ。若すぎて、美しい仮面の下に隠された本当の彼女が見えなかったんでしょうね。結婚一年目にコリーヌは双子を授けてくれて、マックスは喜びに酔いしれた。家族で仲よく、幸せに暮らしていくだろうと思っていたのに……」イレーネは言葉を切り、つらそうに首を振った。

「なにがあったのですか」リゼットは促した。

「コリーヌは変わってしまった。いいえ、ついに本性を現したと言ったほうがいいかもしれないわね。美しい仮面を脱ぎ捨て、まるで着飽きた服を処分するかのように、道徳観念も自尊心も捨て始めたの。子どもたちにもまったく関心を示さなかったわ。マックスを傷つけたかったのよ。そのために愛人を見つけたの。相手が誰かは見当がつくわね」

リゼットはごくりとつばを飲みこんだ。「エティエンヌ・サジェス」

「そう《ウィ》、彼だった《セテ・リュイ》。コリーヌはマックスの目の前で、これみよがしにサジェスと無分別に振る舞った。マックスにまだ愛されている自信から、ますます残酷になった……ああ《モン・デュー》、あの子の苦しみようといったら。母親なら誰だって、わが子があれほど苦しむ姿は見たくないものよ。息子はサジェスに決闘を申し込むつもりでいたわ。だけどプライドが邪魔をした。妻が不義を犯したと世間に認めるのがいやだったの」

ノエリンはリゼットの髪をうなじでまとめてから、イレーネにハンカチを渡した。

「メルシー、ノエリン」イレーネは涙をぬぐった。「どうしてあんなことになったのか、誰にもわからないの。マックスはコリーヌにもてあそばれて苦しみ、とうとう自分を抑えられなくなった。あれは起こるべくして起きたことだわ、そうでしょう、ノエリン?」

「ウイ、マダム」

「あれとはなんですか?」答えはわかっていたが、リゼットはあえてたずねた。

口を開いたのはノエリンだった。「マダム・コリーヌは、森の奥にある奴隷監督人の小屋で発見されました。首を絞められた状態で」

「見つけたときにはすでに息絶えていた、マックスはそう主張したわ」イレーネが引き継いだ。「殺していないと断言したけれど、アリバイはなかった。でも当局は事情を考慮して、大目に見てくれたわ。そうやってときどき黙認してくれるのよ。妻が不義を犯した場合はとくにね。けっきょく、エティエンヌと決闘はしなかったわ。マックスは無実を訴えつづけたけれど、誰も信じなかった。友だちの信頼も揺らいでいるとわかって、ひとり悲しみに暮れたの。だけど、時が経てば息子も立ちなおり、以前のあの子に戻るだろうと考えていたわ。でも、苦しみに耐えられなかったのでしょうね。あれ以来、愛情を表現することも、誰かを信じることもしなくなってしまった。双子以外の誰にも関心を示さなくなったの」

「息子さんの無実を信じているのですか？」リゼットはたずねた。

　イレーネはずいぶん長いあいだためらってから、「あの子の母親ですからね」とだけ答えた。

　リゼットは眉をひそめた。イレーネは息子を信じていない。「でも、彼女を恨んでいる人はほかにもいたのでは？」

「いなかったわ」イレーネは恐ろしいほどきっぱりと断じた。

　リゼットは想像しようとした。マックスの力強い手が女性の首を絞め、息の根を止めているさまを。そのイメージは、彼女の知っている、優しく看病してくれた男性とどうしても一致しなかった。たしかにマックスには厳しい一面があるし、人を操るのが上手でもある。でも人殺しなどするだろうか。リゼットにはなぜか、彼が犯人だとは思えなかった。

「かわいそうなマックス」イレーネが言った。「さあ、これで息子があなたを決闘の引き金にしたがる理由がわかったでしょう。過去の恨みを晴らす絶好の機会だと思っているのよ。決闘になれば、マックスはほぼまちがいなくサジェスを殺すでしょうね。それでやっと、あの悲劇を完全に葬り去れるのかもしれない」

「あるいは」リゼットはつぶやいた。「自らの手をさらに血に染めるだけかもしれません」

木曜日の恒例のお茶会を、イレーネは心からありがたいと思った。この先何年も人びとの口に上るだろう胸躍るゴシップに関する情報をぜひとも手に入れようとして、あちらこちらから女友だちや親戚がやってきたのだ。噂はすでにニューオーリンズの隅々まで広がっていた。近いうちに決闘が行われるのは明らかだった。マクシミリアン・ヴァルランがエティエンヌ・サジェスの婚約者をまさに目と鼻の先で奪い、辱めたことは誰もが知っていた。

「噂はでたらめよ」イレーネは静かに宣言して会話の主導権を握り、応接間に集まった人びとにケーキとラングドシャをふるまった。「わが家に泊まっているお嬢さんの純潔を息子が奪ったなんて話、いったいどこの誰が信じるのかしら。このわたしがお目付け役としてちゃんとそばにいるのだし、そもそも彼女は黄熱病で寝こんでいたのよ。看病したのもわたしですもの！」

レースをかぶった白髪頭が四つ、同時にうなずいた。ラルー家のクレアとニコール、マリー＝テレーズ・ロベール、フルーレット・グルネ。イレーネが最も信頼している友人で、とりわけ悲惨な状況にあってもずっと支えてくれた。コリーヌ・ケランが殺され、失意の日々がつづいたときでさえ、訪問をやめたり、縁を切ろうとしたりしなかった。イレーネが優しく、寛大で、洗練されたレディであることは周知の事実だ。だがその息子は……。

それでも、たいがいのクレオール人はマックスを大目に見ていた。ヴァルラン家は数十年にわたる歴史を持つニューオーリンズの名家だ。だからみな、不名誉な過去があるにもかかわらず、彼を毎年の大きな社交行事にきちんと招いていた。だが本当の友情を築いたり、親交を深めたりできる内輪の集まりにはけっして呼ばなかった。

「イレーネ、あなたが不道徳な行いを絶対に許すわけがないのは、みんなわかっているわ」ヴァルラン家の若い世代と親しくしている、年若い既婚婦人のカトリーヌ・ゴティエが口を開いた。「でもやっぱり、そのかわいそうなお嬢さんの評判は傷ついたも同然よ。だって、三週間以上もマクシミリアンとひとつ屋根の下で過ごしてきたのでしょう。この街一番の悪……いえ、紳士と一緒に。エティエンヌ・サジェスが婚約を破棄すると言ったとしても、誰も彼を責められないわ」

誰もが同意の言葉をつぶやきながら、カップを差しだしてコーヒーのお代わりをもらい、お菓子の残りを平らげると新しい皿に手をつけた。

「そうなると、すぐにも決闘が行われるわね」マリー＝テレーズが言った。「サジェスにはそれしか方法がないもの。さもないと彼の名誉は永遠に汚されたままだわ」

「そうよ、みんなそう思っているわ」フルーレットが上品な手つきで口の端をナプキンで押さえた。さほど興味はないといった表情を浮かべてイレーネにたずねる。「ねえ、マクシミリアンはどうやってそのお嬢さんを説得してここにとどまらせたの？」

「なにもしていないわ」イレーネは取り澄ました声で言った。

クレアとフルーレットが訳知り顔を見あわせる。娘が誘惑されたのは明らかだ。あるいは力ずくだったのか。マクシミリアンはかくもよこしまな男なのだから。

ヴァージニア生まれのウィリアム・チャールズ・コールズ・クレイボーンは二八歳の若さで、ジェファーソン大統領によりオーリンズ準州の初代アメリカ人知事に任命された。クレオール人は彼に歯向かったが、クレイボーン政権にとって最大の脅威はむしろ、金に飢えたアメリカ人とフランス人亡命者の連合体だった。

抜け目のないクレイボーンが、とくに危険人物として注意していたのはふたり。一財産を築くためにニューヨークからこの地にやってきたエドワード・リヴィングストンと、先ごろ上ルイジアナ準州の知事に任命されたウィルキンソン軍総司令官だ。両者とも程度の差はあれアーロン・バーと結びついていた。バーはこの地の有力者による蜂起を画策し、司令官たちに協力を求めていた。

ニューオーリンズでなにかが起ころうとしていた。それを切り抜ける手腕が果たしてクレイボーンにあるのか、マックスはいくつもの疑問を抱いていた。たしかに知事は有能で決断力もあるが、一年前に妻とひとり娘を黄熱病で亡くして以来、いまも失意のなかにある。そんな知事を新聞は情け容赦なく攻撃し、クレイボーンはギャンブラーだ、自堕落な人間だ、生前の妻にひどい仕打ちをしていたと書きたてた。しかも折悪しく、バラタリア湾とニューオーリンズ南部のバイユーに横行する海賊の数が増加の一途をたどっていた。そのため知事は、バーの問題ばかりにかかずらっていられない状況にあった。

「問題は――」知事は陰気な顔でマックスに語りかけた。ふたりはどっしりしたマホガニーの椅子に腰かけ、街の現状について話しあっている。「無法者たちのほうが、わが警察隊よりも湿地帯を熟知している事実だ。しかも連中は物資も豊富だし、組織もまとまっている。ジェファーソン大統領は海賊との戦闘用に小砲艦を提供すると約束してくれたが、まともな船を用意できるとは思えない。それに、人選ができるほど大勢の志願兵はいるまい」

マックスは皮肉な笑みを浮かべた。「略奪行為に強攻策をとるとなると、たいていのクレオール人は賛成しないでしょう。免税品の調達手段を奪われれば、地元の商人たちは大騒ぎします。多くの名家は密輸によって財産を築いてきましたから。当地では、密輸は必ずしも卑しい行いとはみなされていないのですよ」

「ほほう、具体的にはどの名家だ？」

このような質問を疑いのまなざしとともに突きつけられれば、普通はしりごみするだろう。だがマックスは声をあげて笑い、「わが父が海賊の利益に貢献していなかったとしたら、むしろ驚きですね」と白状した。

大胆に打ち明けるマックスに仰天し、クレイボーンは厳しい目を向けた。「するときみはこの件に関して誰の味方なのだ、ヴァルラン？」

「わたしが密輸にかかわっているかどうかおたずねなら、答えは……」マックスはそこで言葉を切ると、深々と葉巻を吸って煙を吐きだした。「いまのところ、かかわっておりません」

傲慢な態度に、クレイボーンは腹を立てるべきか、おもしろがるべきか悩んでいる様子だ。けっきょく後者が勝り、知事は肩を揺すって笑った。「ときどき考えてしまうよ、ヴァルラン。きみはいったい友なのか敵なのか、とね」

「敵なら、考えるまでもなくわかるでしょう」

「ふむ、それよりもいまはきみの敵の話をしよう。ある女性をめぐってエティエンヌ・サジエスと対立しているそうだが、いったいどうなってる？　決闘で片をつけるなどというばかげた話も聞いたが、ただの噂なのだろう？」

「すべて本当です」

知事の顔に驚きの色が浮かぶ。「いい年をして、女をめぐって決闘もあるまい」

マックスは眉をつりあげた。「ムッシュー、わたしはまだ三五歳ですよ。もうろくする年じゃない」

「たしかにそうだが……」知事は不安げに首を振った。「ヴァルラン、長いつきあいではないが、わたしはきみを分別のある男だと知っている。血の気の多い若者じゃあるまいし、嫉妬に駆られてすべてをなげうつ手合いではないだろう。女を奪いあって決闘？　まさか、そんなばかなまねはできない人間だと思っていたが」

マックスは愉快げに口元をひくつかせた。「わたしはクレオール人ですよ。ばかなまねなら、いくらだってできます」

「わたしがクレオール人を理解できる日は一生来ないな」義理の兄を思い出したのだろう、

クレイボーンはかすかに顔をしかめた。知事の義兄は最近、亡くなった妹の名誉を守るために決闘に臨み、命を落とした。「女性のことといい、決闘のことといい、その短気といい……」

「知事もいずれわかりますよ。ニューオーリンズで暮らしていくには決闘は不可欠なんです。ご自分だっていずれ、決闘で名誉を守る羽目になるかもしれない」

「ありえんな！」

ニューオーリンズに住むアメリカ人はみなそうだが、クレイボーンもまた、ささいな理由で決闘するクレオール人の習性を理解していなかった。武器として好まれるのはレピアーと呼ばれる細身の諸刃の長剣で、剣術を教える学校は数多あり、どこも繁盛している。決闘場のひとつである大聖堂の裏庭は、多くの勇ましい男たちの血を吸いこんできた。クレオールの男は、侮辱されたと思えばその報復のためだけに決闘をし、命を犠牲にする。ときには、ほんの一言の失言や取るに足りない無作法を理由に決闘を申し込む場合もある。

「まったく」クレイボーンがつづけた。「きみにはまだやってもらうべき仕事があるというのに、よくそんなことにかかわっていられるな。わたしはこの街の住人を味方につけねばならないのだぞ。クレオール人のわたしへの反感が高まったりしたら――」

「クレオール人はあなたを嫌ってはいません」マックスは淡々と言った。

「嫌っていない？」クレイボーンの表情が和らいでいく。

「おおむね、あなたに無関心です。反感を抱いてるのは、ご自分の国の人間でしょう」

「くそっ。言われなくてもわかっている」知事はいまいましげにマックスをにらんだ。「おまえなど、いっそ決闘でサジェスに負けてしまえ」

マックスはかすかな笑みを浮かべた。「それはまずないですね。とはいえ、万一わたしが負けても、当地の状況は知事が懸念するほど変わりませんよ」

「冗談じゃない！　バー中佐はいまナチェズにいるんだぞ。ルイジアナの人びとを扇動して反乱を起こさせ、どこか知らんがほかの土地でも混乱を巻き起こそうと企んでいる。数週間後には、支持者を探しにここへもやってくるだろう。そのころにはもう、きみは地面の下だというのか？　きみには、わたしの手元にある報告書の真偽をたしかめてもらわねば困る。ついでに言っておくが、バーの計画が成功すれば、きみの財産は没収され、ルイジアナを州にする望みもついえるぞ」

マックスは黒い瞳にかすかな悪意を浮かべた。「ええ、彼らはノスリの群れのごとくこの地に来るでしょうね。アメリカ人ほど、他人のものをあさり、略奪するのがうまい人種はいませんから」

クレイボーンはその言葉を無視した。「ヴァルラン、本当に決闘するわけじゃないんだろう？」

「一〇年間、この機会をずっと待っていたんです」

「一〇年間も？　なぜだ？」

「そろそろ行かねば。喜んであなたの力になってくれる人はきっといますよ」マックスは立ち上がり、手を差しだして事務的に短く握手をした。左右の頰にキスをするクレオール式のあいさつよりも、アメリカ人はこちらを好む。まったくアングロサクソンは妙な連中だ。取り澄まし、人づきあいが悪いうえに、偽善者とくる。

「まだいいだろう？」知事は引きとめようとした。「ほかにも話したいことがある」

「いまごろはもう、わたしの居場所が街中に知れわたっています。きっとここを出るなり、決闘を申し込まれますよ」マックスはなおざりにおじぎをした。「それでは知事、ご用がありましたらなんなりとお申しつけください」

「明日で命が終わったらどうするんだ？」

マックスは暗い笑みをにじませた。「冥府からの忠告をお求めなら、そのときは喜んで」

クレイボーンは笑った。「わたしにとりつくとでもいうのか？」

「ヴァルラン家の亡霊に遭遇するのは、あなたが初めてではありませんよ」マックスは農園主が愛用するつば広の帽子をかぶり、平然として大またで部屋をあとにした。

荒れ果てた知事公邸を出ると、数人の集団が近づいてきた。とたんに周囲が興奮にわきかえる。ヴァルラン家の人間が近々決闘に臨むのではないかと、誰もが期待を寄せていたのだ。

「みなさんお揃いでどうかしましたか？」マックスはのんびりと促した。

集団のひとりが進みでて、息を荒らげながらマックスの浅黒い顔を凝視する。男はいきなり、マックスの頰に手袋を乱暴にたたきつけた。「エティエンヌ・ジェラール・サジェスに代わって、決闘を申し込む」

マックスはにやりと笑った。その場にいた全員の背筋に冷たいものが走る。「受けて立とう」

「介添人を指名しろ」

「ではジャック・クレマンを。彼と準備を進めてくれ」

クレマンは交渉に長けた頭の切れる男で、これまでに二度、決闘者が剣を交える前に和解を成立させていた。しかし今回マックスは、交渉の必要はないとはっきりクレマンに告げていた。この決闘では、どちらかが死ぬまで戦う。武器はレピアー。場所はポンチャトレーン湖の岸辺。そこなら人目につかないし、気を散らすものもない。

「医者は？」相手の介添人がたずねた。「誰が決める——？」

「そっちで決めてくれ」マックスは無頓着に答えた。ついに復讐を果たすときがやってきたいま、その事実以外はどうでもよかった。

街を飛び交う噂に触発され、ジャスティンとフィリップははだしで家のなかを走りまわっていた。杖とほうきを手に決闘ごっこである。テーブルやタンスや棚にぶつかるたびに、そこに並んだ小さな置物がひっくりかえった。ふたりとも、誉れ高く情け容赦のない父がエティエンヌ・サジェスを必ず倒すと確信していた。友だちにも自慢したとおり、武器が拳銃だろうが剣だろうが肩を並べる者がないことを、父は身をもって示してきたのだ。

イレーネは自室に引きこもり、必死で祈っていた。息子が明日、無事戻ってきますように。

復讐などという罪深く残酷な望みを抱く息子を、どうかお許しください。

リゼットは応接間で、当惑と緊張を胸に腰を下ろし、マックスになにがあろうと自分には関係ないのだとおのれに言い聞かせていた。ニューオーリンズでは、どれほど太陽が照りつけようとみがかかった空をじっと見つめる。窓外に目をやり、乳白色のきらめきを放つかすみがかかった空をじっと見つめる。

湿気が完全になくなることはない。そのおかげで、どこよりも美しい夕焼けが見られる。

マックスはいまどこにいるのだろう。彼は夕方にいったん姿を見せたあと、夕食もとらずに屋敷を出ていった。愛人に会いに行ったんじゃありませんか。メイド長のいたずらっぽいほのめかしに、リゼットの胸中に不思議な思いが渦巻いた。「彼に百人の愛人がいたって別に気にしないわ」ひとりごちたが、まるで嘘のように聞こえた。

まさにこの瞬間にも愛人と一緒にいる彼の姿をつい想像してしまう。明日にも死ぬかもしれないというとき、男は愛する女にいったいなにを言うのだろう？　リゼットは半ば目を閉じ、女性がほっそりした腰を誘うように揺らしながら、マックスの手をとって寝室へと導いていく様子を思い描いた。女性の顔は見えない。マックスは冷笑を浮かべて彼女を見下ろし、唇を奪って服を剝いでいく。〝最後の夜は、どうしてもきみと過ごしたかった〟彼はそうささやくかもしれない。〝腕を首にまわして〟……女性が背を弓なりにして、首をのけぞらせる。もしもそれが自分なら……顔を上に向け、大きな背中にそっと手を這わせ……。

「いやだわ、わたしったらなにを考えてるんだろう」リゼットはつぶやき、両手で頭を抱えてみだらな想像を追い払おうとした。

「マドモワゼル！」と呼ぶ声にわれにかえって顔を上げると、フィリップが近づいてきた。ジャスティンが弟よりゆっくりした、父親そっくりの足どりであとからついてくる。

「浮かない顔をして、どうしたの？」フィリップは高揚感に青い瞳を輝かせながらたずねた。

「父さんが明日、リゼットの名誉を守るために決闘するっていうのに、嬉しくないの？」

「嬉しい？」リゼットはおうむがえしにたずねた。「嬉しいわけないでしょう？　むしろ恐ろしくてたまらないわ」

「でも、最高の敬意の表し方だよ。剣がぶつかりあって、血が流れるところを想像してごらんよ。それが全部、リゼットのためなのに！」

「彼女のために決闘するわけじゃない」ジャスティンはきっぱりと言い、青い瞳でリゼットの血の気の失せた顔を見据えた。「そうだよね、リゼット？」

「ええ」リゼットもきっぱりと答えた。「わたしのためじゃないわ」

「どういうこと？」フィリップは当惑の面持ちだ。「リゼットのために決闘するのに決まってるじゃないか。みんなそう言ってるよ」

「ばかだな」ジャスティンがつぶやき、リゼットのとなりに腰かけた。どうやら彼女の不安を察したらしい。「大丈夫だよ、父さんは負けたりしないから。絶対に」

「あなたたちのお父様がどうなろうと、わたしには関係ないわ」リゼットは淡々とした口ぶりで応じた。

「へえ、そう？　じゃあ、どうして父さんが帰ってくるのを待ってるのさ？」

「待ってないわ！」

「いいや、待ってる。一晩中、そうしてればいいさ。夜明けまで戻ってこない日だってあるのに。誰と一緒にいるか、知ってるんだろ？」

「知らないわ。それに、知りたいとも……」リゼットの声はだんだん小さくなっていった。顔が真っ赤になる。「誰といるの？」

フィリップが怒気を含んだ声で割って入る。「ジャスティン、言っちゃだめだ！」

「マリアムだよ」ジャスティンは訳知り顔でリゼットを見た。「何年も前から父さんの愛人《プラセー》なんだ。といっても、父さんは彼女を愛してなんかないけどね」

詳しく知りたかったが、リゼットはやっとの思いで我慢した。「それ以上、聞きたくないわ」と言うと、ジャスティンが冷やかすように笑った。

「聞きたいくせに。でも、話すもんか」

そこへ、激昂した女性の声が二階から聞こえてきた。「ジャスティン！　フィリップ！ああ、なんてことをするの！　いますぐに《イメディアットマン》、こっちにいらっしゃい！」

ジャスティンが立ち上がろうとしないので、フィリップはじれったげに兄のシャツの袖をぐいと引っ張った。「ジャスティン、早く行こう！　グランメールが呼んでるよ」

「なんの用か訊いてこいよ」ジャスティンは面倒臭そうに答えた。

フィリップはいらだたしげに青い目を細めた。「ひとりじゃいやだよ」イレーネに呼ばれているあいだも、ジャスティンは動じる様子も見せずに平然と座っていた。怒ったフィリップが騒々しく部屋を出ていく。

リゼットは腕組みをして、できるかぎりいやみったらしく、目の前にいる少年を見つめた。

「まだなにか言いたいことがあるの？」

「父さんが母さんになにをしたか、知りたいんじゃないかなあと思ってさ」ジャスティンはけだるく言った。

いじわるな子。リゼットは内心そう思うと同時に、彼が気の毒にもなった。父を疑いながら生きていくのも、母親が不義を犯したと知るのも、さぞかしつらいはずだ。

「話してくれなくていいわ。わたしには関係ないもの」

「おっと、これがあるんだな」ジャスティンが言いかえした。「だって、父さんはリゼットと結婚するつもりなんだから」

リゼットは肺から一気に空気が抜けてしまう感覚に襲われた。頭がおかしいんじゃないのとばかりに少年を見やる。「そんなはずないでしょ！」

「ばかだなあ。じゃなかったら、父さんがリゼットの評判を傷つけるのをグランメールが許すわけないだろう。父さんがきちんとリゼットに償うとわかったから、グランメールはあえて知らん顔をしていたんだ」

「わたしは誰とも結婚しません」

ジャスティンが笑った。「いまにわかるさ。父さんはね、ほしいものは必ず手に入れる」

「あなたのお父様はわたしがほしいわけじゃないわ」リゼットは言い張った。「復讐がしたいだけよ。ムッシュー・サジェスとの決闘を望んでいるだけ」

「今週中に、リゼットもヴァルラン家の仲間入りだね」ジャスティンが予想する。「もちろん、父さんが決闘に負けなければの話だけど——そもそも負けるわけがないんだ」

静かな部屋に、羽根ペンが薄い羊皮紙の上を走る音だけが響いている。エティエンヌ・サジェスは小さな机の前に座っている。彼は顔を紅潮させながら、象牙色の紙を文字で埋めていった。

慎重に吸い取り紙をのせ、たたんだ羊皮紙を封筒に入れ、封蠟で閉じる。あたかも精巧な武器のように、それを両手で持つ。ほんの一瞬、古い記憶がよみがえったのか、ターコイズブルーの瞳に長らく忘れ去られていた穏やかな表情が宿った。

「エティエンヌ?」姉のルネ・サジェス・デュボアが部屋に入ってきた。背がとても高く人目を引く女性だが、人びとからはその控えめな態度を称賛され、従順な妻として、そして三人の健康な子どもを持つ母親として尊敬されている。

ルネはずっと前から、母とまったく同じ気持ちで弟を心配していた。弟のよからぬ行いに目をつぶりながら、本当の弟はああではないのにと思わずにはいられなかった。「なにをしているの?」

返事の代わりにサジェスは手紙を示した。「明日、万一わたしが望んだとおりの結果にならなかったら、これをマクシミリアン・ヴァルランに渡してくれないか?」

「いったいなんなの?」ルネは眉根を寄せた。「なにが書いてあるの?」

「マックスだけが知ればいいことだ」

ルネはサジェスの横にやってくると、椅子の背に長い指をのせた。「あんな娘のために決闘する理由はいったいなに？」と熱を帯びた声でたずねる。

「たくさんある。一番の理由は、リゼット・ケルサンはおれが結婚したいと思った唯一の女だからだ」

「だけど、どうしてなの？　あの娘は美人でもなんでもないわ」

「わたしが知りあった女のなかでは誰よりも魅力的だね。いや、冗談で言ってるわけじゃない。威勢がいいし、賢いし、個性的だ。彼女を奪うためなら、喜んでマックスを殺してやる」

「彼が死んだら、あなたは自分を許せるの？」

サジェスの口元に妙な笑みが浮かんだ。「それはそのときにならないとわからない。だが、もしマックスが勝てば、あいつはきっと自分を許せないだろうな」彼は机の上に手紙を置いた。「とにかく、万が一そうなったときにはこの手紙を忘れずに渡してくれ。あいつが読んでいるあいだ、草葉の陰から見ているからな」

ルネの青い目が怒りで燃えた。「どうして、あの冷酷で憎しみに駆られた男にいつまでもかかわろうとするの？　マクシミリアン・ヴァルランは、一瞬だってあなたの時間を費やす価値のない人間よ。なのにどうして、命を危険にさらしてまで彼の復讐心を満足させようとするの！」

サジェスは姉の話を半分も聞いていなかったらしい。「あいつが昔、どんなだったか覚えているだろう？」彼はぼんやりと言った。「みんなにどれほど愛されていたか。姉さんだってそうだったんじゃないかい？」

ルネは髪の生え際まで顔を真っ赤にしたが、否定できなかった。ほかの多くの女性と同様、彼女もかつてマックスに恋をしていた。そのころのマックスには少年らしい勇敢なところがあって、ルネの胸はあっという間に高鳴ってしまったのだ。

「ええ、もちろん覚えているわ」彼女は答えた。「でも、あのころとは別人。あなたが決闘しようとしているマクシミリアン・ヴァルランは、救いがたい男なの」

ポンチャトレーン湖の水深はごく浅く、おそらく最も深いところでも五メートル程度だろう。にもかかわらず、一見おとなしそうなこの湖は、ときに危険に満ちた場所に変貌する。強風が吹くと水面が激しく波打ち、船を転覆させたり、多くの人命を奪ったりするのだ。

しかし、今朝の湖面は灰色の鏡のようだ。薄暗い夜明けの空を映し、落ち着きを保っている。かすかな風が湖上を渡っていくだけだ。マックスとサジェスの決闘は、水際から離れた松林のはずれの、平坦な硬い地面が広がったあたりで行われる段取りになっている。

介添人と見物人はもう待機していたが、マックスとサジェスはふたりだけで話をするため、脇に寄っていた。

ふたりは身長も腕の長さもだいたい同じで、剣術にかけては両者とも経験と稽古を積んでいた。その場にいる見物人のなかに、自分ならどちらと対戦したいか言える勇気のある者はひとりもいまい。ただ、度を過ぎた派手な生活をしているサジェスは徐々に俊敏性を失うだろうと指摘する者が何人かいた。むろん、俊敏性がまだあるならの話だ。サジェスはクレオール人が愛する濃厚なワインや料理を始終楽しみ、放埒な生活を送っている。たとえいまはどれほどの腕を誇ろうと、じきに決闘などできなくなるだろう。

サジェスはマックスと向きあい、ハンサムだがどこか下卑た顔に薄い笑いを浮かべた。

「ヴァルラン」小声で問いかける。「決闘をしたかったのなら、何年も前にほかの口実を見つけられたはずだ。なぜ、わたしのかわいい婚約者を利用した？　あんな素晴らしい褒美をわたしから取り上げなくてもよかっただろう？」

「そうするのがふさわしいと思ったからだ」

「おまえにはそう思えたのかもしれない。だが、やはり公平とは言えない。リゼットは貞淑な慎み深い娘だ。おまえのふしだらな妻よりはるかに価値がある」

マックスは息を吸いこんだ。「殺してやる」

「コリーヌを殺したようにか？」サジェスは平然と笑みを浮かべた。「いままで言う機会がなかったが、あの女が死んでどれほどほっとしたことか。もううんざりしてたんだ」沈鬱さを増していくマックスの表情を見て愉快げに笑う。「気をつけろよ」サジェスはつぶやいた。「おまえが感情に身を任せれば、こっちが有利になる」

「片をつけよう」マックスは吐き捨てるように言った。

ふたりは最後にもう一度視線を交わすと、向きを変えて武器を手にとった。マックスは思い出を脳裏から追い払おうとした。すがりつくように記憶の片隅にとどまりつづける、子どものころの思い出を。サジェスもまた、ニューオーリンズの人びとがみなそうであるように忘れてしまったのだろうか。かつてふたりが親友だった事実を。

5

サジェスはどうして妻と関係を持ったのだろう。マックスは幾度となく考えた。そして考えるたび、必然だったのだと結論づけた。幼なじみのサジェスとは、血を分けた兄弟だと誓いあう一方、最大のライバル同士でもあったからだ。

友人だからこそ、サジェスはマックスへの嫉妬を懸命に抑えようとしていた。だが大人になるにつれ、くりかえされる口論と激しくなる一方の対抗心が、ふたりの友情を壊してしまった。以来ふたりは、お互いに用心深く距離を置くようになった。

やがてマックスはコリーヌ・ケランと恋に落ちた。彼女を誘惑してやろう。そんな悪意がサジェスの心に根づくのに、長い時間はかからなかったはずだ。その悪意が成就したとき、コリーヌの魅力は消え失せた。あのときの借りを、マックスは相手の婚約者を辱めるという方法でようやく返した。今度はサジェスのほうが復讐におよぶ番だ。彼はリゼット・ケルサンに恋をしたつもりになっていた。その恋を奪ったマックスが報いを受けるのだ。

眠れぬ夜を過ごしたあと、リゼットは一階に下りていった。まだ朝早いせいか、家中が静まりかえっている。双子たちも起きていないようだ。心配のあまり胸に重苦しさを覚えたが、無視することにした。マックスがどうなったのか、どうしてこれほど気になるのか、自分でも理由がわからなかった。

朝食の間《ま》に入ると、窓から朝の光が射しこんでいた。サジェスとマックスはいまごろ決闘の真っ最中だろう。薄明かりのなか、レピアーがぶつかりあい、火花を散らしているのかもしれない。

「もう終わっているわね」背後でイレーネの声がした。誰もいないテーブルにひとりでついていた。「こんな朝を百回も迎えてきた気がするわ」憔悴しきった様子でつづける。「マックスが決闘をするのはこれが初めてではないの。それに、三人の息子のなかで剣を手にしたのはあの子だけというわけでもない。わが子の命がおびやかされているとき母親がどれほどの悲しみに耐えているか、誰にもわからないでしょうね」

「でもきっと、マックスは負けたりしないわ」

「それで、勝ったあとはどうなるというの？　サジェスを死に追いやった罪悪感に苛まれて、ますます自分の殻に閉じこもるんでしょうね。もしかするとあの子にとっては……つらい思いをするより、いっそ負けたほうがいいのかもしれないわ」

「そんなわけはありません」リゼットは穏やかに言った。

時の経過がいつもより遅く感じられる。無事ならそろそろ戻ってきてもいいはずだった。リゼットはなにかしゃべろうとしたが、やはり口を閉じて、カップのなかで冷めていく液体をぼんやり見つめた。

「マダム！」ノエリンの大きな声にイレーネもリゼットも驚いて振りかえった。メイド長は戸口に立ち、細い腕を左右の戸枠に置いていた。「レッタの息子がたったいま知らせてくれたんですよ。ムッシューが通りを歩いてこっちに向かってるって！」

「無事なの？」イレーネは震える声でたずねた。

「ご無事ですとも！」

イレーネは勢いよく立ち上がると、玄関広間へ急いだ。リゼットもあとにつづいた。なんともいえない感情がわきおこり、心臓がどきどきしていた。

屋敷をつつんでいた緊張は、マックスが邸内に足を踏み入れるなりぷつりと切れた。彼はいらだちのにじんだ険しい表情を浮かべていた。大きな扉を閉めると、目の前にいるふたりの女性を見て顔をしかめ、大またで書斎へ向かった。イレーネはすぐあとからついていったが、リゼットは廊下で立ちすくんでいた。

「マックス？」イレーネの訴えるようなくぐもった声が聞こえる。「マックス、いったいどうなったの？」

答えがない。

「勝ったのね？」イレーネが問いただす。「エティエンヌ・サジェスは死んだの？」

「いいえ。死んでいません」

「意味がわからないわ」

リゼットが書斎の戸口に着いたとき、マックスは書棚の前に立って、染色された革装の本の背をじっとにらみつけていた。「決闘が始まって間もなく、サジェスはわたしの意のままになりました。反射神経が衰えていたんです。あれではまったくの初心者と勝負するのがやっとだ」

マックスはまだレピアーをつかんでいるかのように右手を見下ろした。「簡単でしたよ」口をゆがめてつづける。「かろうじて血がにじむ程度のかすり傷を負わせてやりました。それから介添人が協議をし、名誉が回復されたかどうかたずねた。サジェスの答えはノー。どちらかが死ぬまで戦わないことには回復されないと主張した。同意しようとしたんです、なのに……」

うなり声をあげたマックスは、くるりと向きを変えると両手で頭を抱えた。「自分がなぜあんなことをしたのかわからない。あいつを殺したくてたまらなかったのに」

「傷を負わせたところで終わりにしたのね」イレーネは信じられないといった面持ちで言った。「あなたは彼を殺さなかった」

マックスはうなずいた。すっかり困惑し、自己嫌悪で顔がゆがんでいる。

「よかった」イレーネは力強く言った。「それでよかったのよ、マックス」

マックスはうんざりした声をあげた。「酒がいる」デカンタが並ぶ銀のトレーに視線を移したとき、戸口に立っているリゼットを見つけた。

張りつめた沈黙が漂い、ふたりは見つめあった。リゼットは言葉に窮した。なにを言っても慰めにならないのはわかっている。彼の心は、やり場のない敵意に満ちている。憎むべき相手を殺せなかった自分に激怒しているのは一目瞭然だ。きっと、これも弱さの表れだと思っているのだろう。

だが、やはり自分の考えは正しかったのだ。リゼットはそう確信した。マックスは殺人者などではない。たとえ、自分以外のニューオーリンズの人たちがみな、そうだと決めてかかっていたとしても。「それじゃあ……」リゼットは口を開いた。「次はどうするの、ムッシュー？ もうこれ以上なにもしないつもり？ たぶんちがうわね……なんとしてもサジェスと決闘する別の理由を見つけ、今度こそ彼の命を奪う、そう考えているんでしょう？ でもあなたにはできないと思うわ。いずれにしても、わたしはここでそれを見届けるつもりはないけれど」

リゼットは期待を込めた目でイレーネを見た。「わたし、そろそろウルスラ会の尼僧院に行きます。ここに比べたら半分もおもしろくないところでしょうけど……でも、何日か静かに過ごすのも悪くないですし」

マックスが不機嫌な目で見つめてくるので、リゼットは身がまえた。「どこへも行かせない」

「代わりの案でも？」リゼットは歯切れよくたずねた。

「きみの評判は台無しだ」マックスは指摘した。「ニューオーリンズの誰ひとりとして、きみを受け入れてはくれないだろう。みな、きみは傷ものだと思っている」

「ええ、あなたのおかげで結婚という選択肢はなくなったわ。でも、尼僧院なら受け入れてくれるでしょう。そういうわけですから、これから二階で荷物をまとめてきます。できれば馬車の用意を――」

「きみはわたしと結婚するんだ」

半ば予期していたとはいえ、荒っぽく求婚されて――いや、正確に言うなら結婚の宣言だ――リゼットの心臓は止まりそうになった。驚きつつも、自分のなかの冷静な部分が、一歩距離を置いたところから教えてくれる。たったいま自分が求めている事実に気づいたものを、うまくすれば手に入れられるかもしれないと。

「本気で言ってるの？　そんな突拍子もない案、いったいどうやって思いついたのかしら？」

「わたしには妻が必要だ」

「最初の奥さんにあんなことをしたからでしょう」リゼットは言い捨てて、部屋をあとにした。

マックスが返す言葉を探しあてたときには、リゼットはすでに寝室を目指して階段を上っていた。

母を見やり、苦笑を浮かべる。母は弁解するように肩をすくめた。「あなたの求婚を受け入れるとは思えないけど」

その控えめな物言いに、マックスは声をあげて笑った。激しい怒りはどこかへ行ってしまったようだ。彼は母に歩み寄り、しわの寄った額にキスをした。「母上、花嫁候補たちにわたしが先妻を殺したと言いふらすのはやめてください。そんなことをしても、わたしの魅力は深まりませんからね」

「彼女を説得できると思っているの？」

「一週間後に結婚式ができるよう、準備を進めてください」

「たった一週間で？　でも、どうやって……だめよ、絶対に無理」

「ささやかな式でかまいません。母上のことはわかっています。やろうと思えば一五分で準備ができるはずだ」

「でも、なにもそんなに急いで――」

「急がなくてはならないのです。婚約期間が長引けば、わがフィアンセの評判はますます悪くなるでしょう」

「もう少し待てば、ベルナールとアレクサンドルが帰ってくるわ。あの子たちだってあなたの結婚式に出たいはずよ」

「安心してください」マックスは冷笑交じりに言った。「あのふたりが出席しなくても感動的な式になりますから。では、わたしはこれで失礼して、二階でリゼットと話をしますので」意味ありげに間を置く。「くれぐれも、邪魔はしないでください」

彼のもくろみをイレーネは理解したようだ。「マックス、あまり長い時間、ふたりきりで過ごしてはいけませんよ」

「そうなってしまうかもしれませんね。母上がリゼットに秘密を打ち明けてしまいましたから。うんと言わせるには、強硬手段が必要でしょう」

「どんな手段なの？」

マックスはいたずらっぽい笑みを浮かべた。「答えを知りたくない質問はしないほうがいいですよ、母上」


リゼットはベッドに寄りかかり、扉を一心に見つめた。マックスが部屋に入ろうと取っ手を動かしているが、鍵がかかっているので回らない。

「リゼット、このクソいまいましい扉を開けてくれ」

「名前で呼んでもいいとは言ってないでしょう。それに、下品な言葉は使わないでほしいわ」

扉はいっそう激しくがたがたと揺れ、蝶番が抗議をするように鳴っている。「マドモワゼル・ケルサン、扉を壊したくないんだ。修理するのはわたしだからね。開けてくれ。さもないと――」

リゼットが錠をはずすと、扉は勢いよく開いた。「どうぞ」ベッドに戻って寄りかかり、胸の前で腕を組む。「なぜあなたの求婚を受け入れなくちゃいけないのか、ぜひとも理由が知りたいものだわ」

マックスは部屋に入って扉を閉め、彼女の背後にあるベッドを目を細めて見た。彼の欲望がリゼットにも感じられるようだった。じつを言えば彼女は、目の前にいる興奮した大男、自分を激しく求めてすっかり高ぶっている男性との対決を楽しんでいた。まさか彼は、結婚すると宣言すれば、彼女が喜んで腕に飛びこむとでも思っていたのだろうか。思いちがいもはなはだしい。彼女がもしも――もしもだ――マックスの求婚を受け入れるとしたら、それは彼がそうするに値する人間だと自ら示したときだけだ。

「マドモワゼル――」

「いまから名前で呼んでもいいわ」

「リゼット」マックスは張りつめたため息をもらした。「わたしは妻を殺していない」ぶっきらぼうに告げる。口調にはこれっぽっちも謙虚さが感じられないし、表情も自信に満ちているが……額にうっすら浮かぶ汗が動揺を物語っている。リゼットの気持ちはほんの少し和らいだ。

「発見したとき、コリーヌはもう亡くなっていた。誰がやったのかはわからない。最初はサジェスの仕業だと思ったが、あいつには証人がたくさんいて、あの晩は彼女と一緒にいなかったと証言した。あらゆる証拠がわたしが犯人だと示しているし、わたしの無実を信じる者はひとりもいない。自分の母親にさえ疑われている。だからきみが信じてくれるとは思っていない。だが誓って――」

「もちろんあなたを信じるわ」リゼットは穏やかに言った。

そむけたマックスの顔に、驚きの表情がよぎるのをリゼットは見た。彼の体はこわばっているものの、かすかに震えている。

彼がずっと背負ってきた重荷、それが与えた打撃をにわかに理解したリゼットは、深い同情を覚えた。長いあいだ、いったいどれほど孤独だったことだろう。

「あなたが人殺しじゃないのは明らかだもの」リゼットは言葉をつづけ、彼に立ちなおる時間を与えた。「今朝だって、正当な決闘なのにエティエンヌ・サジェスを殺せなかったじゃない。あなたは始終いばったり怒鳴ったりしているけれど、根は無害な人だわ。だからといって夫として理想的だとは言えないけど」

「無害？」マックスはおうむがえしに言って顔を上げ、眉間にしわを寄せた。

「それに、信用できない」リゼットは言い添えた。「出会ったときからずっと、あなたはわたしを裏切り、操り、嘘をついてきたでしょう？」

「複雑な事情があったからな」

「謝罪のつもり？　そうは聞こえないけど」

「すまなかった」マックスは歯を食いしばって謝り、彼女に歩み寄った。

「まあいいわ」リゼットは大胆にも、乱れきった格好のマックスの頭から足の先まで、値踏みするような視線を走らせた。「わたしは根っからの楽天家だから、普段のあなたはああいう人ではないと解釈することにするわ。さてと、どうしてあなたと結婚すべきなのか、そろそろ理由を聞かせてくれる？」

マックスはしばし彼女をじっと見つめていた。脅したところで効き目はないと判断したのだろう、交渉するしかない、そんな決意を込めて目を細めた。

「まず、誰が見てもわたしは裕福だ。妻になれば、きみは望むものをなんでも手に入れられる」

財産が第一の魅力だなんて、いかにも男の人の考えそうなことだ。リゼットはなんの反応も示さなかった。「ほかには？」

彼は獲物を狙う飢えた動物のごとき足どりで近づいてきた。「きみを大切にする。その点はもうわかっているはずだ」

黄熱病に苦しんでいたときの熱心な看病ぶりが思い出され、気持ちがなごむ。けれどもリゼットはそれを悟られないようにした。「年の差は気にならないの？」

「年の差？」彼の男としてのプライドが傷ついたのは一目瞭然だった。

リゼットはこみあげてくる笑いを抑えた。「わたしたち、一五は離れているでしょう」

「別に普通だ」マックスが指摘する。

たしかにそうだ。クレオールの多くの男性、とりわけ裕福な家庭の男性は、若いころは女遊びをつづけ、三〇代や四〇代になってやっと結婚する。最初の妻やその次の妻を出産や病気で亡くし、学校を出たばかりの娘と再婚する者が大勢いた。

「それでも――」リゼットは譲らなかった。「年の差が大きい夫婦には、いろいろと難しい問題が待ちかまえているでしょう？」

「まったく逆《オ・コントレール》だ。わたしは、きみと同年代の男よりもはるかに融通がきく。わたしと結婚すれば、たっぷりと自由を認めてあげよう」

魅力的な申し出だったが、リゼットは無表情をよそおいつづけた。「ほかに考慮すべきことは？」

マックスは、獲物に襲いかかるヒョウのように素早く手を伸ばした。「これだ」とつぶやき、リゼットを胸に抱き寄せる。

彼女は鋭く息を吸いこんだ。あまりの驚きに動けない。彼の吐息は焼けつくほどに熱く、唇は探るように、優しくせがむように迫ってくる。抱擁から逃れようと腕を伸ばしたが、手首をつかまれ、そのまま彼の首にまわされてしまった。大きな手が腰に添えられ、リゼットの細い体は胸から膝までぴったりと彼に張りついた。口づけは甘く謎めいていて、男らしい味がし、リゼットは酔ったような気分になった。興奮と喜びが押し寄せ、なすすべもなく、がっしりした体にもたれかかる。マックスは彼女の上唇を味わい、それから下唇に舌を這わせた。しっとりと濡れた絹のごとくなめらかな舌に愛撫され、リゼットの神経に火がともる。「口を開けて」彼はささやき、リゼットの後頭部に手をあてた。「リゼット、口を開けてくれ。そう、それでいい……」

彼の舌が歯のあいだをするりと抜け、口のなかを探る。リゼットは喉を震わせてあえいでいる自分に驚いた。マックスとのキスは想像していたよりもずっと甘く、濃厚だった。出会った瞬間からこんな場面を幾度となく思い描いてきたが、最近ではみだらな想像がどんどんふくらんで、ついには抑えがたいものにまで発展していた。

マックスは優しく探るキスをしながらリゼットを求めると同時に、彼女の腰をさらに強く自分の腰に押しあてた。硬くそそり立ったものが一番感じやすい部分を軽く突く。体がかっと熱くなり、リゼットはお互いの服を引き裂いて、ふたりで裸になってしまいたい衝動に駆られた。

正気はおろか、自制心もすっかり失いそうだと気づき、リゼットは唇を引き剝がして胸いっぱいに息を吸いこんだ。マックスの唇は彼女の喉のあたりをさまよい、敏感な場所を舌で舐めたり、歯で嚙んだりしている。フランス語と英語の入り混じったささやき声に、彼女は興奮し、驚いた。

「マックス……」リゼットは息を切らしながら言った。「肉体的に惹かれあうことが、結婚する正当な理由になるのかどうかわからないんだけど」

「神にかけて正当な理由だ」マックスがふたたび唇を強く重ねてきた。彼の舌に深く、けだるく愛撫され、リゼットはむさぼるように反応する自分を止められなかった。腰に添えられたのと反対の手が体の線をたどり、乳房まで進んでいく。やわらかいコットン越しに手の熱が肌に伝わる。親指が円を描きながら、すっかり硬くなった乳首に達し、そこを指先でつまむ。みぞおちに快感が走り、リゼットはたくましい背中を両手でづかんで自分の体を押しつけた。

自分のうめき声がマックスの胸に響いたかと思うと、リゼットはいきなり抱き上げられた。ベッドまで運ばれながら、彼女はなにが起きているのかを悟った。体はこの場で屈してしまうことを願っているものの、頭は、身を任せるのはまだ早すぎると拒むための理由を探している。

ベッドに下ろされるなり、リゼットは体をねじって身を起こした。のしかかろうとするマックスを、手を伸ばして制した。

「だめよ」あえぎながら言う。「お願いだから、やめて」

あとから考えれば、たったこれだけの言葉に彼をとどまらせる力があったとは驚きだ。飢えたまなざしでリゼットを見つめ、彼女を征服すべく体の準備が整っていることは一目瞭然だったからだ。けれどもマックスはじっとしたまま深く息を吸いこみ、自分を抑えようと努力していた。

「もし求婚を受け入れるとしたら……」リゼットはいったん言葉を切り、気持ちを落ち着かせようと深呼吸をした。「もう少し時間がほしいわ。わたしたち、まだ知らない者同士だし。ベッドをともにするのはそれからにしましょう」

ひとまず交渉が成立したことに気づいて、マックスの瞳に満足げな光がともる。ここからはこまかな点を詰めていけばいい。

「プティット、わたしたちはもう親しい仲だと思うが」

リゼットは彼がなんの話をしているのかすぐに悟った。「あのときはほとんど意識を失っていたから、ものの数には入らないでしょう」

「いいだろう。ベッドをともにする前に少し時間をあげよう。だがわたしには、きみを説得してその考えを改めさせる権利がある」

マックスがふたたび手を伸ばしてきたのでリゼットは素早く後ろに下がり、ふたりのあいだに距離を置いた。「これもはっきりさせておくべきね。わたしは生まれつき、人の言うことにおとなしく従う女じゃないの」

ふいにこみあげた笑みにマックスは口元をほころばせた。「それは初対面のときからわかっていたよ。お返しにはっきり言わせてもらうが、わたしは忍耐に欠ける男なんだ。だから、あまり待たせないでくれ。わかったね《ダコール》？」

「ダコール」リゼットは自分の体をちらりと見下ろし、できるかぎり遠慮がちに言った。「そのうち子どもができてしまったら、どうするの？　そんなことになったら、あなたはいやでしょう？」

「いや、ちっとも」マックスはぶっきらぼうに答えた。腹部にそそがれる彼のまなざしに、リゼットは背筋がぞくぞくした。「もっとも、それは一年くらい先にしたいだろう？　生活が一変するのだから、きみはまずそっちに慣れなくては」

「一緒に寝るようになれば、わたしに選択肢はないわ」リゼットは顔をしかめた。「そういうことは神様がお決めになるのよ」

マックスはなぜか愉快そうな顔になった。「どうやらきみは知らないらしいね」と優しくからかう。「妊娠を防ぐ方法はちゃんとあるんだよ」

「どんな方法？」

「いまは関係ないだろう？　きみがベッドに招いてくれたら教えてあげよう」

額に黒い髪をたらし、口元に笑みを浮かべている彼は、いかにも危険な男といった風情で、信じられないほどハンサムだった。リゼットは喜びに胸の奥がうずくのを感じた。この堂々たる男性が自分のものになろうとしているとは、とても信じられなかった。これからはほかの女性は誰ひとり、彼を腕に抱いたり、ベッドに連れていったりできないのだ。リゼットは彼の心を完全に奪ってしまいたかった。そうすれば、浮気しようなどとは絶対に思わないだろう。もちろん、彼に妻を愛する気などさらさらないのはわかっている。心を危険にさらすことなく、彼女の体を楽しみ、夫の役割を演じるつもりなのだ。だがリゼットにはまったく別の考えがあった。

マックスの目が曇った。「なにを笑ってる？」

リゼットはありのままを伝えた。「そのうちあなたをすっかり手なずけてしまおう、そう考えていたの」

マックスは笑いだした。「リゼット」と優しく呼びかける。「ではわたしはそのうち、きみの体を意のままに操ってあげるよ」

ヴァルラン一族のみならずニューオーリンズ中の人びとが、マクシミリアンが結婚するとの知らせに呆れながらも大喜びした。クレオール人は、誰が求婚した、結婚するといった話題が大好きで、花嫁の運命について早ばやと予想を始めていた。結婚式は行われないだろうと言う者もいれば、花嫁はすでに妊娠していると断言する者もいた。子どもが生まれれば、いつごろ身ごもったのかを知るためにみながせっせと逆算を始めることだろう。

リゼットの家柄については、すべてのクレオール家庭で話題にのぼった。血筋にあらはほとんど見あたらなかったが、ニューオーリンズに飛び交う噂を静める役にはほとんど立たなかった。けっきょく、リゼットの家族は誰も結婚式に出席しないことになった。世の親はリゼットの境遇を引きあいに出し、反抗的な女性にはほぼまちがいなくこのような災難が降りかかるのだと、自分たちの娘を諭した。

求婚に至るまでのいきさつがいきさつだけに、結婚式はセントルイス大聖堂で大々的に行われるのではなく、簡単な儀式だけの、かなりこぢんまりしたものになりそうだった。それでも式のあとには、ヴァルラン・プランテーションで盛大な披露宴があるはずだ。品のない噂をしていたにもかかわらず、ニューオーリンズの人びとはみな、宴にはぜひ招待してもらいたいと思っていた。

結婚披露宴で供される音楽や食事やワインは、この先ずっと語り草になるだろうと期待された。かつて、ヴァルラン家のもてなしはニューオーリンズ一と称されていた。そこでイレーネは、すでに引退していたフランス人の有名なパン職人を呼び、しばしのあいだ仕事に復帰してもらい、何段にもなったウエディングケーキを焼かせることにした。

結婚式は月曜日に行われる。悪くない選択だったが、最近は火曜日に挙げるのが流行だった。反対に、土曜日もしくは金曜日に結婚するのは悪趣味だとされる。公開処刑が執行されるのがたいがいその曜日だからだ。結婚前の伝統に従い、リゼットは完全に人目を避けて過ごしていた。そのため誰もが彼女の容姿について憶測をめぐらせていた。期待が高まり、ほとんどの人は、とびきりの美人にちがいないと決めてかかった。やもめになってこれだけの歳月が過ぎたのだ。そうでなければマックスが結婚する気になるはずがなかった。

6

イレーネは居間を歩きながら満足げな笑みを浮かべた。大丈夫、わが家で招待客が不備を見つける心配はない。ガラスに指紋はついていないし、しおれた花もない。今日の午後、クレオールの伝統に従って結婚式は行われる。

家中に薔薇の花輪が飾られ、銀やクリスタルは曇りひとつなく磨かれてあった。そびえ立つウエディングケーキはまさに芸術品。そこに飾られているシュガーペーストの花は、色あいが絶妙で本物と見分けがつかないほどだ。式まであとほんの数時間。気がかりはほとんどない。

にわかに廊下から騒々しい声が聞こえてきて、イレーネは笑みを小さくした。双子たちがいたずらをしているにちがいない。戸口に駆け寄り、小言を口にする。「ジャスティン、フイリップ！　静かになさい《パ・ドゥ・ブリュイ》！　パ・ドゥ――」

下のふたりの息子たちの姿を目にし、イレーネは息をのんで立ち止まった。ベルナールとアレクサンドルが帰ってきたのだ。

「あなたたち」彼女は信じられないといった様子で叫んだ。「どうしてここにいるの？」

長身に黒髪の兄弟が互いにちらりと顔を見あわせてから、母親に目を戻した。アレクサンドルがからかう口調で答えた。「どうしてって、ここはわたしたちの家ですよね、母上？」

「ええ、でも……帰国はもう少し先だとばかり」

「フランスはもう見つくしましたから」ベルナールがそっけなく言った。「それに、フォンテーヌ家の娘たちときたら……まったく、わが家の馬のほうが、あのなかで一番ましな娘より魅力的ですよ」

「ベルナール、失礼ですよ！　そこまで言うことはないでしょう」

アレクサンドルがゆっくりと室内をまわりながら、花で飾り立てられた家をじっと眺める。

「いったい、これはなんなんです？」彼は当惑してたずねた。「誰か死んだんですか？」

リゼットが二階の寝室に引きこもって髪を整えてもらっているあいだ、ヴァルラン家の人びとは家族会議をすべく居間に集まった。長旅のせいで、服はしわくちゃで埃だらけ。へとへとに疲れていたベルナールとアレクサンドルは、信じられないとばかりに母親と長兄をじっと見つめた。

「兄上が結婚？」アレクサンドルは叫んだ。長椅子の背にもたれかかり、胸の前でひょろ長い腕を組んでいる。くすくす笑いながらマックスを見ると、冷たくにらみかえされた。「もちろんわが家にもなにかと変化があっただろうと思ってはいたものの、よりによって……」

結婚式用の晴れ着に身をつつんだ長兄を目にしたら、なにやら想像力をかきたてられたらしい。アレクサンドルは昔から、兄弟のなかで一番ずけずけと物を言うたちだった。「なるほど、兄上もついにつかまったというわけか!」笑いすぎてむせる。ついには大まじめな顔をしていたベルナールまで表情を崩した。

「なにがおかしい?」マックスは顔をしかめた。

そのころにはもう、アレクサンドルは笑い崩れそうになっていた。「兄上をまんまと祭壇に引っ張りだしたのは、いったいどんな女性なんだい? ばかでかい棍棒でも使ったとか?」

ベルナールは真剣な目でマックスを見つめた。「どこの誰なんだ? われわれが知っている娘ではないのだろう? 兄上はこのあたりの女性には見向きもしなかったからな」

マックスに代わってイレーネが答えた。「リゼットはナチェズの出身で、素晴らしい家庭のお嬢さんよ。ジャンヌ・マニエを覚えてる? マックスの花嫁はジャンヌの娘さんなの」

「マニエの娘?」ベルナールがおうむがえしにたずね、いわくありげにマックスを見た。

「そいつはいい。マニエの娘なら、棍棒を持ち歩く必要なんかなかっただろう」

マックスが思いがけず笑みを浮かべた。「彼女にはいいところがたくさんある。なかでも美しさが際立っている」

「兄上があえてまた結婚しようと思うくらいなんだから、上玉なんだろうさ」ベルナールが言った。

一同はしばらく黙りこんだ。何年も前に行われた別の結婚式を思い出したのだ。

その呪縛を解くように、イレーネがほがらかに言った。「いまにわかるわ。リゼットはきっとマックスを幸せにしてくれるはずよ。ようやく過去を忘れるときがきたんだもの」

リゼットの手がひどく震えていたので、マックスは金の指輪をなかなか指にはめられなかった。お互いに望んだ結婚とはいえ、とくに喜ばしい式とはならなかった。マックスは緊張し、険しい顔をしていたし、手が妙に冷たかった。最初の結婚やその後ずっとおのれを悩ませてきた悲劇を思い出しているのだろう。二度目の結婚もまた、生き地獄になるのではないかと恐れているのかもしれない。

一方のリゼットは、わきおこる疑問を必死に抑えこもうとしていた。自分が口にした誓いの言葉によって、となりにいる男性に永遠に束縛されるのだ。これで正式に、マクシミリアン・ヴァルランは意のままにわたしを罰し、服従させる権限を持つことになる。たとえ、どんなに筋の通らない話であっても。クレオールの文化では、夫は妻を生殺与奪できるほどの力を持つのだ。

彼に対する自分の判断が正しかったことを願うしかなかった。ろくに知りもしない男性の妻になろうとするなんて、もしかすると、頭がおかしくなってしまったのかもしれない。それでも、リゼットは割りきった。大半の新郎新婦は他人同士と言っていい。縁談は親が決め、本人の同意が求められることはめったにないのだから。

甘く刺激的な香《こう》の匂いが漂うなか、リゼットは司祭の前にひざまずき、祝福を授けてもらった。それがすむと、マックスの手に自分の手を重ね、立たせてもらった。

式はささやかなものだったが、その後の披露宴には数えきれないくらいたくさんの客が出席し、マックスの姿も見失った。彼は大勢の親類に独占されていた。リゼットはずっとイレーネのそばにおり、新婦の噂をする女性客の会話が断片的に聞こえてきても無視しようと努めていた。

「期待したほど美人じゃないわね……」

「ママン、あの方、貞操を奪われたようには見えないわ」

「あの髪じゃ……」

「彼はすぐに浮気するわ……」

「ああ、どんなにお金持ちになれるとしても、彼女の立場にはなりたくない！」

イレーネはリゼットをテーブルに引っ張っていった。見る者を圧倒するかのように、砂糖衣と薔薇で飾られた巨大なウエディングケーキがそびえている。「リゼット、そろそろケーキを切る時間ですよ」とイレーネが言うと、未婚の若い女性がテーブルの周りにたちまち集まってきた。伝統により、娘たちは各自ケーキを一切れずつもらうことになっていた。それを持ち帰り、結婚相手として望ましい男性の名前を三人書いた紙を枕の下に置いておくと、そのうちの誰かがプロポーズをする気になってくれると言われている。

リゼットはナイフを取り上げ、どこから切ればいいのかしらと考えながら、巨大な芸術作品をじっと眺めた。すると突然、マックスが背後にいることに気づいた。集まった娘たちのあいだに、興奮ぎみの忍び笑いが走る。マックスはリゼットの背中に手を添えて、耳元でささやいた。「手伝おうか？」

リゼットは彼をちらりと見て、かすかに笑みを浮かべた。彼の緊張がほぐれていくのがわかり、ほっとする。表情がくつろいで穏やかだ。

「お願いするわ」夫を促し、ケーキに注意を向けた。「このナイフでは小さすぎると思うけど。手斧はないのかしら？」

マックスがくっくっと笑った。「なかなか立派なケーキじゃないか」彼は手を重ね、リゼットをそっと胸に引き寄せた。客がくすくす笑いながら、ふたりを激励する。マックスは花嫁の手をつつみこむようにつかんでナイフを誘導し、ケーキを切り分けるのを手助けした。彼が前屈みになるたびに、リゼットはふたりの体のあいだに漂う熱と、首に触れる彼の息を強く意識した。

「胸をのぞきこんでるんでしょう？」リゼットは、砂糖衣がついたナイフを置きながら小声で言った。

「まさか。ケーキを切るのを手伝ってるだけだ」

おかしさがこみあげてくる。「嘘つき」

夫はリゼットを見下ろしてほほえんだ。「わたしから初夜を奪うつもりなら、少しくらい胸元をのぞかせてくれてもいいだろう。それに、もし見られたくないなら、そんな襟ぐりの深いドレスは着るべきじゃなかったな」

「襟ぐりの深いドレスを選んだのは、この髪からみんなの目をそらすためよ」リゼットはそっけなく応じた。「残念ながら効き目はなかったみたい。どっちにしてもみんな、わたしの髪を話題にしているもの」

マックスは彼女の顎に指を添え、そっと自分のほうに顔を向けさせた。言うことを聞かない赤毛はピンで留められている。みながじっと見守るなか、彼はバネのように飛びでている小さな巻き毛のひとつを指でもてあそんだ。湿気のせいで、髪はいつもよりこまかく縮れており、まるで、赤々と輝く後光が髪を取り巻いているように見える。「この髪は、きみの素晴らしい魅力のひとつだ」さらに体を前に倒し、彼女の耳のやわらかいところに唇を寄せる。「だが、たとえそうでも……やっぱり、きみの胸を見るほうがいい」

リゼットは笑い、彼を強く押した。マックスは彼女の手をつかみ、砂糖衣がくっついていた親指の先にキスをした。彼の舌がそこを軽く舐めるのがわかり、彼女はあえぎそうになるのを抑えた。

「いじわるな人ね」顔が髪と同じくらい赤くなるのが自分でもわかった。

「今夜、きみのところへ行かせてくれ。わたしがどれほどいじわるか証明してあげよう」

「だめよ」リゼットは挑発的にほほえんだ。「取り決めは守ってもらうわ。わたしにはもっと時間が必要なの」

「それは残念だ」マックスはちらりと笑みを見せ、彼女の手を放した。

ようやくダンスが始まった。花嫁が寝室に案内され、これからやってくる「試練」を待つときが来たという合図だ。花嫁の母親がナイトドレスに着替えるのを手伝い、花婿が夫婦の権利を主張しにやってきたあとのあれこれを娘に説明するのが伝統となっている。イレーネが現れ、リゼットに母親のような笑みを向けた。「さあリゼット、二階へ行きましょう。あなたのお母様の代わりに、わたしが寝室までお供するわ」

マックスがイレーネと同時に手を伸ばした。リゼットの指をつかむと、彼は母親に言った。「母上、お客様のもとを離れる必要はありません」

イレーネは息子に顔をしかめてみせた。「でも、リゼットを二階に連れていって、着替えを手伝ってあげないと……。マックス、よくわかっているでしょうけど、あなたはここで待たなくてはいけないの。それが伝統ですよ」

「今夜は伝統を破ろうと思いまして」

リゼットは困ったように眉をひそめ、夫をちらりと見たが、ずっと黙っていた。

客が注目していることに気づいたイレーネが、無理やり愛想笑いを浮かべる。「そんなふうにあなたがリゼットと一緒に姿を消したら、お客様方はどう思うかしら?」

「思いたいように思うでしょう。いつものことです」

「マックス」イレーネは譲らなかった。「はっきり言わせてもらいますよ。今夜これから起きることについて、リゼットはまだ心の準備ができていないの。わたしはまだ彼女になにも説明していないのよ」

マックスがかすかに笑った。「リゼットに質問があれば、わたしが喜んで答えを教えてあげますよ。さあ母上、もう行かせてください」

「マックス、絶対にいけません！」

マックスは母親の抗議を無視し、リゼットを連れて応接間から出ていこうとしている。イレーネが警告したとおり、客は目を丸くして噂話に花を咲かせた。新郎新婦が揃って披露宴を退席するなど、はしたないことこの上ない。客はみな、ふたりがこのあとどこへ向かい、やがてなにが起きるかわかっているからだ。

アレクサンドルが戸口でふたりを引き止め、リゼットの肩をつかんで、左右の頬に心をこめてキスをした。黒い瞳が彼女を見つめ、きらきら輝いている。「リゼット、わが家の一員に加わってくれて嬉しいよ。わたしが先にきみと出会わなかったことを兄上は幸運に思うべきだな」

とてつもない魅力を振りまくアレクサンドルを見て、リゼットは笑ったが、マックスは嫉妬するように顔をしかめ、弟から妻を引き離した。彼女の手を握ったまま、二階へ上がっていく。主寝室へ着くまでふたりとも口をきかなかった。

「さてと」リゼットはいぶかしげな笑みを浮かべて言った。「お義母様にわたしの付き添いをさせなかった理由を教えてちょうだい。夫婦がベッドのなかでどうなるのか、お義母様から聞くのをすごく楽しみにしていたのに」

マックスは扉を閉め、糊のきいたクラヴァットをほどいた。「それを心配していたんだ。いいかい《エクット》、きみがわたしに体を許そうが許すまいが関係ないが、母のせいで、夫婦関係についてまちがった知識を持ってもらいたくないんだ」

「三人も子どもを産んだのだから、お義母様は知識をお持ちだと思うけど」

「子作りが目的でないなら性交は行うべきではない。それが母の考えだ」マックスは無愛想に言った。「カトリックだからね」

「あなたもでしょう」

「ああ。でも、わたしはふまじめなカトリックだ」

リゼットは声をあげて笑った。「まあいいわ。お望みどおりに教育してくださって結構よ。ただし、約束は忘れないでね」

「もちろん」マックスはゆっくりと上着を脱いだ。ふたりの視線がからみあい、その場の静寂が緊張感につつまれていく。リゼットは落ち着きを保とうとしたが、意志とは裏腹に心臓が異常にどきどきした。自分たちはもう夫婦なのだ。だからマックスは彼女を好きにできるし、口出しする者は誰もいない。けれどもリゼットには確信があった。彼はいまさら信頼を裏切るまねはしない。そんなことをすれば、彼女の胸の内にあるかもしれない信頼をすべて壊してしまうのだから。そうは言っても……マックスなら少し試すくらいのことはやりかねない。

リゼットはさりげない笑みを浮かべながら、ペールブルーのドレスの袖口に広がるシャンパンレースをもてあそんだ。

マックスは暖炉のそばに置かれた椅子に上着とクラヴァットを放り投げると、リゼットを見やった。「婚礼の床でなにが起きるのかは知っているのかい?」

「もちろん。結婚している姉がいるんだもの。それにその手の話は、いやでもあちこちから耳に入ってくる」

「じゃあ、きみが知っていることを教えてくれ」

リゼットは心配げな表情を作ってたずねた。「ひょっとして、ごぶさたしているから忘れてしまったの?」

生意気を言うリゼットを見て夫はふっと笑った。

「いや、きみの解釈を聞きたいだけさ。それに必要とあらば、ひとつやふたつ訂正したくなるかもしれないし」

「ふうん。だったら——」彼が近づいてくると、リゼットは体をこわばらせた。肩を優しくつかまれ、向きを変えられる。彼の指が背中をかすめると、息が詰まりそうになった。彼はウエディングドレスのボタンをはずし始めた。喉になにかがつかえていて、リゼットはなかなかしゃべることができない。「マックス、なにをしているの?」

「少し楽にしてあげようと思ってね」

「ありがたいけど、いまのままで大丈夫だから」シルクの小さなくるみボタンに沿って指が器用に動いていくのがわかり、胸にしびれのようなものが走った。「マックス、約束を——」

「きみを抱かないことには同意した」リゼットのうなじに彼の温かい息がかかる。「だが、きみを見てはいけないという条件は出さなかっただろう」

「三週間近くわたしの裸を見ていたんだから、もう十分だと思うけど」

「あのとき、きみはほとんど意識を失っていたから、ものの数には入らない」

かつて自分が口にした言葉がくりかえされるのを耳にし、リゼットはとぎれがちな笑いをもらした。マックスはボタンをはずし終えると、さらに身をかがめ、うなじに鼻をすり寄せた。

ドレスの身ごろが肘まで滑り落ち、リゼットは薄いシュミーズの上から生地とレースを両手でつかんだ。マックスがすぐ近くに立っているため、体温が感じられた。それに、肌から漂ううっとりする芳香、ローションのほのかな香りと糊のきいたシャツのさわやかな匂いも。しかし、彼はリゼットに触れなかった。

リゼットは深く息を吸いこむと、ネグリジェがしまってあるドレッサーに向かった。大半のクレオール人夫婦と同様、ふたりも寝室は別にすることで話がまとまっていた。

「夫婦関係って、すごく単純に思えるわ」ドレスの身ごろをなんとか落ちないようにしつつ、引き出しからネグリジェを取りだした。体をまっすぐに起こすと、ドレッサーにのっているクイーン・アン様式の四角い鏡に映るマックスの姿が目に入った。脚を広げてベッドに腰かけ、靴を脱いでいるところだった。

手にしたネグリジェに意識を集中させ、言葉をつづける。「夫と妻は抱きあったり、キスをしたりするのよ。夫が興奮してくるまで。それから、夫が自分のものを……妻のなかに入れるの。それがすごく痛いのよね。一回目が終わってしまえば、そのあとはもうそれほどいやな思いをすることはないけど、あれはひとつの義務で、妻はしょっちゅう拒むわけにはいかないの。月のものが来ているとか、病気とかで、夫が一休みさせてくれないかぎり」

「一休み」マックスは妙な声でおうむがえしに言った。思いきって彼の顔を見やると、そこにはおかしさと驚きが入り混じった表情が浮かんでいた。

「そうよ。だって女性がそんな行為を楽しみにしているだなんて考えられないもの。姉のジャクリーヌも、すごくいやだと言ってるわ」

「お姉さんは夫を愛しているのかい？」

「そうは思えないわ。親が決めた縁談だし、お似合いの夫婦でもない。だんな様は姉より少々、年上だし」

「いくつなんだ？」

「一五〇歳くらい」リゼットがむっつりした顔で言うと、マックスは声をあげて笑った。

「それできみは、わ、た、し、たちの年の差を心配してたのかい？」

リゼットは肩をすくめ、ほほえんだ。姉の年老いた夫と、目の前にいるたのもしげな男性を比べずにはいられなかった。「してなかったわ、本当はね」と白状する。「あなたを怒らせてやろうと思っただけ」

「作戦成功だな」マックスが言い、リゼットは笑った。

手のなかでくしゃくしゃになっているネグリジェを眺めながら、彼女は考えた。どうすれば慎みを保ちつつ、着替えをすませられるだろう？　だがそんなすべがあるはずはなかった。

そもそも彼に隠していることはなにもないのだ。深く考える間もなく、ウエディングドレスとシュミーズを脱ぎ、ガーターをはずし、ストッキングも脱いだ。ここまですますのに一分とかからなかったが、夫の焼けつくような視線が自分に向けられているのがわかり、ネグリジェに着替え終わるまでの時間は永遠にも感じられた。

彼のほうを見たとき、リゼットの顔は鮮やかに赤く染まった。

「とてもきれいだ」マックスの声はかすれている。

リゼットにはわかっていた。自分はとびきりの美女とは言えないと。けれども彼がそうは思っていないことは、見つめるまなざしではっきりとわかった。もちろん、彼に反論するつもりはない。「メルシー」とつぶやき、リゼットは用心深くベッドに歩み寄ると、彼のそばに立ち、期待するように眉をすっと上げた。「それで、夫婦関係に関するわたしの解釈は正しかったかしら？　それともどこか訂正したい？」

マックスは彼女を手招きした。腕を伸ばし、リゼットを抱いてマットレスの上に引っ張り上げる。彼女は膝を曲げてとなりに座った。

「はっきりさせておきたいことがいくつかある」マックスはリゼットの髪に手をやった。指先が赤みがかった巻き毛を撫でつけ、髪をまとめたピンを探しだしていく。髪を慎重に下ろし、からまりを念入りに解いていった。リゼットは純粋な喜びに満たされ、首筋に震えが走るのをどうすることもできない。ピンに髪を引っ張られていた痛みがだんだん和らぎ、ほっとするようなうずきへと変わっていく。

「まずひとつめ」マックスが言った。「夫婦関係は、病気や月のもののときしか避けられない義務ではない。いつでもわたしを拒んでかまわないし、その理由を言う必要もない。きみの体はきみのものなのだから、自分の判断で決めていいんだ。こっちだって、いやがる相手を力ずくで自分のものにしても満足しない。ふたつめはいまの話につながってる。パートナーにとって性行為を気持ちのいいものにするため、男にはやれることがあるんだ。それを最初にすませれば、必ずしも苦痛を感じることはない」

髪を撫でる彼の手になだめられ、リゼットは身じろぎもせずにいる。「マックス……」顔がかっと熱くなり、決まりが悪くて、息が詰まる気がした。「この前、あなたとキスをしたとき……わたし、あなたを感じたの……つまりその、あなたのものを。だから、そうは思えない……」

「というと?」マックスはかすれ声で、もじもじする彼女を促した。

「だって、あんなものが入ったら痛いに決まっているもの」リゼットは思いきって言った。

ありがたいことに、マックスは笑ったりせずまじめに答えてくれた。「リゼット」彼女の頭のてっぺんに鼻をすり寄せ、耳元まで下ろす。唇で彼女のやわらかい耳たぶに触れた。

「きみの体は、わたしに順応《ダコール》するようになると思う」彼がささやく。「それについては、わたしを信用してくれ。わかったね?」

「わかったわ」

意外にもマックスはベッドから下りた。「もう行くよ、プティット」

「でも、まだ質問があるの」

「残念ながら、わたしの自制心にも限界がある」彼の手がリゼットのむきだしの足首をそっと握る。「行かせてくれ、リゼット。そうすれば、きみを無理やり奪わないという言葉を守れる。この話はまた今度しよう。約束するよ」

「もうちょっとだけ、いてくれない？」リゼットは手を伸ばし、彼の胸に触れた。シャツの下で筋肉が小刻みに動いており、必死で欲望を抑えているのがよくわかった。

ドレッサーとナイトテーブルに置いてある小さなランプのやわらかな光が、夫の頬骨と顎の引きしまった輪郭の上で揺らめいている。

マックスはあからさまにたじろぎ、リゼットの手を胸からどけた。「だめだ。今夜は処女のままでいたいんだろう」彼はつっけんどんな言い方をした。

ふいにリゼットは、この部屋でやすんでと誘いたい気持ちになった。けれども、一時の感情に任せて自分の決心が妨げられることがあってはならない。体を許すのは、マックスが本当に自分を愛している……あるいは、せめてそれに近い気持ちを抱いていると確信できてからだ。いまのところ、互いに感じている魅力や好意がまだ熟しきってはいない。より深い感情を抱くには時が経つのを待つしかない。

「じゃあ、おやすみなさい」リゼットは身を乗りだし、彼の唇に素早くキスをした。

マックスは悲しげに首を振った。「かわいい人《シェリー》、きみのおかげで、約束もあてにならなくなりそうだ。きみはじつに魅力的だし、ほしいものを我慢するのは苦手でね」

上着を手に取り、肩をすくめて袖を通すと、扉に向かった。

「マックス？」リゼットはその姿を見て困惑した。上着を着たのは、一階に戻るためだろうか。だがいくらなんでも、これからまた客の相手をするなど悪趣味すぎる。ひょっとして、外出するつもりだろうか。

彼は立ち止まり、振りかえった。「なんだい？」

「出かけるの？」

ほんの一瞬、夫の口元に皮肉めいた笑みが浮かんだ。まるで、彼女がなにを心配しているのかちゃんとわかっているかのように。妻が求めに応じないから、愛人で欲望を満足させるのではないか、との不安を。

「プティット、そのうち、わたしの夜の居場所がきみのもっぱらの関心事になる日が来る」マックスはいじわるく目を輝かせ、言い添えた。「まだまだ先の話だけどね」

それから後ろ手で扉をそっと閉め、部屋を出ていった。

リゼットは彼の背中をにらみつけ、生まれて初めて自分が激しい嫉妬を味わっていることに気づいた。

マックスは寝室の扉の外で立ち止まった。あらゆる衝動がリゼットのもとへ戻れと訴えているのに、彼女から離れるのはつらい。うぬぼれではなく、説得して求めに応じさせるだけの魅力が自分にはある。彼女が自分と同じくらい楽しんでくれるだろうこともわかっている。

とはいえ、なによりも大切な彼女の信頼を、ここで危険にさらすわけにはいかない。彼女が求めてくれるまで待とう。苦労はしそうだが……。

こんなふうにコリーヌを求めたためしがあっただろうか？　彼女との初夜はぼんやりとしか思い出せないが、コリーヌが――ベッドをともにした最初で唯一の処女だった――その後ずっと、敵意と非難の目で自分を見ていたのは覚えている。優しくしようと努力したにもかかわらず、彼女にとっては痛ましい、屈辱的な体験だったのだ。どんなたぐいのものであれ、コリーヌは夫との親密な行為を恐れるように育てられた。マックスも妻に対する愛は、愛人に対する愛とはまったく異なるのだと考えるように育てられた。

ありがたいことに、年齢と経験を重ねたおかげで、そうではないと信じられるようになった。

翌日、ベルナールは濃厚な赤ワインが注がれたグラスを長い指で持ち、兄をじっと見つめていた。フランスから戻って以来、兄とふたりきりで話をするのはこれが初めてだ。マックスは所有地にある壊れた橋の修繕を監督しており、一日中留守にしていた。風呂の準備が整うあいだに一杯やるつもりで、彼は着替えもせずに書斎に入った。服装が汚れているのは、修繕作業に積極的に参加しているためだ。

ベルナールはそんな兄の格好を見て笑わずにいられないらしい。「兄上が結婚式の翌日をこんなふうに過ごしているとは思わなかった」

「わたしもだ」マックスは皮肉めかして答え、脚を組んだ。ブーツにこびりついた泥が、美しいオービュッソン織の絨毯に落ちるのも気にしない。

「兄上は相変わらずだってことがわかったよ。農業労働者みたいに泥まみれになって、汗水たらして働く必要などないのに、全部自分でやらないと気がすまないんだ」

マックスはいらだたしげに唇を引き結んだ。ベルナールもアレクサンドルも、プランテーションの経営についてはいっさい責任を持ちたがらない。ふたりがこの書斎に入るのは、サイドボードに並ぶ酒瓶に手を伸ばすときと、月々のこづかいをもらいにくるときだけだ。

にもかかわらず、プランテーションに関する兄の決定に同意できないと、ふたりとも——とくにベルナールは——好き勝手に兄を批判する。皮肉にも、マックスは農業を楽しんでさえいなかったし、父親とちがって領地に対する熱烈な愛情も感じていなかった。彼の関心はもっぱら商売や政治の分野に向いている。

そのうえ、政治的活動がしだいに増えてきたことにより、かなりの部分で彼の意見は以前と変わってきていた。北東部から訪ねてくる政治家の多くが、奴隷制度の廃止を訴えている。彼らと議論するにつれ、自分が受け継いできた奴隷制度を擁護するのは難しいと考えるようになっていた。彼らのさまざまな指摘に、だんだん落ち着かない気持ちになり、罪の意識さえ感じるに至っている。

聞くところによれば、ジェファーソン大統領は奴隷問題に関して態度を決めかねており、倫理の問題と経済的な懸念の比較検討を試みているとの話だった。自らの道徳的ジレンマと農業に対する関心の欠如とがあいまって、マックスにはヴァルラン家のプランテーションが重荷になり、手放してしまえればどんなにいいかと思えるのだった。

「いまのヴァルラン家で、プランテーションを経営できるのはわたしだけだからな」マックスはあざけるように言った。「だから、自分がいいと判断したやり方でやろうと思っている。だが、おまえやアレクサンドルがなんらかの責任を引き受けたいというなら、いつだって喜んで譲るぞ」

「父上は大昔に、兄弟それぞれの役割を決めていた」ベルナールは肩をすくめた。「兄上は模範となるべき運命だった。つまり、ニューオーリンズに暮らす貴族の末裔たちの最高の模範であり、一家の当主。わたしの役割は金遣いの荒い道楽息子、アレクサンドルの役割は身持ちの悪い放蕩息子。割りあてられた役からわざわざはみだすこともないだろう？」

マックスは疑いのまなざしを弟に向けた。「都合のいい口実だな、ベルナール。父上はもういないのだし、おまえは自分の好きにできる」

「まあね」ベルナールはブーツを見つめてつぶやいた。

気まずい沈黙がつづく。マックスは話しあうべき話題をどう切りだしたものかと思案した。

「ベルナール、本当のところ、フォンテーヌ家の娘たちはそんなに魅力がなかったのか？」とようやく訊いてみる。

弟はうんざりした様子でため息をついた。「いや、そういうわけじゃないんだよ……自分の保護を必要とする女性と非嫡出子がどこかにいるとわかっているのに、結婚なんか考えられるわけがないだろう」

「あれから一〇年だ」マックスはにべもなく言った。「もう、夫を見つけているかもしれない」

「わが子をよその男に育てられて、慰めになると思うかい？　まったく、この一〇年、彼女がなぜわたしにも家族にも行き先を告げずに去っていったのか、ずっと考えてきたというのに！」

「すまなかったと思っている」マックスは静かに言った。「あのとき、わたしにもできることがあったかもしれないのに……」

マックスは黙りこんだ。当時はコリーヌが殺されて大騒ぎで、その事件にかかりきりだったマックスは、弟とアメリカ人水運業者の娘ライラ・カランとの不幸な情事など、これっぽっちも気に留めていなかった。ベルナールもその娘も、カトリックとプロテスタントの結婚は一方に、あるいは両者に大きな不幸をもたらすとわかっていた。ライラは妊娠に気づくと姿を消した。ベルナールは恋人と生まれた子どもを見つけだそうとしたが、努力もむなしく、ふたりの痕跡はなにもつかめぬまま一〇年が過ぎたのだった。

「ベルナール」マックスはゆっくりと言った。「おまえはふたりを十分捜した。もう過去は忘れたほうがいい」

「兄上は忘れることにしたってわけか」ベルナールはそう言うなり、話題を変えた。「それでこんな無謀な結婚をしたのかい？」

「彼女がほしいから結婚したんだ」マックスは落ち着いて言った。

「兄上はゆうべ、彼女と一緒に過ごさなかった。家中の者が知ってるぞ」

「それがどうした。これはわたしの結婚だ。自分の好きにやらせてもらう」

「だろうね」ベルナールはさらりと言った。「でも、伝統を無視するとは呆れたな。せめて一週間は新婦とふたりきりで過ごさなきゃいけないというのに」思わせぶりな笑みを浮かべる。「妻をきちんと仕込むのは夫としての義務だろう？」

マックスは顔をしかめた。「いずれ、おまえに意見を求めることもあるかもしれんが、いまのところ――」

「ああ、わかってるさ」ベルナールの暗い目に一瞬、ユーモアの表情が現れた。「ところで、マリアムとは手を切ることにしたのか？」

答えようと口を開きかけたマックスは、なにかの気配を感じて、戸口のほうに目を走らせた。そこにはリゼットが立ちすくんでいた。彼を捜して、ちょうど部屋に足を踏み入れたところらしい。表情から、ベルナールの質問を聞いてしまったのは明らかだ。マックスはひどくいらだった。

リゼットはとっさに、意を決したような明るい笑みを浮かべると、部屋のなかまで入ってきた。「お邪魔してごめんなさい、あなた《モン・マリ》」とほがらかに言う。乳房を寄せて持ちあげ、ほっそりした体を上品に覆うペールピンクのドレスに身をつつんだ妻は、元気で生き生きとして見える。汗の染みた泥だらけの服を着ていたにもかかわらず、マックスはすぐにでも彼女を抱き寄せ、激しいキスで唇を奪いたい衝動に駆られた。「お風呂の用意ができたわ」リゼットが告げる。「夕食の前にさっぱりしたいんじゃないかと思って」

マックスはすぐさまリゼットに歩み寄った。彼女がいると気分が軽くなる。リゼットの存在がマックスにもたらす影響は計り知れない。彼女と一緒にいると、自分が若くて理想に燃えていたころを、自分は幸せになれると大いに期待していたころを思い出す。「いかにも。ベルナール、話はあとにしよう」

弟がイエスともノーともつかない返事をし、リゼットとマックスは部屋を出ていった。

「ひどい汚れようね」リゼットが言った。「今日はなにをしていたの？」

マックスは質問を無視し、ゆうべの自分の居所について、あれこれ推測していた家族がほかにもいただろうかと考えた。「ひょっとして、ゆうべわたしが出かけたことについて母がなにか言ったのか？」

「そのとおり」リゼットは皮肉たっぷりな口調で答えた。「新婚初夜に妻をほったらかしにしたあなたを許すようにとおっしゃったわ。息子の行いもそのうち改善されるだろうからと、一生懸命わたしをなだめてくださったの」

マックスは彼女の肘をつかんだ。「ゆうべ、わたしがどこに行ったか知りたいかい？」

「別に」リゼットが答えると、マックスは明らかな嘘ににやりとした。「でも」彼女は言い添えた。「話したいならどうぞ」

「かつての愛人《プラセー》に会いにいったんだ」マックスが笑いながらつづける。リゼットはつかまれている肘をぐいと上げて彼から離れた。「なにがあったか教えてあげようか？」

「結構よ」リゼットはぴしゃりと言ったが、すぐに足を止めて用心深く夫をじっと見つめた。

「〝かつて〟って言った？」

「ああ、〝かつて〟だ。それになにもなかった。ふたりが結んだ取り決めをこれっきりにするということで同意をした以外はね」

「なにも？」リゼットは疑うようにたずねた。

「お別れのキスさえなかった」

「ふうん」思いがけず、ほっとした気持ちが押し寄せてくるのがわかり、リゼットは必死で嬉しさを隠そうとした。ふたたび彼に腕を取らせ、ふたりでマックスの寝室に入っていくと、風呂が湯気を立てて待ちかまえていた。バスタブの脇に手桶が伏せてあり、その上に高価な固形石鹸がひとつと、折りたたんだタオルが山になってのっている。マックスはそれを見て、ありがたいとばかりに声をもらし、シャツを脱いだ。

　リゼットはつと立ち止まった。彼の体を見ずにはいられない。マックスは筋骨たくましく、きれいな褐色に日焼けしていた。健康そうで、まさに男盛りだ。たっぷりした黒い胸毛は下に向かうにつれてだんだん幅が狭まり、細くやわらかな毛になって下腹部の張りつめた筋肉を覆っていた。むきだしの腕は畝状に盛り上がっており、長年つづけてきた剣術の稽古はもちろんのこと、プランテーションの仕事で鍛えられ、筋肉がしっかり発達している。彼が大またでベッドまで歩いていき、その端に腰かける様子を、リゼットは息を止めて見守った。

マックスはリゼットをじっと見つめた。彼女が興味を抱いていることに気づくと、口の端をわずかに上げ、笑みを浮かべた。それから、ぶつぶつ文句を言いながら泥だらけのブーツを脱ぎ、こびりつく乾いた泥を手から払い落とした。動くたびに、日に焼けた輝くばかりの素肌の下で筋肉が収縮する。リゼットは、肩の星型の傷跡も含め、彼の胴にいくつか傷跡があるのに気づいた。

「その傷はどうしたの？」

「決闘で受けたものだ。つまらないことに思えるだろうが、自分の名誉を守るために何度となく腕比べをしたからね」

彼の肌から麝香を思わせる魅惑的な匂いが漂い、リゼットの鼻孔を満たす。彼女は夫の首に顔を押しつけて、その香りを味わいたいと思った。傷跡に視線を戻し、彼にゆっくりと近づいていく。「この街の若いクレオール人のなかには、あなたと戦って自分の男らしさを証明しようとする人もいるでしょうね。群れのリーダーに戦いを挑むオオカミみたいに。誰かに致命傷を負わせたことはあるの？」

マックスはかぶりを振った。「たいてい、最初に血を見た時点で名誉は回復する。わたしはずっと決闘は避けるよう心がけてきた。サジェスとの決闘は別だがね。戦うのは、相手のせいで避けるのが不可能になったときだけだ」

「よくわかったわ」リゼットは優しく言うと、手を伸ばしてマックスの肩の傷跡に触れた。半裸の彼のすぐとなりまで歩み寄ると、吐息が胸毛を揺らした。マックスは何度、相手の切っ先と向きあったら気がすむのだろう？　何度、死に直面してきたのだろう？　そう思うと気が気ではなかった。心がひどく乱れるのを覚えて、彼から顔をそむける。「今日はたくさん体を動かしたから、疲れてるでしょう。お風呂に入ってゆっくりしてね。わたしはお邪魔しないほうが――」

背後で衣擦れの音がして、リゼットは急に話をやめた。彼がズボンを脱いだのだ。全裸になっているにちがいない。リゼットはここに残りたいのか、出ていきたいのか決めかね、身動きが取れなくなった。

彼が勢いよく湯船に入る音がした。「プティット、手を貸してくれてもいいだろう」

リゼットは向きを変えたが、まばゆいばかりの光景になすすべもなくじっと見入るばかりだ。目にしたのは、光を受けて輝く男性の素肌、浴槽の木の縁からのぞく、たくましい肩の曲線。「手伝いが必要？」彼の周りに立ちこめる蒸気を吸いこんでしまったかのように肺が熱くなり、膨張するのを覚えた。

「わたしに慣れる時間がほしいと言っていただろう。その機会をあげようと思ってね」

「それはご親切に」

マックスはふっと笑って、浴槽に深々と身を沈めた。やけどしそうなほど熱い湯に酷使した筋肉をつつまれると、安堵のため息をついた。目を細める姿は、日なたぼっこをしている物憂げな雄猫のようだ。「石鹸を渡すくらいのことはできるだろう、プティット」口元にかすかに笑みを浮かべ、挑発的に言い添える。「さあ、勇気を出して」

リゼットは挑戦から逃げる人間ではない。それに、不安よりも好奇心のほうがはるかに勝っている。「いいわ、あなた《モン・マリ》」石鹸を手に取り、匂いを嗅いでみる。この香りはレモングラスだ。

マックスは上体を起こし、がっしりした広い背中をさらけだしている。リゼットはまたしても雄猫を連想した。撫でてくれと無言の要求をしている雄猫だ。

喜びで胃がきゅっと引きしまる。「もちろんやるわ。背中を洗ってあげる。でも、それ以外は自分でやらなきゃだめよ」リゼットは肘の上まで袖をまくり、浴槽に近づいた。立ち上る蒸気の下の湯は澄んでおり、水面下で激しくいきり立つものが見える。驚くべき光景に反応すまいと努めたものの、リゼットの顔は髪の生え際まで真っ赤になった。

驚いた彼女が初々しく悲鳴をあげるのを待ちかまえるかのごとく、マックスが片眉をつりあげる。リゼットはそのまま浴槽の向こうにまわると、夫の後ろに立って感想を口にした。

「それ、痛そうね」

マックスは浴槽の縁に頭をのせて彼女を見あげた。「わたしにとって？　それとも、きみにとって？」

挑発的な質問に笑みを浮かべずにいられなかったが、顔のほてりは激しさを増していく一方だ。「両方にとってだと思うけど」

マックスはそれ以上はなにも言わず、ふたたび体を前に傾けた。リゼットが石鹸を湯に浸して両手でこすりあわせると、レモングラスの刺激的な香りが空気を満たした。彼女は石鹸を脇に置き、クリームのような泡を夫の背中に広げ始めた。がっしりした筋肉のへこみと太い背筋の輪郭を指でたどると、水と泡が細い筋となって、日に焼けた肌を流れ落ちていった。とてつもなく親密な行為に思えたが、リゼットは彼の髪も泡だらけの指でかきわけて、その下の頭皮をこすった。マックスは恥ずかしがるでもなく、彼女に奉仕してもらうのを楽しんでいる。リゼットは立ち上がり、手桶を傾けてきれいな湯を髪にかけ、泡を洗い流した。

リゼットが手桶を慎重に床に置くと、マックスは濡れた髪を額から後ろへ撫でつけた。そして、濡れて尖ったまつげを上げ、彼女をじっと見つめた。「きみも一緒に入ったらどうだ?」

その提案にリゼットは驚き、興奮を覚えた。胸のなかで甘やかなうずきがふくらみ、乳房の先端へと広がっていく。やがてそこはきゅっと硬くなり、とても感じやすくなった。なんとかしゃべろうとすると、温かい蜂蜜を飲んでいるかのように、喉が詰まってひりひりする感じがした。

「ふたりで入れるほど大きくないわ」

「くっついて座れば大丈夫」リゼットがいつまでもじっとしていると、マックスは身を乗りだしてきた。唇で彼女の喉の無防備な部分を探りあて、そこを舐め、優しくかじる。リゼットははっと息をのんだ。力強い顎をこすりつけられると、思わず喉が動いた。世界がゆっくり倒れていくかに思えた。自分が巨大なクリスタルのボウルのなかにいて、転がっているような感じだ。

バランスを取ろうとしたら、一方の手がやわらかな毛に覆われた夫の胸に触れた。濡れてもつれた巻き毛に指を沈め、シルクのようになめらかな乳首の縁に親指を置く。そこを撫でていると、彼の乳首が硬くなった。マックスは低い声でうめき、片手をリゼットの頭の後ろにまわした。唇を引き寄せ、けだるく、それでいて飢えたようにキスをする。

全身を喜びにつつまれて、リゼットの肌は少し触れられただけでもうずいた。夢見心地で口を開き、マックスの舌にそのなかを探らせる。手をつかまれて水面下に導かれても、リゼットは抵抗しなかった。すっかり興奮した彼が放つ熱は、風呂の湯よりなお熱いほどだった。リゼットの指は従順に、忠実に、ずっしりと重みのある彼のものをつつみこんだ。思っていたのとまったくちがう感触だ。皮膚は薄いサテンのごとくぴんと張られている。リゼットの手は慎重に水中を探り、漂うように彼の輪郭をたどった。マックスがキスをつづけ、荒い吐息が彼女の頬にあたる。彼がますます高ぶっていくのに気づくと、リゼットは酔ったような気分になり、めまいすら覚えた。

前のめりになって彼に体を押しつけていると、ドレスの前が水に浸かり、浴槽の縁が胴に食いこんだ。ふいに息苦しさを覚え、つとわれにかえる。リゼットは慌てて身を引き、荒く息をついた。

マックスは穏やかだが意志のにじむ表情を浮かべており、わずかに伏せたまつげに隠れた瞳が秘めた熱を放っている。リゼットは目をしばたたき、濡れた手を顔にこすりつけた。

夫は手を伸ばし、彼女の胸の谷間をゆっくりと流れ落ちていく小さな水滴に親指で軽く触れてからささやいた。「もう一度、キスしてくれ」

リゼットは震える声で笑い、やっとの思いで立ち上がった。ドレスの前がびしょ濡れなのに気づき、身震いする。「今日はもう十分に味わったでしょう、ムッシュー」

マックスは浴槽のなかで立ち上がった。水がかすかに光りながら、高ぶった肢体の上を滝のように流れ落ちていく。「プティット、十分だったのなら、わたしはこんなふうになっていないはずだ」

リゼットは息をのみ、くるりと背を向けた。彼がつかみかかってくる気配を感じ、素早く逃れる。興奮して思わず、くすくす笑いだした。「やめて、マックス！　さわらないで！」

マックスは浴槽から出て、彼女を追いかけた。扉まで逃げたリゼットだったが、彩色を施した磁器の取っ手をつかんだとき、ふと思った。こんなびしょ濡れの状態で家のなかをうろつくわけにはいかない。自室に逃げこんで着替えようにも、メイドが絨毯をきれいにしたりシーツを換えたりしているだろうから、それも無理だ。「だめよ、マックス」リゼットは夫に背を向けたまま、理性的な口調で言った。「もういいかげんにして。タオルを取ってくるわ。それから――」

そのとき、濡れた長い腕が体に巻きつき、彼の胸を濡らす湯がドレスの後ろからにじんできた。リゼットはまたしても甲高い声でくすくす笑いだし、すっかり冷静さを失っている自分を呪った。「マックス、あなたのせいでびしょ濡れよ！」

彼の唇がうなじに下りてきて、そっとキスをする。「わたしのかわいい奥さん」彼はささやいた。「もう少しだけきみを味わわせてくれ。約束は守る。誓うよ。きみに触れたいんだ。頼む」

ドレスの後ろがぐいと引っ張られるのがわかった。紐がちぎれ、きゅうくつな布地に閉じこめられていた体が勢いよくこぼれでるように解放された。身ごろ《ボディス》が徐々にずれ、防ぐ間もなく、濡れたドレスがどさりと床に落ちる。リゼットは湿ったシュミーズとストッキングだけの姿になった。あらわになった腰の引きしまった曲線にマックスが手を滑らせ、リゼットはその驚くべき感触に飛び上がった。

マックスは言葉にならない声で何事かつぶやき、荒々しく息をしながら、リゼットの背に胸を押しあてた。腰を撫でてから体の前にすっと手をまわし、指先で臍《へそ》のあたりに軽く触れる。リゼットは扉に両の手をついた。「マックス」声が震えないように言う。「いけないわ」

「きみがやめろと言えばやめる」彼は手のひらで、太もものあいだのやわらかな茂みを軽くかすめた。リゼットのうなじをそっと嚙み、つづけてその痛みを和らげようと舌で舐める。「怖がらないで。きみを喜ばせたいだけだから。ああ、きみ《デュー》はなんてかわいいんだろう」

抗議の声が出そうになったが、彼が間近にいると、体の奥がうずいた。あえぎながらそのまま顔をそむけていると、彼がゆっくりとシュミーズを腰の上まで引き上げた。硬く、焼けつくほど熱くなったものが腰に押しあてられる。先端が熱した鉄となり、彼女に烙印を押しているかに思えた。現実感が失われ、リゼットは湯気を立てている男らしい体に自分の背中を押しつけた。

彼の指が燃え立つような赤い巻き毛をかきわけ、やわらかな丘を探る。リゼットは唇を開いたが、あまりの心地よさにやめてとは言えなかった。大切な部分に触れられると、うめき声をあげ、無意識のうちに懇願するように脚を広げていた。彼の唇が耳に触れ、湿った頬へとさまよっていく。

器用な指がふくらんだ花弁を押し開き、その奥へと忍びこんでいく。「プティット、きみのここに触れることを夢見ていた……こんなふうに……そう、それでいい、かわいい人《マ・ベル》……」濡れた指先が、快感で脈打ち始めた小さな頂を探りあてる。軽やかにつつかれ、円を描くように愛撫されると、やがてリゼットはすすり泣くような声をあげ、扉に額をつけて頭を振りだした。心臓が激しく鼓動を打ち、血が血管のなかを奔流となって流れていく。「マックス」リゼットはかすれた声で言った。「ああ、マックス……」

中指が挿し入れられ、ぎゅっと締まったなかをゆっくりと滑るように進んでいく。優しい侵入に身をこわばらせながら、リゼットは下腹部に熱い興奮が広がっていくのを感じた。「もうやめようか?」マックスがささやいた。指が引き抜かれ、リゼットは飢えたように身震いした。「教えてくれ、リゼット、なにをしてほしいのか言ってごらん。それをやってあげるから」

リゼットは振りかえって彼と向きあった。首に腕を巻きつけると、厚みのある羊毛のような胸毛に乳首がつつまれた。白熱した欲望が燃え上がり、理性がすべて灰と化す。「マックス、いますぐわたしを抱いて。お願いよ。お願いだから——」

「まだきみの処女を奪おうとは思ってないよ」マックスの手はなだめるようにリゼットの背中を撫でたが、それがかえって彼女を激しく身もだえさせた。「きみが本当に求めていると確信できるまではしない」

「してほしいの」リゼットはうめくように言った。「本当よ」

マックスの手がふたたび脚のあいだに滑りこみ、激しく求めている部分へと、指先が戻っていく。「楽にさせてあげよう。きみが本気でほしがっているのか、たしかめたかっただけだ」

むしろ、それ以上本気になったら燃えつきてしまうほどだった。リゼットは自分を支えてくれる腕に頭からもたれかかり、腰をくねらせ、愛撫に応えた。快感が急速に燃えあがる。それはあまりにも速く、熱く、リゼットは叫び声をあげながら激しく身を震わせた。熱を帯びた神経が火花を放ち、体の隅々まで快楽が押し寄せる。彼女はおののき、マックスにぐったりともたれかかると、肩に顔をうずめた。

「マックス……ベッドに連れていって」

「だめだよ」マックスはつぶやき、彼女の湿った唇に激しくキスをした。「プティット、きみを裏切りたくないんだ」

「裏切りだなんて、絶対に思わないわ。お願い、マックス――」

「あとで責められるのはいやだからね」

リゼットは驚いた。彼だって求めているのは明らかなのに、それでもなお拒もうとしている。そこまでわたしの気持ちを考えてくれているということだろうか。そう思うと胸が高鳴り、リゼットはふたたび彼に唇を捧げた。やがて唇が離れると、リゼットは息を切らしながら言った。「もし、わたしが正気じゃないと思っているなら――」

「正気じゃないな」

「正気よ！」

「賢いクレオールの妻は、夫に反論しないものだよ」マックスはリゼットに告げた。

不本意ながらも笑いがこみあげ、リゼットは胸毛をもてあそんだ。「マックス……」夫のすべすべした肩に頬をすり寄せる。「お風呂のお湯はまだ冷めてないと思う？」

「たぶんね」マックスはリゼットの顎を持ち上げ、ほほえんだ。「今度は、わたしがきみを洗ってあげる番かな？」そして、リゼットが答える間もなく、彼女を抱き上げた。

7

幼少時からずっと女ばかりの家庭で育ってきたリゼットにとって、ヴァルラン家は男所帯と言ってもよかった。ほどなく彼女は、この家の男性陣が継父とはまったくちがうことに気づいた。

ヴァルラン家の男たちは、ガスパールのように激しやすい一面を持っているものの、腹が立っても声を荒らげたりはしない。ガスパールはやたらと怒鳴るが、この家の男たちは選び抜いた短い言葉で真意を伝えるすべを知っている。兄弟のあいだではときに激しい言葉の応酬もあるが、周りに女性がいるとわかれば、言い争いをやめて穏やかな話しあいへと移っていく。

ノエリンが以前教えてくれたことは本当なのだろう。ヴァルラン家の男たちは女性を惹きつける方法を生まれながらに知っている。メイド長はそう言っていた。一方のリゼットは、長いあいだガスパールにあからさまな憎悪を向けられてきた。そのせいもあり、この家の男たちの優しさの前にすぐに心を開くことができた。

アレクサンドルはしょっちゅうリゼットを部屋の隅に引っ張っては、女性心理について助言を求めた。兄上の心を射止めた女性ならば恋愛の達人にちがいないからね。そう言って、いたずらっぽくウインクをしてみせた。ベルナールは外国に行ったときの逸話で楽しませてくれた。フィリップはお気に入りの本を貸してくれたし、ジャスティンは馬で農場を見に行くときに付き添ってくれた。

彼らには活字中毒な一面もあった。書物や新聞、欧州大陸から取り寄せた雑誌などを、むさぼるように読んでいた。リゼットもすぐに、夜ごとみんなで居間に集まるのを楽しみにするようになった。家族で朗読しあったり、言葉遊びをしたり。政治について意見を戦わすときには、双子は鉛の兵隊人形で戦争ごっこをしていた。

皮肉にも、家族のなかで最も会う回数が少ないのはほかならぬ夫だった。マックスは常に忙しく働いており、農園経営か政治活動か海運業のいずれかにかかずらっていた。ちょうど、新たに船を一隻購入して、保有船舶数を七隻に拡大する計画を進めているところだった。それと並行して、西インド諸島への新航路の追加や、現地での事務所設立に向けた責任者の人選にもあたっていた。

河岸に倉庫群を増設する計画の監督も務めていた。そのためマックスは一日の大半を仕事に費やさねばならず、出かけると夕食時まで帰ってこなかった。夜になるとようやく、家族とともに居間でくつろいだり、私室でリゼットとふたりきり、ワイングラスを傾けたりするのだった。

二週間前のあの出来事以来、マックスが妻に無理強いをすることはない。リゼットは自分から誘ってみようかと思ったりもしたが、そのたびにまだその時期ではないと判断した。彼の愛情を勝ちとるのが先決だ。だからそのときが来るまでは、夫とおしゃべりしたり、議論したり、たわむれたりするひとときを楽しもう。夫の人となりを知れば知るほど、愛情が深まっていくのを彼女は実感していた。夫は不平ひとつもらさずに責任を負える強い男だった。義務感と、家族を守らねばならないという意志の表れだろう。反面、冷徹で支配的なところもあり、リゼットは夫に大いに魅了された。もしも彼女がおとなしくて従順な性格だったら、夫との生活には五分と耐えられないだろう。だが彼女は、夫が頑として主張してもひるむどころか積極的に言いかえした。マックスも、妻のそうした性格を承知しているようだった。

寝室は別々でも、リゼットは夫の外出時間や帰宅時間を把握していた。夫は二週間に一回くらいの頻度で真夜中に出かけては、まだ夜も明けぬ三時、四時に帰ってくる。愛人のもとを訪ねているとは思いたくなかった。だがそうでないなら、いったいなにをしているのだろう。

悩んだ末にリゼットは、マックスが謎の外出から戻ったときに直接訊いてみようと決心した。夜明け前に帰宅した彼は寝室に入るなり、ベッド脇のランプが灯され、夫の帰宅を待つ妻がいるのを見つけた。重ねた枕を背中に挟み、ヘッドボードにもたれていたリゼットが、穏やかに迎えた。「ボンソワール、マックス。こんな時間になにをしていたの?」

マックスは苦笑をにじませた。「きみは知らなくていい。さっさと自分の部屋に戻りなさい。さもないと、ついに妻としての義務を果たす気になってくれたのだと解釈するよ」

その程度の脅し文句で揺らぐ決心ではない。「そうやすやすと退散するものですか。これが一度や二度の話なら、わたしも見過ごしてあげたかもしれない。でも早朝のご帰還はすっかり習慣になっているみたいね。ちゃんと事情を説明してもらうわ」

マックスはベッドに両手をつき、大きく身を乗りだした。唇がいまにも触れそうになる。

「海運業のほうで、片づけるべき仕事がいくつかあってね」

「昼間のうちにやればいいでしょう」

「夜中のほうが都合がいい仕事もあるんだよ、奥さん」

「まさか、法を犯しているのではないでしょうね？」

マックスは親指と人差し指を一センチほど離してみせた。「違法といってもほんのこれっぽっちだ。シルクのストッキングが一箱に、シナモンが二、三梱《こり》……それと、英ポンドを数千ばかり」

「英ポンド？　いったいなんのために？」

「合衆国のルイジアナ購入以来、メキシコから通貨が入ってこなくなった。だが市民はフランス紙幣やスペイン紙幣の価値に懐疑的だ。クレイボーンは合衆国紙幣の流通を画策しているが、当初はつまずきを見せるだろう。そこで……」

「知事の計画を支援しないつもりなの？」

マックスはさりげない、それでいてどこか冷酷な笑みを浮かべた。「クレイボーンに特別な恩義があるわけではない。余裕があれば知事にも手を貸すが、身近にチャンスが到来したときにはそちらを優先する」

たとえ規模は小さくとも、夫は密輸に手を染めているのだ。リゼットは不安になった。

「万が一、つかまったりしたら――」

「きみはもう寝なさい」マックスはさえぎった。「目の下にくまができているじゃないか」

「あなたが夜中に出かけたりしなければ、くまなんてできないわ」リゼットはこぼし、大あくびをした。夫にベッドから下ろされ、片腕で腰を支えられる。

マックスは妻を寝室に送っていきながら、眉根を寄せた。「ここ数日ですっかり消耗してしまっただろう。母もがんばりすぎだと言っていた。わたしはきみに、もっとゆっくりしてほしいんだよ、プティット。なんといっても、ついこのあいだまで寝こんでいたのだからね」

リゼットは手を振って夫の心配をはねのけた。農園の仕事にもだいぶ慣れてきたし、これからいろいろと工夫するのが楽しみでならない。日用品の注文、書籍類の整理、料理、パン作り、調度品の拭き掃除、敷物やカーテンやリネン類の洗濯に、毎日の衣類の洗濯とつくろいもの。イレーネとノエリンの農園経営の手腕は立派なものだが、リゼットは改善するべき点もいくつかあると考えている。ただし長年の習慣を変えるとなると、イレーネたちはきっと反対するだろう。

「ねえ、マックス」リゼットは夫の大きな手に自分の手を滑りこませながら呼んだ。「少し意見を聞かせてほしいんだけど……」

「なんだい？」

「お屋敷の家事の仕方やなんかは、ちょっと時代遅れなところがあるんじゃないかしら」マックスは妻の寝室の前で足を止めた。「わたしはとくに気にならないが」

「それはそうよ、男の人があまり気にする問題ではないもの。どれもささいなことなんだけど、それが百もあると……」これだけの大邸宅をちりひとつない状態に保つには、あとふたりはメイドが必要だろう。部屋によってはカーテンや絨毯が日焼けしており、交換しなければならない。素晴らしい銀器を見つけたが、もう何年も磨いていない様子だった。それにこれまで見たかぎりでは、清潔なリネン類の枚数が少なすぎる。これらは問題のごく一部にすぎない。イレーネはもう若くないから、目がゆきとどかない部分もあるだろう。だが当人の気に障らぬように指摘するにはどうすればいいのか――リゼットは悩んでいた。

「なるほどね」マックスは苦笑交じりに言い、妻のほっそりとした肩に手を置いた。「いいかい、プティット。きみにはこの屋敷に関するあらゆることを一新する権利があるんだ。ノエリンは、たとえ不服があってもきみに命じられるとおりにするだろう。母もいずれ、同年配のご婦人方のように趣味に興じる時間ができて喜ぶはずだよ。それにきみならきっと、あの頑固な母をうんと言わせられる。きみなりのやり方で母に提案してごらん、わたしも手を貸すから」

「でも、お義母様にわずらわしい思いをさせたくない――」

「母上に、いま以上にわずらわしい思いなどさせられるものか」マックスはふいに破顔した。

「そんなまねができるのは、孫たちくらいなものだよ」

「わかったわ。ありがとう、マックス」

夫は親指で彼女の鎖骨を撫で、けだるい笑みを浮かべてから、額に軽くキスをした。「おやすみ」

それでおしまいだろうと思った。けれどもマックスはためらいを見せ、肩に置いた手に力を込めた。リゼットの心臓が不規則な鼓動を打つ。ふいに膝が震えだすのを抑えられない。ついにそのときが来たのだわ、という思いが胸中を駆けめぐった。きっとマックスは、寝室に行ってもいいかとたずねるにちがいない。あなたをもっと知ってからにしたい、という口実はもう通用しない。それに彼を求める気持ちが強すぎて、心を勝ちとるのが先決だとの思いはすでに消えていた。「マックス……」震える声で呼び、どう言えばその気になってもらえるのかと言葉を探す。

「おやすみ」同時に夫の声が返ってきた。彼はあらためて額にキスをした。「ゆっくり眠りなさい」

夫は背を向け、廊下を戻っていった。リゼットの胸になじみのない落胆を植えつけて。

「バーは明日到着する、まちがいない」クレイボーンは汗ばんだ顔をハンカチでぬぐった。

「それにしても暑いな。やつの乗ってくる船はウィルキンソンからの貢ぎ物だそうだ。われらがウィルキンソンの！」窓外を見やり、まるですぐそこに上ルイジアナ準州の知事がいるかのように険しいまなざしになる。

マックスは椅子の背にゆったりともたれて、かすかな嘲笑を浮かべた。「われらが？　あなたのウィルキンソンでしょう。わたしは関係ありませんよ」

「ふんっ、なにをにやにやしているのだ？　なにが起きようとしているか、これっぽっちも気にならないのか？　連中が、バーとウィルキンソンが手を結んだら、いったいどんなことになるか！」

「もちろん気にはなります。ですが、われわれの予想どおり、バーのもくろみがルイジアナ・テリトリーとテキサスの掌握なら――」

「メキシコもだ！」クレイボーンが憤慨した声で正す。

「メキシコをくわえた三領土の掌握なら」マックスはつづけた。「巨額の資金を八方から集めなければならないはず。そんな金、ウィルキンソンの影響力の有無にかかわらず、バーには集められません。クレオールの格言をご存じですか、知事？　〝イル・ヴァ・クロッケ・デュヌ・ダン〟」

「どういう意味だ？」

「両の奥歯でかみちぎるのは不可能」

クレイボーンは笑わなかった。「バーのやつは、英国から軍資金を調達するかもしれん。英国大使とすっかり馴れあっているようだからな」

「英国はバーへの資金援助は行いません」

「わからんだろうが」クレイボーンは言い張った。「合衆国と英国が友好関係にあるとは言えない時期だぞ」

「失敗が目に見えているのに資金を出す余裕など、フランスと交戦中の英国にはないでしょう。それに、バーのように口の軽い男が三領土を掌握できるわけがありません」

「ふむ」クレイボーンはしばし黙りこんだ。「言われてみればそうだな。本来なら極秘裏に進めねばならないはずの計画だろうに、バーが公の場で口にしたという噂を耳にして、わたしも驚いていたところだ。あそこまで口が軽いとはな。どうせ得意になっているのだろう！」と言って眉根を寄せる。「だが英国から資金調達できないとなると、次はスペインに泣きつくぞ」

「なぜわかるんです？」

「ウィルキンソンはスペインの飼い犬——そう疑っている人間がわたし以外にも大勢いる」

「証拠はあるのですか？」

「ない。だがそれで疑いが晴れるわけでもなかろう」

「それに」マックスはゆっくりとあとを継いだ。「スペイン国王もむろん、ルイジアナを取り戻したいと考えているはず。なるほど、スペインがバーの後ろ盾になる可能性はありますね」

「ウィルキンソンは、ニューオーリンズのスペイン領事、ドン・カルロスことイルホ侯爵とも通じている」クレイボーンが指摘した。「今回、バーは侯爵とも面会するはずだ。配下の者が情報をつかんだわけではないが。現時点では、スペインと合衆国は敵対関係にある。フロリダ郡部を争って戦争が勃発する可能性もあるぞ」

「侯爵ならわたしもよく知っています」マックスは応じた。「なにか聞きだせるかもしれません」

クレイボーンはまた顔の汗をぬぐった。「きっとなにか知っているはずだ。スペイン人は比類のない策略家だからな。バーの行動もすべて把握しているだろう。侯爵から知っているかぎりのことを引きだしてくれ――われわれ全員のために」

「最善を尽くしますよ」マックスはにこりともせずに答えた。

「まったく、厄介な話だな。いったいなんのために、周囲の人間や、果ては一国までをも操ろうとするのだ。バーの野望はいったいどこにあるのだ」マックスがなにも言わずにいると、クレイボーンはひとりごとのようにつづけた。「バーとごく親しい人間が言っていた。数年前に愛妻を亡くしたりしなければ、バーもあのような企みに加担しなかっただろうと。彼の妻はがんで亡くなったらしい。しかも、長く苦しんだそうだ」

マックスは椅子の肘掛けをとんとんと指先でたたいた。「その手の事情が彼の野望と関係あるとは思えませんね」

「それはそうだが、バーは妻を溺愛していたそうだからな。最愛の妻を亡くしたとあっては……」知事は先だって亡くしたばかりの自分の妻を思うかのように、遠い目をした。「愛する女を、妻を亡くした男は、えてして別人になってしまうものだ……きみにはきっと理解できんだろうが――」

無表情に見据えるマックスの視線に気づいて、クレイボーンは唐突に言葉を切った。

しばしの沈黙ののちにマックスは口を開いた。「妻などいくらでも替えがききますよ」と淡々と言う。「いくらでも。わたしもひとり目を亡くしましたが、悲しくもなんともありません」

冷酷な言葉に、クレイボーンは身震いした。自ら手にかけたと噂されている相手への憎しみを、マックスがこうもあからさまに口にするとは思っていなかったのだろう。クレイボーンはときどきこうして、ヴァルランには気をつけてくださいという側近たちの忠告を思い出さずにはいられない。ヴァルランはまれに見る切れ者で、普段はいたって人あたりがいいが、血も涙もない人間だという忠告を。

「それで、二度目の結婚はうまくいっているのか?」好奇心を抑えきれなかったのか、クレイボーンはたずねた。

マックスは肩をすくめた。「おかげさまで順調です」

「新しいマダム・ヴァルランに早くお目にかかりたいものだな」

マックスは眉を上げた。ふたりの会話が私生活に及ぶのは極めて珍しい。たしかにふたりは目的と政治的な見解をともにし、友好関係を築いている。だがこれまで、家族や子ども、個人的な感情といった話題が会話に上ったためしはない。政略上の理由がないかぎりマックスが他人と交わろうとしないのは、クレイボーンもよく承知している。

「近いうちにご紹介できると思います」マックスは答えた。

クレイボーンは待ちきれない表情を浮かべた。「うむ、クレオールの女性はじつに魅力的だからな。美しいばかりか、意志の強さも兼ね備えている」

いらだたしげに眉をひそめ、マックスは話題を変えた。「バーが到着したら、歓迎の式典かなにかを開くのですか？」

クレイボーンは陰気な顔でうなずいた。「歓迎用の演説原稿はすでに用意した」

「そうですか」マックスはそっけなく応じた。「今後も、彼にはなんの脅威も感じていないふりをつづけたほうが賢明でしょうね」

「バーに脅威を感じる必要などないと、たったいま言ったばかりではないか！」

「たしかに」マックスは暗い笑みとともにうなずいた。「ですが、わたしの見解が常に正しいわけではありませんから」

リゼットは屋敷の裏手にある家庭菜園で香草をせっせと摘みとっていた。乾燥させて、あるいは生のままで料理に使うためだ。不満げにため息をついて、ボンネットが地面に落とす影をじっと見つめる。

クレオールのしきたりでは、結婚式から五週間、花嫁は友人知人を訪問したり公の場に出たりしてはいけない。そのためリゼットも、家族みなが外出したあともひとりで家にいなければならない。しきたりなど無視してしまおう、マックスもきっときみの好きにしなさいと言ってくれる、そんなふうに考えもしたが、新婚早々、ニューオーリンズの住民の半分から疎んじられるのはいやだった。それにしても、こんなに退屈するのは生まれて初めてだ。ベルナールとアレクサンドルはゆうべ出かけたきり、今朝になってもまだ帰ってこない。なにかよほど楽しいことがあるのだろう、帰宅は夕方になりそうだ。マックスは例のごとく仕事に行っている。双子は邸内で家庭教師の指導を受けている。

イレーネは料理長を連れて朝早くから市場に出かけた。義母は市場で値段をまけてもらうのが趣味だ。どの店の店主も、彼女の値段交渉の腕に一目置いているらしい。イレーネは市場に出かけるたび、見知った人たちとおしゃべりをして最新のゴシップを持ち帰り、そのうちのいくつかを披露してくれる。だが彼女がそうやって楽しんでいるあいだも、リゼットはただ待つしかない。

そのとき、屋敷の横手のほうからささやき声と忍びやかな足音が聞こえてきた。浅いかごを置いたリゼットの視線が、黒髪に覆われたふたつの頭をとらえる。ジャスティンとフィリップだった。水がしたたる重そうな袋の端と端を持って、人目を忍ぶように運んでいる。双子は角を曲がると、鐘楼のそばに広がるイトスギの木立を目指した。リゼットに気づいたジャスティンがつと足を止め、フィリップが兄にどしんとぶつかる。ふたりは重そうな袋を危うく落としかけた。

ジャスティンがむっとして弟をにらんだ。「誰もいないはずじゃなかったのか!」

「だって、さっき見たときはいなかったんだよ」フィリップは反論した。

リゼットはいぶかしげに双子を見た。「なにを運んでいるの?」

双子が顔を見あわせる。ジャスティンは顔をしかめ、「みんなに告げ口されるぞ」と不満げに言った。

フィリップはため息をついた。「どうする?」

リゼットは不審そうにふたりを見つめた。「なにか盗ったの?」

ジャスティンは両腕で袋を抱えると、リゼットのほうを顎でしゃくった。「さらっちゃおう」とぶっきらぼうに言う。「仲間に引き入れれば、他人にばらさないだろ」

「いったいなんの話?」

「しーっ。ぼくたちがつかまるところなんて見たくないでしょう?」フィリップがほがらかに言い、リゼットの手首をつかんで引っ張っていく。

「お勉強中だったんじゃないの?」リゼットはたしなめた。「いったいどこに行くのよ。袋の中身はなんなの? 面倒を起こすつもりなら、わたしは無理やり仲間にされたとちゃんと言うわよ。犠牲者だって。ねえ、どうして水がぽたぽたたれているの?」

「厨房から持ってきたんだ」フィリップがじらすような声音で答える。

たちまちリゼットはそれがなにか悟った。「まさか。嘘でしょう」湖の向こうで手に入れた大きなスイカが、冷たい水を張った厨房のたらいで数時間前から冷やしてあった。夕食後に家族みんなでデザートとして食べるはずだったものだ。それを盗むとは、とんでもない悪行だ。料理長のベルテは、スイカが消えたのに気づいたら卒中を起こすかもしれない。「夕食まで待たなくちゃだめ」リゼットは息巻いた。「盗むほどのものじゃないでしょう」

「盗むほどのものだよ」ジャスティンがきっぱりと応じる。

リゼットは首を振った。「なくなったと気づかれる前に返してきなさい。いますぐよ。フィリップもどうしてジャスティンの言いなりになるの」

「言いだしっぺはぼくだよ」フィリップが穏やかに答えた。

双子は木立の陰に身を隠し、大きな切り株の上に戦利品を置いた。リゼットは倒木に腰を下ろすと、双子がつやつやした緑色のスイカを袋から出すさまを呆然と見つめた。「おれに任せろ」ジャスティンがそう言ってスイカを抱え上げ、重みに小さくうめく。

「見てられない」リゼットは縮こまってぼやいた。フィリップが片手で彼女の目を覆うのと同時に、スイカが切り株の上に落とされた。スイカが割れるぐしゃっという音と、ジャスティンの勝ち誇った笑い声が聞こえる。

「もうあと戻りは無理だね」フィリップは心底嬉しそうに言った。リゼットはその手を恐る恐る顔から引き剝がして、壮観な光景に目を凝らした。双子の悪行にぞっとしつつも、よく冷えたスイカの真っ赤な果肉を目にしたとたん、ごくりとつばをのまずにはいられなかった。

「反省しなさい」彼女は厳しい声音でたしなめた。「これでもう、家族みんなでスイカは食べられなくなったんだから」

「スイカをあんなふうにほうっておいたらどんなことになるか、予測しておくべきだったんだよ」ジャスティンはそう切りかえすと、古びているがよく研がれたナイフを太ももに巻いたハンカチから抜き、戦利品を切っていった。「それに、おれたちはいままでいろんなものを取り上げられてきたんだ。このスイカは、その恨みを晴らすための第一歩にすぎないんだよ」

「小さいスイカならともかく」リゼットは言いかえした。「そんな大きいのを盗むなんて。巨大と言ってもいいくらいじゃない」

ジャスティンは果汁がしたたる三角形のスイカを差しだした。「食べなよ」

「口封じのつもり？」リゼットは怖い顔をして訊いた。

「わいろじゃないから安心しなよ」フィリップがそそのかす。「ただのプレゼントだよ」

「いや、わいろだ」ジャスティンが訂正する。「リゼットはこいつを受け取るよ。そうだよね、リゼット？」

彼女の胸の内で、道徳観念と食欲がせめぎあう。「盗んだスイカなんて、食べてもおいしくないいんじゃないの」

「それが、盗んだもののほうがずっとおいしく感じるんだ」ジャスティンが請けあう。「遠慮するなよ」

しぶしぶ膝の上にエプロンを広げ、スイカを受け取る。かぶりつくと、甘い果汁が顎にたれた。エプロンの端で果汁をぬぐう。スイカは甘く、しゃきしゃきしていて、暑さが一気に吹き飛んだ。生まれて初めてのおいしさだった。「ジャスティンの言うとおりね」と苦笑交じりに言う。「盗んだもののほうがおいしい」

それからの数分間、三人は言葉も交わさず、食べることに集中した。すっかりおなかいっぱいになり、足元が三日月形の皮だらけになったころ、リゼットがふと顔を上げると、長身の男性がこちらにやってくるのが見えた。

「ジャスティン？　フィリップ？」ひそひそ声で呼ぶ。「お父様がこっちに来るわよ」

「逃げろ！」ジャスティンは言うなり、駆けだそうとした。

「なんで？」フィリップが応じ、父親のほうを見やる。「もう見られちゃったんでしょ」

夫にしかられるなんてごめんだ。リゼットはすっくと立ち上がると、険しい表情を作った。

「いいこと、ふたりとも」と大声を張り上げる。「こういういたずらはしちゃいけないって、よおくわかったわね？　今度同じことをしたら――」

マックスの腕が体の前にまわされ、低い笑い声が耳たぶをくすぐった。「なかなかいい作戦だったね、プティット。でも、頬がべたべただよ」

思わず笑いながら見上げると、マックスは唇を軽く重ねて、スイカの甘い味がするキスを味わった。

「裏切り者め」ジャスティンはそう言ってリゼットを責めつつも、少年らしくほがらかに笑っている。

マックスは三人に優しいまなざしをそそいだ。「共謀罪だな」

フィリップは懇願するように父親を見つめた。「ベルテに言ったりしないよね、父さん」

「むろん言わない。だが、夕食の席でいつもより多く料理を残せば、あっさりばれるだろうな」

「まだ夕方にもなってないじゃない」ジャスティンが反論した。「だから夕食までにはまた腹ぺこだよ」

「ああ、おまえたちは育ち盛りだから心配ない」マックスは応じ、リゼットをまじまじと見つめた。「だが、わが奥さんは小さいからどうだろうね」

リゼットはにっこりとほほえんだ。「じゃあ対策を考えて。妻を守るのは夫の義務、でしょ《ネスパ》？」

「そのとおり」マックスは妻と並んで倒木に座ると、スイカを一切れ寄越すよう、ジャスティンに身振りで示した。

「どうしてここにいるとわかったの？」リゼットはエプロンをはずし、双子に手渡して、手と顔を拭かせた。

「きみがどこにいるかノエリンに訊いたら、菜園じゃないかと言われた。捜しに来て、かごと足跡を発見した」マックスはそう答えると、おいしそうにスイカにかぶりついた。

ふと見ると、夫のシャツの袖が肘の下までずり下がっていた。手を伸ばして、きちんとまくりあげる。「でも、これでもう共犯者ね」

マックスは笑みを返した。「証拠隠滅の手伝いをしているだけだよ」

夫に身を寄せたリゼットは、それから数分間、くつろいだ会話を楽しんだ。双子は、バイユーで最近どんな冒険をしたか話して聞かせてくれた。父親を心から尊敬し、必死に認められようとする双子の様子に、心を打たれた。だがそれ以上に感心したのは、子どもたちの話に忍耐強く、優しく耳を傾けるマックスの姿勢だった。彼はいい父親だ。強く、そして、素晴らしく愛情深い。

マックスとの子ができたらどんなふうだろう。リゼットは想像して、かすかな胸の痛みを覚えた。自分の子もきっと、ジャスティンやフィリップ同様、夫の過去にまつわる周囲の悪意に満ちた噂や暗い不信感に苦しめられるだろう。だがわが子にはちゃんと教えるつもりだ。人びとが父親についてなんと言おうと無視するよう。そして、愛されるにふさわしい父を心から愛するよう。

なんといっても、わたし自身が彼を愛し始めているのだから。

自分の心の動きに驚いて、リゼットは黙りこんだ。でも事実だわ、と内心でつぶやき、それが本心だと悟って呆然とした。リゼットは本気で夫を愛していた。とたんに恐れにからめとられる。この気持ちは、しばらくのあいだ胸にしまっておくべきだろう。マックスはリゼットの愛を求めていないかもしれないのだから。あるいは、永遠の愛として受け入れるほどの心の準備ができていないかもしれないのだから。過去が投げかける影はあまりにも暗い。彼はいまだに最初の結婚についてリゼットと話そうとしない。しつこく訊くと不機嫌になり、かんしゃくを起こしたりもする。

物思いにふけっていた彼女は、夫が双子に言うのを聞いて、ふとわれにかえった。「つまり、今日の授業はすべて終了したわけだな。じゃなかったらふたりとも、スイカを盗んでいる暇なんてないだろう」

兄弟は父親と目を合わせまいとしている。「まだ少しだけ残ってるんだけど」フィリップが言った。

マックスは声をあげて笑った。「では、夕食までに終わらせてしまいなさい。ただしその前に、こいつを片づけないといけないな」

「ベルテにはなんて言うの?」ジャスティンがたずねる。「彼女にばれたら殺されちゃうよ」

マックスは安心させるようにほほえんだ。「ベルテのことはわたしに任せなさい」と請けあう。

「ありがとう、父さん」双子は言いながら、父親がリゼットを立たせるさまを見ていた。

屋敷のほうに歩いて戻る道すがらも、リゼットは黙ったままだった。果汁でべたつく指はマックスの手に握られている。夫はまごついた笑みを投げた。「黙りこんだりして、どうしたんだい?」

「なんて素晴らしいお父さんなのかしらと思っていただけ。子どもたちはふたりともあなたを心から尊敬しているもの。こんなに愛情深い親がいて、ふたりは幸運ね」

「ふたりともいい子だからね」マックスは無愛想に応じた。「幸運なのはわたしのほうだ」

「あの子たちをないがしろにしても、愛情をかけなくても、あなたは責められる立場ではないわ。ふたりの母親とあんなことがあったんだもの。ふたりを見て、彼女を思い出すこともあるはずよ。お義母様がおっしゃっていたわ、双子の目はコリーヌにそっくりだって。でもあなたは、子どもたちへの愛情と過去をきちんと切り離している」

コリーヌの名前を出したとたん、マックスは妻の手を離した。

「子どもたちは、彼女とこれっぽっちも似ていない」という夫の声は最前よりも冷ややかだった。

「母親について、ふたりと話したことはある？」

「いいや」夫はぶっきらぼうに答えた。

「話したほうがいいんじゃないかと思うの。とくにジャスティンには。ちゃんと説明すればあの子だって――」

「コリーヌを忘れるのに一〇年かかった」マックスは険しい表情で前を見据えた。「子どもたちもだ。ふたりとも、彼女の話などまっぴらだろう」

「でもコリーヌはあの子たちの母親なのよ。彼女が存在した事実まで無視できないわ。せめて――」

「彼女とのことに首を突っこまないでくれ。わかったような口をきくな」

夫の口調に潜む激しさに、リゼットは愕然とし、むっつりと黙りこんだ。やはりこの話題は出すべきではなかったのだろうか。だが夫が過去の重要な問題を、まったくの別人になってしまったきっかけを話してくれないなら、どうやってその人となりを心から理解できるというのだろう。リゼットは夫のすべてを知りたかった。彼に信頼され、なんでも自由に語りあいたかった。つらい思い出も、不快な出来事もすべて。でも、そこまで深い絆を夫に望むのはまちがっているのかもしれない。世の女性の多くは、夫とそれなりの関係を結べれば満足するものだ。リゼットもまた険しい表情になった。マックスが自ら与えてくれるものだけで満足するには、それ以上を求めずにいるには、どうすればいいのだろう。

やっと口がきける状態になったところで、最後に一言だけ伝えようと思った。「ごめんなさい」と絞りだすように言う。「怒らせるつもりはなかったの」

マックスはうなずいた。謝罪への応えは返ってこなかった。

書斎に着くころには平静を取り戻せるだろう。マックスはそう高をくくっていたが、胸を締めつける思いは去ろうとしなかった。扉を閉め、ブランデーをあおり、喉を焼かれる感覚を味わう。

もうずっと、誰かに心を揺さぶられることなどなかった。過去はけっして開かないはずの扉の向こうに追いやっていた。感情も欲望も弱さも、平静を奪うものはすべて、自ら作り上げた壁の向こうに隠した。扉は、一枚でも開いてしまえば、残りもあっという間にあとにつづく。そうなれば自分はおしまいだ。

だからずっと心を閉ざしていた。だがいま、胸に突き刺さるものを実感しながらも、なぜか扉を閉ざせずにいる。

かつて愛は、マックスからすべてを奪った。言ってみれば、それはコリーヌだけでなく彼にも死をもたらしたのだ。かつてのマクシミリアン・ヴァルランは一〇年前に死んだ――けって生きかえらないはずだった。だがこれだけの時を経てもなお、彼の心にはまだなにかが残っていた。そのなにかは、リゼットを近くに感じるたび、胸を締めつけた。

マックスは誰にも行き先を告げず、夕食前に出かけてしまった。本来なら夫がいるはずの空席の向かいで、リゼットは憤りと動揺のあまり、料理を口に運ぶことさえできなかった。皿の上で料理をつつきまわしながら、家族が強いて陽気におしゃべりするさまを眺めていた。ひとつ屋根の下に住んでいれば、彼らだって夫婦のあいだのいざこざに気づかないわけにいくまい。

運悪くリゼットは、夕食後にベルナールとアレクサンドルの会話をうっかり耳にしてしまった。ふたりはワインと葉巻を手に居間でくつろいでいるところだった。やりかけの刺繍を捜していたリゼットは、半開きの扉の向こうから押し殺した声がもれてくるのに気づき、自分の名前が出てきたとたんに足を止めた。

「しかしリゼットもかわいそうに」アレクサンドルはさして興味もなさそうに言った。「問題は、兄上にとって彼女が若すぎることなんだが、彼女にはそれをどうにもできないしな」

ベルナールの口調は弟よりも穏やかで真剣だった。「問題、というほどのものではないよ、アレックス。あの若さにしては、リゼットは知性があるし、兄上ともずいぶんうまくやっている」

「いったいいつから」アレクサンドルはそっけなく応じた。「女に知性が求められるようになったんだ？　少なくともわたしは、そんなものは求めていないぞ！」

「なるほどね、だからおまえはあの手の女性たちとばかりつきあっているわけだ」

アレクサンドルは肩を揺すって笑った。「ひどいな《ディット・モワ》、兄さん《モン・フレール》……ところで、われらが愛する義姉殿は、なぜ兄上の夜のお出かけをやめさせられないのだろう」

「答えは簡単。彼女はコリーヌではないから」

アレクサンドルは驚いた声をあげた。「まさか、兄上がまだコリーヌを愛しているとでも？　あの身持ちの悪い女を？」

「ああ」ベルナールは静かに言った。「あれだけの美貌と、抗いがたい魅力を兼ね備えた女性だ。彼女を目の前にしてほしいと思わない男、恋に落ちない男はいないよ。それに、彼女に匹敵する女性もいない。兄上にとっては、という意味だが」

「それは言うまでもないだろう」アレクサンドルはおもむろに言った。「まさか彼女に妙な気を起こしていたのか？」

「男なら誰だってそうなるさ。それとも、おまえはまだ子どもだったから、わからなかったかな」

「かもしれない」アレクサンドルは曖昧に答えた。「それはともかく、兄上は彼女を愛することができるんだろうか」

「まず無理だろう」

リゼットはそろそろと戸口を離れた。頰は紅潮し、胸中では痛みと怒りがせめぎあっていた。無意識に髪に手をやる。幼いころ、悩みの種だった縮れ毛に。コリーヌはきっと、クレオール人が褒めたたえるなめらかな黒髪の持ち主だったのだろう。言い寄ってくる男性たちを巧みにもてあそび、その美貌で骨抜きにしたのだろう。

そのとき、リゼットは背後に人の気配を感じた。くるりと振りかえり、なにか言おうとしたが、ほのかな明かりに照らしだされる廊下には誰もいなかった。幽霊かもね、とふと思ってから、ため息をつく。亡霊が永遠にマックスの心を縛りつけているのなら、そのくびきを解くすべは自分にはない。


深夜に帰宅したマックスは、激しい雨と遠雷のとどろくなか、屋敷に足を踏み入れた。夕方になって降りだした雨は耐えがたい暑さを消し去り、湯気の立つルイジアナの沼地や湿地をひんやりとした空気で覆っている。豪雨のせいで通りはどこも泥沼と化しており、馬のひづめでは進めないほどだった。馬車なら立ち往生してしまうだろう。

静まりかえった邸内を歩きながら、マックスは二階で安らかに眠っているはずの妻を思い、唇を引き結んだ。夜は彼に、そのような安息をもたらしてはくれない。苦悩に苛まれ、絶え間なく寝返りを打ちつづける時間しかくれない。マックスは飲みすぎた男ならではの妙に用心深い足どりで、湾曲した階段のほうに向かった。彼は酔っていた。地元の居酒屋で、強い酒を浴びるほど飲んだせいだ。クレオールの紳士がいつも頼む、上等なブルゴーニュワインやポートワインではない。それでもまだ、飲み足りなかった。

髪や服からしたたる雨が、麻の敷物や、階段に敷きつめられた絨毯に染みこむ。朝になって泥まみれのブーツの跡を見つけたノエリンがかんかんに怒るさまを想像して、かすかな満足を覚えた。とはいえ、メイドは彼に文句ひとつ言うまい。いらだった彼がなにをしでかそうと、誰もなにも言いはしない。そういうとき、使用人も含めた家族全員が彼を遠巻きに見る。これまでの経験から、近寄らないほうが身のためと知っているのだ。

「マックス」と呼ぶやわらかな声が、階段を上りきった彼の耳に届いた。

立ち止まって声のしたほうを見ると、ふわりとしたナイトドレス姿のリゼットがいた。腰まで届く豊かな赤毛は編んで肩にたらしている。白い顔と純白のドレスは、暗闇のなかで輝きを放つようだった。

「まるで小さな幽霊だな」マックスは言い、妻に一歩近づいたが、見えない壁にぶちあたったかのように歩みを止めた。

「帰ってくる音が聞こえたの。飲んでいたのね？」リゼットは歩み寄り、彼の腕に触れた。

「お部屋まで送るわ」

「必要ない」

「それはどうかしら」リゼットは腕をとる手に力を込めた。「送らせて、マックス」

彼は無愛想に鼻を鳴らし、濡れて冷たくなった服の下で身震いした。並んで寝室に入ると、リゼットがベッド脇のランプをつけに行った。

「明かりはいい」マックスはつぶやいた。「どうせすぐに眠る。服を……服を脱いだらすぐ」

椅子に腰を下ろし、泥まみれのブーツを脱ぐ。リゼットがたたんだタオルを数枚持ってきた。クラヴァットをはずそうとして手を伸ばし、そのいまいましいしろものが、すでに緩んで、首の両側にだらしなくたれているのに気づいた。クラヴァットを床に放り、水がしたたる上着とベストを脱ごうともがく。つづけて、じっとりと濡れたシャツを脱ぎ捨て、半ズボン《ブリーチ》一枚の姿になって立つと、リゼットがタオルで胸と背中を拭いてくれた。妻は清潔で可憐で落ち着きはらっているのに、自分は薄汚れただらしのない格好で、しかも酔っぱらっている。

「リゼット、もう部屋に戻りなさい」いらだたしげに言った。

かいがいしく世話を焼いているリゼットは、つと手を止めた。「どうして?」

「酔いがまわって、きみが最も望んでいないことをしてしまいそうだからだ。だからもう自分のベッドに戻ったほうがいい。さもないと、気づいたときにはわたしのベッドに寝ていたなんてことになるぞ」

雷鳴が響き、室内が青と白の稲妻に照らしだされた。一瞬のきらめきのなか、リゼットのまなざしが食い入るように自分にそそがれているのに気づいて、マックスはうなじの産毛が逆立つのを覚えた。身じろぎひとつせぬまま、酒ですっかり鈍した頭を必死に働かせ、いまの表情はいったいなにを意味するのだろうと考える。

やがて小さな手がブリーチの上をなぞり、指先が前ボタンをまさぐりだすのがわかった。息苦しさを覚える一方で、脚のあいだのものが息を吹きかえし、抑えきれないほどに硬くふくらんでいく。「リゼット……」肺がまるで、穴のあいたふいごのように感じられる。「そんなことをしてはいけない。やめてくれ。きみに触れられたら、わたしは——」マックスは鋭く息をのんだ。ブリーチの前が開かれて、温かな手がなかに滑りこみ、彼のものを上下に撫でていた。丹念な愛撫に、全身が荒々しくうずく。リゼットはもう一方の手で、丸みを帯びたものをつつみこみ、手のひらでその重みを味わうように優しく転がした。「わたしは——」マックスはあらためて口を開き、震える両の手で妻の細い肩をつかんだ。

「わたしは、なに?」リゼットがたずね、吐息がマックスの乳首を撫でた。その小さな先端を、舌がなぞる。彼は胸の奥に炎を感じた。血潮がたぎって耳の奥でとどろき、妻の声がうまく聞きとれない。「きみとは愛を交わせない、そう言いたいの?」

マックスは三つ編みを手首にからめ、妻の顔を上げた。「途中でやめる自信がない、そう言おうとした」かすれ声で答え、唇を奪った。

8

リゼットを一糸まとわぬ姿にし、自らもブリーチを脱いでから、マックスは彼女をベッドに運んだ。「初めて会ったときからきみがほしかった。泥にまみれ、傷だらけで、胸のふくらみがわからないよう包帯を巻いていても、きみは美しかった。あのときみは、疲れ果てて立っているのさえやっとだったのに、昂然とわたしに歯向かった」

「それなのに、わたしがほしかったの？」リゼットは嬉しそうに問いかけ、首を伸ばして夫の喉元に口づけた。

マックスはけだるく、炎を灯すような口づけをくりかえしながら、その問いかけに答えた。「とてつもなく。だから自分に誓った……きみをそばに置いておくためならなんでもしようと」とぎれがちに息を吐きながら、妻の裸身を見下ろす。「リゼット……どうか今夜は、やっぱりできないとは言わないでくれ。途中でやめる自信が——」

リゼットは唇を重ねてさえぎり、あらわな乳房に夫の手を押しあてた。「言わないわ」とかすれ声で答える。「なにをされても、すべて受け入れるわ」

「すべては無理だよ」マックスはつぶやきながら、小ぶりな乳房を指先でなぞった。「すべてを受け入れるには、きみは無垢すぎる、愛しい人《マ・プティット》」

リゼットの背に甘いしびれが走る。「それなら、わたしにも受け入れられると思うことをなんでもして」

それ以上の誘惑はいらなかった。マックスは身をかがめ、腰を落として彼女を組み敷いた。やわらかな巻き毛に隠された秘所に、彼のものがあたる。リゼットは体の力を抜き、目を閉じた。マックスが指先で乳首をつまみ、そこが硬くなるまで、そっと愛撫を与える。彼は頭を下げると、やわらかく、熱く濡れた口に乳首を含んだ。乳首を吸われ、舌で舐められて、リゼットはこらえきれずに喉の奥からかすかなあえぎ声をもらした。唇が胸元を這い、浅い谷間を優しく舐め、反対の胸へとけだるく移動していく。ベルベットを思わせるなめらかな舌で愛撫されて、全身が耐えがたいほどうずいた。もっと深い愛撫がほしくて、夫の頭を強く引き寄せる。応じるマックスの動きはひどくゆっくりとしていて、たまらず叫びだしたくなるくらいだ。ぼんやりとした頭で、夫はじらして楽しんでいるのだと気づく。我慢の限界まで、リゼットを、そして自分をじらして楽しんでいるのだ。

乳首をそっと噛まれるたび、リゼットは身をよじり、彼のものに腰を押しあてた。えもいわれぬほど刺激的な感覚だった。彼女はその動きだけに意識を集中させ、脚を大きく広げて、リズミカルに腰を突き上げた。

するとマックスは押し殺した笑い声をあげ、となりにごろりと横たわってしまった。

「だめよ」リゼットは息も絶え絶えに訴えた。「マックス、わたしにさせて――」

「あせらないで」という夫の声は、情熱を帯びて甘くかすれている。「わたしが満たしてあげるから、マ・プティット……あせらないで」

けれどもリゼットは、決意を固めて夫の上にのり、黒い巻き毛に覆われた胸板に乳房を押しあてた。口づけ、ぴったりと身を重ねて、彼の自制心を奪い去ろうとする。焼けつくような一瞬ののち、マックスはついにあきらめたのか、大きな両手を彼女の背中から臀部へと這わせた。だがすぐに体勢を入れ替えると、両腕をつかんで組み敷いた。

「あなたに触れたいの」リゼットは哀願し、指先でシーツをかいた。

マックスは聞く耳を持たず、脚で彼女の太ももを押し開いた。

「マックス」リゼットはあえいだ。「あなたにさわらせて。お願いだから手を放して。あなたを感じたいの……」

彼の唇が、やわらかな曲線を描く肋骨の上から、おなかのほうに移動していく。リゼットは下腹部にえもいわれぬしびれが走るのを覚えた。なめらかな舌が小さく円を描きながら臍のなかを舐める。手首をつかまれたまま、リゼットは身をよじり、鋭く息をのんだ。じらすように舌で愛撫をつづけられて、汗ばんだ体がこわばってくる。唇がさらに下のほうに移動し、下腹部のあたりでけだるくうごめく。

大切な部分に唇の感触を覚えて、彼女はびくりとした。「マックス」長い指が優しく巻き毛をかきわける感覚に、あえぎ声がもれる。彼が深く息を吸い、匂いを堪能しているのがわかった。あまりにも親密な行為で、恥ずかしさに死んでしまいたくなる。両手を夫の頭に伸ばし、雨に濡れた髪を指先で梳く。「やめて」息をのみ、彼を押しのけようとした。

「なんでもしていいと言っただろう」マックスは指先で入口をまさぐった。

「うっかり口走っただけよ。だってまさか……マックス」

そんなことをされるとは、リゼットは想像もしなかった。やわらかな裂け目に唇を押しあてたマックスは、舌先で花びらをかきわけていた。リゼットはすすり泣き、夫の濡れた黒髪をつかんだ。彼はそこに飢えたような愛撫を与えながら、両手で彼女の腰を押さえて動きを封じた。舌で舐め、かすめ、いたぶるたび、リゼットの無垢が砂糖のように溶けてなくなっていく。やがて彼は、硬くなって切望感にうずく花芯だけに愛撫を与え始めた。優しく唇に含み、感じやすい部分をリズミカルに吸う。

羞恥心も忘れ、リゼットは膝を立てて懇願した。それに応えるように、マックスが舌先を軽やかに動かしながら、中指で秘所をまさぐり、深く挿し入れる。彼女は鋭く息をのんで頂点に達し、両膝で夫の体を挟み、歓喜に身を震わせた。それから長いあいだ、彼はそこから口を離そうとせず、なだめるように舌で愛しつづけた。歓喜のおののきがすっかりおさまるまで。手足に力が入らず、ぐったりと横たわることしかできなくなるまで。

やがてマックスは身を起こし、大きく広げられた脚のあいだに腰を据えると、彼女を一息に刺し貫いた。深く沈ませ、押し広げて、一番奥まで満たす。リゼットは痛みに耐えるように唇を噛んで、背を弓なりにし、両手をこぶしにして彼の背中に押しあてた。

彼はすぐに動きを止めた。「痛むかい?」両手で妻の顔をつつみこみ、唇をそっと重ねる。

「ごめんよ、マ・プティット。もう痛くしないから。かわいそうに――」

「やめないで」リゼットはあえぎ、両の手足を彼の体にからめた。

マックスは荒々しい声をあげると、痛みを与えぬよう、慎重に腰を動かし始めた。乳房にキスをし、唇を重ねる。彼女のこと以外なにも考えられないかのようだ。息づかいは激しいのに、腰の動きはとてもゆったりとしている。リゼットは、夫がどれほど懸命に自分を抑えているか思い至った。汗ばんで光る夫の首筋に顔をうずめる。「ちゃんとわかっていたわ」ささやきかけながら、鋼のごとく硬くなった背中を撫でる。夫の肌は雨と汗で濡れていた。「あなたがどれほど優しくできる人か、ちゃんとわかってた。でも我慢しないで。わたしもあなたのすべてがほしい」

その一言がマックスの理性を吹き飛ばしたらしい。彼は低くうめいてから深々と腰を沈め、大きな体を押しつけた。なめらかで硬いものが自分のなかで脈打つ感覚に、リゼットは息をのんだ。ひどく無防備なのに、とてつもない力がわいてくるような、不思議な感覚に襲われる。愛する男性に満たされ、押しつぶされ、つつまれているからだろうか。だがもっと不思議なのは、夫が愛を返してくれるかどうかわからなくても、すべてを捧げる気になっている自分の心の変化だった。自分のすべてを、いっさいの条件もつけず、期待も抱かず、彼に与えたい。

やがてマックスは横向きになると、リゼットを胸に抱き寄せた。リゼットは喉を鳴らして、たくましい太もものあいだに片脚を滑りこませ、熱くなめらかな肌の感触を味わった。かすかに開いた窓から嵐の匂いが忍びこんできて、汗ばんだ体が放つ麝香を思わせる甘やかな香りと混ざりあう。

マックスの手がリゼットの乳房をそっとかすめた。口を開いたとき、彼の声は深みを増してかすれていた。「次はもっとよくなるよ、約束する」

「そうならないことを祈るわ」リゼットは夫の脇腹を撫でた。日焼けした肌から、白い肌のほうへと指先でなぞっていく。「これ以上よくなったら、どうなるかわからないもの」

喉の奥で笑いながら、マックスは彼女の髪に唇を寄せた。「なんて情熱的な奥さんなんだろう」とささやく。

「あなたのプラセーよりも情熱的？」

マックスはその問いかけに黙りこんだ。「きみとマリアムを比べることはできないよ、マ・シェール。きみ以上に強く求めた相手も、喜びを与えてくれた女《ひと》もいない」

「でも、大切な人なのでしょう？」

「もちろん。マリアムはずっと、優しく寛大な友だちでいてくれた。彼女には大きな借りがあるんだよ」

「どんな？」リゼットは嫉妬に駆られて訊いた。

「コリーヌを失ったあと、二度と女性を求める日など来ないだろうと思った。ニューオーリンズ中の女性がわたしを恐れていたし、それにわたしは……」マックスは口を閉じた。言葉が出てこないようだった。だがついに謎につつまれた過去を話してくれる気になったのだ。

リゼットは辛抱強く話のつづきを待った。「自分自身を恐れていたと言ってもいい」彼は長い沈黙の末に言葉を継いだ。「なにもかもが変わってしまった。それまでは、人に好かれ、尊敬される自分を当たり前に思っていた。ところが手のひらを返したように、誰もがわたしを蔑み、冷たくあしらい、恐れるようになった。禁欲生活が二年を過ぎたころだ、マリアムを囲っていた男が彼女を捨てたと耳にした。マリアムには以前会ったとき、その美しさに感嘆したものだった。男に捨てられた彼女は、自分と子どもを養ってくれる相手を求めていた……そしてわたしも、彼女みたいな相手を探していた」

「どんな人なの？」リゼットはたずねた。

「一緒にいて気が楽な相手だ」マックスはややあってから答えた。「いつも明るくてね。怒った顔など見せたためしがないし、うるさく言ったり、短気を起こしたりもしない」

「わたしとは正反対ね」リゼットは苦笑交じりに言った。

するとマックスは身を起こした。広い肩が稲光をさえぎる。「わたしがきみのどこを変えたいと思っているか、当ててごらん、プティット」彼は優しくたずねた。

「どこかしら？」答えを聞くのを恐れつつ、リゼットは質問で返した。

「なにひとつ変えたくない」マックスは顔を下げた。それから長いあいだ、リゼットはしゃべることさえできなかった。

9

姿の見えない小悪魔たちに槌《つち》で頭をたたかれる衝撃に、マックスは目を覚ました。薄くまぶたを開けたとたん、ずきずきと痛む眼球の前を一筋の陽射しが走るのに気づいて、驚きのあまり勢いよく頭をもたげた。フランス語と英語で罵りながらうつ伏せになり、朝の訪れを否定するように枕にしがみつく。

「あなた《モン・マリ》」というリゼットの笑いと思いやりを含んだ声が聞こえてくる。優しい手が、むきだしの背中を撫でた。「なにをすればいいか教えて。こういうとき……英語ではなんて言うのかしら……泥酔した《ピクリング・ユアセルフ》ときは、いつもどうしているの？　コーヒーでも飲む？　お水がいい？　それともヤナギの樹皮のお茶？」

なにかを口にすることを考えただけで、胃のなかが渦巻くのを覚えた。「くそっ《デュー》、なにも《ノン》いらん。ほっといてくれ」妻の手の感触にゆうべの出来事が思い出されて、言葉をのみこむ。酒でどんよりした頭に詳細な記憶は残っていなかったが、帰宅すると寝室に妻の姿があったのは覚えている。彼女が服を脱ぐのを手伝ってくれて……それから、たしか……。

乱暴に枕を脇にやり、マックスはいきなり起き上がった。恐ろしいほどの頭痛は無視し、

「リゼット」と神妙に呼ぶ。妻はベッドの上で、彼の横に座っていた。前に襞《ひだ》飾りのついた純白のドレスに身をつつみ、髪は三つ編みにしてレースのリボンを結んでいる。天使みたいだ……と思いそうになったが、天使の唇がキスで腫れていたり、首筋にひげでこすれた跡があったりするわけがない。

「落ち着いて、モン・シェール」リゼットは笑みをたたえた。「そんなに慌てなくても大丈夫よ」

「ゆうべは……」マックスはとぎれがちに言った。胸の奥にひんやりと重苦しいものを感じていた。「きみと一緒だった。こまかいところまでは覚えていないが、たしかにきみと……」

「ええ、そうよ」

マックスは恥辱と驚きを同時に覚えた。紳士たるもの、酔って妻と愛を交わしたりしてはならない。しかも相手は無垢な乙女だ。優しく、自制心をもって、技巧を駆使して接しなければならなかった。それなのに、酔って純潔を奪ってしまった。マックスは打ちひしがれた。妻を傷つけたにちがいなかった。二度と近くに寄ることも許してくれないだろう。そうされても妻を責められない。「リゼット……」妻に触れようとして、伸ばした手をさっと引っこめる。「わたしが、無理やり迫ったのか?」とかすれ声でたずねた。

リゼットは驚いて目を見開いた。「いいえ。そんなわけないでしょう」

「きみを傷つけたか?　乱暴に扱ったか?」

彼女が唐突に笑いだしたので、マックスは当惑した。「モン・マリ、なにも覚えていないの？　そこまでひどく酔っているようには見えなかったけど」

「酔っていたのは覚えているんだが、きみがどんなふうだったかがわからない」

　笑みを浮かべて身を乗りだし、リゼットは指先でマックスの下唇をなぞった。「じゃあ、思い出させてあげる。あなたはわたしをいじめたわ。容赦なく責め苦を与えた。その一瞬一瞬が、素晴らしかったわ」

「ことがすんだあと、きみをほったらかしにしただろう？」マックスはかすかな自己嫌悪を覚えつつたずねた。「すんだあと、なにも持ってきてやらなかったはずだ、水も、服も……」

はっと思いあたって、シーツをめくりあげると、純白のリンネルに小さな血痕があった。妻が出血したのに、自分はなにもしてやらなかった。「なんてことだ《モン・デュー》……」

「たっぷり運動したあとは、すとんと寝入ってしまったのよ」リゼットはにっこりと笑って教えてくれた。指先は毛に覆われた太ももをなぞっている。「でも、自分で後始末できたから心配しないで。別にたいした手間でもなかったもの、モン・マリ」

　夫にそのような目に遭わされたのにどうしてほほえんでいられるのか、マックスには理解できなかった。彼は千鳥足になるほど酔って真夜中に帰宅し、妻を陵辱したのだ。ぼさぼさの髪に手をやり、痛む地肌をかきむしる。「リゼット」と顔を見ずに呼んだ。「いつか、わたしを許せる気になってくれたら……二度とあんなまねはしないと誓うよ。こんなふうに言っても、いまは信じてもらえないだろうが、わたしは本当に――」

「許してあげるけど、ひとつだけ条件があるわ」リゼットは穏やかに言った。

「どんな条件でものむよ。きっとだ。だから早く教えてくれ」

「じゃあ言うわね……」リゼットは夫にもたれ、ひげの伸びかけた頬に唇を寄せた。そして、「今夜、またして」とささやくと、返事も聞かずにベッドを下りた。

どうやらゆうべは、想像していたほどひどい一夜ではなかったらしい。徐々に納得がいって、マックスはヘッドボードに背を預けた。胸に安堵が広がるのを感じながら、張りつめたため息をもらした。

「コーヒーでいい？」リゼットがなだめるように訊いた。「頭がすっきりするはずよ」

マックスは答える代わりにうなった。妻は窓辺のテーブルに歩み寄ると、銀のトレーにのったセーブル焼きのカップに湯気の立つ液体を注いだ。カップを手にベッドに戻り、マックスの背中に枕を挟んでから、コーヒーを手渡す。「さてと《アロール》」彼女はくだけた口調で言葉を継いだ。「ついにベッドをともにしたわけだから、これでもう、枕の下に赤い布切れを見つける心配はないわね」

マックスはカップを口に運ぼうとする手を止めた。「赤い布切れ？」と用心深くたずねる。

「ウイ。ノエリンが、ミシェ・アグースーにお願いするために、枕の下に隠してくれていたの」

心ならずも口元に笑みが浮かんだ。「クレオールの愛の化身か。ノエリンには、ムッシュー・アグースーがわたしたちの寝室に復讐に現れたとでも言っておけばいい」

リゼットは笑みをたたえて、そばかすの浮いた頬を赤く染めた。「ノエリンにはなにも言わなくていいと思うわ。みんなもう、ゆうべの出来事を知っているみたいだから。大家族の欠点のひとつね」

「もっとプライバシーがほしいかい？」マックスはたずねた。そんなふうに考えるのは初めてだった。

妻は肩をすくめた。「こんなに大きなお屋敷だもの、ひとりになりたいと思えば、いくらでもなれる場所があるわ。それにあなたのご家族と一緒にいるのは好きよ。そりゃ、もっと同性がいればなとは思うけれど。ねえ、弟さんたちに奥さんを見つけたらどうかしら」

「ふたりとも、結婚する必要などないと考えているだろうな。実家で暮らしていてなに不自由ないわけだから。それに、したいと思えばなんでも自由にできる。女性のぬくもりがほしければ、街に行けばいくらでも相手がいる。だったら、妻をめとる必要もなかろう」

リゼットはむっとした顔になった。「子どもはいらないの？」

マックスは冷笑交じりに妻を見た。「わが息子たちと一緒に暮らしてきて、父になる喜びを否定するようになったんじゃないか」

「子どもがみんな、あの子たちみたいにいたずらというわけではないわ」

「そいつは朗報だ」

「それに、やもめ暮らしがそんなに快適なら、あなたはどうしてわたしと結婚したの？」

セーブル焼きのカップ越しにリゼットを見やったマックスは、簡素なキャンブリック地のドレスに隠された曲線に感嘆した。「理由なら、ゆうべはっきり伝えたと思うが」

「まあ」リゼットは言うなり大またでベッドに歩み寄った。身のこなしに女性としての自信が新たにくわわっており、マックスは全身にうずきを覚えた。まいったな、と内心で苦笑交じりに思う。「つまり、体が目的なのね」彼女は言い、ドレスの胸元からなかがのぞけるほど大きく身を乗りだした。乳房の先から、脚のあいだにちんまりと生えている赤毛まで見える。マックスは残りのコーヒーを一気に飲みほした。だが、やけどしそうに熱い液体も、たぎる血潮のいや増す熱さにはかなわない。

「そのとおりだ」と答えると、リゼットは喉の奥で笑った。

「わたしも、同じ理由で結婚したのかもしれないわよ、モン・マリ」

「別にそれでもかまわないさ」マックスは応じると、妻を抱き寄せ、キスをした。

そこへ、どんどんと扉をたたく音が聞こえてきた。彼は不満げな顔で、戸口に向かうリゼットを見つめた。豪華な朝食をのせたトレーを手にノエリンが現れる。眉根を寄せたマックスは、裸の胸元にシーツを引き上げた。

メイド長は目の前の状況に大いに安堵したらしい。表情は例のごとく落ち着きはらっているものの、窓辺の小卓にトレーを置くときには、黒い瞳を満足そうに光らせた。「おはようございます」メイド長は穏やかに言った。「奥様がだんな様とこちらで一緒にお過ごしのところを、そろそろ見られるころだと思ってましたよ」

リゼットは小卓の前に座ると、ふわふわのクロワッサンをひとつ取り、おいしそうにかじりついた。

「この日が来たからには」メイド長がつづける。「神様のおぼし召しだいで、いずれまたお屋敷に赤ん坊がやってくるわけですね。坊ちゃまたちのあと、いったいどれだけ待たされたことか」マックスが若いころからこの家に仕えているノエリンは、どんなことでも、どれほど個人的な話題でも自由に口にできる。

「ノエリン」マックスはそっけなく呼んだ。「すぐに風呂の用意をしてくれるか。約束の時間に遅れそうだ」

メイド長は不満げに眉を寄せた。「今日もお出かけになるのですか？　こんなにかわいい奥様を、まだお子様もできていないのにおひとりで残して？」クレオール社会では、男が果たすべき第一の責任は子をなすことである。新婚の夫は夜も昼も妻とともに過ごして子作りに励むべしという考えに、階級の上下に関係なく異論を唱える者はいない。そもそも新婚旅行の目的もそこにある。

マックスはメイド長をじろりとにらんだ。「ノエリン、もう下がりなさい」

「ウイ、ムッシュー」ノエリンは冷静に応じつつ、寝室をあとにしながらひとりごちた。「まったくもう、奥様おひとりで、いったいどうやって赤ん坊を授かればいいっていうんだろう……」

「帰りは何時ごろ？」リゼットはクロワッサンに蜂蜜をたらしながらたずねた。

「昼過ぎには戻れるだろう」

「今日は農園の周りを馬で見てくるつもりよ。まだ全部見てないから」

「誰かに一緒に行ってもらいなさい」

「あら、ひとりで大丈夫ではない。なにかあったらどうする。馬蹄がはずれたとか、馬がつまずいたとか――」

「大丈夫よ――だからひとりで行ってはだめだ」

「わかりました」リゼットは首をのけぞらせて、蜂蜜をたっぷりかけたクロワッサンを一片、口に放りこんだ。おいしそうに食べる様子にますます興奮を覚えたマックスは、脇腹を下に横たわって妻を観察した。

「リゼット」とかすれ声で呼ぶ。「蜂蜜を持ってこっちに」

「クロワッサンも？」

「いや、蜂蜜だけでいい」

当惑した面持ちで夫の顔を見たリゼットは、やがて合点がいったのだろう、きっぱりと首を振ってみせた。「いやよ、いたずらっ子ね」

「早くしなさい」マックスはあきらめず、ベッドをぽんぽんとたたいた。「夫に従うと誓ったはずだよ、マ・シェリ。あの誓いをさっそく破るつもりかい？」

「そんな誓い、した覚えはありません」

「いいや、した。結婚式のときにしたぞ」

「言うときに、ちゃんと人差し指と中指を交差させておいたもの」リゼットは打ち明け、マックスのきょとんとした顔に気づくと、説明した。「アメリカ人は嘘をつくときに、おまじないとしてそうするのよ」

マックスはシーツをさっと引き剝がすと、一糸まとわぬ姿のまま、くすくす笑う妻をつかまえに行った。有無を言わさずに妻を抱きかかえ、ベッドに運ぶ。蜂蜜の入れ物も忘れなかった。「反抗的な妻に、クレオール人がどんなお仕置きをするか知ってるか？」とたずねながら、彼女をベッドに横たえた。

「これからそのお仕置きが始まるの？」リゼットは問いかえし、頰を鮮やかなピンクに染めた。

「もちろん」マックスはつぶやき、自分もベッドに入った。

思っていたとおり、朝食をすませて朝の間《ま》に向かい、ヴァルラン家の人びとと合流したリゼットを待っていたのは、いつにない好奇の目だった。前夜は街でたっぷり酒を飲んで騒いだだろうアレクサンドルまでが、充血した目でリゼットを見つめている。

「おはよう」彼女はほがらかに言った。

砂糖をまぶしたロールパンを片隅でのんびりと食べていたジャスティンが、例のごとくぶっきらぼうな口調で緊張を破る。「リゼットは果たして父さんの部屋でうまくやったのでしょうか？　おれには大成功だったように見えるけどね」悪意のある言い方ではなかった。それどころか、少年の青い瞳には抗いがたいきらめきが浮かんでいた。大人たちは彼のせりふに困った顔を見せ、席をはずしなさいと命じたが、リゼットは思わず彼にほほえみかけた。

出ていこうとするジャスティンの肩にそっと触れる。

「ここにいていいのよ、ジャスティン」

「いいよ、別に。街でフィリップと剣術の稽古があるし」

「じゃあ、がんばってね」

ジャスティンはにこっとして、ぼさぼさの黒髪をかきあげた。「がんばる必要なんてないよ。おれは街一番の剣士だから。父さんの次にだけど。じゃあね《ボンヌ・ジュルネ》、義母《ベル・メール》さん」彼は陽気に言うと、弟を捜しに出ていった。

子どもらしい強がりにリゼットは笑みを浮かべたが、一同はそれをほほえましい振る舞いとは思わなかったらしい。

「まったく……」イレーネはそれだけしか言わなかったが、いらだっているのは明白だった。

「あいつが小さいうちに、兄上がもっと厳しくしつけるべきだったんですよ」アレクサンドルもむっつりと言い、コーヒーを一口飲んでから、よほど痛いのか、頭を両手で抱えこんだ。

「甘やかした結果がこれだ」

「ジャスティンはみんなの気を引こうとしているだけだわ」リゼットは反論し、義母のとなりに腰を下ろした。「フィリップは行儀がいいから褒められるでしょう。となると、ジャスティンはわざと悪ぶるしか方法がない。忍耐強く接して、理解しようと努めれば、ジャスティンももっといい子になるわ」そう言ってから義母に顔を向け、話題を変えた。「今日は農園の周りを馬で見てこようと思うの」

「では、エリヤについていってもらいなさい」イレーネは言った。「おとなしくて、お行儀のいい子だわ」

「どのあたりに行くんだい？」ベルナールがたずねた。

リゼットは肩をすくめた。「東のほうかしら。イトスギの木立の向こうを見てこようかなと思って」

「あのへんに見るものなんかない」ベルナールは眉根を寄せた。「奴隷監督者が住んでいた古い小屋があるだけだ」

一同は妙に黙りこんでしまった。義母を見やると、コーヒーにさらに砂糖をくわえ、かきまわす作業に没頭している。いったいどうしたのだろう。リゼットは考え、奴隷監督者の小屋こそがコリーヌの殺害された場所なのだと思い至った。

「その小屋は、取り壊してしまったほうがいいんじゃないかしら」と提案してみる。

「そのとおりよ」義母がうなずいた。「でもね、農園の誰も、いいえ、ニューオーリンズの誰も、頼んでもやってくれないの。迷信のせいよ」

そういうことか。クレオール人には、殺人や死の起きた場所を重んじる文化がある。木切れ、一片のれんが、漆喰のかけら。その場所に由来するいっさいを、クレオール人はまがまがしいものとみなす。それらはヴードゥー教で、死あるいは終わりのない悲嘆を人にもたらすとされる呪いの〈グリグリ〉として使われることもあるのだ。悪霊の住む場所を穢《けが》して、自らに呪いをかけようと思う人などいない。

「あそこで幽霊を見たなんて言いだす人もいるのよ」イレーネはつぶやいた。「ジャスティンまで……あの子の場合は、単なるいたずらでしょうけれど」

「奴隷たちも誰ひとりとしてあそこには近づこうとしない」ベルナールがあとを継いだ。

「きみが今日行ってみたところで、どうせエリヤが三〇メートル手前でいやだと言いだすさ」

ほどなくして、リゼットはベルナールの言ったとおりだと気づかされた。まだらの雌馬に乗った彼女のあとから、おとなしいラバにまたがってついてきたエリヤは、前方にたたずむ朽ちかけた小屋を目にするなり、ラバを止めた。小屋は屋敷からは見えない場所、領地の一番隅に立っている。このあたりもかつては肥沃な土地だったのが、ここ一〇年はいっさい手を入れられていない。そのため樹木が好きほうだいに生い茂って、あたりを深い緑で覆っている。小屋はいずれ、熱帯性気候のせいで崩壊するだろう。すでにカビや湿気や虫によって見るも無残な姿をさらしている。

「どうしたの、エリヤ？」振りかえったリゼットは、少年の細い顔がこわばっているのに気づいた。少年は彼女ではなく小屋を見ており、瞳を大きく見開き、鼻孔を広げている。

「あそこに行くつもりなの、マダム？」エリヤは声を潜めてたずねた。

「ほんの少し見てみるだけよ」リゼットは馬を進めようとした。「さ、行きましょう《アロン》」

だが少年は動かない。「やめたほうがいいよ、マダム。あそこにはお化けがいるんだ」

「じゃあひとりで行くからいいわ」リゼットはなだめるように言った。「戻るまでそこで待ってて、いいわね《ダコール》？」

　けれども目が合ったとたん、エリヤが動揺しきっているのが見てとれた。瞳は警戒心にぎらついており、小屋に近づくのは怖い、でもリゼットを失望させたくない、という相反する気持ちに板ばさみになっているのがわかる。彼は無言で、リゼットから不吉な建物へと視線を移動させた。

「そこから動かないでね。すぐに戻るわ」

「でも、マダム――」

「心配しないで。二、三分ですむから」

　荒れ果てた小屋に近づき、小さなポーチの腐りかけた木の手すりに馬をつないだ。光沢のある麦わら帽子のリボンを上の空でほどき、ゆがんだ階段に置く。周辺のバイユーがときおり氾濫するため、床は地面から四、五〇センチほどの高さに設けられている。階段が重みに耐えられないかもしれないと思い、リゼットは用心しいしい最初の一歩を踏みだした。みしりといやな音がしたが、幸い、割れたりはしなかった。かしいだ戸口にそろそろと歩み寄る。扉はへりの部分にびっしりとカビが生えていた。あたりにはどんよりと重たい空気が漂い、あたかもここで起きた犯罪が、壁板の一枚一枚、梁《はり》の一本一本の一部と化しているかのようだ。

　リゼットは一〇年前の小屋のありさまを想像してみた。コリーヌ・ヴァルランが、エティエンヌ・サジェスと密会をくりかえしていたころの様子を。なぜコリーヌは、屋敷からこんなに近い場所でマックスへの裏切り行為を働いていたのだろう。見つけてくれと言うようなものではないか。

扉を開けたリゼットは、幾重にもなったクモの巣をよけながら、小屋のなかに足を踏み入れた。内部は墓場を思わせた。じめじめして、いやな臭いがし、壁はコケが生えて変色している。小窓は埃となにやら黄色いもので分厚く覆われ、陽射しがほとんど入らない。闖入者に驚いたクモたちが、壁の隙間や亀裂に逃げこんだ。

好奇心に駆られて、リゼットはがれきのなかを縫い、奥の部屋を目指した。周囲を見まわしながら、両腕の産毛が逆立つのを覚える。先ほどの部屋と見た目のちがいはなかったが、コリーヌの殺害された部屋だとわかった。ここでおぞましい事件が起きたのだと悟ったとたん、その場から動けなくなった。

そのとき、足音が聞こえてきた。割れた陶器のかけらを脇に蹴る音も。心臓が口から飛びでそうになる感覚に襲われつつ、リゼットはさっと振りかえった。

「エリヤなの？」

「いいや」マックスだった。部屋の戸口に現れた夫のまなざしは、彼女にひたとそそがれていた。

表情は花崗岩を彫ったかのごとく険しいが、視線はなにかにとりつかれたかのようだ。リゼットがここにいる理由は訊かなかった。言葉を発することができないのか、喉元が激しく震えている。顔は蒼白で、胸の片隅にしまってあった記憶がよみがえったのだろう、恐怖の名残が瞳に浮かび上がっていた。

夫に歩み寄ったリゼットは、顔にそっと手で触れた。思いやり深いそのしぐさが、喉をふさいでいた壁を破ったらしい。マックスは乾いた唇を舐めると、ざらついた声で語りだした。「そこに、その床の隅に倒れているコリーヌを見つけた。なにが起きたのか一目でわかった。青ざめた肌、首に残った跡。絞殺はたやすい仕事ではないと聞いている。その方法で人を殺すには、とてつもない怒りと憎しみが必要だと」

リゼットは夫のすぐそばに立って、両の手のひらで胸を撫でた。「わかってるわ、あなたがしたんじゃないって」と静かに言った。

「だが、わたしにもできた」マックスはささやいた。「そうしたかった。コリーヌの言動は異常だった……こっちがおかしくなりそうだった。だから彼女を憎むのはたやすかった。あれ以上ともに暮らしていたら、自分がどうなっていたかわからない」

「なぜコリーヌはそんなふうになってしまったの？」リゼットは優しくたずねた。

「わからない」というマックスのまなざしは、溺れかけた人間を思わせた。「彼女の心になにかが巣くっていたのだと思う。ケラン家は否定していたが、あの一族にはそういう病の気があるという噂だった」彼はがれきが山をなす部屋の一隅を見やった。「コリーヌが死んだとわかったとき、わたしは衝撃を覚えた。彼女の身を哀れんだ。だが心のどこかで……安堵もしていた。彼女を排除できた、もう二度と会わなくていいのだと思うと……」言葉を切る。頬は紅潮し、顎は震えていた。「彼女の死が心底嬉しかった」絞りだすように言った。「そんなふうに思った自分は殺人犯と同じくらい罪深い、そうじゃないか?」

夫への哀れみに圧倒されて、リゼットはたくましい体をきつく抱きしめた。「いいえ、そんなことないわ。それがあなたの背負いつづけてきた重荷のひとつなのね。でも、心のなかで思うのと、それを実行に移すのとは別物よ。コリーヌに危害をくわえたのはあなたじゃない。だから、罪悪感を覚える必要なんてないの」抱きしめてもマックスはなにも反応を示さなかったが、リゼットは胸元に頭を押しあてた。「どうしてここにいるとわかったの?」激しく鼓動を打つ胸に頬を寄せたまままたずねる。

マックスは懸命に、落ち着いた声音を作ろうとした。「クレイボーンに緊急の用事ができたそうで、会合はお流れになった。少し前にこっちに戻ってきたら、エリヤがあの哀れなラバを全速力で走らせて屋敷を目指すところに出くわした。きみがここにいると、彼が教えてくれたんだよ」

「ごめんなさい」リゼットは心から謝罪した。「エリヤを怖がらせるつもりなどなかったの。あなたに心配をかける気も。ただ、ここを見てみたくて」

「気持ちはわかる。いずれきみはここを訪れるだろうと思っていた。そのうち取り壊すしかないだろう。たとえ自らの手でそうすることになっても」

部屋を見渡したリゼットは、ふいにその場を、夫の忌まわしい記憶の隠れ家を離れたくなった。「マックス、もう戻りましょう。お願い」

だが彼には妻の声が聞こえていないようだ。「早く」リゼットは促し、夫から身を離そうとした。すると彼はいきなりリゼットを抱きすくめ、髪に顔をうずめた。爪先が床から浮くほど、強く抱きしめる。「なぜわたしを恐れない？」マックスはざらついた声で問いただした。「疑っているはずだ……きみにとってわたしはまだ他人も同然。潔白を信じるなど不可能だ。わたし自身、ときどき自分を信じられなく――」

「しーっ、それ以上は言わないで」リゼットはささやき、唇を重ねた。「あなたの人となりならわかってる。あなたがどんな人か、ちゃんとわかってるわ」

マックスはほんのつかの間、口づけを受け入れたのち、身を引き離した。呪わしい場所で、親密なひとときを味わいたくないのだろう。「行こう」とつぶやくと、彼女の腕をつかんだ。

屋敷に戻ったあと、マックスは苦しげな表情でずっと黙りこんでいた。リゼットはそんな夫を前にして、小屋を訪れた自分を責めた。もちろん、夫を苦しめようと思ってあそこに行ったわけではない。だがマックスは、夜になるまで書斎に閉じこもって仕事をし、誰とも口をきこうとしなかった。やがて当主の不機嫌はそこここに広がっていき、屋敷中が静まりかえって、息苦しさにつつまれた。それでも誰ひとりとしてリゼットに理由をたずねようとはしなかったが……夕食後、廊下でたまたますれちがったとき、彼女はベルナールに詰め寄られた。義弟は、帰国してから自室として使っているこぢんまりとしたゲストハウスに向かうところだった。左右を見まわして誰にも聞かれていないのをたしかめたのち、彼は鋭い声音で言った。

「あんたと、そして兄上のために一度だけ忠告する。コリーヌについて嗅ぎまわるのはよせ。いいかげんにしないと、とんでもない目に遭うぞ、わかったか？　過去をほじくりかえすな。さもないと、過去がよみがえってあんたの人生を台無しにする」

驚きのあまり、リゼットは返事もできなかった。

黒い瞳でにらみつけ、彼女への嫌悪感を初めてあらわにすると、ベルナールはその場を立ち去った。

10

「また母上に手紙かい？」マックスはたずねながら、リゼットのいるサテンウッドの小卓に歩み寄った。

「うまい言葉が見つからなくって」彼女はぼやき、数枚の丸めた羊皮紙を指し示した。

マックスはほほえんだ。妻の書き物机と揃いの猫足の椅子は、いつの間にか彼の寝室に移動されていた。妻によるプライバシーの侵害が、ここでも起きつつある。

広い部屋でよかったと考えよう。マックスは苦笑交じりに思った。寝室は別にすると話しあって決めてあったのに、リゼットは自分の持ち物を次から次へと彼の部屋に移動させている。香水瓶、おしろい、扇、手袋、花をあしらった髪飾り、ヘアピン、櫛、ストッキング、ガーター、レース。たんすやサイドテーブルの上に、毎日のように新たな物が増えるばかりだ。

夜になって寝室に下がれば、リゼットはすでに彼のベッドに入っている。クレオール人のしきたりでは、妻は自室のベッドで夫の訪問を待たねばならないのだが。とはいえマックスは、その件について妻にあえてなにか言うつもりはなかった。傷つけたくないとの思いもあったが、その状況が妙に気に入っているためでもあった。

自分の殻に閉じこもる孤独な日々を何年も味わってきた彼にとって、リゼットとの甘いひとときや、彼女が惜しみなく与えてくれる気配りは好ましいものだった。プライバシーのない生活にがらりと変わることに不安を覚えていたものの、実際には気にもならなかった。それに妻がすぐそばにいれば、普通なら得られない楽しみも増える。妻が入浴したり、髪を梳いたり、服を着たり……脱いだりする姿を、思う存分に眺められるのだ。身支度を整えるさまを、イヤリングをつけたり、髪を編んだり、ストッキングをはいたり、耳たぶの後ろに香水をつけたりするさまを、彼は堪能した。

物思いからわれにかえると、マックスは妻の背後から両手を伸ばして小卓に置き、書きかけの手紙に視線を走らせた。

「お母様もお姉様もちっとも返事をくれないの」リゼットが言った。「きっと継父がお母様の邪魔をしているんだわ。ひょっとしたら、お母様に手紙を渡してすらいないかもしれない。だとしても、せめてお姉様は返事くらいくれてもいいのに！」

マックスは妻の頭のてっぺんに唇を寄せた。「少し待ったほうがいい。結婚式からまだ一カ月しか経っていないんだ。それにきみの結婚相手は、ニューオーリンズきってのならず者なんだよ」

「ずいぶん控えめなのね、モン・マリ。あなたに匹敵するならず者なんていやしないわ」

マックスはにやりとして、仕返しにリゼットの椅子を後ろに傾けた。驚いた妻が息をのみ、笑い声をあげる。彼女はマックスの両腕をつかんだ。「やめて！」

「大丈夫だよ……ちゃんと押さえてる」

「マックスったら、いたずらはよして！」

椅子をゆっくりと元の位置に戻すと、彼女は苦笑とともにさっと立ち上がった。

その目を見つめながら机に寄り、片手で手紙をもみつぶす。

リゼットがあんぐりと口を開ける。「どうしてそんなことをするの？」

「気に食わないからさ」と良心のかけらもない声で言う。「母上や姉上のご機嫌うかがいをするきみを見るのはまっぴらごめんだ」

リゼットは顔を真っ赤にして彼をにらみつけた。「わたしが手紙になにを書こうと勝手でしょう」

妻をいっときにらみかえしてから、マックスは目をそらし、深呼吸をした。「すまなかった」としばらくしてから謝る。「横柄に振る舞うつもりはなかった。だが、たとえそれが誰であれ、きみの気持ちを傷つけるのは許せない。その誰かがきみのご家族ならなおさらだ」

リゼットの怒りはあっという間に静まったらしい。「マックス」彼女はずっと優しい声になって呼びかけた。「あらゆるものからわたしを守ることはできないのよ」

「試してみる価値はある」

彼女は笑いながらかぶりを振った。「クレオール人と結婚した甲斐があったわ」

「いますぐ新しい手紙を書くつもりかい？」

「いいえ。どうして？」

「街までついてきてほしいんだ。今朝がた、大切な客人がニューオーリンズに到着してね。ダルム広場《プラス・ダルム》で興味深い演説が聞けそうなんだよ」

「だったら早く出かけましょう」リゼットは嬉々として応じた。「ここに来てから一度も領地の外に出てないんだもの。でもしきたりでは、公の場に出ていいのは一週間後のはずよ。ニューオーリンズ中に噂が広まったりしたら――」

「馬車で行けばいい」マックスはさえぎった。妻の興奮ぶりがおかしかった。「いずれにしても馬車のほうが楽だ。混雑して歩くのもやっとだろうからね。大砲にパレードに音楽。アーロン・バーのご到着を祝う式典だ」

「どなたなの？　ああ、わかった。クレイボーン知事が嫌っている人ね」リゼットは夫のたんすに駆け寄ると、一番上の引き出しをかきまわして手袋を探し始めた。

ミシシッピ川に面したプラス・ダルムは、悪名高きバー中佐《ブルクワ》を一目見よう、演説を聞いてやろうという人びとが遠方からも集まって大騒ぎだった。バーは六月二五日の今日、ニューオーリンズ入りした。すでにオハイオ、ケンタッキー、テネシーの西部各州とナチェズに立ち寄って協力者たちとの会合をすませ、各地の支持派を前に演説を行っている。

行く先々で、バーは温かいもてなしと歓声で迎えられた。わたしは西部の利益を常に考えている、西部の発展と繁栄のために尽力したいだけだ。そう当人が明言しているからだ。今回の旅の裏に陰謀が隠されているなどと、疑う者はほとんどいない。

このにぎやかな式典のさなか、驚いたことにヴァルラン家の黒と金の馬車は、アーロン・バーその人と同じくらい注目を浴びた。マクシミリアン・ヴァルランの新しい妻も同行しているとの噂はたちまち広がり、アメリカ人もクレオール人も大群となって馬車を取り囲み、首を伸ばして車内をのぞきこもうとした。さすがのマックスも、リゼットがここまで注目の的になろうとは予想していなかった。

リゼットは馬車の窓からできるだけ離れて人目を避けていたが、それでもなお、車外で叫ぶ興奮した声は耳に入ってくる。ラ・マリエ・デュ・ディアブル……悪魔の花嫁と自分を呼ぶ声が。彼女は当惑の面持ちでマックスを見た。「どうして人をあんなふうに呼ぶの?」

「いやな目に遭ったりもするだろうと言ったはずだよ。きみはわたしの妻になった。それだけで十分な理由になる。それにその赤毛を見れば、誰だってきみを激しい気性の持ち主だと思うだろうね」

「激しい気性ですって? わたしほど穏やかな性格の人間はいないわ」リゼットは反論し、夫が鼻を鳴らすのを見て眉根を寄せた。だがさらにこの問題について追及しようとしたとき、クレイボーンが歓迎の演説を始めた。リゼットは馬車の座席に座ったまま身を乗りだした。外に出たくてたまらなかった。

馬車の壁の外には、見たことも聞いたこともない景色や音や匂いに満ちた世界が広がっている。果物やパンを売る露天商の耳障りな声。犬の吠える声。鶏の鳴き声。

着飾ったレディが馬車の前を通り、フランス産の香水の濃厚な香りに鼻孔をくすぐられる。塩や魚やごみの臭いが風にのって河岸のほうから漂ってくる。川を行くボートの漕ぎ手が、初めて耳にする言葉でなにやらおしゃべりをしている。そして、クレオール人とアメリカ人がひとところに集まったとき恒例の、取っ組み合いのけんかや口論がそちこちで起き、果たし合いへと発展する。

喧騒が渦巻くなかで知事は声を張り上げていた。リゼットは演説に耳を傾けつつ、マックスからワインのグラスを受け取り、片脚を夫の膝にのせた。大きな手が靴を脱がせて、足の裏を揉んでくれる。彼の手は力強く巧みで、凝りをほぐしてもらいながら、思わず身震いせずにはいられない。

ワインと優しいマッサージで気持ちがほぐれたリゼットは、バー中佐の数々の業績をたたえる知事の演説をぼんやりと聞いていた。「ずいぶん長い演説ね」と指摘すると、マックスは肩を揺すって笑った。

「そこまで寛大な感想は初めて耳にするな」

「あれではまるで、知事が中佐を心の底から尊敬しているみたいに聞こえるわ」

「尊敬どころか軽蔑しているよ」マックスがにやりとして応じる。

「だったらなぜ――」

「政治家だからさ。政治家はときに、敵にも敬意を払わざるを得ない」

「なんのためにそんな――」リゼットは言葉を切った。群衆の端のほうで小さな歓声があがったかと思うと、徐々に大歓声へと変わっていった。彼女は目をまん丸にした。「なんの騒ぎ？」

「バーが姿を現したんだろう。助かった。これでクレイボーンの演説もおしまいだ」マックスは扉のほうに移動した。「わたしは外で演説を聞いてくる」

「じゃあわたしも——」

「きみはここにいなさい」夫はすまなそうにリゼットを見た。「残念だが」

馬車にひとり取り残されたリゼットは、むっとして腕組みをした。「なによ」とつぶやく。「せっかく出かけたって、ずっと馬車に乗っているなら意味がないじゃない」

おもての喧騒がいや増す。リゼットは窓ににじり寄り、首を突きだして、通りすぎる人びとや馬車や馬を眺めた。遠くのほうから先ほどとはちがう声が聞こえてくる。ざわめきをものともしない力強く印象深い声が、まずはフランス語で、つづけてスペイン語と英語で聴衆を歓迎した。集まった人の群れが、心からの拍手喝采や口笛で応じる。

喝采は演説が始まっても鳴りやまなかったが、やがて、リゼットのところにもアーロン・バーの声がふたたび届いた。

彼女はさらに首を伸ばした。燃えるような赤毛の彼女を見つめる夫をその妻が咎め、若者はけんかをやめて彼女を凝視し、老婦人はなにやらささやき交わし、老人はあと一〇歳か二〇歳若かったならと嘆息する。

数メートル離れたところにいたマックスは、周囲が演説とは別のことで騒いでいるのに気づくと、彼らの視線の先を追った。そして、バーをもっとよく見ようとして妻が馬車から体を半分乗りだしているのを見つけると大きなため息をついた。夫の視線に気づいたリゼットは、やましそうに彼をちらと見やり、甲羅に頭を隠すカメのごとく車内に引っこんだ。

マックスは笑いを嚙み殺しつつ馬車に戻ると、扉を開け、車内に手を伸ばした。「おいで」と言って妻の腰に腕をまわして抱き寄せ、勢いよく地面に下ろす。「みんなに見られても文句は言うなよ」

「なんてこった《モン・デュー》」バーが群衆をあおるせりふを口にしているのに気づいて、口のなかで罵る。「反逆罪すれすれだな。きっとジェファーソンがなにか言ってくるにちがいないぞ」

リゼットは爪先立っている。「なにも見えないわ。いったいどんな人なの？」

「いずれ当人に会えるよ」マックスは請けあった。「来週開かれるバーの歓迎舞踏会に、われわれも招かれているからね」

「本当に？」リゼットはしかめっ面をした。「どうして教えてくれなかったの」

「いま教えたろう」

演説が進むにつれて、聴衆は徐々に手のつけられない状態になっていった。ルイジアナの陽射しの下では、人はついつい熱くなってしまうものだ。しかも、すでに飲めや歌えの供宴が始まっているため、すっかり気が緩んでいる。馬車を降りたリゼットは好奇の目にさらされている。彼女をまじまじと見つめる者、堂々と指差す者。好奇心旺盛な若者は数人で彼女を遠巻きにし、少年たちは、あの燃えるような赤毛をさわりに行こうぜなどと、いたずらを相談しあっている。

「そろそろ行こう」マックスは苦笑交じりに言い、妻を馬車のほうにいざなった。「さもないと数分後には、きみのために大勢の男どもと決闘する羽目になりそうだ」

マックスは翌日、ニューオーリンズのスペイン公使、ドン・カルロスことイルホ侯爵と秘密の会合を持った。自らの利益のためでもあり、クレイボーンのためでもある。アーロン・バーのルイジアナ到着後、当地に駐在するスペイン高官たちの動きが活発化している。侯爵との密会の狙いは、バーの共犯者であるウィルキンソン軍総司令官に関する情報を引きだすことだ。

侯爵は外交官として豊富な経験がある。奥目ぎみの鋭い茶色の瞳も、よく日に焼けた痩顔《そうがん》も、いっさいの感情をおもてに出さない。会合が始まってすでに半時が経つにもかかわらず、侯爵は、ウィルキンソンがスペインの飼い犬だと示唆する言葉をひとつも口にしていない。バーの企みを知っているそぶりも見せない。だがマックスには確信があった。侯爵は多くの情報をつかんでいるにちがいない。

「それにしても謎だな。クレイボーンはいったいどうやってきみの支援を取りつけたのだろう、ヴァルラン」侯爵は気さくな口調で言った。ふたりはいま、酒と細身の黒葉巻を片手に談話中だ。相手からなんらかの情報を引きだすのは無理そうだと、侯爵もそろそろ思い始めているだろう。「きみは愚か者には見えん」侯爵はつづけた。「それなのに、監督している準州を取り上げられようとしている男と手を組む理由はなんだね。失うものは計り知れんぞ」

「誰に取り上げられるのでしょうか？」マックスは質問で返し、口の端から煙を吐きだした。

「わたしの質問が先だよ、答えたまえ」

マックスは口だけで笑った。「クレイボーン《ポルフアヴオール》は過小評価されているんですよ」とのんきに言う。

侯爵は声をあげて笑い、あからさまにいまの答えをあざけった。「もう少しまともな言い逃れを考えたらどうだね、ヴァルラン。クレイボーンと手を組む狙いはなんだ？　大方、合衆国のルイジアナ購入時に破棄されるはずだった、土地譲渡権の保持だろう。あるいは、政治的影響力を増すためか。まさか、ルイジアナの連邦離脱を避けられるとでも思っているのか？」

「こちらの質問に答える番ですよ」マックスはさえぎった。「いったい誰が、クレイボーンから準州を取り上げようとしているんです？」

「バー中佐に決まっているだろう。彼がルイジアナの連邦離脱を望んでいるのは、秘密でもなんでもない」

「たしかに。しかしバーは、ただ望んでいるわけではない」と応じながら、侯爵の反応を見る。だが相手の表情からはなにも読みとれなかった。

「それについては、確実なところはまだ誰にもわかっていない。わたしですら」

嘘に決まっている。ウィルキンソンがバーと共謀し、いまもスペインの飼い犬に甘んじているのなら、侯爵はバーの企みを把握しているはずだ。

椅子の上で身を乗りだし、マックスは言葉での攻撃を再開した。「最近あなたは、バー中佐にメキシコ行きを許可しませんでしたね、ドン・カルロス。つまりあなたは、バーをスペイン領に行かせてはまずいと考えてらっしゃる。どうして急に、彼の動きに注意するようになったのです？」

「いままでも注意してきた」侯爵はぶっきらぼうに答えた。

「そのわりには、過去にフロリダ行きを許可してらっしゃいますね」

侯爵は心から愉快そうに笑ったが、目つきは厳しいままだった。「どうやらきみは、予想以上に事情に通じているらしいな、ヴァルラン」

マックスは黙って葉巻を吸いながら、侯爵はいったいどこまで知っているのだろうと考えをめぐらせた。バーとウィルキンソンはフロリダの掌握もくろんでいる。自発的にフロリダを手放すはずのないスペインに対しては、そのもくろみを悟られまいとしているはずだ。ふたりがフロリダを手中におさめれば、責任を問われるのは侯爵だろう。となれば、侯爵は警戒してしかるべきだ。

「ドン・カルロス」マックスは静かに呼びかけた。「バーがスペインのために働いているといくら言い張ろうと、騙されぬよう注意してください」

その言葉の含意を理解して、侯爵は鋭いまなざしを投げてきた。「重々承知している」と言い、わざと間を置いてからつづける。「中佐の真の狙いはおのれの目的を果たすことだ」

マックスは別の方角から攻めてみることにした。「では、バーがルイジアナの西境制定委員のひとり、カルボ侯爵に紹介状を渡した事情もご存じですね」

「いや、紹介状とやらについてはなにも知らん」

「バーの企みに賛同しているとみられる数人に、そのような書状が渡ったとされています」

マックスはブーツの先を見つめながらつけくわえた。「カルボ侯爵をはじめとする数人に」

ひたすら感情を隠しとおすスペイン公使の顔を、黒い瞳であらためて観察する。

「カルボ侯爵がかような書状を受け取っていれば、確実にわたしの耳にも入ったはずだ。参考にならず、すまんな《ロシェント》」

侯爵の口調から、それ以上の詮索は無駄だとわかった。マックスは葉巻を揉み消しつつ、いらだちを覚えた。むろん、そう多くの情報を引きだせると思っていたわけではない。だが、その書状の内容をぜひとも知りたかった。バーの企みを裏づける証拠がほしかった。


早い夕暮れの訪れを感じながら、マックスは領地に向けて黒毛馬を走らせていた。通りの脇に有蓋の馬車が止まっているのを見つけると、速度を駆け足から速歩に落とした。車輪がひとつはずれており、馬が一頭だけ残されている。御者もいなかった。かたわらで馬を止め、車内をのぞきこむ。片手は、外出時に必ず携行する二丁拳銃のうちの一丁に置いていた。

「手を貸しましょうか？」と声をかけながら、足踏みする黒毛馬の手綱を引いた。

やがて女性が顔を現した。まだ若く、なかなかの美人で、一目でフランス人とわかるものの以前に会った記憶はない。マックスの身なりから、おいはぎではなく紳士だと判断したのだろう、女性は窓枠に腕をかけてほほえんだ。「メルシー、ムッシュー……でも、大丈夫ですわ。御者がじきに誰か連れて戻るでしょうから」

「その人と話してはだめよ、セリーナ」車内から声が聞こえてきた。甲高く、非難がましい女性の声だ。「彼が誰か知らないの？」という言葉とともに、新たな顔が窓辺に現れる。

マックスはかすかに眉根を寄せながらその女性を見つめた。知っている顔だったが、名前は思い出せなかった。年は自分と同じか、少し上だろう。かさついた白い肌が秀でた頬に張りついているかのようだ。淡い緑の瞳には敵意が浮かんでおり、唇の両端はあたかも見えない糸で縫いつけられたかのごとく下に下がっている。

「わたくしが誰かわからないの？」女性は蔑みを込めて言った。「覚えているわけがないわね。ヴァルラン家の人間は忘れっぽいから」

「エメったら」セリーナと呼ばれた女性が控えめにたしなめた。

エメ・ラングロワ……マックスは思い出し、驚きにつつまれた。一〇代のころの知りあいだ。コリーヌに出会う前に求愛した時期もあった。当時のエメは愛らしかった。おとなしい彼女をからかって笑わせたり、近眼のおばが用心を怠っているときに、こっそりキスをしたりした。

「マドモワゼル・ラングロワ」マックスはまじめな顔でおじぎをした。エメはまだ独身だと母から聞いた覚えがある。ゆがんだ口元を見て、その理由がわかる気がした。あの唇にキスができる勇敢な——あるいは物好きな——男はいまい。だがどうしてこんなに変わってしまったのだろう。このように辛らつな女性ではなかったはずだ。

冷ややかに彼を見つめながら、エメはセリーナに話しかけた。「こちらはマクシミリアン・ヴァルランよ。奥様を殺した男。あなたも噂を耳にしているでしょう?」

セリーナはぎょっとしてエメの腕をつかんだ。「義姉が失礼なことを言ってすみません、ムッシュー。今日はいろいろあったものですから——」

「この人に謝る必要なんてないわ!」エメはぴしゃりと言い、マックスをにらんだ。「いますぐどこかに消えてちょうだい!」

ぜひともそうしたかったが、紳士たるもの、護衛もいない女性ふたりをほうっておくわけにはいかない。「御者が戻るまで近くで見張っていましょう。じきに夜になる。危険な目に——」

「危険なのはあなただわ」エメがさえぎった。「だから、とっとと消えて!」

マックスはぞんざいにうなずいた。「ではごきげんよう」とつぶやいて、馬車から離れる。

通りを少し行ったところでその馬車を見守っていると、やがて代わりの馬車が到着した。予期せぬ再会に狼狽したマックスは、記憶を頭から追いだそうとした。だができなかった。無邪気な少年時代がよみがえってくる。当たり前のごとく享受していた幸福。厳格だが温かく見守ってくれた父。友だちとした向こう見ずないたずらの数々。自分になびかない女の子はいないと不遜にも思っていたあのころ。

控えめなエメの気を引くのはたいそうやりがいがあったが、あるときマックスはコリーヌを紹介され、以来ほかの女の子はいっさい目に入らなくなった。コリーヌの美貌と魅力にすっかりまいってしまい、自分のものにしようとやっきになった。

だが結婚して間もなく、妻は以前にも増して気まぐれになった。かつてはそんな一面も魅力だと思っていたが、もはや妻にどう接すればいいかわからず、マックスは途方に暮れた。今日は元気いっぱいだと安心していると、翌日には暗く沈んで黙りこむ。愛情が足りないと言って激昂したり、わたしにつきまとわないでとわめいたりもした。

愚かにもマックスは、コリーヌのそうした言動もじきに直るだろうと高をくくっていた。けれども彼女はますます身勝手になり、ついには、わけもなくかんしゃくを起こすようになった。妊娠したときには彼に憎しみをぶつけさえした。

その後、双子の出産で危うく死にかけたコリーヌは、すべてマックスのせいだとなじった。当惑し、傷ついた彼は、自分がなにをしたにせよどうか許してほしいと懇願した。だが妻の心を癒そうとするたび、愛情をつき返された。おのれに向けられた侮蔑の重みに、やがて彼の心はこなごなになった。以来マックスは女性になにかを求めるのをいっさいやめた……だがリゼットとの出会いが彼を変えた。

リゼットのことを思ったとたん、気持ちが落ち着き、追憶の痛みも和らいだ。リゼットがほしかった。彼女の肉体がくれる喜びに酔いしれたかった。だがそれ以上に、彼女に信頼されているという実感で癒されたかった。妻の信頼に勝るものなどこの世にない。自分を最低の人間ではないと信じてくれるのは妻だけだ。万が一リゼットの信頼を失いかねない出来事が起きたら、自分はきっと耐えられないだろう。そんなふうに妻に頼りたくはなかったが、ほかにどうしようもなかった。

屋敷に到着し、玄関に足を踏み入れたとたん、アレクサンドルにつかまった。「兄上の帰りを待っていたんだ。ちょっと緊急の話が――」

「疲れているんだ」マックスはぶっきらぼうにさえぎり、上着を脱いだ。

「ウイ、でも――」

「明日話そう」

「だけど……今月はちょっとこづかいが足りなくて……」

「賭けで負けたか」曲線を描く階段に大またで向かうマックスのすぐ後ろから、アレクサンドルがついてくる。

「請求書を机の上に置いてあるからさ」

「もう少し金のかからない趣味を見つけたらどうだ？」

「そうだね」アレクサンドルは素直にうなずいた。「で、今回の請求書はなんとかしてくれるかな？」

「ああ」マックスはそっけなく答え、弟を階段の下に残して二階に向かった。リゼットに会いたくて、もう一分たりとも待てない気分だった。

兄が階段を上っていく姿を見送りながら、アレクサンドルは緊張を解き、安堵の笑みを浮かべた。「メルシー、兄上。ついこのあいだまでの兄上なら、一時間は説教したところだね」

「それで効き目があると判断すれば、いまだってそうするさ」

「どうやらなにか――あるいは誰か――のおかげで短気が直ったらしいね、モン・フレール」

マックスは立ち止まって返事をすることさえしなかった。つづけて母の声が聞こえてきたが、それも無視した。「アレックス、いまの声はマックスなの？　お夕食はすんでいるのかしら。ちょっと訊いてみてちょうだい。おなかはすいてるって？」

寝室に足を踏み入れたマックスは足で扉を閉め、上着を床に落とした。隣接する着替えや入浴用の小部屋からリゼットが出てくる。夫の姿を認めるなり、彼女は瞳を輝かせた。

「遅かったのね、モン・マリ」という声が、陰鬱な気分をすぐに吹き飛ばしてくれる。妻は新しいドレスの試着を楽しんでいるところらしかった。寝室の床にシルクやレースが散乱し、ベッドの脇できらきら光る紋織の履き物が小山をなしている。いま着ているのはアイスブルーの舞踏会用のドレスだ。身ごろに同じ色の紗織のフリルがあしらわれている。胸元は大胆にカットされ、胸がぎゅっと寄せて高く持ち上げられている。そこにあてられた薄布は、誘うような浅い谷間を隠すためではなく、むしろ際立たせるためのものだろう。彼女はほっそりとした猫を思わせた。アイスブルーのシルクは瞳の美しさを強調し、赤毛を燃えさかる炎と見まごうばかりに輝かせている。

リゼットがキスで迎えようとマックスに歩み寄る。彼は両手を上げてその動きを制した。

「ちょっと待った、プティット。馬に乗っていたから埃まみれだし、動物の臭いが染みついているんだ」と言ってほほえむ。「それより、新しいドレスをよく見せてごらん」

彼女はその場でくるりと背を向けると、媚びを含んだまなざしを肩越しに投げてきた。背中のボタンが途中までしか留まっていなかった。マックスはしなやかな曲線を描く妻の背中を穴が空くほど見つめた。いますぐこの場で彼女をむさぼり食ってしまいたい。

「とてもきれいだ」マックスは言った。

「中佐の歓迎舞踏会にはこれを着ていこうと思うの。ねえ知っていた？　あなたの妻として初めて公の場に出る記念すべき日になるのよ」

マックスは平静をよそおいつつ、内心では焦りを覚えていた。舞踏会で浴びせられるだろう辛らつな質問や好奇の視線に、リゼットは心の準備ができていない。彼自身はそういう事態にとうに慣れているが、彼女みたいな世間知らずのレディにはつらい体験になるかもしれない。

「リゼット、舞踏会でどんな目に遭うか、きみも覚悟しておいたほうがいい。昨日の集会などきっと比べものにならないはずだ。わたしの名声が地に落ちたのは周知の事実だし、ニューオーリンズの人びとは過去を忘れない。なかには、きみが悪魔の化身と結婚したと信じている者だっているんだ」

リゼットはまじめな顔で考えていたが、彼に歩み寄ると、小さな手を引きしまった頰にあててきた。「でも現実にあなたは悪魔なわけだし。そのくらいもうわかってるわ」

自分を抑えきれず、マックスは身をかがめてリゼットの首筋に鼻を押しあてた。「わが妻が男どもの視線にさらされるのがいやなんだよ」と言いながら、深く刳られた胸元からかすかにのぞく素肌に指先を這わせる。

「でも、こんなに慎ましやかなドレスなのよ。きっとほかのご婦人方はもっと大胆なものを着てくると思うわ」

「たぶんね。でも、他人の格好はどうでもいいんだ」

「あなたがそんなにやきもち焼きだなんて知らなかった」リゼットの口調は、どこか嬉しそうだ。

　あまりにも清らかで愛らしく、魅惑的な妻の姿に、マックスはこらえきれずに彼女を抱き上げると、ベッドに連れていった。

「では、この不安を消させてくれ」と言って、ブーツも服もすべて身に着けたまま、彼女を押し倒した。ふわふわしたドレスがふたりの体のあいだで押しつぶされる。夫の情熱的な振る舞いにリゼットはくすくす笑い、身をよじらせた。マックスはいともたやすく彼女を押さえこみ、ドレスの裾を乱暴にまくりあげると、なおも暴れる太もものあいだに腰を据えた。

「マックス」リゼットは苦しげに笑いながらさらに抵抗した。「ドレスが破れちゃうわ！」

「新しいのを買ってやる。あと一ダースだって。さあ、おとなしくしなさい」シルクに覆われた乳房に歯を立てると、リゼットはもがくのをやめた。シュミーズを着ていないので、さらさらした生地に舌を這わせると、硬くなったつぼみの感触がすぐに舌先に伝わってきた。

感じやすい部分を唇で愛撫し、舌で舐め、歯でかじると、やがて彼女はあえぎ声をもらし始めた。

互いの体のあいだに手をやると、秘所がぬくみを帯びているのが感じられた。マックスはそこに指を挿し入れた。濡れてしなやかさが増し、結ばれるときを待っているのがわかる。もう一本指を挿し入れ、唇を重ねる。リゼットはうめき、いっそう身を寄せようとしてもがき、彼の温かな手のひらに腰を押しあてた。

マックスは口づけ、じらし、リゼットの喉の奥からもれるあえかな声を堪能した。クライマックスの予感に彼女の身がこわばるのがわかったところで、指を引き抜き、ブリーチの前を開けた。

リゼットが飢えたように彼のものに手を伸ばし、導く。マックスはえもいわれぬ心地よさにつつまれ、甘くのみこまれるのを感じた。彼女が歓喜にすすり泣くのを聞きながら腰を回し、こすりつけ、優しく、深々と突き立てる。やがて彼女は身を震わせながら達した。マックスはなおも挿入をくりかえし、腰に脚をからませてとかすれ声で命じ、そして、はじけんばかりの至福とともに情熱をほとばしらせた。


舞踏会の晩、マックスはアレクサンドルと一緒に書斎で酒を飲んでいた。母とリゼットは二階で支度に忙しい。「女ってやつは」弟がぼやいた。「どうしてこうも着替えに時間がかかるのかな」

マックスはけだるくほほえんで、ブルゴーニュワインの入ったグラスを口に運んだ。「どうしてそう定刻に着くことにこだわるんだ？　まさかアーロン・バーを見るためじゃあるまい」

「政治に興味がわいたのかもしれないよ」という弟の答えに、マックスは疑わしげに鼻先で笑った。

　弟のグラスにおかわりをついでやり、大理石の炉棚に肘をのせる。「念のため言っておくが、独身のおまえのもとには今夜、娘や姪を連れた母親やおば連中がひっきりなしに現れるからな。いつもはそういう面倒を避けてるだろう」

「ああ、今日だけは我慢するよ」

　マックスは笑い、さてはどこかの娘が移り気な弟の心を射止めたのだろうと踏んだ。「相手は誰なんだ？」

　アレクサンドルはばつが悪そうに笑った。「アンリエット・クレマンだよ」

「ジャックの末の妹か？」マックスは驚きとともにたずねた。アンリエットが帽子屋の前で兄と一緒にいるところを見かけたのを思い出す。「なるほど……なかなかかわいらしい子だものな」

「まったく《ノム・デ・デュー》、まだダンスも踊っていないんだ！　自分が電撃的な結婚を果たしたからって、こっちまでそのつもりだなんて思わないでくれ」

　マックスはほほえんだ。「結婚なんて言ってないだろう」

弟はまごついた様子で答えを探していたが、聞こえてきた女性陣の声に助かったとばかりの表情を浮かべた。「おっと《ビャン》、支度ができたらしい」と言うなり、慌ててグラスを置いた。

弟のあとから玄関広間に向かおうとして、マックスはグラスを手にしたまま、つと戸口で足を止めた。最初はリゼットの姿が目に入らなかった。母とノエリンの後ろに立っていたからだ。やがてふたりは、母の巻き髪の具合を見るために鏡のほうに移動した。妻の姿が視界に映ったとたん、マックスは誇らしげな表情を隠そうともせず、まじまじと見つめた。ごくシンプルなデザインのドレスに身をつつんだリゼットは、目を見張るほど美しかった。温かみのある琥珀色の生地が、肌と鮮やかな髪の色を引き立てている。深い襟ぐりとハイウエストは、ほっそりとしなやかな肢体を誇示するようだ。

落ち着いた物腰はその年ごろの女性とは思えないほどだった。涼やかな表情を浮かべて、すっかりくつろいでいる。知性のきらめく青い瞳は彼の心をとらえて離さない。普段のマックスはまず他人に圧倒されたりしない。けれども歩み寄る妻を見つめる彼の胸の内には、深い畏敬の念と感嘆がわきおこっていた。運命は幾度となく彼に苦痛を強いてきた。だがそれもすべて、リゼットを妻に迎えた幸運が帳消しにしてくれた。

妻の視線が、襞飾りのついた純白のシャツから糊のきいたクラヴァットへと移動する。

「なんて素敵なだんな様なのかしら」リゼットは言いながら、黒の上着の襟から糸くずを取った。

マックスは身をかがめ、彼女の首筋にキスをした。「今夜のきみにかなう人はいないよ、マダム・ヴァルラン。素晴らしくきれいだ。渡したいものがあるからちょっとおいで」母たちに見られぬよう、リゼットを居間に引っ張っていく。

ポケットから黒いベルベットの小袋を取りだし、彼女に渡した。「初めての舞踏会のお祝いに」

リゼットはにっこりと笑った。「まさか贈り物があるなんて」小袋の口紐をほどき、手のひらに中身を出す。ダイヤモンドを花の形にあしらった、イヤリングと揃いのブレスレットだった。どちらの品も、一〇粒並んだダイヤの花の中央に二カラットほどもあるローズカットのダイヤが輝いている。

リゼットは言葉にならない喜びに無言でかぶりを振った。

「気に入ったかい？」

「こんなに気前のいい人だとは思わなかった。本当に素晴らしいわ！」彼女はきらめくブレスレットを手袋の上からはめた。じっと立って、マックスがイヤリングをはめ終えるのを待つ。宝石が放つ豊かな光も、彼女の笑顔にはかなわない。リゼットは首を振ってイヤリングを揺らしてみせた。「これほどの品をいただいて、どうやってお礼をすればいいのかしら、モン・マリ？」

「まずはキスを」マックスはほほえんだ。リゼットが両腕を首にまわし、情熱的に口づける。

「あとで」彼はつぶやいた。「揃いのネックレスを手に入れる方法を教えてあげる」

リゼットは頬を赤らめて笑い声をあげ、夫とともに玄関広間に戻った。

「まあ、見せてちょうだい！」イレーネはすぐさま宝石に気づいて歓声をあげた。リゼットの手首をとり、鑑定家を思わせる目でためつすがめつ見る。「上出来じゃない、あなた《モン・フィス》」イレーネはマックスに伝えた。「石もすべて最高級品だわ」

アレクサンドルが大きな咳払いをして、出発の時間だと教える。「遅刻したらまずいんじゃないの？」

リゼットはマックスの腕をとり、ひそひそ声でたずねた。「ベルナールは？」

マックスは首を振り、ふっと笑った。「あいつはこの手の集まりは苦手でね。それに今夜はわたしの顔も見たくないだろう、さっきけんかをしたから」

「なにかあったの？」

「理由はあとで話すよ」

舞踏会の会場は、ミシシッピ川沿いに立ち並ぶプランテーションのひとつ、セラフィーネ家だ。壮麗な母屋は広々とした外回廊を複数備え、緑のタイル張りの傾斜した屋根には屋根窓《ドーマー》がずらりと並んでいる。内装もそれはみごとで、ヴェネチアンシャンデリアや鮮やかな色彩の絨毯、セラフィーネ家の先祖の巨大な肖像画が各室を彩る。

舞踏室の壁際では、踊り疲れたレディたちが足を休ませたり、婚期を迎えたクレオール人の娘たちの行動にお目付け役が目を光らせたりしている。その周りには、若者たちの集団がいくつか。その大部分は、クリシュマルドと呼ばれる、細身ながら殺傷能力もある長剣を帯びている。気性の荒い彼らは、こうした集まりで始終けんかをしている。つまらない争いが決闘に発展するのも珍しくない。

　アレクサンドルが、前回出席した舞踏会での逸話をリゼットに披露した。その舞踏会ではなんと、通常ならば外に出てから行われるはずの決闘が部屋の真ん中でいきなり始まったのだそうだ。男たちは二手に分かれて争い、椅子や長椅子が宙を飛び、女性陣は失神し、しまいには軍が出動して騒ぎを鎮めたという。

「決闘のきっかけは？」リゼットはたずねた。

　アレクサンドルはにやりとした。「とある若者が、別の若者の爪先をうっかり踏んだ。踏まれたほうは故意にやったと言い張り、かくかくしかじか《エ・タンシ・デ・スイット》で……決闘とあいなった」

「クレオールの男性って怖いのね」リゼットは笑い声をあげ、夫の腕に手を置いた。「どうしてあなたはクリシュマルドを持ってないの、マックス？　爪先を踏まれたらどうするつもり？」

「きみに守ってもらうよ」と答える夫の瞳は優しかった。

　ヴァルラン家の面々が舞踏室の奥へと進むにつれ、人びとがささやき交わす声がさざなみのごとく広がっていった。

　なにも恐れる必要はないわ。リゼットは自分に言い聞かせ、口元に強いて笑みを浮かべた。ふと、真っ黒な瞳がこちらをじっと見ているのに気づいた。大勢の取り巻きに囲まれた、優美な面立ちの小柄な男性だった。なおも見つめられて、リゼットは薄く頬を染めた。

「どうやら」とマックスがつぶやくのが聞こえる。「バー中佐に見つかったらしいな」

「あの方がそうなの？」リゼットはひそひそ声で応じた。「嘘でしょう。わたしはてっきり、もっと……」

「もっとなんだい？」マックスが笑いを含んだ声でたずねる。

「背が高い方だと思ってた」リゼットはだしぬけに言い、小さく笑った。

部屋の向こうで、バーが取り巻きのひとりになにやら耳打ちをするのが見えた。「やれやれ」マックスが声を潜めてつづける。「今度は向こうが、きみが何者か訊いているぞ。これ以上に色目を使ってきたら決闘しかないな。取り巻きが彼に、ヴァルランはアレクサンダー・ハミルトンよりもずっと射撃がうまいと警告してくれるといいんだが」

リゼットは青ざめた。バーは、合衆国憲法の修正にも参加した愛国者ハミルトンを、自らの勝ちが確実な決闘に誘いこんだと言われている。あれは冷酷な殺人に等しいと多くの人が非難している。バーのほうが数段、射撃の腕でハミルトンに勝っていたからだ。ハミルトンが亡くなったとき、バーは死を悼むそぶりすら見せなかったという。

「決闘の話はもうおしまいよ」リゼットは慌てて言った。

マックスが答える前に、ニューオーリンズ市長のジョン・ワトキンスがかたわらに現れた。市長は大仰にふたりを歓迎してから、バー中佐があいさつしたいとおっしゃっている、と告げた。

「光栄ですね」マックスはおざなりに言い、リゼットの手を腕に置いて、市長にしたがった。中佐はたいそうおしゃれだった。額も頭頂部もだいぶはげあがっているにもかかわらず、かつらをかぶっていないのが好ましかった。リゼットは事前にマックスから、中佐は四九歳だと聞かされている。だが実物はずっと若く見えた。よく日に焼けた顔でよく笑い、その笑顔が自信に満ちあふれている。真っ黒な瞳は近くで見るとますます印象的で、はじけんばかりのエネルギーと生命力をたたえていた。

彼のように小柄な男性は、長身のマックスと並ぶと余計に小さく見えるものだ。だが前副大統領には強烈な存在感が備わっていた。バーはこれみよがしにイレーネとリゼットの手にキスをしたのち、マックスを見上げた。

「ムッシュー・ヴァルラン、やっと会えたな」と英語で話しかけ、きらめく瞳をリゼットに向けながらつづける。「まずはご結婚おめでとう。これほど愛らしい花嫁を迎えて、きみは世界一幸運な男だ」

マックスがなにか言おうとする前に、リゼットは英語でバーに応じた。「お世辞がとてもお上手ですのね、ムッシュー。でももちろん、ちっとも驚きではありませんわ」

バーは先ほどまでよりも優しげなまなざしになり、興味深げにリゼットを見やった。クレオールの女性は普通、フランス語しか話さない。リゼットにも通じていないと思ったのだろう。「じつに流暢な英語ですね、マダム。完璧ですよ」

リゼットは感謝のしるしにうなずいてみせた。「おかげさまで助かっていますわ、中佐。先週のプラス・ダルムでの演説も通訳なしでわかりました」

「演説はお気に召しましたか、マダム？」

「ええ、もちろん」リゼットは即答した。「才能がおありですのね。内容も刺激的でした。賛同しかねるところでは、思わず手をたたきそうになりましたわ」

バーが腹を抱えて笑ったので、舞踏室に集まった人びとの半分がいったい何事かとこちらを向いた。「どのあたりに賛同しかねたか、ぜひともうかがいたいですね、マダム」

挑発するようにほほえんで、リゼットは答えた。「わたしの意見など取るに足りませんでしょう、中佐。むしろ夫の見解こそ気にかけるべきではありませんかしら」

「ふむ、ではそうしよう」バーは肩を揺すって笑った。視線を無表情なマックスの顔に移す。「きみの奥方は愛らしく洗練されているばかりか、知性もあるらしいな。きみは本当に運がいい、ムッシュー・ヴァルラン」

マックスはなにも応えなかった。だがリゼットには、夫の胸の内で嫉妬が渦巻いているのがわかった。夫はふいに話題を変えた。「ニューオーリンズの風土はいかがです、中佐?」

その問いかけにバーが笑みを浮かべる。「きみの言う風土とは、政治的なものだろう、ムッシュー・ヴァルラン? それなら、じつに好ましいと言っておこう。それにここまでの長旅も快適だった。思いがけない友人にもずいぶん会えたよ」

「お噂は耳に入っています」

「ときに、海運業を営んでいるというのは本当かね? きみのような経歴の持ち主には珍しいな。クレオール人は基本的に、商業を営む者を下に見るのではなかったかな?」

「基本的にはそうです。ですが、わたしはめったに基本に従わない男ですので」

「わたしと同じだな」バーは大きくうなずいてから、探るようにマックスを見やった。「地元の紳士を何人か紹介されたが、大部分はメキシコ人協会に所属しているとの話だった。どんな協会か知っているかね？」

協会のことならリゼットもマックスから聞いている。メキシコのスペインからの独立を望む有力者たちが属する団体だ。メキシコが独立すれば、貿易上の全恩恵がニューオーリンズの商人にもたらされるかもしれない。協会員はみな、バーの企みに賛同するにちがいない。

「あいにく存じませんね」マックスが答えた。「どんな性質の団体だろうと、ひとたび属してしまえば無用な義務を負わされますから」

「なるほど」バーはマックスとのやりとりをおもしろがって瞳を輝かせた。「なんとかしてきみから聞きだしてみたいものだな。後日あらためて会えるか？」

「ええ」

そこへタイミングよく中佐とのお目通りを望む人びとがやってきたので、マックスはリゼットを連れてその場を離れた。

「彼をどう思った？」マックスがたずねた。

「危険人物ね」リゼットはそっけなく応じた。「あの自信はそれなりの根拠があってのものだと思うわ。すでに多くの人びとを説得して、企みに参加させているのではないかしら」

「わたしもそう思う」夫は陰気に答えた。

母親を友人たちのところに預けてきたアレクサンドルがこちらにやってくる。イレーネは部屋の隅でゴシップに興じている様子だ。「わが麗しの義姉上、よろしかったら踊りませんか」

リゼットは義弟の腕をとった。「いいでしょう、シル・ヴ・プレ《シル・ヴ・プレ》
夫はかぶりを振り、弟をきっとにらんだ。「絶対に彼女をひとりにするなよ」

「そこまで失礼な男じゃないよ、モン・フレール」アレクサンドルはむっとした。リゼットを引き寄せ、踊りの輪の手前で足を止める。「緑色のドレスの子は見える？」彼はたずねた。

「黒髪の」

「いいえ、ここからでは――」

「背が高い子だよ。黄色のリボンを結んでる。いまは金髪のいとこ殿と踊っているところだ。見えるだろう？　アンリエット・クレマン嬢。彼女の気を引きたいんだよ。だから、わたしと踊れて最高に幸せって顔をしてくれるかい？　気の利いたせりふに笑うふりでもいい」

「がんばってみる」リゼットはほほえんで、義弟の手に自分の手を預けた。「彼女に求愛するの、アレクサンドル？」

義弟はリゼットの肩越しに向こうを見やりながら、眉根を寄せた。「そうしたいんだけどね」と認める。「ぜひとも。でも、あちらのご家族が認めないだろう」

「マドモワゼル・クレマンはあなたをどう思っているのかしら」

「よくわからないな。ふたりきりで過ごせればいいんだが……半径一〇メートル以内に近づくたび、クレマン家の面々が猟犬みたいにわたしを取り囲むんだよ」

「話がしたいのなら、あの方のタントにご協力願わないと」

「それがドラゴンみたいな人でね」アレクサンドルはむっつりと応じた。

「それでも、がんばってタントに取り入るしかないわ。気に入ってもらって、一生懸命に協力をお願いすれば、マドモワゼル・クレマンとふたりきりで過ごせるよう取り計らってくださるわ。というわけだから《アロール》、タントを捜して愛嬌を振りまいてらっしゃい」

「いまから？」アレクサンドルはぽかんとした。「でも、きみをひとりにするなって。ひとりにしたら、兄上になにをされるかわからない」

「ほんの五メートル先にお義母様がいるでしょ。あちらに行っているわ」

「わたしとのダンスは？」

「あとで踊りましょう」リゼットは笑い声をあげた。「いまのあなたには、ほかにやるべきことがあるわ」

「わかった」アレクサンドルはつぶやき、背筋を伸ばした。「当たって砕けろ、だよな《ネスパ》」

リゼットは笑みを浮かべて、義母と銀髪の婦人方の群れのほうへ向かった。あからさまな好奇の目がいくつも自分を追っているのがわかる。とある若者の集団など、会話をぴたりと止めてリゼットの一挙手一投足を観察していた。妙に人目が気になって、義母のところにたどり着いたときには頰が赤くなっているのが自分でもわかった。イレーネは優しく迎えてくれた。

「ベル・メール、楽しんでらっしゃる？」

「もちろんですとも！　あなたの顔見せもどうやら大成功みたいね。あちらにいる老紳士、ディロン・クレマンも、あなたをすごい美人だと言っていたわ」

リゼットは声をあげて笑った。「その方の眼鏡を拭いてさしあげたほうがよさそう」

「彼は本音しか言いませんよ」イレーネはとなりに立つ、花で飾りたてた太目の婦人をつついた。「そうでしょう、イヴォンヌ！」

義母のいとこのイヴォンヌは、丸々とした顔に笑みをたたえた。「あなたはとても魅力的よ、リゼット。お母様のお若いころにそっくり。あなたのお母様ときたらそれは愛らしく、生き生きとしてらして。彼女が姿を見せるたび、誰もが注目したものだったわ！」

リゼットは沈んだ気持ちで思った。いまの母を見てこんなふうに褒めそやす人はいまい。母の美貌はガスパールとの結婚のせいですっかり衰えてしまったのだから。

彼女の悲しげな表情に気づいたのだろう、イヴォンヌはすぐさま話題を変えた。「まありゼット、素晴らしいダイヤモンドだこと！　イレーネから聞いたわ。マクシミリアンからの贈り物ですって？」

リゼットは頬を緩め、きらめくブレスレットを見下ろした。「夫は気前がよくて」

イヴォンヌは秘密めかしてリゼットの耳元に顔を寄せた。「本当ね。でも言っておくわ、子どもができたらマックスはもっと気前がよくなるわよ。だから急いで子どもをもうけなさいな」

クレオール人ときたらどこまで子孫繁栄を重んじるのだろう。リゼットは愉快に思いつつも、なるほどという顔をしてみせた。「ウイ、マダム」

「ヴァルラン家の妻として」イヴォンヌはますます熱のこもった調子でつづけた。「あなたには、クレオールの若いご婦人方の見本になってもらわねばね。そういうよい見本がぜひとも必要なの。アメリカのずうずうしいご婦人たちが、ニューオーリンズにやってきていますからね！」不快げに舌打ちをする。「まったく恥知らずな人たちだわ。慎みもたしなみもありゃしない。エスコートも付けずに平気でどこへでも出かけてしまうんですからね。しかも始終、夫の仕事の邪魔をしている。信じられませんよ！　クレオールのレディには、昔からのしきたりをしっかり守ってもらわねば。あなただって子どもができるまでは、真の意味で認められたとは言えませんよ」

「イヴォンヌの言うとおりだわ」義母は意味深長に賛同した。

リゼットはまじめな顔でうなずいたが、内心では声をあげて笑いたい気分だった。自分はクレオールの慎み深いレディより、アメリカのずうずうしい婦人によほど似ている気がする。

「わたしも早く子どもができるよう祈りますわ、マダム」

「そうなさい」イヴォンヌは忠告が受け入れられて満足げな表情を浮かべた。

その後もしばらくおしゃべりをしていると、婦人たちがなにやらざわざわし始めた。何事だろうと思って振りかえったリゼットは、かたわらに夫が立っているのを見つけた。夫は礼儀正しく女性陣にあいさつをしてから、手袋をした手をリゼットに差し伸べた。「ダンスを申し込みに来たよ」

軽快なカドリールのメロディーに誘われて、いそいそと夫についていく。

「久しぶりなんだ」マックスは言った。「だから少々腕がなまっているかもしれないよ、プティット」

「ダンスが嫌いなの？」

「好きだよ。だが、相手を見つけるのが難しくてね。悪い噂のおかげで」

「でもいまは相手がいるわ」カドリールの輪のなかに場所を探しつつ、リゼットは言った。

「喜んで踊ってくれる相手が」

ふたりはしばらく踊ってから、ちょうど楽士たちの休憩時間になったところで踊りの輪を離れた。マックスは舞踏室の端のほうに妻をいざなった。フランス戸が並んでおり、その向こうに外回廊が見える。

シャンパンののったトレーを持った使用人が通りかかったので、マックスはグラスをふたつ取り、ひとつをリゼットに差しだした。彼女はすぐさまそれを受け取ると、周囲の婦人たちが渋い顔をするのもかまわず、ごくごくと飲んだ。若いレディにとって人前での飲酒は、たとえ既婚者であっても適切な振る舞いとは言えない。けれども彼は、いたずらな子猫がたわむれる姿に見とれるかのように愉快げな表情をしている。

「ふう……なんだか頭がぼうっとしてきたわ」リゼットはシャンパンを飲みほすと、息を切らしながら言った。マックスは笑みをたたえ、空のグラスをふたつ、そこにいた別の使用人に渡した。

「新鮮な空気を吸えばすっきりするだろう。外に出てみるかい?」

リゼットは疑わしげに夫を見やった。「外に出たら、わたしにちょっかいを出すつもりなんでしょう?」

「もちろん」マックスが即答する。

「じゃあ、答えはイエスよ」

彼は素早く、妻をフランス戸の向こうに押しやった。リゼットは笑いを嚙み殺しつつ、夫に引かれるがまま、葉ずれの音につつまれた庭を進み、イチイの大きな生け垣とローズマリーのはびこる壁の前を通りすぎた。まるで恋人との密会を楽しんでいるかのように、めまいと、いたずらな気持ちに襲われる。マックスは彼女を抱き上げると、その場でくるくると回った。リゼットは忍び笑いをもらしながら両腕を彼の首にまわし、身を寄せたが……ふいにある思いにとらわれてわれにかえった。

「マックス……もしも今夜がわたしたちの初めての出会いだったらどうなっていたかしら。わたしがすでにエティエンヌ・サジェスの妻だったら」リゼットは少しだけ腕に力を込めた。「あなたではなく、彼の花嫁になっていた可能性は大いにあるわ。もしもあのとき逃げださなかったら。もしもジャスティンとフィリップが見つけてくれなかったら。あるいは、あなたがわたしをサジェスのところに帰らせると決めていたら——」

「絶対に帰したりしなかった。サジェスと結婚していたとしても、あいつからきみを奪った。たとえどんな手段を使おうと」

ほかの男性の口から発せられたら、それはただの強がりにしか聞こえなかっただろう。だがマックスが言うと、本当にそうしただろうと信じることができた。リゼットは感嘆の思いで夫を見つめた。星のきらめくかすんだ空を背にしているので、顔は陰になり、頭の輪郭がくっきりと浮かんで見える。「モン・マリ」リゼットは優しく呼びかけた。「ときどき、あなたが怖くなるわ」

マックスは彼女の首筋を撫で、汗ばんだ胸の谷間に指先を這わせた。「どうして?」

指が身ごろのなかに忍びこんで乳首に触れる。リゼットはまぶたを半分閉じた。「ほしいものを手に入れようとするときのあなたが、とても残酷だから。そんなあなたを止められるものはあるのかしら」

「きみがいる」マックスはやわらかな乳首をそっともてあそび、硬いつぼみになるまで愛撫した。「わかっているだろう」

彼の唇が首筋に下りていく感覚に、リゼットは歓喜のため息をもらした。「じゃあ、あなたの意志に反することをしてと頼んだら……それもしてくれる?」

「当然だ」

温かな唇に素肌をなぞられて、リゼットの呼吸が速くなる。彼女は片手を夫のうなじにやり、豊かな髪に顔をうずめた。「マックス……どれほどあなたを――」

リゼットはぎくりとして言葉をのみこんだ。イチイの生け垣から黒い影が現れる。最初はなにかの動物だろうと思ったが、黒い影はすぐに人の形を帯び始めた。こちらに向かってくる。振りかえったマックスは、相手の顔を見てとるなり、すかさずリゼットを背後に押しやった。

エティエンヌ・サジェスの声を聞いたとたん、リゼットの身内を不快なおののきが走った。それは高所から落ちそうになってからくも助かったときに全身をつつむ、あの感覚に似ていた。

「久しぶりだな、リゼット」サジェスはのろのろと言い、さらに近づいてきた。酔っぱらっているのだろう。発音が不明瞭で、顔は赤らみ、むくんでいる。「ずいぶん楽しそうじゃないか、マ・シェール。だがかわいそうにな。いずれ、わたしと一緒になったほうが賢明だったと気づくときが来る。哀れなコリーヌも、まちがいなく同意してくれるだろうよ」

11

いずれサジェスと対決する日が来るのはわかっていた。だがどれだけその日を予期したところで、リゼットには心の準備などできなかった。サジェスの顔を見たとたん、相手への憎しみや恐れ、絶望が脳裏によみがえった。それこそが自分を駆りたて、たったひとりでバイユー地帯を旅するという愚かしい危険を冒すきっかけとなった。サジェスに対するこの激しい嫌悪はきちんとした根拠のあるもの。それをリゼットはこれっぽっちも疑っていない。もしもあのまま結婚していたら、百とおりの方法でサジェスに愚弄され、見下され、卑しめられていただろう。リゼットはやみくもにマックスの手を捜した。すると夫の指は安心させるように彼女の指をしっかりとつかんでくれた。

「なんの用だ?」マックスがぶっきらぼうにたずねた。

「なあに、おめでとうを言おうと思ってね。結婚式に招いてもらえなかったから、今日まで祝福の機会を逃していた」サジェスは下卑た笑いを浮かべて、リゼットの紅潮した顔をじろじろ見た。「ヴァルラン家の一員になって、ずいぶん幸せそうじゃないか、リゼット。だがたしかコリーヌもそうだったな……結婚当初は」

「あらためて決闘を申し込むのなら」マックスはうなった。「受けて立つぞ。ただし今回は容赦しない」

「わたしに挑戦するのか？」

「やめて」リゼットは慌てて割って入った。「マックス――」

「挑戦ではなく警告だ」マックスは妻の金切り声にも耳を貸さなかった。ぎゅっと手を握って彼女を黙らせる。リゼットは痛みに顔をしかめた。

「勝ったつもりでいるんだろう」サジェスは言った。「ほしいものはすべて手に入れた、そう思っているんだろう。だがなにもかも失うのは時間の問題――きさまが破滅する姿を目にする日が待ちきれないね」

サジェスは危うく転びかけながら、芝生の上を千鳥足で歩み去った。

その姿が消えるまで、リゼットとマックスは無言で見ていた。「サジェスが人前で醜態をさらす前に、きっと家族の誰かが家に連れ帰ってくれるわ」リゼットは言った。「まるで自ら転落への道を選んでいるみたいだった。変な話ね。彼を憎んでいるのに……いまでは哀れむ気持ちもある」

マックスは冷笑交じりに妻を見やった。

「あなたはそうじゃないの？」

「ああ」

「同じ気持ちかと思った」リゼットは夫のシャツにぴったりと身を寄せ、なじみのある匂いを吸いこんだ。「サジェスのせいでつまらない夜になるのはいや。なかに戻りましょう——もう一度あなたと踊りたいわ」

リゼットの願いもむなしく、サジェスの存在はその夜に暗い影を落としつづけた。彼は舞踏室の片隅からリゼットをずっと見張っており、家族は彼を黙らせておくだけで精いっぱいだった。招待客はサジェス家とヴァルラン家をしきりに見比べた。ついにたまりかねて、リゼットはマックスにうらめしげな声で帰りましょうと提案した。

屋敷への道すがら、マックスはほとんどしゃべらなかった。リゼットは義母と義弟を相手にとりとめのないおしゃべりをし、舞踏会の感想や少しばかりのゴシップを口にした。「あなたのほうはどうだったの？」彼女はアレクサンドルに質問を投げた。「アンリエット・クレマンのタントとお近づきになれた？」

「ああ、まあ」義弟はふさいだ声で答えた。「ばかみたいだなと思いつつ、一五分ばかりも近くをうろうろしたよ。あのタントときたら、たとえ一〇人のお目付け役がいようとも、無垢な乙女をヴァルラン家の男から守るのは不可能だって顔をしていた」

「なぜかしらね」リゼットはさりげない口調で応じ、ほほえんで夫を見やった。「どうかし《ケス・キ・タ》たの《リーヴ》？」と優しくたずねる。義母と義弟はクレマン家についてなにやら言い交わしている。

「まだサジェスのことを考えているの？」

マックスは首を振り、ぬかるんだ道をのろのろと進む馬車の窓からおもての風景を眺めている。「いいや……彼とは関係ないが、どうもいやな感じがする。どうしてかな。まあ、家に着けばこんな気持ちも吹き飛ぶだろう」

残念ながら、マックスの漠然とした不安は現実のものとなった。屋敷に到着した一行を出迎えたノエリンは、平素は落ち着きはらった顔に懸念をにじませていた。玄関広間の小さな長椅子に座ったフィリップは憔悴しきっている。

「ジャスティン坊ちゃんが出かけたきりまだお帰りになりません」ノエリンは手短に報告した。「夕食のときにも戻られませんでした」

マックスはフィリップに向きなおった。「行き先は?」

フィリップは立ち上がり、当惑の面持ちで父親を見た。「知らないんだ。でも丸木舟がないから――あれに乗ってどこかに行ったんだと思う」

「最後に見たのはいつだ?」

「今朝だよ。ゆうべ、ベッドに入ったあとに屋敷を抜けだしたって自慢していたんだ。チャパトゥーラス通りで平底船の船員と会って、今夜一緒に出かける約束をしたって。でも、本気だなんて思わなかったから」

「おお、ジャスティン!」イレーネが悲嘆の声をあげた。

マックスは声に出さずに悪態をついた。平底船の船員は、雨露をしのぐ屋根さえもない甲板で生活し、飲み食いし、眠る連中だ。娯楽といえばライウイスキーをがぶ飲みして大騒ぎし、病気と暴力がはびこるいかがわしい売春宿で肉欲にふけることだけ。けんかとなれば、容赦なく相手に嚙みつき、蹴りを入れ、目玉をえぐり、手足を使い物にならなくする。いまごろはもう、ジャスティンを始末しているかもしれない。

「どの船だ？」マックスは詰問した。「どの船員だ？」

フィリップは頼りなくかぶりを振った。

マックスは戸口に向かった。「捜しに行くぞ」

口をあんぐりと開けてそこに立っていたアレクサンドルは後ずさりをした。「冗談だろう。その手の連中とはかかわらないようにしてきたんだ。兄上のばか息子を助けるだけのために、わが身を危険にさらすつもりはないね。そもそもあいつは、捜してほしいなんて思っちゃいない。今夜はもうやすもう。どうせ明日の朝には帰ってくるさ」

「あるいは、喉をかき切られ、川に捨てられているか」マックスは弟の脇をすり抜けて外に出た。

「見つかりっこない」アレクサンドルは警告した。

「見つけるとも。そして無事を確認したあとであいつを八つ裂きにしてやる」

リゼットは慌てて夫のあとを追い、「気をつけてね」と声をかけた。彼は軽く片手を振って応え、振りかえろうともしなかった。リゼットは唇を嚙んだ。もう一度声をかけたかったが、夫がどれほどジャスティンを心配しているかを思うとできなかった。くるりと振りかえって、義弟のほうに戻ると、その腕をつかんで強く引っ張った。「一緒に行ってあげて。マックスを助けて」

「遠慮する」

「彼ひとりでは無理よ」リゼットはじれったそうに訴えた。「一度くらい手を貸してくれたっていいでしょう、アレクサンドル！」

イレーネも加勢し、リゼットと一緒になってアレクサンドルを戸口へ引っ張った。「そうですよ、マックスについていってあげなさい、モン・フィス」

「疲れてるんですよ」アレクサンドルはしかめっ面で抵抗した。

「ジャスティンが心配じゃないの？」イレーネは息子を責め、反対の腕も引いた。「いままさにとんでもない目に遭わされているかもしれないんですよ。けがでもさせられたらどうするの！」

「この世に正義があるなら、痛い目に遭わされてるだろうさ」アレクサンドルはつぶやくと、ふたりの手を振りほどき、兄のあとを急いで追った。

・アレクサンドルが戻ってくるといけないので、ふたりはすぐさま扉を閉めた。

「ジャスティンときたら」義母は悲嘆に暮れた声で言った。「あの子のせいで寿命が縮まるわ」フィリップを見やる。「どうしてあの子はあなたのように善い子にできないのかしらね」

するとフィリップは唐突に大声をあげた。「どうしてみんなそんなふうに言うの。ぼくは別に善い子じゃないよ。ジャスティンだって悪い子じゃない」

イレーネはため息をついた。疲れているのだろう、顔には深いしわが刻まれている。「もうおしゃべりをする気力もないわ。ノエリン、二階に行くから手を貸してちょうだい」

義母とメイド長が曲線を描く階段のほうに無言で向かうあいだ、リゼットとフィリップも黙りこんでいた。フィリップは両のこぶしをまぶたにあてて顔を覆っている。そんな彼がかわいそうで、リゼットはかたわらに歩み寄った。

「ジャスティンはぼくとちがう」フィリップは押し殺した声で言った。「ここでの暮らしは、ジャスティンにとっては静かすぎて退屈なんだ。いつもどこかに逃げたいって言ってるよ。きっと、かごのなかで暮らしてるみたいに感じてるんだ」

「お母様の事件のせい？　マックスがコリーヌを殺したと周りの人が言うからなの？」

「それもあるよ」フィリップは深いため息とともに答えた。「ヴァルラン家の人間として生きるのは簡単じゃないんだ。ジャスティンもぼくも、周囲からどう思われているか知ってる。母さんの悪口だって何度も耳にしたよ。頭が変だったとか、身持ちの悪い女だったとかね。ニューオーリンズの住民はひとり残らず、父さんが母さんを手にかけたと信じてる」

「わたしは信じないわ」リゼットはきっぱりと言った。「あなただってそうでしょう」

「普段はね」少年はなにかに憑かれたような目でリゼットを見た。「でもジャスティンは噂を信じてる。だから余計につらいんだ」

マックスとアレクサンドルは夜どおし捜索にあたり、翌朝早く、ふたりだけで戻ってきた。マックスは見たこともないほど動揺していた。頭のなかをさまざまな思いが駆けめぐり、言葉がそれに追いついていかないようだった。

「足跡ひとつ見つからなかった」彼はかすれ声で報告し、カップに入ったコーヒーを一気に半分飲んだ。「ジャスティンによく似た少年を川岸で見たという船員がいたが、嘘をついていたのかもしれない。息子が船員として船に乗りこんだ可能性もあるが、そこまで愚かだとは思えない」

「わたしは寝るよ」アレクサンドルはぼやいた。顔は青白く、目は充血している。

リゼットは夫の後ろに立って、こわばった肩を手のひらで優しく撫でた。「あなたもやすんだほうがいいわ」

彼はノエリンにコーヒーのおかわりをいれるよう身振りで示した。「少ししたらまた出かける。ベルナールを連れていくよ。ジャック・クレマンと、ほかにも二、三人に協力を頼むつもりだ」

リゼットは夫を慰めたかった。「遠くへは行っていないと思うわ」とかたわらに座りながら言った。「またあなたの気を引こうとしているだけよ。わざと身を隠して、騒ぎが起きているのを確認したら戻ってくるつもりなんだわ」

マックスはかすかに震える手でコーヒーカップをつかんだ。「見つかったあかつきには、望んだ以上にわたしの気を引けるだろうさ」

リゼットは夫の空いているほうの手を両手でとり、きつく握りしめた。「腹立たしさよりも、心配な気持ちのほうが強いんでしょう？　あの子を見つけたら、その気持ちを伝えてあげてはどう？」

夫はテーブルに両肘をついてこめかみを揉んだ。「あいつは頑固だから、わたしの話など聞きやしないよ」

「たしか」リゼットは苦笑交じりに応じた。「あの子も父親について同じように言っていたけど」

マックスは小さく笑った。「ときどき、あいつは自分にそっくりだなと思うよ。だが同じ年ごろのとき、わたしはあの半分も頑なじゃなかった」

「それはお義母様に確認してみないとね」リゼットは軽口をたたいた。「そんなわけはないとおっしゃるんじゃないかしら」

夫はひげの伸びかかった頰に彼女の手を持っていき、甲に唇を寄せた。「リゼット、万一あいつが見つからなかったら……」

「きっと見つかるわ」

その翌日も捜索は夜までつづけられた。マックスは経営する海運会社の従業員にもできるかぎりの協力を要請した。聞きこみをした船員たちの数人は、ジャスティンが、あるいは彼によく似た少年が仕事場に来たと証言した。少年はそこで数時間ばかり酒を飲んだりトランプに興じたりしたあと、埠頭で働いている売春婦と出ていったという。「呆れたね」ベルナールはこの情報を耳にするなり言った。「あいつが性病を移される心配までしなくちゃいけないわけか」

「それだけですめばいいがな」マックスは陰気に応じた。

ミシシッピ川で働く何十人という男たちに聞きこみをし、目についた貨物船や平底船や荷船やいかだをくまなく探しまわったのち、一同はいったん解散し、明朝に捜索を再開することになった。マックスはすでに丸二日以上、ほとんど休みなく動いている。精神的にまいっているのは一目瞭然だった。ぼさぼさ頭に無精ひげは、この四八時間一緒にいた船員たちにそっくりだ。妙に用心深く屋敷に足を踏み入れたあとも、眠るまいとして、しきりにまばたきをくりかえしていた。

すでに夜中の三時だったが、リゼットはマックスの帰宅を待って起きていた。すっかりやつれて打ちひしがれた夫の姿を目にして、彼女の心は張り裂けそうだった。二階に連れていこうとしたが、彼は寝室に行くのを拒んだ。数時間後には捜索を再開する段取りになっていたので、眠りこけてしまうのを恐れたのだろう。リゼットはフィリップの手を借りてマックスを居間に連れていき、夫のブーツを脱がした。夫は長椅子の上に大きな体を横たえ、頭をリゼットの膝にのせて、まぶたを閉じた。フィリップは不安そうな面持ちで肩越しに振りかえりつつ、居間を出ていった。

「見つからない」マックスはつぶやくと、リゼットのやわらかな太ももに頰をうずめた。「まるで地球上から消えたみたいだ」

リゼットは彼の額を優しく撫でた。「とりあえずやすんで。じきに夜明けよ」

「ずっと、あいつが赤ん坊のころのことを思い出していた。わたしが抱いて寝かしつけたりもしたんだ。生涯、安全で幸福な人生をと願っていた。だが、あらゆるものから守ってやるのは不可能だ」

「お願いだから眠って。今日こそきっと見つかるわ、愛しいあなた《ビャン・ネメ》」

夫が寝入ってからも、彼女はずっと顔を見つめていた。こんな短いあいだにジャスティンとフィリップを心から愛するようになっている自分に気づいて驚きを覚えていた。リゼットはマックスに負けないくらい双子の将来を案じていたし、彼らが心の平穏を得られるよう強く願っていた。運命はどうしてこうも不公平なのだろう。無垢なふたりにこれほどの重荷を背負わせ、他人の過ちの結果に苦しむ日々を強いるとは。

リゼットは夫のとなりで丸くなり、少しまどろんだ。やがて空の色が変化し、黒々とした闇が藤色がかった灰色へと明るんでいく。夜明けの訪れを眺めながら、まだ眠る夫を起こしてしまわぬよう、彼女はそっとまぶたをこすった。

そのとき、玄関広間でなにかがきしむ音がした。扉が開く音にちがいなかった。闖入者は抜き足差し足で邸内に入ってくると、居間の戸口で歩を止めた。

ジャスティンだった。薄汚れ、髪も服も乱れきっているが、父親に比べればずっと元気そうだ。少年は無言でリゼットを見つめてから、長椅子に伸びる父親に視線を移した。リゼットは一瞬、二階に行きなさいと身振りで伝えようかと考えたが、夫は息子の帰宅を知りたいだろうと思いなおした。帰ってきた息子とすぐに対面できなかったと知ったら、あとで激昂するにちがいない。

「いらっしゃい」リゼットは小声でジャスティンを呼んだ。

その声に気づいてマックスが目を覚ます。リゼットは黒髪に覆われた頭に口を寄せた。「起きて」とささやきかける。「一件落着よ、ビヤン・ネメ。帰ってきたわ」

マックスはのろのろと身を起こし、首を振って眠気を払った。「ジャスティン？　いったいどこに行ってたんだ？」

「友だちと一緒にいた」

「大丈夫なの？」リゼットはたずねた。「けがはしていない？」

「もちろんしてないよ。どうしてけがなんか」

リゼットは眉をひそめた。少年がほんの少しでも身を慎み、後悔するそぶりを見せてくれたら、マックスの堪忍袋の緒も切れないだろうに。案の定、夫の顔はすでに怒りに蒼白になっている。

「今度出かけるときは」マックスは歯を食いしばって言った。「行き先と帰る時間を事前に言わないと承知しないぞ」

「あんたとひとつ屋根の下で暮らさなくちゃいけない決まりなんてないだろ！」ジャスティンは叫んだ。「おれはあんたになにひとつ頼る必要もない！　出てってほしいんだろ？　だったら出てってやるよ。二度と帰ってくるもんか！」少年はくるりと背を向け、来た道を引きかえそうとした。

「ジャスティン、行っちゃだめ！」リゼットは長椅子から立ち上がった。だがマックスは動こうともしない。目を見開いて、夫を見つめる。「追いかけないつもり？」

マックスは憤怒のあまりまともにものを考えられないらしい。「好きにさせろ」

リゼットは夫をにらんだ。「どうしてふたりともそう頑固なの！」と叫ぶと、悪態をつくマックスを無視してジャスティンを追った。

追いかけながら、玄関を出たところの階段で足をひねってリゼットは顔をしかめた。「いたた！」痛みをこらえて地面に飛び下りる。「ジャスティン、いますぐ止まりなさい！　いますぐよ！」

意外にも彼は従った。こちらに背を向けたまま歩みを止めると、両脇にたらした手をこぶしに握った。リゼットはわずかに片脚を引きずりながら私道を歩いた。「マックスは死に物狂いであなたを捜していたわ。従業員にまで助けを借りた。なにも食べず、眠ったのだって、ゆうべあの長椅子で二、三時間だけ」

「そんな話を聞かされたって、おれは謝らないからな！」

「彼がどれだけ心配していたかわかってほしいだけよ。あなたの身になにかあったんじゃないかと、死ぬほど心配していたわ」

ジャスティンはいじわるく鼻を鳴らした。「そんなふうには見えなかったけどね」

「どうしてお父様に偏見を持つの？」

「偏見を持ってるのはあっちだ！　あいつは誰かれかまわず自分の思いどおりにしなくちゃ気がすまないんだ」

リゼットは目をつぶり、落ち着きなさいと小声で自分に言い聞かせた。「ジャスティン」

いやだわ」

静かな声音を必死に作って呼びかける。「こっちを向いて。背中に向かって話しかけるのは

少年は振りかえった。青い瞳は怒りでぎらついている。

だが彼女は引き下がらなかった。「お父様にどれだけ愛されているかわからないのね」

「あいつは誰も愛せない」ジャスティンはぶっきらぼうに言い放った。「リゼットのことだって」

少年が本気で言ったのではないとわかっていても、やはりショックだった。「そんなわけはないわ！」

「妻を殺す男を信じるなんて、リゼットはばかなんだよ」少年は地面をにらみ、全身を震わせた。

「ジャスティン」リゼットは優しく呼びかけた。「あなただって本当は、お父様は絶対にそんなことをしないとわかっているはずよ」

「いいや、わかっていないね」ジャスティンは地面をにらんだまま深呼吸をした。「あいつがやったかもしれないじゃないか。誰だってそういう衝動に駆られることはあるよ」

「それはちがうわ」リゼットはそろそろと彼に歩み寄った。「一緒に家に戻りましょう」少年の手首をとる。

ジャスティンは彼女の手を振り払った。「あいつがその必要はないって言うだろ」

「だったらどうしてお父様は血眼になってあなたを捜したんだと思う？」彼の手をしつこく

とろうとするのはやめ、リゼットは問いかけた。「ジャスティン、お父様が怒るとわかってて、わざと帰らずにいたの？」

「ちがうよ……おれは……どうしても逃げたかった」

「なにから？」

「すべてから。おれはみんなの期待に応えられない。みんながおれになにを期待してるかくらい知ってる。フィリップみたいに善い子になること。みんなを困らせるような質問をしないこと。母さんを思い出させないこと」ジャスティンは目を潤ませたが、両手を握りしめて、いまいましい涙をこぼすまいとした。「でも、おれは母さんにそっくりだから。自分でわかってるんだ」

両腕で彼を抱きしめてやりたい。哀れな少年を慰めてやりたい。だがリゼットはその衝動を抑えこんだ。少年の言葉に反論もせずにいた。いまの彼は、疲れ、感情が高ぶって、理性を失っている。「一緒に行きましょう」とささやくように促す。「もう十分に家族に心配をかけたでしょう。それにあなたもやすんだほうがいいわ」屋敷のほうに向きなおって、息を詰めて歩きだす。やがて、背後からのろのろした足音が聞こえてきた。

怒りがおさまらないうちは、ジャスティンになにを言ってしまうかわからない。翌日、マックスはずっと息子を避けて過ごした。だが話をしてらっしゃいとリゼットに優しく促されて、バー中佐との会合が終わりしだいそうすると、しぶしぶ同意した。

中佐の訪問は夜中に近かった。マックスは客人を書斎に案内しながら、裕福な支援者を新たに見つけるのが相手の狙いだろうと踏んだ。地元の貿易商で、大型船を一隻と商用船を数隻、それと複数の倉庫を保有するダニエル・クラークが、現金で二万五〇〇〇ドル以上の援助金を中佐に渡したとの噂だ。クラークのほかにも数人が同様の援助を行ったと言われている。だがマックスは一ペニーたりとも差しだすつもりはない。会合に応じたのは、野心に燃えた中佐の話に興味があるからだ。

バーはニューオーリンズの住民をとりこにしてしまった——ウルスラ会の修道女まで。どこへ行っても手厚くもてなされている。カトリック教会の権力者も、メキシコの独立を訴えてきたメキシコ人協会も、いまやみながバーの後援者だ。バーはスペインへの攻撃を計画しており、ジェファーソン政権の後ろ盾もひそかに得たらしい。だが複数の筋から機密情報を入手したマックスは、その計画には裏があるとみている。バーは絶対にジェファーソンと手を結んでいない。自らの私利私欲のためになにかを企んでいるのだ。

すでに重要人物をひとり残らず味方につけていながら、自分との密会を望む理由はなんなのか。マックスはさりげない口調をよそおって、中佐にたずねた。「そもそも、あとひとりふたり味方についたところで、あなたの計画に変わりは生じないでしょう——それがどんな計画であれ」

「ムッシュー・ヴァルラン、きみは極めて意欲的な実業家だ。わたしはきみの政治支援活動も高く評価している。それに正直に言えば、きみほど裕福な男は無視できないのだよ」

マックスは笑みをたたえた。相手の率直な物言いに好感を覚えていた。「どうやら、わたしの悪評については考慮してらっしゃらないようですね。政治家があえてわたしとつきあおうというなら、そうした手抜かりは障害になりかねませんよ」

バーは投げやりに肩をすくめた。「噂なら知っている。だがそれがわが計画の妨げになるとは思わん」

「どの計画でしょう?」というマックスの問いかけに、書斎に緊張が走る。一瞬、沈黙が流れた。

「きみなら」バーが口を開いた。「すでに見当はついているんじゃないかね」

「いいえ、ちっとも」マックスはさらりと言ってのけた。

その後、中佐は飲み物には手をつけず、クッションのきいた革張りの椅子に背をもたせて、とりとめのない会話をつづけた。ハンサムな顔に謎めいた表情をたたえ、ランプの明かりを避けるように座り、ニューオーリンズについて、あるいはマックスの家族や政治理念について、意味のない質問を重ねていく。

マックスにはバーの内心の葛藤が手にとるようにわかった。マックスの支援を得たければ、それに見あった情報を提供しなければならない。ただし情報を明かしすぎれば、計画は台無しになる。やがて前副大統領は語りだした。ニューオーリンズを足がかりに、そこからメキシコを攻め——それがきっかけとなって合衆国とスペインとのあいだで戦争が勃発した場合には、スペインからフロリダを奪取する。

バーが語り終えると、マックスは無頓着な笑みを浮かべた。相手のいらだちを誘うのが狙いだ。「その計画で利益を得るのは誰なんです？」

当然ながらバーは、自分が新帝国の統治者となるなどとは言わなかった。「ルイジアナ・テリトリー全体の利益になる」

「同時にあなたのふところも温かくなる、ネスパ？」

「きみのふところもだ。わたしの味方についてくれればの話だが」

マックスはたっぷり間をとってから答えた。「残念ですが、その程度の漠然とした概要をうかがっただけでご支援を約束するのは不可能です。詳細をお聞かせ願えるなら……」

バーは眉根を寄せた。マックスが関心を示さないのに驚いているらしい。「現時点で明かせる情報はすべて話した。味方につかない理由などないはずだぞ」

マックスは両の手のひらを上にして軽く腕を広げてみせた。「これでも忠誠を誓っているものですから」

「クレイボーンにか？」

「合衆国にも」

「クレオール人に公民権を与えない国に、なぜ忠義立てする必要があるのだ。ニューオーリンズと自らの家族の利益を、もっとよく考えてみたまえ。きみは忠誠心の置きどころをまちがっているのだぞ」

「それはまだわかりませんよ。いずれにせよ、すでに選択した道をはずれるつもりはありません。お会いできて光栄でした、中佐。そろそろお帰りの時間では？」

バーはかろうじて怒りを抑えながら言った。「わたしを敵にまわしたことを、いつか後悔する日が来るぞ、ヴァルラン」

客が帰ると、マックスはゆっくりとため息を吐いた。バーは計画をすべて成功させるかもしれない。ニューオーリンズが新帝国の一部となる可能性はある。この選択がまちがいだったら、自分は財産と領地の大部分を失う。バーは執念深い相手だ。

「あまり説得力のある話じゃなかったわね。あの人、ルイジアナのこともご自身の支援者とやらのことも全然考えてないみたい。ご自分が権力を手に入れたいだけなんだわ」

リゼットの声に、マックスはいぶかる面持ちで振りかえった。妻は数メートル離れたところに立っていた。襟元から裾までボタンが並ぶ、純白の薄手のナイトドレスに身をつつんでいる。

「聞いてたのか」マックスは苦笑交じりに言った。

リゼットは否定しなかった。「この部屋は扉を閉めていても話し声が筒抜けなの。内緒話がしたかったら、別のお部屋を選ぶようにね」

マックスは短く笑った。「次回は気をつけるよ」

リゼットは眉根を寄せた。「中佐が計画を成功させる可能性はあるの？　あの人に帝国を築き上げ、ニューオーリンズをその一部にする力があると思う？」

「わたしが彼を過小評価している恐れもある」マックスは認めた。「彼がここまでの支援を勝ち得るとは、誰も予想していなかっただろう。だが今回の西部訪問で風向きが変わった。最近バーは、合衆国はいずれ王によって統治される国になるだろうと言っているらしい。王冠用に頭の寸法もすでに測ってもらったんじゃないか」

「王ですって？　ということは、中佐は民主主義を信じていないの？」

「ああ」

「あなたは、マックス？」リゼットが重ねてたずねた。クレオール人の多くが合衆国の政治体制に大いに疑問を抱いているのは、承知のうえだろう。

マックスはふっと笑って妻に手を伸ばし、ほっそりとした体を抱き上げた。「家から出れば民主主義者だよ」

二階に運ばれるあいだも、リゼットは質問をやめなかった。「中佐の味方につかなくて、いつか後悔すると思う？」

「そうだな、もし彼がルイジアナの掌握に成功すれば」

リゼットは不思議だった。夫はこの問題をあまり深く気にかけていないらしい。

「あらゆる状況を想定して備えてきた」マックスは安心させるようにリゼットを抱きしめた。「いいかい、ルイジアナの統治者はこれまでに何度も変わったし、ヴァルラン家はその変化にうまく対応してきた。わたしがきみに苦労をかけると思うかい？」

「いいえ、もちろんそんなふうには思ってないわ」リゼットは彼の肩に腕をまわし、耳から首筋へと指先でなぞっていった。「マックス……ベルナールとのけんか、セラフィーネ家での舞踏会の日にあったけんかについてまだ聞いていないわね」

マックスはこわばったため息をもらした。「いま話すのは気が進まないな。疲れているんだよ。明日あらためて――」

「少しだけでいいから」リゼットは促した。

夫は眉をひそめつつ、しぶしぶ従った。「わかったよ。ベルナールには、農園の経営にそれなりの責任を負うようさんざん言ってきたが、やっとその気になってくれてね。それも非常に残念なかたちで」

「なにかよくないことをしたの?」

「よくないどころじゃない。見下げ果てたまね、残酷で愚かなまねをしてくれた。奴隷監督人のニューランドには会っただろう? 弟はニューランドに、ある奴隷の働きが悪いと言って鞭打ちを命じたんだ。だがその奴隷は先週、高熱で寝こんでいて、そもそも仕事ができる状態ではなかった。それでニューランドが命令を無視すると、ベルナールは彼を鞭打った。そのとき自分が街に出かけていたのを、激しく後悔しているよ。その場にいたら止められたのに」

「ひどすぎるわ」リゼットは義弟への嫌悪に震えた。

やがてふたりは寝室に到着し、マックスは彼女をベッドに横たえた。「話を聞かされたとき、ベルナールの生皮を剝いでやりたい衝動を抑えるのが精いっぱいだった。あいつは自分の行いがまちがっているなんて、これっぽっちも思っちゃいない。今後いっさい、あいつにプランテーションのことは任せられない。どうせ当人だってまったく関心を持っちゃいない。アレックスもそうだ。ふたりとも毎月のこづかいをもらって、街で適当にやりたいんだろう。だがわたしだって農業に興味などない」

「わかってる」リゼットは夫のクラヴァットに手を伸ばした。「義務感でやっているんでしょう？」

マックスは大きなため息をついた。「父は農作物が育つさまを見て深い満足を得られる人だった。大地を、農業を営む人生を愛していた――だがわたしにはそういう人生は無理だ。しかし父にとっては幸いだったかもしれないな。息子が誰ひとり、ヴァルランの土地への愛情を受け継いでくれなかったと気づかないまま亡くなったんだからね。ベルナールの一件が起きるずっと以前から考えていたよ……プランテーションを売ってしまおうか、あるいはせめて規模を縮小するべきかと。だがそれは父に対する、父が命がけで手に入れたものに対する裏切りになる」

「それにプランテーションは、ヴァルラン家ゆかりの人間すべてにとっての人生でもある」リゼットは言い、クラヴァットを引っ張った。「それを否定するなら、その結果も受け入れなくてはいけない。お友だちや知りあいも、裏切られたと思うかもしれないわね」

「ああ、確実にね」マックスは断言した。「幸いわたしは世間からの非難に慣れている。他人にどう思われても気にならない」彼は身じろぎひとつせず、苦悩がにじむ黒い瞳でリゼットを見つめた。「だがきみはちがう」

「わたしは強い人間だもの、どんな非難も受けて立つわ」彼女はかすかな笑みとともにつぶやいた。「ラ・マリエ・デュ・ディアブルと呼ばれるのにももう慣れたし」

マックスはまなざしで彼女を愛撫しながら、手を伸ばして、きらめく赤毛を指にからめた。

「あなたは自由よ」リゼットは夫に言い聞かせた。「ここを維持する義務はないわ。だから自分の思うとおりにして。どんな結果が待ち受けていようと、あなたと一緒に向きあうから」

「わたしのかわいい反逆者」マックスはふっとほほえんでつぶやき、赤毛をもてあそんだ。

「きみに型破りな選択をそそのかされるとは思わなかった。いいだろう、本音を言うよ――わたしはこの地を憎んでる。農園の仕事も、過去の出来事も、道徳観念を強いられることも」

「では、土地を売るつもり？」

「全部ではない。半分をとなりのアルシャンボー家に譲ろうと考えていた。彼らなら言い値で買ってくれる」

「奴隷たちはどうするの？」

「奴隷を支配するのもまっぴらだ。奴隷制度の是非について、経済や伝統や政治といった問題を持ちだしてうやむやにするのはうんざりなんだよ」マックスは眉根を寄せてつづけた。

「ずっと奴隷制度を肯定しつづけてきた。だがどんな理念を持ちだそうと、あの制度を支持するのはもう無理だ。こんな暮らしはいやなんだよ。わが子にも送らせたくない。父の信念を受け継ぐことができたら、家族や友人たちと同じように考えられたらと思う。だが……」大きく口をゆがませた。「要するに、ヴァルラン家にいる奴隷を自由にしてやりたいんだ」

「全員？」

「ああ、全員だ。そのうえで、ここで働きたいという者がいればきちんと雇いなおす」リゼットの驚いた顔を見て、マックスは苦笑いを浮かべた。「前例がないわけじゃない。砂糖きび農場を経営しているモーリス・マンヴィルという男が、奴隷を解放し、いまでは賃金を払って雇っているそうだ。農場はちゃんと利益を上げている。むろん、莫大な利益とは言えないが。マンヴィルにならって奴隷を解放し、プランテーションを半分に縮小すれば、わたしは製材業と海運業にもっと時間を割ける」

リゼットは夫の案を理解しようと努めた。「未来になにが起きるかなんてわからない、ネスパ？」手を伸ばして眉間のしわをなぞる。「金銭面で不安でもあるの、マックス？」

「損害を被るかどうかって意味かい？　ああ、最初のうちはね。だが海運業は成長をつづけている。あっちはまちがいなく成功するよ」

リゼットは笑みをたたえ、クラヴァットを緩め始めた。「ではなんの問題もないわね、モン・シェール」

「だが、きみの子どもや、ジャスティンやフィリップの相続財産が――」

「一区画の土地よりももっと大切なものを、あなたは子どもたちに遺せるでしょう？　それに、広大なプランテーションがあろうとなかろうと、子どもたちがヴァルラン家の人間である事実は変わらない」リゼットは糊のきいた布地をマックスの襟元から引き抜き、温かな首筋に顔をうずめた。「ううん……いい匂い」三角形のくぼみの、大きく脈打つ部分に唇を寄せる。「あなたが正しいと思うようにすればいいわ、マックス」

マックスはわずかに身を引いてリゼットの頬を撫で、優しい光をたたえた瞳をのぞきこんだ。「若い妻を迎えた男が得られる利点のひとつだな」夫はふいに笑った。「若い妻は、夫に思いとどまらせる方法を知らない」

「利点ならほかにもあるわよ」リゼットはブリーチのウエストから、シャツの裾をいそいそと引っ張りだした。

「たとえば？」マックスの甘い問いかけに、リゼットはその身で応えた。

ヴァルラン家にしばしの平穏は高望みではなかろうと思われたが、やはりそれはかなわなかった。ことの発端はフィリップだが、意図的なものではない。それは、彼が剣術の稽古に向かう途中の出来事だった。

フィリップは馬を下りて師匠のナヴァールの稽古場に向かっていた。近くで声がしたが、ほとんど耳に入らなかった。彼はいつものように青い瞳で地面を見つめ、日々の雑事を忘れて空想にふけっていた。ジャスティンにもしょっちゅうからかわれるが、実際、フィリップは現実家ではなく夢想家だった。

そのとき、フィリップは現実の世界にいきなり引き戻された。硬い肩がどしんとぶつかってきたのだ。思わず足元をふらつかせ、よろよろと後ろに数歩下がってから、当惑して顔を上げる。ナヴァールのところで稽古を終えたばかりの少年が三人立っていた。体を動かした直後で興奮し、活力が余っているのだろう、見るからに誰かとけんかがしたくてうずうずしている様子だ。フィリップとぶつかったのも偶然ではない。三人組のボス格のルイ・ピコットは、以前ジャスティンがやりあった相手だ。ふたりがいがみあっているのは周知の事実だった。

だがフィリップは誰ともけんかなどしたことがないし、このときも争いを回避するつもりだった。兄なら絶対にそんなまねはしないだろうが、フィリップはすぐに謝った。「ごめん《パルドネ・》よ《モワ》、前を見ていなくて」

「これだからヴァルラン家のやつは困るよな」ルイはせせら笑った。背が高くたくましい少年で、もじゃもじゃの金髪をしている。「こいつら、街中の通りを自分ちのものだと思ってやがるんだ」

フィリップは気持ちが沈んでいくのを覚えた。「遅刻するから」とつぶやいて三人組から離れようとしたが、行く手を阻まれてしまった。

「あれで謝ったつもりか」ルイがにやにやしながら責める。

フィリップは困惑の面持ちで青い瞳を上げた。「ぶつかってごめん。さあ、もう通してよ」

ルイは地面を指差していじわるく笑った。「土下座して謝れよ」

フィリップは真っ赤になった。走って逃げだしたいと思ったが、そんなことをすれば、死ぬまでルイにからかわれるに決まっている。三人組の顔を順番に見ながら、フィリップはそこに憎悪の色ばかりが浮かんでいるのを見てとった。マクシミリアン・ヴァルランの息子だと知られて以来ずっと、双子が人びとの顔の上に見てきた憎悪と同じだった。

「いやだ」フィリップは答え、ルイをにらみつけた。

「だったら、あっちで片をつけようぜ」ルイは言うと、小さな空き地を指差した。すぐに決闘をしたいときによく使われる場所だ。木や建物に囲まれているため、通りかかった人に見られる心配がない。ルイは片手を腰に差した剣の柄に置いている。

フィリップは仰天した。相手が望んでいるのはただの殴りあいではない。殴られたり蹴られたりする程度なら我慢するつもりだった。そのくらいのけんかならジャスティンも始終やっている。だが剣を使うのは――危険すぎる。「いやだよ」と拒絶し、稽古場のほうを顎でしゃくる。「やるならあそこがいい」師匠はよく、弟子同士の力比べの立会人をやっている。それに弟子たちには、たとえ剣ではなくこぶしであっても、稽古場の外で争うことを禁じている。

「怖いのか?」ルイは引き下がらなかった。

「ちがうよ、ぼくはただ――」

「怖いんだな。やっぱりみんなの言うとおりだ。おまえは臆病者なんだよ。よくそれで、汚らわしいヴァルランの名前を偉そうに名乗れるもんだな」ルイはぺっと唾を吐いた。「親父は人殺し、兄貴はただのごろつき……そしておまえは、痩せっぽちの臆病者だ」

フィリップはふいにわきおこった怒りに身を震わせた。

「おい、こいつ震えてるぜ」ルイがからかう。「見てみろよ——」いきなり言葉がとぎれる。後頭部になにかが勢いよくぶつかる衝撃に、ルイは顔をしかめた。痛む部分を手で押さえてくるりと振りかえる。「誰だ——」またなにかがぶつかる。今度はみぞおちだ。ルイは信じられないといった面持ちでジャスティンを見た。ジャスティンは三人組の背後に立ち、涼しい顔でルイに向かって小石を投げていた。親指と人差し指でつまんだ小さな石をちらりと見てから弟にたずねる。「そいつになにを言われた、フィリップ?」

フィリップは安堵と不安を同時に覚え、息をのんだ。「なにも。ジャスティン、稽古に遅れるから——」

「臆病者呼ばわりされたんじゃないのか?」ジャスティンは小石を地面に放り、反対の手に握った石のなかから別の一個を選んだ。「的はずれなことを言いやがって。それにそいつ、おれをごろつきと呼ばなかったか? それも的はずれだな」

「ひとつ忘れてるぜ」ルイは鼻を鳴らした。「親父は人殺しだ」

ルイの足元に、ひとつかみの小石が突然ばらりと散らばる。ジャスティンは笑みを浮かべた。青い瞳は瞳孔が広がってほとんど黒に見える。「フィリップ、おまえの剣を寄越せ」

「だめだよ」フィリップは言い、慌てて兄に駆け寄った。「ジャスティン、剣はだめだ」お互いの気持ちは手にとるようにわかる。「それにこれはぼくのけんかだよ」

「こいつはおまえとのけんかなんて望んでない。最初から、おれをおびきだすのが狙いだったんだ」

「でも、剣はだめだってば」フィリップはくりかえした。

ルイがあざける声で言う。「おいジャスティン、このままじゃ弟のせいでおまえまで臆病者呼ばわりだぜ」

ジャスティンは憤怒の表情で息を吸いこんだ。フィリップをにらんで断言する。「あいつがまばたきする前に八つ裂きにしてやる!」

「ルイはさっき稽古を受けてきたばかりなんだよ」道徳観念に訴えても無駄だと悟り、フィリップは現実的な理由で決闘をやめさせようとした。「稽古がまだのジャスティンより、肩慣らしができてるんだよ」

ルイがじれったげに割って入る。「さっさとやろうぜ、ジャスティン」

「フィリップ」ジャスティンはうなった。「早く剣を寄越せったら!」

「どっちかがけがをしたら、すぐやめると誓う?」

「ばか言うな――」

「誓ってよ!」

双子はにらみあった。やがてジャスティンはうなずくと、「くそっ、わかった」と言って剣に手を伸ばした。フィリップは蒼白になりつつもそれを手渡した。

一行は空き地を目指した。暗黙の了解で、五人とも人目を避けて押し黙っていた。ばれれば決闘を止められるからだ。彼らくらいの年齢では普通、こうしたかたちで争いに決着をつけたりしない。それが許されるのはあと二年以上先の話だ。

ナヴァールのところで学んだ規定に従い、それぞれの介添人を決めた。ルイがゆっくりと上着を脱ぎ、肩越しに双子を見る。フィリップは両のこぶしを握って、不安もあらわに身を硬くして立っていた。ジャスティンはいつにない忍耐強さで待っている。

ルイはヴァルランの双子に挑んだ自分を後悔しそうになった。フィリップはおどおどと怯えた目をしていたが、ジャスティンの鋭い青い瞳を見ると、太刀打ちできないのではないかと思えてくる。それにジャスティンは、剣の扱いもうまい。ふたりの腕は互角と言ってもいい。だがルイはナヴァールの稽古場で、ジャスティンが練習するさまをいつも観察していた。師匠が言っていたとおり、腕はたいしたものでも、自制心には欠けるだろうと踏んだ。相手との距離を二、三メートルまで詰め、彼は剣をかまえた。

一同は無言で待った。ふたりが一礼し、鋼と鋼がぶつかる鋭い音とともに戦いが始まった。お互いにまずは基本の攻めをいくつか試し、敵を倒すための手がかりを探す。ダブルフェイント、ファント、パレ、つづけて素早いリポステ。技術はほぼ互角で、巧みに技を組みあわせている。ルイの仲間のひとりが思わずもうひとりに、師匠にこの試合を見せてやりたいなあとつぶやいたほど。みごとな技の応酬だった。

やがて戦いは熱を帯び始め、均衡が破られた。ルイはおびただしい汗をかきながら、集中力を保とうとしている。一方ジャスティンは、稽古場では見せたことのない冷静さで技を繰りだしている。いったいどんな衝動がジャスティンをそのような冷徹な戦いぶりへと駆りたてるのか、理解できるのはフィリップだけだった。兄はわが身になにが起ころうとかまわないのだ。時が経てば経つほど、なにもかもがどうでもよくなっていくのだろう。兄は苦痛も孤独も、おそらくは死すらも恐れていない……フィリップはそんな兄の気持ちが怖かった。

ルイがはっとして後ろに飛びのいた。ジャスティンの剣の先が肩に触れたのだ。ルイは信じられないとばかりにシャツの赤い染みを凝視した。歓声が起こり、フィリップはルイの介添人に駆け寄った。

「ジャスティンの勝ちだ」フィリップは息を切らして言い、額ににじむ汗をぬぐった。

ルイは悔しげに顔をゆがめた。怒りにけぶる目でジャスティンをにらむ。あんなささいな油断、ほんの一瞬のすきをつかれて負けるとは信じられなかった。きっと友だちに笑われるにちがいない。だがもっと腹立たしいのは、いやに落ち着いたジャスティンの態度だ。得意げに笑うならまだしも、ジャスティンは介添人が協議するさまをまじめな顔で見ている。ルイはなぜか、あからさまに嘲笑されるよりもなお激しい屈辱感に襲われた。

「勝負はついた」フィリップは喜びを隠そうともせず宣言した。兄の瞳に安堵の色を見て、かすかにほほえんだ。

「まだだ！」ルイは怒鳴ったが、誰も聞いていなかった。

ジャスティンはフィリップに歩み寄ろうとした。だが、剣を返そうとして弟の顔に恐怖の色が走るのに気づき、歩みを止めた。

「やめろ！」フィリップが口にできたのはそれだけだった。振りかえったジャスティンの目に映ったのは、剣をまっすぐに突きだすルイの姿。

驚きとともに、脇腹にかっと熱いものを感じる。視線を下ろすと、細い鋼の剣が腹から引き抜かれるのが見えた。ジャスティンは焼けつくような痛みに襲われた。ぶざまに膝から崩れ落ち、見る間にシャツに広がっていく染みを呆然と眺めた。深紅の汚れに片手をあて、めまいを覚えながら地面に倒れ伏す。彼は荒い息を吐き、鼻を刺すような自らの血の臭いを嗅ぎ、脇腹にあてた手に力を込めた。

「ジャスティン！」フィリップは息をのんで兄のかたわらに膝をついた。「ああ、ジャスティン」

ルイは自分がなにをしたのかしばらく理解できずにいた。友人たちは驚きと嫌悪の表情を浮かべて彼を見つめている。「こんなつもりじゃ……」ルイは言い訳を口にしかけ、恥ずかしさに言葉を失った。自分は言葉にできないほど不名誉で卑怯なまねをしてしまったのだ。彼は後ずさり、くるりと振りかえると逃げだした。

心配そうに呼びかけるフィリップの声に、ジャスティンは意識を取り戻した。冷たい芝生についていた顔を横に向けて、困惑のにじむ青い瞳で弟を見上げ、いつもの気短な声音を必死に作った。「ほんのかすり傷だろ」

フィリップは息を詰まらせながらも笑った。「ばかだな、血が出てるんだぞ、ジャスティン」

「ルイはどこだ……あの卑劣な腰抜け野郎！」

「逃げたよ」フィリップは答えた。当初感じた恐怖は薄らぎつつあった。「やった本人もぼくらと同じくらいびっくりしたと思うよ」

ジャスティンはよろよろと身を起こした。「びっくりしただと？　あいつを殺してやる！　絶対に――」言葉を失い、息をのむ。脇腹が痛んだ。指の下から熱い液体が新たにあふれだしていた。

「よせ！」フィリップは叫び、兄の肩を後ろから抱いた。「血が……医者に診せなくちゃ……すぐに呼んでくるよ――」

「医者なんていらない。おれは家に帰る。父さんがとどめを刺してくれるだろ」

「でも――」

「家に連れてってくれ」ジャスティンはすごみのある声でささやき、弟を黙らせた。

フィリップは傷口を手で押さえ、流れる血を止めようとした。けれども兄にまた罵られただけだった。フィリップはルイの仲間の存在すら忘れていたが、やがてかたわらに立っていたひとりが丸めたベストを差しだしてきた。「ありがとう」声を詰まらせながら礼を言い、兄のシャツの下、傷口の上にベストを押しあてる。

「ルイのやつ、どうしてこんなまねを」ベストを貸してくれた少年が言った。「二度とあいつの介添人なんてやるもんか」

「そもそも決闘なんてしなければよかったんだ！」フィリップは怒鳴った。ジャスティンは無言で目を閉じている。血まみれの両手は手のひらを上にして地面に置かれていた。

ルイの仲間は横たわるジャスティンの大きな体を見下ろしながら、感服した声で言った。

「勇敢なやつだな」

「でも頭の中身は雄牛並みだ」フィリップはつぶやいた。

「死ぬまでにさぞかしたくさんの決闘で勝つだろうな」

「二〇歳になる前に死ぬよ」フィリップは小声で返した。

ジャスティンのまぶたがぱっと開く。瞳孔が大きくなった瞳はすみれ色に光っており、いつもそこにあるあふれんばかりの生命力は見えない。彼は血まみれの手を苦労しいしい伸ばして、弟の襟をつかんだ。「行こう」

フィリップは兄に、ここまでの足を聞く手間を省いた。ルイの仲間のひとりに自分の馬を連れてきてもらい、三人がかりでジャスティンの体を押し上げて、鞍にまたがらせた。それから兄の背後に自分もまたがり、傷口にあて物がちゃんとあるかどうか確認した。

「これでよし」ジャスティンはかすれ声で言い、馬の首に身を預けた。「おれが落っこちる前に行こうぜ」

家までの道のりは拷問に等しかった。フィリップも兄に負けないくらいの痛みを感じていた。兄がこのまま死んでしまうのではないかと思うと怖くてならなかった。

「どうしてルイとの決闘を望んだんだい?」途中まで来たところで、彼は困惑ぎみにたずねた。「そんなにあいつが憎かったの?」

ようやく出血が止まったので、ジャスティンも少し落ち着いた様子だ。「けんかがしたかったただけだ」彼は弱々しい声で答えた。「気分がよくなるからな。けんかなら四六時中していたい」

「どうして？」

「心のどこかが満たされる気がするんだよ——理由なんて知るか」

「自分を破壊したい気持ちが満たされるんだろ」フィリップは指摘した。「でも、ぼくがそんなまねはさせないから。ジャスティンを失うわけにはいかないよ」

弟はさらになにか言い募った。だがジャスティンの耳に届くそれらの言葉は、ふいに意味を持たぬただの音となった。彼は白目をむいて、奇妙な夢と現実のあいだを行ったり来たりしていた。やがて屋敷に到着し、何本もの腕が伸びてきて、ジャスティンは深い紫色の海の底へと落ち、大波に洗われた。頭がずきずきし、脇腹が痛んだ。小さな子どもに戻ったような心持ちがしていた。そっとベッドに下ろされると、枕に頭をのせて、何時間とも思えるあいだ眠りつづけた。そして、耐えがたいほどの孤独感とともに目覚めた。

「モン・ペール」とささやき、しきりに手を動かすと、その手は大きく力強い手につつみこまれた。握りしめる力に、ジャスティンは徐々に意識を取り戻した。張りつめた父の顔と優しげな瞳が見える。父に手を握ってもらっているかぎり自分は安全だ。そんなはずはないのに、なぜかそう思えた。息子のその思いを悟ったのか、父は医師の目の前でも手を握ったまま離そうとしなかった。

傷の消毒をされるあいだ、ジャスティンは痛みに顔をしかめつつも、声はあげまいと顔から汗をしたたらせてがんばった。熱い火かき棒を脇腹にねじこまれているような感覚だった。

「まだ終わらないの?」これ以上は我慢できないと思いたずねる。父は医師が治療を終えるまで、ずっと手を握って励ましてくれた。傷口に包帯を巻いたあと、医師は猛烈に苦い薬を処方した。薬を飲むとき、ジャスティンは自分でグラスを持つと言って聞かなかった。すると父は、片腕を首の後ろにまわして彼を起こし、薬を飲むのを手伝った。恥ずかしくてならなかった。

「怒らないのかよ?」口のなかの苦味が消えたところで、ジャスティンはかすれ声で訊いた。

「明日にしておこう」父は言うと、慎重な手つきで毛布を直した。「おまえの無事を確認して、せっかくほっとしてるところだ」

ジャスティンは大あくびをした。薬が効いて、眠気に襲われていた。だが父が動く気配に、ぱっと目を見開いた。「行くの?」

「いいや、モン・フィス」

「行きたかったら行けよ」ジャスティンはつぶやいた。内心では、父にいてほしいと願っていた。

「なにがあろうと、おまえのそばにいるよ」という父の静かな答えが聞こえてくる。ジャスティンは安堵につつまれ、あらためて父のほうに手を伸ばし、その手を握ったまま眠りについた。

12

「具合は？」アレクサンドルはたずねながら、マックスのために酒をつごうとした。兄は身振りでいらないと伝えてきた。

「じきに起きられるだろう」マックスは二階のジャスティンの部屋から、一階の書斎で待つ弟たちのもとに来たところだ。ジャスティンはぐっすり眠っている。リゼットとノエリンは取り乱した母にブランデーをたっぷり入れたコーヒーを飲ませ、ふたりがかりで寝室に連れていった。「幸い、さほど深い傷ではなかったからな」兄は首を振った。蒼白な顔には疲労がにじんでいる。「わが子がこんな目に遭うなんて思わなかった」

「まさか驚いているとでもいうのかい？」ベルナールがたずねた。「いままでこういう目に遭わなかったのがむしろ驚きなのに」

「ジャスティンのやつ、父親を見習うつもりかもしれないね」アレクサンドルは言い添えた。

マックスは弟たちを冷たくねめつけた。

「本当だよ、兄上」ベルナールはなおも言った。「あいつの性格はもうわかってるだろう？だったら覚悟だってできていたはずさ。今回かぎりの災難だと安心するようなら、兄上はどうかしてるね」

マックスが怒りをぶちまけようとしたそのとき、リゼットの穏やかな声が割って入った。「あなた」彼女は呼びかけながら部屋に入ってくると、夫の腕をとった。「せっかく慰めてもらっているところを邪魔したくないんだけど、ベルテが夕食を温めてくれたから。なにか食べたほうがいいわ」

「腹はすいてない――」

「少しだけでもいいわ、ビヤン・ネメ」リゼットはかわいらしく懇願した。「まさかわたしにひとりきりで食事をさせたりしないでしょう？　ね、お願い」

マックスは低くうなり、妻についていった。兄弟げんかはしばし忘れることにしたのだろう。戸口にたどり着いたところで、リゼットが肩越しに振りかえり、義弟たちを一瞬だけきっとにらみつけた。それから、しずしずと夫のあとを追った。マックスに見せる優しい表情とのあまりのちがいに、アレクサンドルは笑いを抑えられなかった。

「リゼットはおしとやかに見えて」彼は笑みを浮かべて言った。「けっこう暴君なんだよなあ」

「おもしろくもなんともない」ベルナールが言う。

「どうして？　リゼットは本当に兄上にお似合いだよ」

「わたしはそうは思わない」ベルナールは酒をたっぷりと口に含み、誰もいない戸口をにらんだ。

アレクサンドルは難しい顔で首をかしげた。「リゼットが気に入らないのかい？　いままでちっとも気づかなかった」

ベルナールの声は抑揚がなく、冷ややかだった。「ああ、気に入らないね。彼女のせいで兄上は変わった。彼女が来てからわが家には災難ばかり起こる。いないころのほうがずっとましだった」

決闘の翌朝、ジャスティンが目覚めると、寝室には弟と父と継母がいた。リゼットは雛鳥みたいに彼の世話を焼きたがった。朝食のトレーを運びこみ、あたかも一五歳ではなく五歳の子どもを相手にするかのように、首にナプキンを掛けた。そんなリゼットに、ジャスティンは感謝していた。父が厳しくしからぬよう、自分のためにあえて部屋にいてくれるのだと察せられたからだ。いつ、どんな経緯で彼女が自分の味方になると決めたのかはわからない。けれどもその穏やかな青い瞳をのぞきこんだとき、憧憬《しょうけい》が胸中にわきおこるのを感じた。

当然ながら、父はまず前日の出来事の詳細を聞きたがった。

「最初におまえから話してくれないか、フィリップ」ベッド脇の背もたれがカーブしたマホガニーの椅子に座ってたずねる。

例のごとく、フィリップは慎重に言葉を選びながら語りだした。「最初にぼくが三人組の男の子と争いになったんだ。それで、相手のひとりがぼくを決闘に誘いこもうとした。断ったら、そこへジャスティンが現れて――」

「喜んで受けて立ったわけか」マックスは苦々しげにあとを継いだ。

ジャスティンはしかめっ面をした。「あいつらがフィリップを臆病者呼ばわりしたんだ」と言い訳する。「ヴァルラン家の人間をばかにするやつを見逃すわけにはいかないよ」

「相手に言われたのはそれだけか？」

「それだけじゃない」ジャスティンは膝に掛けられた毛布に視線を落とした。「おれをごろつきって呼んだ。それから父さんを――」ふいに口を閉ざし、頬を紅潮させる。

「わたしをなんて呼んだんだい？」マックスは穏やかに促したが、聞かなくてもわかっているはずだった。

ジャスティンの頬の赤みは首から耳にまで広がった。「いつもと同じだよ」と険しい声で答える。「みんなに言われているだろ」

「なんて？」

「どうしておれに訊くんだよ。知ってるくせに！」

「おまえの口から聞きたいんだ」

ジャスティンは両手で髪をくしゃくしゃにした。檻に閉じこめられた動物のようにいらだっている。

「聞かせてくれ、モン・フィス」マックスは静かに求めた。「頼むから」

リゼットもフィリップもそこにいないかのようだった。緊張が高まり、四人とも身じろぎひとつ、息ひとつしない。

ジャスティンの青い瞳にふいに涙が光りだす。彼は屈辱感と怒りに唇を噛んだ。「父さんをおれを人殺しって言った。ここの人間はいつもそう噂してる。みんなだよ。なのに父さんはおれに、友だちとけんかをしちゃいけないって言う。おれには友だちなんていやしないのに。フィリップだってそうさ」弟のほうに顔を向け、にらみつける。「おまえも父さんに言ってやれよ！」

マックスは立ち上がるとベッドに腰を下ろした。「いいか、ジャスティン。おまえの気持ちはよくわかる――」

「嘘つけ――」

「話を最後まで聞きなさい！　他人がなにを言おうと、おまえにそれを変えることはできないんだ。やめさせることも。噂は広がっていくものだ。それを揉み消すことはできない。彼らを黙らせることも。噂する人間をたとえ何十人と殺したところで、過去も、おまえがわたしの息子である事実も変わりはしない。その事実を呪ったって、やっぱり変えることは不可能だ。それでもおまえは死に物狂いで変えようとするだろう……だがおまえのそんな姿を見るのはなによりもつらいんだよ、ジャスティン」

「母さんになにがあったの？」ジャスティンは詰問した。日に焼けた頬を涙が伝っていた。

「わざわざ教えるほどのことはあまりない」マックスは不機嫌に言った。「わたしは彼女を愛したから結婚した。だが結婚生活はうまくいかなかった。おまえが生まれて間もなく、コリーヌがよその男と関係を持っているのに気づいた」

「誰と?」

「相手はどうでもいい——」

「エティエンヌ・サジェスなの?」

「ああ」

「どうして?」フィリップが数メートル離れたところから問いただした。「どうして母さんはそんな……」

「サジェスを愛していると思ったんだろう」マックスは表向きは冷静をよそおっている。彼がどれほどの思いで過去を語っているか、わかっているのはリゼットだけだ。「わたしはコリーヌを幸せにできなかった。それもまた、彼女の気持ちがほかの誰かに向いた理由のひとつだった」

「なんで母さんの肩を持つんだよ」ジャスティンが言った。「おれは死んでくれてせいせいしてる」

「よしなさい、ジャスティン。亡くなった人を憎んだりしてはいけない」

「エティエンヌ・サジェスが母さんを殺したの?」

「いや、彼にそんなまねはできないだろう」

ジャスティンは顎を震わせた。「じゃあ、父さんがやったの?」とうわずった声でたずねる。

マックスはなかなか答えられずにいた。「いいや。見つけたとき、彼女はすでに亡くなっていた。なにが起きたかはわからない」

怒りと疑惑の色がジャスティンの顔に広がる。「どうして調べないんだよ！　真相を突き止めればいいじゃないか！」

「わたしだって真実を知りたい。それに、おまえたちに事件の影を背負わせたくはない。それを避けるためならなんだってする。おまえたちの幸せが、なによりも大切なんだから」

ジャスティンは目をつぶって枕に背を預けた。「怪しいと思う人はいないの？　母さんの死を願っていた人は？」

「数年前にサジェスと話をした。彼がなにかを知っているのではないかと思って」

「それで？」

「きさまが嫉妬からコリーヌを殺したんだろうと言われたよ」

「あの決闘のとき、あいつを殺しちゃえばよかったんだ」ジャスティンはつぶやいた。

「目を開けてごらん」マックスは息子が従うのを待った。「今後、けんかになりそうなときはもっと慎重になりなさい。けんかっ早い人間に挑まれるたびに受けて立ったりしてはいけない。それならいっそ、臆病者呼ばわりされるほうがいい。けんか好きだという評判がたてばたつほど、おまえに挑む人間は増えていく。剣を使えば使うほど、そうしなければならない場面も増えていくんだ。おまえにもフィリップにも、そんな人生を送ってほしくない。おまえはわたしの大切な息子だ、ジャスティン。頼むから今度は逃げてくれ……わたしのために。お願いだ」

ジャスティンは苦しげに息をのみこみ、枕から背を離して父親に身を預けた。「ジュテーム、モン・ペール」とくぐもった声で言う。マックスは息子の体にそっと腕をまわし、髪を撫でて優しくささやきかけた。おずおずとそちらに歩み寄ろうとしたフィリップが、兄と父をふたりだけにしてあげようと気をつかったのだろう、つと足を止める。フィリップの深い思いやりを感じとったリゼットは、少年の手をとり、握りしめた。見下ろしてくるフィリップの顔から険しい表情が消えていく。リゼットは背伸びをして、彼の頬にキスをした。

ニューオーリンズでの目的を達成したアーロン・バーは、ウィルキンソン軍総司令官と今後の構想を練るためにセントルイスに戻った。ルイジアナ一の影響力を誇る貿易商、ダニエル・クラークが用意した馬車に乗り、ナチェズを経由する陸路の旅だ。今回の西部訪問は大成功だった。この調子でいけば、民衆を扇動《せんどう》してスペイン人への反乱を起こし、フロリダ西部とメキシコを掌握するのも難しくない。

スペインの高官たち、とくにイルホ侯爵との会合では、真の目的を悟らせずに話を進められた。スペインの土地を奪う意図などない、まんまとそう信じこませた。一年もしないうちに……バーは内心ほくそえんだ。わたしはメキシコ遠征を現実のものとし、すべての野望を成就させる。計画を阻止しようとした人間——たとえばマクシミリアン・ヴァルラン——は、いずれわたしの足元にひれ伏すだろう。

早朝、ドン・カルロスことイルホ侯爵の屋敷からひとりの使者が送りだされた。油断のない速さで馬を走らせ、街を出て南に向かっていた使者は突然、手綱を引きしめてその場で馬を止めた。拳銃で武装した、ふたり組みの騎乗の男が行く手をさえぎっていた。恐怖に蒼白になりながらも、使者はスペイン語でまくしたてた。相手はおいはぎだろう。そう判断して、金は持っていない、あんたらにあげられるものはなにもないと抵抗した。するとふたり組みの一方、黒髪の男が、馬を下りろと身振りで命じた。

「手紙を寄越すんだ」男は言った。荒削りなスペイン語だったがかろうじて意味は通じた。

「い、いやだ《ノー・プエド》」使者は口ごもり、大きくかぶりを振った。「だ、大事な手紙なんだ……し、死んでも無事に届けないと――」

「では」という穏やかな声が返ってくる。「死んでもらおうか。それがいやなら手紙を寄越せ」

使者は上着のなかをまさぐり、いずれもイルホ侯爵の封蠟で閉じられた六通の手紙を取りだした。したたる汗を袖口でぬぐいながら、男が手紙の宛名を順繰りに見ていく様子をうかがう。そのうちの一通が男の目に留まったらしい。男はその手紙だけを手元に残し、あとは使者に返した。

マックスは皮肉めかした笑みを薄くたたえてジャック・クレマンを見やった。「スペイン人の西境制定委員に宛てたものだ。その委員は、ニューオーリンズに特別な理由もなくとどまっている」

「ニューオーリンズが気に入ったんじゃないか」クレマンは遠慮がちに言った。

使者が抗議の声をあげるのもかまわず、マックスは手紙を開封した。文面にさっと視線を走らせるなり笑みを消し、クレマンに向きなおる。彼は黒い瞳を満足げにきらめかせた。

「まったくスペイン人には敬服するよ。心のこもった別れを告げておきながら――それよりもさらに優しく――背中に剣を突き立てるのだからな」

英語がわからない使者は不安げにマックスたちを見つめていたが、やがて口を挟んだ。

「セニョール、封蠟の剝がれた手紙を送り届けるわけにはいかないよ！　おれにどうしろっていうんだ。おれに――」

「こいつを送り届ける必要はない」マックスは答えた。「わたしがもらっておく」

使者は早口でなにやらまくしたてた。あまりにも早すぎてマックスにはなんと言っているのかわからなかったが、使者が困り果てているのは察せられた。

「ばれたらこの男は監獄行きだろうな」クレマンが言った。「手紙を盗まれたとあればただじゃすまされない」

マックスは使者に向かって小袋を放った。使者がつかの間だけ口を閉ざし、小袋を手のひらで受け止める。それはチャリンという重たい音とともに手のなかにおさまった。「それだけあれば、どこかでしばらくのんびり暮らせるだろう」

使者がふたたび早口で抗議する。マックスは問いかけるようにクレマンを見やった。彼のほうがスペイン語は堪能だ。「なんと言ってるんだ？」

「もっとくれって。妻と数人の子どもがいるらしい」

マックスは苦笑を浮かべた。「おまえの手持ちをやってくれないか。あとで返すから」

「そんなに重要な手紙なのか？」クレマンが信じられないといった面持ちで問いかえす。

マックスは心から満足げに手紙を上着のなかにしまいこんだ。「ああ、とてつもなくね」

手紙を熟読するクレイボーンの驚愕の表情を見て、マックスはほくそえんだ。「スペイン人どもは、この手紙がわれわれの手に渡った事実に気づいているのか？」知事はずいぶん経ってからたずねた。

マックスは肩をすくめた。「さあ。気づいても彼らの計画は変わらないでしょう」

「それにしても驚いた」クレイボーンは落ち着いた声音で言った。「連中がバーを信頼していないばかりか、やつへの意趣返しをすでに始めているとはな。この手紙の内容が本当なら、バーの言動なぞまるっきり信じていないということだ！」手紙に視線を戻す。「しかし、報復にアメリカ人を利用するとは連中もなかなか利口だな。きみはこのスティーブン・マイナーという男を知ってるのかね？」

「あいさつを交わした程度ですが」

「手紙を手に入れる前から、こいつがスペインの飼い犬と気づいていたのか？」

「いいえ」マックスは鷹揚にほほえんだ。「スペインに飼われているアメリカ人をすべて把握しろと言われても困りますよ」

「こしゃくなクレオール人め」クレイボーンはにやりとした。「アメリカ人はすぐに買収されるとでも言いたいのか？」

「どうもそんな感じですから」

クレイボーンは笑いを噛み殺して、まじめな表情を作った。「われわれとしては、あとは待つしかないな。この情報が本当なら、マイナーはルイジアナ中に噂を広めるはずだ。バーは西部を合衆国から離脱させ、スペインとの併合を強行し、その後、西部をわが物にするはずだとの噂をな。噂が広がったら、合衆国は北東部まで大混乱に陥るぞ」

「セントルイスには、バーの帰還と同時に噂が届くでしょう」マックスは同調した。「そのときのウィルキンソン軍総司令官の顔が見ものだな。彼がバーとすっぱり手を切るのも時間の問題だろう」

マックスは立ち上がり、知事に手を差しだした。「わたしはこのへんで。ほかになにかあれば……」

「いや、もういい」クレイボーンも立ち上がると、いつにない温かさでマックスの手を握った。「ヴァルラン、今日の一件できみの忠誠心は証明されたぞ」

マックスは片眉をつりあげた。「疑ってらしたんですか？」

「うむ、きみがバーとの会合内容についてなにか隠し事をしているのではないか、くらいの疑念は抱いていた」クレイボーンは認めた。「あいつは人を丸めこむのがうまい。バーの味方になれば、あいつとともに名声を得られたかもしれないではないか」

「名声などいりませんよ。わたしは、いまこの手のなかにあるものを奪われたくないだけです」マックスは厳粛に答えた。「では失礼します、知事」

思いがけないことに、マックスは例の小屋の取り壊しを決め、その監督役をジャスティンに任せた。その決断の意味するところを察して、リゼットは心から喜んだ。マックスと双子の人生に過去が落としていた恐ろしい影が、ついに消えようとしているのだ。ジャスティンは誇りを持って大役を引き受けると、作業員を率い、小屋を取り壊して廃材を燃やす作業にあたった。その間、フィリップは勉強部屋で過ごし、書物の世界に浸りきっていた。

リゼットはといえば、他人といかにして折り合いをつけるかという新たな難題に向きあっていた。たしかにイレーネとはお互いに好意を抱いている。しかし、義理の母と娘のあいだには避けがたい意見の相違があった。イレーネは昔ながらのクレオールのしきたりを重んじるたちだが、リゼットはこの小さな社会に訪れつつある変化も受け入れたいと考えている。イレーネがとりわけ憤慨したのは、リゼットが若いアメリカ人女性を数人、農園に招く計画を話したときのことである。

「みなさん家柄もよくて素敵な方ばかりよ」リゼットは穏やかに説明した。

「アメリカ人だなんて！　お友だちに知られたら、いったいなんて思われることかしら」

「アメリカ人もいまではニューオーリンズの市民だわ。クレオール人と同じよ。共通の悩みを抱えていたりするし」

義母は呆れかえった様子でリゼットを見やった。「そのうち、クレオール人とアメリカ人が結婚するのもありだなんて言いだしそうね」

「あら、その心配はないわ」リゼットは淡々と応じた。

義母が疑わしげに目を細める。「マックスは知っているの？」

リゼットはほほえんだ。イレーネはマックスに告げ口をするつもりだろう。「ええ、彼も大賛成ですって」

イレーネはげんなりした面持ちでため息をついた。内心では、今晩にでも息子と直談判してみようと思っているにちがいなかった。

だがマックスは母の不満をまるで意に介さず、リゼットがアメリカの婦人方と親しくなったところで、なんの問題もありませんよと断言したのだった。

イレーネはまた、マックスがリゼットの気まぐれをすべて聞き入れ、歯に衣着せぬ物言いを助長するのにも閉口していた。息子が妻と政治や経済について語りあうことに頭を悩ませてもいた。クレオールの紳士は普通、妻との会話でその手の話題はけっして選ばない。しかも息子は、リゼットの意見に耳を傾けるよう家族全員に促したりもする。

ほんの数カ月前までは、悪名高きヴァルラン家の家長を如才なく操れる女性はこの世にいないと言われていたのだ。それなのにまだ若くて人生経験も浅く、外見だってごく普通の娘がいとも簡単に息子を操っている。まったく、驚いたどころの話ではない。

見るからに幸せそうな息子の様子に感じる喜びと、しきたりを無視したリゼットの言動に対するいらだち。ふたつの感情の板ばさみになったイレーネは、ある日ついに、息子に面と向かって言うしかないと心を決めた。

「リゼットが子どもなら」イレーネは息子とふたりきりになってから口を開いた。「あなたはあの子を甘やかしすぎだと指摘するところですよ。夫がそういう態度では、リゼットはやりたいことも言いたいこともすべてできる、ほしいものだってなんでも手に入るとかんちがいしてしまうわ」

「別にかんちがいじゃありませんよ」マックスは淡々と応じた。

「そんなに甘やかしたら、意見の合わない相手に年齢も立場もわきまえず反論する女性になってしまいますからね。クレオールの若いレディは普通、人に意見しようなんて考えないものなのに。それをリゼットときたら、今朝もかわいそうなベルナールに自分の考えを押しつけて。やれ仕事を増やすべきだの、お酒を控えるべきだのって！」

マックスは声をあげて笑った。「ベルナールの件は、彼女がわたしの意見を代弁してくれただけですよ。それに母上だって同じ意見でしょう？」

「そういう問題じゃありませんよ！」

「じゃあ、どういう問題なんです？」

「はっきり言います。あなたはもっと手綱を引きしめなくてはだめ。リゼットはもちろん、周りのすべての人のためにね。あんなに好き勝手にやらせては、彼女のためになりませんよ」

マックスは唇を引き結んだ。どうして母にはわからないのだろうとばかりに、当惑した表情を浮かべる。「手綱を引きしめるですって？　むしろわたしは、彼女にもっと自信を持ってもらいたいくらいなんだ。わたしみたいな男を相手にしたら怖がって当然なのに、リゼットには対等な人間として向きあおうとする勇気がある。わたしにはもったいないくらい、できた女性です。それを抑えつけようとするなんて、ばかげてるとしか言いようがない。この時代遅れで狭苦しい社会のしきたりに従えですって？　彼女にそんなふうに言うくらいなら、この喉をかき切ったほうがましです」

「いいこと、マックス。あなたの家族も友人もみんな、その時代遅れな社会とやらの一員なんですからね！」

「一〇年前にわたしを追放した社会です」マックスはそう言ってから、母の表情に気づいて言葉を切った。「すみません」と穏やかな口調になってつづける。「いまさら誰かを責めるつもりはありません。でも、わたしの愛する者たちが、とりわけリゼットが、わたしのせいでつらい思いをしている事実は母上にも否定できないはずだ」

「ばかおっしゃい！」イレーネは声を張り上げた。「あなたにはお友だちだってたくさんいるでしょう」

「友だちといったって、仕事上のつきあいがある連中ばかりでしょう。ニューオーリンズで唯一、金儲けと無関係にわたしを友人と呼んでくれるのはジャック・クレマンだけだ。母上だって、街中でわたしにあいさつしたくないばかりに、避けて通る人がいるのは知ってるはずですよ」

「でもわが家にはお客様だって始終みえる――」

「母上に会いに来てるんです。わたしにじゃない」

「社交の場にもちゃんと招かれている――」

「ええ、金に困ってわが家に無心を企む親族や、父上に免じて招待するべきだと考えるような人たちにね。そんな集まりに出たところで、よそよそしい会話と凍りついた笑みで迎えられるだけだ。もしもヴァルラン家の人間でなかったら、わたしはとっくにニューオーリンズからたたきだされていたんです。噂は遅効性の毒薬みたいにそこにとどまりつづける。リゼットは、自分とはいっさい関係のない過去のせいで苦しまねばならないんです」

マックスはしばし黙りこんだ。この問題について考えるたびにナイフのごとく胸を切り裂く激しい不安を、母にすべて理解してもらえるはずもない。周囲の人間の憎しみや不信感。かつては自分だけに向けられていたそれらの感情が、妻に向けられるかもしれないのだ。自分の妻となったばかりに、リゼットが世間から冷遇されるかもしれないと思うと、マックスは申し訳なくてならなかった。「わたしの妻として生きるのは、リゼットにはたやすいことじゃありません。なのに彼女は、不平ひとつこぼさない」

「マックス、それは問題を大げさに考えすぎ――」

「いいえ、むしろこれでも軽く考えるようにしているんです」

「とにかく、リゼットのわがままはもうやめさせなくてはね。さもないとじきに手に負えなくなりますよ」イレーネは警告した。「彼女にまでコリーヌのようになってほしくはないでしょう？」

その言葉に、マックスの堪忍袋の緒が切れた。あまりの激昂ぶりに、イレーネはその後数日間は息子に話しかけられないほどだった。そしてイレーネはようやく悟った。もはや息子の生き方に口を出しても無駄なのだ。それが誰の言葉だろうと、息子はリゼットの人となりに対する批判は受け入れない。たとえ家族だろうと、リゼットを非難すればマックスの逆鱗に触れることになるのだ。

ヴァルラン家恒例の日曜日の夜会でのことだ。夫の振る舞いに腹を立てたリゼットは、ふたりきりのときに直接、注意しようと考えた。いとこの連れてきた客がクレイボーン知事とアメリカ人に対する嫌悪をとうとうと語り、それに対してマックスがぶしつけな態度をとったのである。そうした批判を耳にして、マックスが怒り心頭に発する気持ちはわかる。だがリゼットはそのとき夫に、この場は口を慎むよう必死に目で訴えた。

しかしマックスは妻の無言の懇願を無視して、今夜の集まりはまったくもってつまらないと宣言してしまった。クレオール人主催の夜会は普通、音楽とおしゃべりと少々のダンスを楽しんだあと、一一時に軽食がふるまわれ、深夜にようやくお開きとなる。だがこの日の夜会は軽食も出されぬまま一〇時で解散となった。

客が帰ったあと、マックスは酒を飲むためにベルナールと書斎に行った。リゼットは覚悟を決め、夫のもとに向かった。だが彼女が口を開く前に、マックスはあたかも妻が来るのを予期していたかのように振りかえり、「いまは機嫌が悪いんだ」と警告した。

「わたしもよ」リゼットは無愛想に応じた。

口論が始まるのを感じとったベルナールはグラスを置き、「なんだか疲れたな、おやすみ」ときまり悪そうにつぶやいた。

ふたりとも、ベルナールが出ていったことにすら気づかなかった。

「知事について二言三言なにか言ったくらいで、ムッシュー・グレゴワールにあんな辛らつな態度をとる必要はないでしょう？」リゼットは不快げに指摘した。「知事に関しては、あなたのほうがよほど悪し様に言うじゃない」

「少なくともわたしは、知事の欠点をわかったうえで言ってる。だがグレゴワールはただの阿呆だ」

「自分の意見だけが正しいわけではないのよ。たまたま意見の合わない人がいたからって、阿呆呼ばわりはよくないわ」

「本当に阿呆なんだから仕方がないだろう」マックスは頑固に言った。

いらだちを覚えているのに、なぜかふいに笑いがこみあげてきて、リゼットは震える口をつぐんだ。別の方角から攻めてみる。「ああした集まりでは、すべてのお客様に楽しんでいただけるよう、ひとりの客の無知な言動には目をつぶる。それが主催する側の義務でしょう」

「誰がそんな決まりを作ったんだ?」マックスは片眉をつりあげた。

「わたしよ」

マックスは高圧的にリゼットをにらみつけた。「この家のあるじはわたしだ。あるじには言動の自由がある」

夫に負けじと両手を腰にあて、リゼットは「おお怖い」とそっけなく返した。「でも、口げんかではちゃんと言葉で応戦してほしいわね」

マックスは立ち上がった。盛装しているため、いつもよりなお大きく、たくましく見える。細身の淡灰色のズボンは筋肉質な脚に添い、黒の上着は肩の広さを際立たせている。「わたしのやり方に文句があるとでも?」

ふたりをつつむ空気が一変するのをリゼットは感じた。刺々しかった空気が、どこか甘いものに変わっている。夫とにらみあううち、鼓動がふいに荒々しいほど速くなり、混じりけのない欲望がわきおこった。「あったらどうするの?」たずねながらリゼットは、自分の声がずっと優しいものになっているのに気づいた。マックスの瞳が獲物を狙うけもののように光る。彼女はさりげなく、書斎の中央に置かれたマホガニーの円テーブルの向こうに逃れた。

するとマックスはゆったりとした足どりで追ってきた。「ではクレオールの夫らしく、この家の家長らしく、誰が決まりを作り誰がそれに従うのか教えてあげるとしよう」

テーブルの周りをまわりながら、リゼットは挑発的な笑みを浮かべた。「モン・マリ、あなたって本当に傲慢で横柄で……かわいい人ね」

「かわいい人」マックスははてという表情を浮かべて、ゆっくりと彼女を追いつづけている。

「そんなふうに呼ばれるのは生まれて初めてだな」

「いままで誰もあなたを手なずける方法を知らなかったからよ」

マックスは喉の奥で笑った。「でもきみは知っている?」

「もちろん」

やはりただの思いすごしではなかった。彼の瞳には欲望の炎が躍り、体にも高ぶりが見てとれる。「わが妻《マ・ファム》には、教訓を授けてやらなくちゃいけないらしいな」というマックスの甘い脅迫に、リゼットは乳首が硬くなるのを覚えた。彼の視線がシルクのドレスの身ごろに落ち、薄布の下でそこが尖っていくのをとらえる。「わたしにつかまらずに、扉までたどり着けるかな?」

テーブルを挟んだまま、ふたりは見つめあった。リゼットはつややかな天板に両手をついて身を乗りだし、夫の瞳を見据えた。「その教訓とやらはこういうことかしら? たとえあなたがいやみで傲慢で横柄でも、夫として全権を握っているのだから、わたしは常に従わなくてはいけない」

マックスはいたずらっぽく瞳を輝かせた。「そう、そのとおりだ」

「おあいにくさまね、モン・マリ。わたしのほうが足は速いわ。だからあなたにつかまる前に扉にたどり着けるし、部屋まで逃げられる。あなたがわたしの部屋の前に到着するころには、とっくに扉に鍵が掛かっているの。あなたは朝までひとりぼっち。そのあいだに、夜会でのご自分の態度についてよおく考えてちょうだい」

夫はよこしまな笑みをたたえ、「本当に逃げられるかな」と挑発した。

その瞬間、リゼットは床を蹴り、大またで扉のほうに向かった。だが彼女はふたつの事実を考慮し忘れていた……ドレスの裾が邪魔すること、そして、マックスの脚の長さが自分の二倍近いこと。絶好のスタートを切ったのに、戸口にたどり着いたのはほぼ同時で、扉はマックスに閉められてしまった。リゼットはとぎれがちな笑い声をあげつつ、なすがままに彼のほうに向かされ、抱きすくめられた。

「ずるいわ」息も絶え絶えに訴える。「こっちはドレスを着ているのよ」

「そんなものじきに脱がしてやる」マックスは息を荒らげ、唇を重ねた。リゼットは夫の後頭部に手をまわしていっそう強く唇を押しあて、飢えたように口を開けた。扉を背にして彼の重みを感じながら、あえぎ声をもらした。たくましい胸板、引きしまった腹部、幾層にも生地が重ねられたドレス越しにも、硬くそそり立つものが感じられる。マックスはむさぼるように口づけつつ、取っ手を手探りし、鍵を閉めた。その手でリゼットの臀部をつかみ、自分の腰に強く押しあてる。リゼットは彼を味わいつくしたかった。歯を立て、舌で舐め、唇を重ね、彼のすべてを自分のなかに感じたい。彼の頑固さも、わくわくさせられるほどの男らしさも全部、自分のものだ。

やがてマックスは唇を離すと、獲物を引きずっていくけもののごとく、リゼットをテーブルのほうへと引っ張った。リゼットは息をのんだ。熱く渦巻いて霧のように全身をつつんでいた興奮が去っていく。「ここではいやよ。誰か来たらどうするの」

マックスは彼女を抱き上げてテーブルに座らせ、両手で乱暴にスカートをめくりあげた。

「ちゃんと鍵を掛けた」

「でも、ばれたらどうするの」リゼットは抗い、あわただしく動く夫の手を押しのけようとした。

だが夫はすっかり興奮しているようで、ガーターのリボンを探りあてると、太もものむきだしになった部分をなぞり始めた。たこのできた指先がやわらかな肌を這う心地よい感覚に、リゼットは身を震わせた。頭ではいけないと思っているのに、自然と脚が開いてしまう。

「マックス、二階に」彼女はすすり泣いた。指先が赤褐色の柔毛にたどり着き、湿った巻き毛をかきわける。

「待てない」マックスはつぶやくと、軽やかな愛撫ですでにふくらんだ花芯を円を描きながら撫でた。薔薇色の突起を指先で優しくなぞられる。ふいにどうでもよくなって、リゼットは身もだえし、両手を彼の上着のなかに滑りこませた。シャツの前をせわしなくまさぐり、温かな肌に存分に触れる。

マックスはふたたび荒々しく口づけると、足を使って近くの椅子を引き寄せた。リゼットをテーブルの端のほうに移動させ、自分は椅子に腰を下ろし、感じやすい部分に顔をうずめて、飢えたように舌で愛撫をくわえた。思わず声をもらしそうになったリゼットは、唇を噛んでこらえながら体を弓なりにし、熱い唇にいっそう強く腰を押しあてた。なすすべもなく、夫の豊かな黒髪をまさぐり、舌が入ってくる感覚に息をのむ。

そのときだった。「兄上？　そこにいるのかい？　鍵なんか掛けてどうしたんだよ」アレクサンドルのくぐもった声が扉の向こうから聞こえてきたかと思うと、取っ手をまわそうとする音がした。リゼットは凍りつき、ぎょっとして戸口を見やった。答えようとしないマックスの顔を無理やり上げさせる。

夫もリゼットに負けず劣らず息を荒らげていたが、弟に答えるときには驚くほど冷静な口調になっていた。「邪魔するな、アレックス」

「酒が飲みたいんだけど」

マックスが指を二本、秘所に滑りこませる。リゼットは全身を赤く染めた。

「酒なら厨房にあるだろう」マックスはぶっきらぼうに言った。

「でも、お気に入りのブランデーがそこにあるんだよ」アレクサンドルは不満げだ。「ちょっとだけ開けてくれよ、ブランデーをもらったらすぐに――」

「妻と大げんかの真っ最中なんだ。いまにも物を投げつけられそうなんだよ」マックスが答えながら優しく指でまさぐる。リゼットは歓喜に息をのんだ。「巻きこまれるのはいやだろう？」頭を下げて薔薇色の花芯を舌で愛撫しつつ、その動きに合わせて指を動かす。あえぎ声をもらすまいと、リゼットは片手で口を押さえた。愛撫のリズムが速度を増す。唇は優しく、それでいて執拗で、指は信じられないほど奥深くまで届いている。

義弟の最後の一言は、ほとんど耳に入らなかった。「リゼット。兄上のグレゴワールへの態度についてけんかしているんだろう？　だったらわたしは、きみの味方だからね」

「あ、ありがとう」リゼットはやっとの思いで、声を振り絞るようにして言った。

「ボンソワール」義弟はがっかりした声で言い、去っていった。

マックスはさらにもう一本、指を挿し入れ、うずく花芯を素早く、軽やかに舐めた。高まる歓喜にリゼットはすすり泣いた。目もくらむほどの、恐ろしいくらい甘やかで暗い歓喜が大きな波となって全身を洗う。エクスタシーの余韻に身を震わせる彼女を、マックスはテーブルに組み敷いて、脚を大きく開かせた。夫の顔は汗できらきらし、瞳はけぶるような色をたたえている。彼はゆっくりと、ふくらみきった秘所を優しく愛撫するように彼女のなかへと入っていき、一番奥まで沈みこませた。むきだしの臀部をつかんで、リゼットの腰をリズミカルに動かす。テーブルの上で体が前後に滑るたび、シルクのドレスがつややかな天板をこすった。リゼットは二度目の絶頂を迎えつつあった。そんなことは不可能だと思ったが、硬いものに突かれるたび、歓喜が高まっていく。二度目のエクスタシーに激しく身をおののかせると、マックスは押し殺したあえぎ声とともに自らも精を放って、大きな体を震わせた。

徐々に理性が戻ってくると、リゼットは自分が、硬いテーブルと胸にのった夫の重たい頭に挟まれている状態なのにはたと気づいた。夫の荒い息が乳首を撫でている。起き上がるだけの力は残っておらず、全身がえもいわれぬ喜びにいまもまだ満たされている。彼女は片手を上げて、マックスの髪をまさぐった。

「けっきょく、けんかに勝ったのはどっち？」とけだるくたずねる。

胸に頭をのせたまま、夫がほほえむのがわかった。「けんかか」マックスは上気したリゼットの肌に鼻を押しつけて、金色のそばかすにひとつ、またひとつと口づけていった。「引き分けではどうだろう?」

喉を鳴らして夫に同意し、リゼットは両腕を彼の首にまわした。

マックスとの暮らしは、いつも楽しいばかりというわけではない。だがリゼットには、彼とうまくやっていける自信があった。やがて夫は彼女のすべてとなった。友だちであり、恋人であり、庇護主であり、喜びと安心感を与えてくれる人だ。ときどきリゼットは、この世で唯一安全な場所は彼の腕のなかだけではないかと思ったりもする。しかし、そんな考えは幻想だと思わされる日もある。マックスは、信じがたいほどの忍耐強さでゆっくりと時間をかけ、狂おしいほどの快感へとリゼットを導くこともあれば、野獣を思わせる荒々しさで彼女の全身に火をつけ、むさぼりつくすこともあった。

嬉しいことに夫はどこへ行くにも、たとえ仕事で出かけるときでも、当たり前のようにリゼットを連れていった。海運事業に興味を引かれたリゼットは、たびたびニューオーリンズの埠頭まで同行した。埠頭には、二キロほどにわたって貨物船や荷船がずらりと並んでいる。ある日、いつものように夫について埠頭に向かうと、欧州大陸や熱帯地方で仕入れた品々を積んだヴァルラン海運の快速船が、ちょうど入港したところだった。貨物の検査と積み下ろしが行われている船に、彼女は夫について乗りこんだ。

海水でだめになった積み荷があり、マックスが船長と具合を見に船底の貨物倉に行くというので、リゼットには一等航海士が付き添うことになった。彼女は高い舷側の前に立ち、近くに停泊した平底船から、舞台道具とおぼしき荷物が下ろされる様子を眺めていた。そのときふと、快速船の船員たちが遠巻きに自分を見ているのに気づいた。くるりと振りかえって、浅黒い顔をした船員たちを好奇心に満ちた目で見かえす。薄汚れた顔の筋骨たくましい男ち。だぶだぶのおかしな服を着ている。シャツの前に並んでいるのは木の釘だ。靴の爪先は切り落とされ、紐を通す穴は二、三個だけで、あとは縫いあわされている。

「怖がる必要はないですよ、マダム」一等航海士が言った。「あなたを見たいだけなんです」

「なぜ？」

「だってほら、連中はもう一月近くも女性を見てませんからね」

リゼットが曖昧な笑みを投げると、船員たちは興奮した様子でなにやらささやき交わした。好奇心に駆られて、彼らの足元を指差しつつ、その靴はいったいどうしたのかと英語で訊いてみる。

「このほうが履くのが楽だからでさあ」ひとりが説明した。「航海士に呼ばれたら、すぐにみんなで中檣帆《トップスル》を絞んなくちゃなんねえ。靴紐を結んでる時間なんてないんでさあ」

ますます興味をそそられて、リゼットはさらに別の質問をした。すると船員たちは彼女の気を引こうとして、下品な船頭歌を歌ったり、メリケンサックを見せびらかしたりしだした。なかには、あんたこの船で密航を企んだ人魚だねなどと言って、笑わせる者もいた。

そこへマックスが貨物倉から戻ってきた。船員たちのおふざけに笑顔を見せている妻を目にするなり、彼は足を止めた。風が吹いて、黄色のドレスがリゼットのほっそりとした体に張りつき、炎を思わせる赤毛が群青色の空にたなびく。マックスはふいに強烈な独占欲に駆られた。

「これはまた」となりに立った船長のティアニーが、ほれぼれした顔でリゼットを見ながら言った。「失礼ながら、器量よしの奥方を持つのも大変ですな。わしの女房なら、人目につかないところに閉じこめておきます」

「なかなか名案だな」マックスは声をあげて笑った。「だがわたしなら、妻をずっとそばに置いておく」

「気持ちはわかります」船長は大きくうなずいた。

リゼットが舞台に興味を持っているのに気づいてからは、マックスはしばしばサン・ピエール劇場に連れていくようにもなった。サン・ピエールでは毎週火曜日と土曜日にコンサートや演劇やオペラが催され、地元の名士たちが集まる。舞台の合間には館内を歩いてまわり、友人知人と交流したり、ゴシップに花を咲かせたりする。

やがて、ヴァルラン家のボックス席にも大勢の人たちがおしゃべりをしに訪れるようになった。マクシミリアン・ヴァルランは結婚以来すっかり性格が丸くなったと評判だった。むろん以前のままの一面もあるが、ずっと愛想がよく、穏やかになり、コリーヌ・ケランと結婚する前の愛嬌あふれる少年の面影が戻ってきたかのようだった。やがて、忌まわしい噂はその威力を徐々に失っていった。マックスの二番目の妻がまるで夫を恐れていないことに、クレオール人もアメリカ人も気づき始めたからだ。そうして彼らは陰でささやきあった。マクシミリアンは悪魔なんかじゃなかったのかもしれないと。あそこまで人目もはばからず妻を溺愛する男が、そう悪い人間のわけはないと。


「お義母様」リゼットはさりげなく呼びかけながら、居間でうつむいて刺繍をするイレーネの肩に手を置いた。「ちょっと相談なんだけど」

「なあに？」

「屋根裏の荷物を片づけちゃだめかしら」

イレーネはうつむいたまま、刺繍針を持つ手を止めた。よほど意外な申し出だったらしい。

「なんのために？」

リゼットは控えめに肩をすくめた。「これといって理由はないんだけど。ジャスティンが屋根裏にいろいろとおもしろいものがあるって言うから。肖像画とか、服とか、古いおもちゃとか。いずれ子ども部屋を改装しなくちゃならない日が来るだろうし――」

「子ども部屋？」イレーネはすぐさまおうむがえしに言った。「子どもができたかもしれないの？」

「いいえ」

「わけのわからない人ね」イレーネはぼやいた。彼女は最初のうち、息子が新しい妻にすっかり熱を上げている様子をなんとなく愉快に思っていた。だが最近では、ちょっと呆れた気持ちで息子を見ている。ノエリンからは、結婚式のあとしばらく若奥様の枕の下に忍ばせておいた、ヴードゥーのお守りの効果ですよと自慢げに聞かされた。

リゼットは薄くほほえんだ。「そういうわけだから、エプロンを巻いて屋根裏の片づけをしてくるわね」

「待ちなさい」というイレーネの声は、聞いたことのない険しさを帯びている。「要するに、彼女の持ち物を調べるつもりなんでしょう?」

「ええ」リゼットは青い瞳でまっすぐに義母を見た。

「なにを捜そうというの?」

「なにかを捜してるわけじゃないわ。でも古い長持や物入れをいくつか見ても、誰も困らないでしょう?」

「マックスにはもう言った?」

「いいえ、まだ。今夜、帰ってきてから話そうと思って」

あの子の帰宅を待って、相談してからになさい。イレーネはそう助言しようとして、考えなおした。屋根裏探検をしたとリゼットから聞かされたマックスが、彼女に腹を立てるかもしれない。怒ったマックスはリゼットの勝手な振る舞いに目を光らせるようになり、手綱を引きしめるだろう。そうだ、マックスには、嫁に好き放題させすぎたと悟らせる必要がある。

「わかったわ」イレーネは抑揚のない声で応じた。「長持の鍵はノエリンが持ってるでしょう」

　リゼットはジャスティンとともに屋根裏に上り、がらくたの山をかきわけて奥に進んだ。部屋の隅に、青銅のランプが一対と古い銃剣が一丁あった。長持の向こうには分解した天蓋付きのベッドに揺りかご、木製の浴槽がある。

　リゼットはくしゃみを数回くりかえしながら、舞い上がる埃を手で払い、長持の重たいふたを開けた。錆ついた蝶番がきしむ。するととなりで別の長持の鍵をがちゃがちゃ言わせていたジャスティンが、抗議の声をあげた。「まったく《ノム・デ・デュー》、やめてくれよな！　おれはその音が大嫌いなんだ。爪で板を引っかく音よりもぞっとする」

「あなたがそんな繊細な神経の持ち主とは思わなかった」リゼットは笑って、長持からたたんだキルトを取りだした。トラプントと呼ばれる、柄に立体感を出す技法を用いて、ロココ調の渦巻きや蔓《つる》、花などの模様が縫いこまれている。数えきれないほどのステッチを根気よく刺してやっとできあがる、たいそうみごとな品だった。「ふたりでなにをしているかフィリップに教えたら、なんて言うかしらね」

「おれがついててよかったって言うさ。長持から母さんのお化けが出てきたときに、誰かがリゼットを守らなくちゃいけないからな」

　リゼットは顔をしかめた。「ジャスティン、そういう話はやめて！」

　ジャスティンはにやっとした。「怖いのかよ」

「まだ平気だけど、それ以上お化けの話はしないで」彼女は苦笑を浮かべた。屋根裏の窓から射しこむ光のなかで埃が舞い躍っている。「ねえ、中身をあれこれ調べたら怒る？」

「別に。おれだって興味があるもん。もしかしたら母さんを殺した犯人の手がかりが出てくるかもしれない、ネスパ？　それにおれがいるほうが作業がはかどるだろ。おれが見ればわかるものだって――」

　少年はいきなり口をつぐむと、リゼットが手にしたキルトを目をまん丸にして見つめた。

「それ、覚えてるぞ！」

　リゼットはキルトを見下ろし、精緻に刺された渦巻き模様を手のひらで撫でた。「本当？」

「母さんのベッドに掛かってた。端のほうに染みがあるはずだよ。おれがベッドに飛び乗ったせいで、母さんがコーヒーをこぼしちゃったんだ」ジャスティンは遠い目をしてつづけた。

「すごく怒られた。まったく《デュー》、なんであんなに短気だったんだろう」

「お母様のこと、怖かった？」

　ジャスティンはなおも記憶をたどるように、サファイアを思わせる瞳でキルトをじっと見つめた。「すごくきれいで優しいときもあったよ。でもかっとなると……うん、母さんが怖かった。変だよね。すごく好きなのに、その人に殺されちゃうんじゃないかと思うくらい怖がるなんて」

「ねえ、無理して一緒にいてくれなくていいのよ。思い出してつらいなら――」

「不思議だと思わない？」少年は上の空でつづけた。「今日はそこにいた母さんが、次の日になったらいなくなってる。まるっきりいなくなってるんだ。父さんは、母さんがいた痕跡をすべて消した。グランメールが、おまえたちの母親は長い旅に出たんだよって言った。それから、父さんもしばらくどこかに行ってしまった。戻ってきたとき、父さんは別人になっていた。厳格で冷たい父親にね。おれの本に出てくる悪魔の絵にそっくりだった。本当に悪魔になったんだと思った。悪魔が母さんをどこかに連れていったんだって」

マックスと双子の苦しみを思うと、リゼットの胸は痛んだ。彼女はキルトを脇に置き、長持の中身を調べる作業に戻った。今度は小さな赤ん坊の服やボンネットが山ほど出てきた。

「誰のものかすぐにわかるわね。どれもふたつずつあるもの」

ジャスティンが手を伸ばし、たこのできた長い指で小さな服をつかむ。「どっちが誰のものかもすぐにわかるよ。おれが着てたのは全部、破れたり染みがついたりしてる。フィリップのはどれも汚れひとつない」

リゼットは声をあげて笑った。さらに長持のなかを探ると、レースの付け襟や刺繍がほどこされた手袋、精緻な絵の描かれた扇が出てきた。コリーヌのものだろう。リゼットはシルクのレースの手袋を取り上げ、すぐに元に戻した。亡くなった女性の持ち物を調べていることに罪悪感を覚えた。同時に、嫉妬も感じた。マックスには自分以外にも結婚を決意するほど愛した女性がいた――コリーヌの持ち物を見て、それを実感させられた。マックスはコリーヌと愛を交わし、ふたりも子をなしたのだ。

さらに別の長持を調べてみると、今度はビーズ刺繍と襞飾りが美しい贅沢なドレスや、優美なデザインの下着などが見つかった。ドレスを着ていた女性は、ほっそりと背の高い人だったらしい。コリーヌの持ち物がひとつ出てくるたび、自分は闖入者なのだとの思いはますます強くなっていった。青銅の小ぶりの箱には赤い頬紅がふたつと、真珠とシラサギの羽根をあしらったあでやかな櫛が入っていた。櫛には長い黒髪が数本からまっていた。コリーヌの髪だと気づいたとたん、背筋を冷たいものが走った。

「ねえジャスティン」リゼットはおずおずとたずねた。「お母様の肖像画はあるのかしら」コリーヌがどんな顔だったのかどうしても見てみたい。好奇心が耐えがたいほどに高まっている。

「あると思うけど」ジャスティンは衣装だんすの上に手を伸ばして、粗布で巻いて紐で結わえた数枚の額を下ろした。ナイフを取りだして紐を切り、埃まみれの粗布を引き剝がす。リゼットはずっと膝をついていたせいで痛む脚を伸ばし、よろめきながら少年のほうに移動した。少年の肩越しに肖像画を一枚、また一枚と見ていく。とても美しい女性の絵があった。

「これがそうなの?」期待を込めてたずねる。

「ううん、これはグランメール。見てわかんない?」

「ああ、そうね、わかるわ」よく見ればたしかに、絵のなかのまじめな顔をした若い女性はイレーネと同じ黒い瞳をしていた。

「母さんの肖像画はこれ」ジャスティンが言い、イレーネの絵を横にどけて次の一枚を示した。

目にした瞬間、リゼットは固まってしまった。なんてあでやかな女《ひと》なのだろう。紫がかったブルーの情熱的な瞳――ジャスティンにそっくりだ――はどこか異国的で、濃いまつげに縁どられている。漆黒の巻き毛はふんわりとして、透きとおるほど白く長い首に一房たれているのがなまめかしい。真っ赤な唇は完璧な弧を描いており、わずかに上がった口角が誘うようだ。コリーヌはうっとりするほど美しいだけでなく、どこかはかなげな、やわらかな雰囲気もたたえていた。息をのまずにはいられない美貌の前に、マックスは圧倒されたにちがいなかった。

「この絵、お母様に似てるの?」リゼットがたずねると、ジャスティンは彼女の物悲しげな口調に気づいてほほえんだ。

「うん、でもリゼットもきれいだよ」

リゼットは力なく笑って、長持に腰かけた。舞い上がった埃が宙で躍る。ジャスティンがくすくす笑うのが聞こえた。

「なにがおかしいの?」

「埃で髪が真っ白だよ。顔も」

彼女は少年にほほえみかえした。彼の黒髪も埃とクモの巣だらけで、顔には灰色の筋がついている。「自分だって」

ジャスティンはにこっとした。「ベル・メール、今日はもうこれくらいでいいんじゃない?」

「そうね」リゼットは力強く答えた。「行きましょう《アロン》、ジャスティン。十分に満足したわ」

彼女は梁のあいだに開いた四角形の出入り口から、壁にもたせたはしごに足を掛けて下りようとした。イトスギ材の床まではけっこうある。ジャスティンが足元に注意するよう声をかけてくれた。「気をつけてよ」少年は言い、リゼットが最初の数段を下りるさまを見守った。「以前は手すりがあったけど、壊れちゃったんだ」

「どうして誰も直さないの？」

「誰も屋根裏に上らなかったから」

リゼットは言葉を返さず、はしごを下りることに意識を集中させた。そのとき、大きな怒鳴り声が静寂を破った。

「そこでなにをしてる！」

いきなり怒鳴りつけられて、リゼットはびくんとした。仰天のあまりバランスを崩し、体が後ろにぐらりと傾く。鋭く叫び、死に物狂いで手を伸ばしたが、指先は空《くう》をつかむばかりだった。すかさずジャスティンが屋根裏の出入り口に身を乗りだして手を差しだし、彼女の手首をがっちりとつかんだ。宙ぶらりんの状態になっている自分に気づいて、ひっと息をのむ。頼みの綱は手首をつかむジャスティンの片手だけだ。

下を見ると黒髪の男性がいた。「マ、マックス！」

だがそれはマックスではなくベルナールで、先ほどと同じせりふをなおも怒鳴っている。

リゼットは空いているほうの手でジャスティンの腕をつかんだ。「大丈夫だよ」少年がかすれ声で言う。「落っことさないから。はしごに足は掛けられる?」

精いっぱい脚を伸ばしてみたが、届かなかった。

「ベルナールおじさん……助けてよ……」ジャスティンは息をのんだ。腕が痛くて、それ以上は声が出せないようだった。

だがベルナールはどういうわけかなかなか動こうとしない。

リゼットは手首をつかむジャスティンの力が弱まるのを感じた。「ジャスティン!」

「助けてやるか」ベルナールはつぶやき、リゼットの下にやってきた。

するとジャスティンが残された力を振り絞って、リゼットを引き上げ始めた。むきだしの梁に腹があたり、彼女はうっと息をもらした。ずるずると引っ張り上げられ、ようやく少年の膝の上にたどり着く。そのまま動くことすらできずにいると、ジャスティンは震える腕にからまった彼女の指を引き剝がし、シャツの袖で顔をぬぐった。彼は素早く目をしばたたき、わけがわからないとばかりに激しく首を横に振った。

やがてベルナールが屋根裏の出入り口に現れた。顔は怒りで赤黒くなっている。「助けてやると言ったのになぜ待たなかった?」

痛みに顔を青くしたジャスティンは、唇を湿らせてから声を振り絞るように言った。「おじさんは、リゼットが落ちればいいと思ったんだろう?」

「なにをばかなことを言ってる。助けに来ようとしてたんだぞ!」

「ずいぶん遅かったじゃないか」ジャスティンはかすれ声で責めた。

「それより、ここでいったいなにをしていた？」ベルナールが詰問する。

おじを無視して、ジャスティンはリゼットの体に手をかけ、身を起こすのを手伝った。リゼットはめまいを覚えつつ、腹を押さえて深呼吸をした。「ジャスティン」少年がたったひとりで助けてくれたのに気づいて呼びかける。「痛いところはない？　このあいだのけがは――まさか出血していない？」

ジャスティンはいらだたしげに首を振った。

「コリーヌの持ち物をあさってたんだろう？」ベルナールがわめいた。「おまえたちにそんな権利はない。今度こんなまねをしたら、わたしが許さない！」

ジャスティンがかっとなってなにか言いかえそうとするのを、リゼットはそっと肩に触れて思いとどまらせた。冷ややかな目でベルナールをにらむ。

「わたしが許さない？」彼女はおうむがえしに言った。「あなた、いつからわたしに命令できる立場になったの？」

「おれにもだ！」ジャスティンが黙っていられないとばかりに言い添える。

「恥を知れ」ベルナールは荒々しく言いかえした。「つまらない嫉妬心のために、彼女の持ち物をあさってじろじろ見るんじゃない。墓場から呪いをかけられたって知らんぞ！」

静かな屋根裏にベルナールの怒声が響く。リゼットはベルナールがこんなふうに激昂するところを初めて見た。それにしても、どうして義姉のためにここまで腹を立てるのだろう。

リゼットは声を荒らげまいとした。「なにをそんなに怒っているの、ベルナール？」

義弟は問いかけを無視した。「兄上が帰ってきたらすぐにこのことを報告するからな。そうしたら兄上はきっとあんたをぶん殴る——とっくにそうしていればよかったんだ」

「彼が殴るかどうかはともかく、もう向こうに行ってくれる？　ジャスティンもわたしも下に下りたいから」

ベルナールは怒りに顔を紅潮させつつ、はしごを下りていった。残念ながら、ジャスティンの怒りはまだくすぶっていたらしい。彼は出入り口から身を乗りだして、立ち去るベルナールに呼びかけた。

「いったい誰に母さんの持ち物を守れって言われたんだい、おじさん？　彼女はおれの母親だぜ。おじさんにとって、母さんはいったいなんなんだよ？」

ベルナールは後頭部を殴打されたかのようにくるりと振りかえると、憎悪もあらわにジャスティンを見上げた。どうしてそこまで激怒するのか。ジャスティンは当惑の面持ちでおじを見つめかえした。

その気になれば、リゼットは帰宅した夫に真っ先に駆け寄り、義弟や義母よりも先にその日の出来事を報告することができた。だが彼女はそうしなかった。寝室の前の廊下に立って、マックスが玄関広間に入ってくる様子を見ていた。すぐにベルナールとイレーネがマックスのかたわらにやってきた。夫は驚いてなにも言えぬまま、激昂する弟と、不安げな面持ちの母を見つめた。ふたりがなにを言っているのか、リゼットの耳には届かなかった。だが口調から、自分を悪し様に言っているのだとわかった。

ため息をついて寝室に戻る。暖炉のかたわらの大きな椅子に歩み寄り、こめかみを揉んで、ひどい頭痛を和らげようとした。数分後、依然として立ちつくしたままこめかみを揉んでいると、マックスが部屋に入ってくる気配がした。

「ボンソワール」リゼットは疲れた笑みを浮かべてつぶやいた。夫が激怒しているのは一目瞭然だった。だが口論する気力はなかった。詳しい事情を話す元気も、いつものように夫の気をそらすエネルギーも。「もったいぶらないで、モン・マリ……怒っているんでしょう？」

13

マックスはリゼットの全身に視線を走らせてから、表情を和らげて彼女に歩み寄った。太い腕に抱きすくめられたとたん、リゼットはほっとしてため息をもらした。こわばった心がほぐれていく。なじみのある匂いが安堵と心地よさを、そしてたくましさが、骨の髄から震えるほどの安心感を与えてくれる。

彼はそっと唇を重ねてから椅子に腰かけ、リゼットを膝に座らせた。「マダム、昼間になにがあったのか話してくれるかい？」

リゼットは夫の胸に擦り寄った。「屋根裏にちょっと上がるくらいで、ここまで大騒ぎになるとは思わなかったの。それにあなたにも以前、わが家では好きにしていいと言われていたし」

「もちろん好きにしていいとも」

「ジャスティンも一緒だったのよ」

「ああ、聞いた」

「物入れや長持をいくつか開けてみただけだわ」

夫の温かな手がけだるく背中を撫でている。「捜し物は見つかった？」

「とくになにかを捜していたわけじゃないの。ただ見てみただけ。なのにベルナールがわけのわからないことを言って」リゼットは顔を上げ、夫の顔をじっと見つめた。「ベルナールの口ぶりだと、まるでコリーヌは彼の奥様だったみたい。ものすごい剣幕だったのよ」

「だろうね。弟はときどき、かんしゃくを起こすから」

「かんしゃくどころじゃないわ！」

「弟について少し話しておくよ、プティット」マックスは穏やかに語りだした。「ベルナールが常に感情を抑えこんでいるのはきみも気づいているだろう。だがときどき抑えきれなくなって、爆発してしまうこともある。どうやら今日も、珍しくわれを忘れてしまったらしいな。だが明日にはいつものむっつりしたベルナールに戻るさ。そうなんだよ、あいつは前からそういうやつなんだ」

「だけど、コリーヌの話をしたときのベルナールの口ぶりはまるで――」

「彼女の死も、亡くなったときの状況も、ヴァルラン家全体に影を落とした。ベルナールも、コリーヌの身に起きた不幸を自分なりに考えて、事件を回避するためになにかできたんじゃないかと悔やんでいるんだろう。だからああやって、彼女の持ち物を守ろうとしているんだ」

リゼットは夫の説明に考えをめぐらせた。そういう事情ならば、昼間の出来事はそうおかしなものとは言えないかもしれない。だがやはり、どうしてもぬぐえない疑問がある。たとえマックスに怒られる羽目になっても、それを訊かずにはいられない。

「コリーヌに対するベルナールの思いが、義弟としての愛情を超えたものだとは考えられないかしら？　コリーヌの名前が出るたび、ベルナールは妙な反応を示すように見えるの。じつは、彼女についてベルナールと言葉を交わしたのは今日が初めてではないのよ。わたしが前に例の小屋を見に行ったのは覚えている？　あのときも、過去をほじくりかえすなと警告されたわ。さもないと、過去がよみがえってわたしの人生を台無しにするって」

マックスは身じろぎひとつしなかったが、手足をかすかにこわばらせた。「どうしてもっと早く言わなかった？」

「あのときは、あなたをよくわかっていなかったから」リゼットはおずおずと答えた。「あなたを怒らせたくなかったの」夫の顔を盗み見て、気持ちを読みとろうとする。「まだ質問に答えていないわ」

「わたしの知るかぎり、弟が愛した女性はひとりだけ。ライラ・カランというアメリカ人の女性だ。ご家族が、ミシシッピ川で水運業を数年つづけたあと、ニューオーリンズに定住してね。だがもともと結ばれない運命だった……カラン家はプロテスタントだったんだよ。それでもふたりは恋に落ち、やがてライラは弟の子をみごもった。そして、友だちにも家族にも一言も告げずにどこかへ行ってしまった。ベルナールは何年もライラの行方を捜しつづけた。だが見つからなかった」

「いつの話？」

「ちょうどコリーヌが殺されたのと同時期だ。だから弟とコリーヌのあいだになにかあったわけがない。弟はライラに夢中だった。彼女を失ってから独身主義になったんだよ」

「ちっとも知らなかったわ」リゼットは心の底からベルナールに申し訳なく思った。「ビヤン・ネメ」ためらいがちに呼びかけ、ひげの伸び始めた頬を撫でる。「わたしが屋根裏に行ったこと、不愉快に思ってる？」

マックスはやわらかな手のひらに頬を押しあてた。「いいや、いつかやるだろうと思っていたよ、好奇心の旺盛な子猫ちゃん」

「コリーヌの肖像画を見たわ」リゼットは重々しく告げた。「すごくきれいな人だった」

「ああ」マックスはリゼットの額にたれた髪をかきあげた。「だが夕日のような色の髪は持っていなかった」親指で唇をなぞる。「目にするたびに口づけたくなる唇も」耳元に口を寄せる。「心臓が止まるほどのほほえみも」

リゼットは半目を閉じ、マックスにいっそう身を寄せた。夫の首に腕をまわす。そのとき、うなじに手首がぶつかってしまい、思いがけない痛みに思わず顔をしかめた。

マックスが鋭く彼女を見やる。「どうかしたか？　どこか痛むのかい？」

「ううん、なんでもないの」リゼットは内心うめいた。手首のあざをマックスに見つかったら、また昼間の出来事をむしかえされる。せっかくすべて忘れようと思ったところだったのに。

リゼットがいやがるのもかまわず、マックスは首の後ろから腕を引き剝がし、彼女の全身をじろじろと見た。「どうして顔をしかめた?」

「なんでもないったら――」

青黒く腫れた手首を見るなり、マックスは鋭く息をのんだ。透きとおるほど白い肌に指の跡がくっきりとついている。夫の瞳に浮かぶ色に、リゼットはふいに落ち着かないものを覚えた。「このあざは?」

「ちょっとしたアクシデント。屋根裏から下りるときに……はしごが細いし、手すりもないでしょう。うっかりバランスを崩してしまったの。そうしたらジャスティンがすかさず手首をつかんで、引き上げてくれたというわけ。心配しないで。こんなあざは一日か二日ですっかり消える――」

「屋根裏から落ちそうになったのは、ベルナールが現れる前? それともあと?」

「あの、じつは……ベルナールもそばにいたの。彼に怒鳴りつけられてびっくりして、それで足を踏みはずしたの」義弟がなかなか助けに来てくれなかった事実については黙っていた。自分が物事をねじまげて見ているのかもしれないと思ったからだ。びっくりして動けなかっただけかもしれない。ああいう場面では、ジャスティンのように即座に反応できる人もいれば、固まってしまう人もいる。

「どうしてベルナールはそのことをわたしに言わなかった?」

「さあ」

マックスはリゼットを膝から下ろし、床に立たせた。

「どうするつもり？」リゼットは不安げにたずねた。

「弟に事情を説明させる」

「やめて」リゼットはなんとかしてその場を丸くおさめようとした。これ以上、兄弟に衝突してほしくなかった。「もうすんだ話よ、それに――」

「落ち着いて」マックスはそっと彼女の腕をとると、手首の具合をたしかめながら、聞いているほうが思わず耳を赤くするほど口汚く罵った。「ノエリンのところに行きなさい。軟膏を塗ってもらったほうがいい」

「いやよ」リゼットは拒んだ。「この前、ノエリンがジャスティンに塗ってるのを嗅いだもの。臭くて気持ちが悪くなるわ」

「いますぐに行きなさい。いやならわたしがあとで連れていく」マックスは意味深長に言葉を切った。「それよりは、いますぐ自分で行くほうがいいんじゃないかい？」

数分後。リゼットはむっつりした表情を浮かべて、厨房にノエリンといた。メイド長が手首の具合を診るあいだは、かまどでぐつぐつと煮えている鍋に意識を集中させていた。大きな木のテーブルの前にメイドがひとり立って、鉄のシャンデリアを磨いている。ノエリンが器用な手つきで黄緑色の軟膏を手首に塗る。鼻をつく臭いに、リゼットは顔をそむけた。

「いつになったら洗い流していいの？」げんなりしながらたずねる。

「明日の朝まで我慢してください」ノエリンは小さな笑みを浮かべた。「今夜はだんな様と子作りはよしたほうがいいですよ」

リゼットは呆れ顔をした。「ふん《ボン・デュー》、これでは近くに寄ってもこないわ！」

そこへ、厨房の戸口にジャスティンが現れた。ポケットに両手を突っこんだまま、ぶらりとこちらに歩み寄る。「いったいなんの臭い？」と訊きながら、息もできないと言わんばかりに喉に手をあてた。

厨房を出たらすぐに薬を洗い流してやる。リゼットは内心で思った。

かわいそうにとばかりにジャスティンがほほえむ。「それにしても、ものすごい臭いだね。でもきっとよく効くよ、ベル・メール」

「効き目なら坊ちゃんがよくご存じですものね」ノエリンは言い、リゼットの手首に包帯を巻いた。

「軟膏になにが入ってるか、おれ知ってるぜ」ジャスティンはしゃがみこみ、自信たっぷりに薬の成分を挙げ始めた。「ヘビの舌でしょ、コウモリの血でしょ、それからカエルの毛でしょ……」

からかわれたリゼットはむっとした。「フィリップのところに行ったら？　この前ラテン語の先生に習いそこねた部分、教わったほうがいいんじゃない？」

ジャスティンはにやりとした。「ラテン語のことなんか持ちださなくたって、あっちに行ってやるよ。でもさ……」リゼットの包帯に目を留める。少年はいきなり黙りこんだ。言うべきことがあるのに、ちょうどいい言葉が見つからないかのようだ。黒髪をぼさぼさになるまでかきむしると、床をにらみ、天井をにらみ、それからやっとリゼットの目を見た。

「いったいどうしたの？」リゼットは小声でたずねた。ジャスティンが急におどおどしだしたので驚いていた。

ノエリンが鍋の様子を見にかまどのほうに行く。

「けがさせるつもりなんてなかったんだ、ベル・メール」少年はつぶやくように言って手首を指差した。「ごめんよ」

「あなたはわたしを助けてくれたんじゃない」リゼットは優しく応じた。「心の底から感謝してるわ。ジャスティンが助けてくれなかったら、大けがをしていたもの」

少年はほっとした顔になると、立ち上がって、必要もないのにブリーチの埃を払った。

「昼間の話、父さんに言ったの？」

「落ちそうになったところをあなたに助けてもらった話？　ええ、それなら――」

「ちがうよ、ベルナールおじさんのこと。おじさん、すごく変だっただろ」

「そうね」リゼットは苦笑いした。「でもあなたのお父様は、そんなに変だとは思っていないみたい。弟は昔から少し変わってるからって」

「それは父さんの言うとおりだけどさ」ジャスティンは肩をすくめた。「おれ、もう行くね」

リゼットは厨房をあとにする少年の背中を見送った。あの決闘のあと、父親と向きあってから、ジャスティンはずいぶん変わった。以前よりも優しくて愛想のいい子になった。父親の気持ちを知ったおかげで、鬱々としたところがなくなった。ノエリンがかたわらに戻ってきて腰を下ろし、笑みを浮かべてかぶりを振る。「本当に、手のかかる坊ちゃんですよ」

「ふたりともなにが気に入らないっていうんだ？」ベルナールは憤慨し、うろたえた面持ちで問いただした。「わたしがすぐに反応しなかったからかい？　こっちだってびっくりしていたんだよ、兄上。われにかえったときには、すでにジャスティンが彼女を屋根裏に引っ張り上げていたんだ！」

マックスは眉根を寄せたまま応じた。「ふたりにけんか腰でいろいろ言ったそうじゃないか。どういうつもりなんだ、ベルナール？」

弟は自分を恥じるかのようにうなだれた。「怒鳴るつもりはなかったんだよ。でも、兄上が知ったらどんなに悲しむだろうと思うと……ふたりは思い出の品をあさっていたんだからね。兄弟なんだから当然だろう？　忌まわしい過去を思い出させる品々のことで、兄上につらい思いをさせたくなかったんだよ。だからふたりに、過去はそっとしておけと言いたかった。言い方が少し厳しかったとは思う」

「コリーヌはジャスティンの母親だ。あの子が望むなら、いつだって母親の持ち物を見る権利がある」

「ああ、それはもちろんだね」ベルナールは悔やむように言った。「でもリゼットは――」

「それはおまえが気にかける問題じゃない。彼女の言動で気に入らないことがあればわたしに言え。いいか、リゼットはもうこの家の女主人なんだ。コリーヌよりもずっと、妻としてよくやってくれている。それから……」マックスは意図的に言葉を切り、弟の顔を見据えた。

「今度またわが妻を怒鳴りつけたりしたら……おまえにここを出ていってもらう」

ベルナールは怒りに顔を紅潮させたが、かろうじてうなずいてみせた。


早朝、マックスはひとり、大階段を下りて一階に向かった。一緒に馬でプランテーションをまわろうと誘ったのに、リゼットに頑として断られたばかりだった。情熱的な夜を過ごしたあとだったため、先だって買ってやったばかりの元気なアラブ馬に乗るのは無理だというのだ。

玄関扉に向かう途中、居間からなにやらうめき声が聞こえてきた。何事だろうと思って行ってみると、アレクサンドルが長椅子の上で伸びていた。ブーツを履いたままの足は、片方が金色のロココ調の肘掛けにのり、もう片方が床にだらりと落ちている。髪は乱れ、無精ひげが伸び、服もしわだらけ。部屋中につんと鼻をつくアルコールの臭いが漂っている。

「なんと麗しい姿だ」マックスは皮肉めかした。「放埒な一夜を過ごしたヴァルラン家の男の図だな」カーテンを勢いよく開けて、光の洪水を部屋に招き入れる。

アレクサンドルはナイフで刺されたようなうめき声をあげた。「ひどいよ兄上、悪魔の所業だ」

「今週はもう四度目だぞ」マックスはさらりと指摘した。「いくらおまえでも、やりすぎだろう」

弟は隠れ家を探す傷ついた動物のように、長椅子の隅に丸くなった。「兄上なんか地獄に落ちろ」

「おまえがなにをそんなに悩んでいるのか聞いてからな。その調子で飲みつづけたら、週末まで命が持たんぞ」

アレクサンドルはちっと舌打ちをし、自分の息の臭いに顔をゆがめた。細目を開けてマックスを見やり、震える手で兄の顔を指差す。「ゆうべもまた……」のろのろと口を開く。「リゼットを襲ったんだろう？」

マックスは満足げにほほえんだ。

「襲った翌朝は、にやにやしてるからすぐわかるんだ。なあ兄上……結婚生活は順調かい？順調ならよかったよ。だが兄上のおかげで、わが家の人間に幸せな結婚は不可能だ」

「どうして？」

「そういう目で見ないでくれよ。わたしが妻をめとることを望んでいるとは、夢にも思わなかったとでもいうのかい？　わたしだって、いつでも優しく応じてくれる相手がほしかったさ……いつかは自分の子どもだって」

「どうして無理だと思うんだ？」

「わからないのか？」アレクサンドルはよろよろと身を起こし、そうでもしないともげてしまうとばかりに手で頭を支えた。「兄上のせいでヴァルランの名は地に落ちた。それでもまだ、まともな家の人間がわが家の男たちに娘を差しだそうとすると思うかい？　そりゃ兄上はなんの不自由もなくていいさ……リゼットまで手に入れた……でもわたしは……」

「アレックス、もういい」先ほどまでの愉快な気持ちは、弟への深い思いやりに取って代わられている。マックスは近くの椅子に腰を下ろした。「落ち着け」こんなに打ちひしがれた様子のアレクサンドルは初めて見る。「おまえがしらふになるまで待ったほうがいいんだろうが、がんばっていま話してしまおう、な」

「わかった」アレクサンドルは果敢に答えた。

「原因は、アンリエット・クレマンか？」

「ああ」

「彼女を愛してるんだな？　求愛するのを認めてほしいんだろう？」

「そうだ」

「だが父親が許してくれない、おまえはそう思いこんでいる？」

「思いこんでるんじゃなくて、それが事実なんだよ。もう話はしてみたんだ」

マックスは眉根を寄せた。「クレマンに求婚の許可を申し込んで断られた？」

「そうだよ！」アレクサンドルはうなずきかけて顔をしかめた。「でもアンリエットは……わたしを愛してると思う」

マックスは身を乗りだして言い聞かせた。「あとはわたしにすべて任せろ。その間おまえは――聞いてるのか、アレクサンドル？　今日は一日家にいろ。夜も出かけるな。もう酒は飲むな、わかったか？」

「もう飲まない」アレクサンドルは素直に従った。

「ノエリンに言って、二日酔いの特効薬を持ってこさせるからな」

「ボン・デュー、それだけはいやだ」

「飲むんだ」マックスは淡々と命じた。「アンリエットを手に入れるためだ。明朝には、さわやかな青年に戻っていろよ」

「やってみるよ」弟は痛む頭で一瞬考えてから答えた。

「よし」マックスはほほえんで立ち上がった。「もっと早くわたしに相談していれば、前後不覚に陥るほど飲まなくてすんだろうに」

「この件で、兄上にできることなんてないと思ったんだよ」アレクサンドルはいったん口を閉じた。「いや、いまだってそう思ってる」

「説得はお手のものだよ」マックスは請けあった。

アレクサンドルはまごついた顔で兄を見上げた。「まさか、決闘を申し込むつもりかい？」

「いいや」マックスは声をあげて笑った。「ヴァルラン家に決闘はもういいだろう」

「兄上……クレマンにイエスと言わせてくれたら……ひざまずいて足にキスするよ」

「いらん」マックスはそっけなく言いかえした。

ジャック・クレマンは皮肉めかした笑みを浮かべ、玄関広間でマックスを迎えた。「今日のうちに来ると思っていたよ、ヴァルラン。弟のことだろう？　父なら朝食の間《ま》でカフェを飲んでるよ」

マックスは壁際にそびえる精巧な彫刻のほどこされた柱に寄りかかった。ジャックの父、ディロン・クレマンとの対決を急いではいない。ディロンは名士として周囲の尊敬を集めているが、とにかく気が短い。ルイジアナに入植した最初のフランス人の血を引く、骨の髄までクレオール人の男だ。ルイジアナが合衆国の一部となることを望んだ人間、あるいはアメリカ人の知事と友好関係を築いた人間にはとりわけ容赦がない。

豊かな経験と知識を誇るディロンは、動乱の時代をみごとに生き延びた。約四〇年前にスペインがフランスからこの地を奪取した際には、その影響力を駆使して市民の怒りを鎮め、マックスの父であるヴィクトル・ヴァルランともどもスペインから莫大な褒美を得た。十分すぎるほどの富と影響力を手に入れたいま、ディロンはおのれが望まぬことはすべて拒否できる。

ディロンはヴィクトルと親友だった。だがヴィクトルへの友情が、息子であるマックスに向けられたためしはない。政治理念がまったく異なるためだが、コリーヌの死がふたりのあいだの隔たりをさらに広げた。ディロンはスキャンダルが大嫌いなのだ。

マックスは二階を見上げた。「なあジャック」もの思いにふける声でたずねる。「おまえの妹は、アレクサンドルに愛情を抱いているようなことを言ってたか?」

「アンリエットも間抜けだよ」ジャックは言った。「昔からそうだ。弟には、似たような女をもっと簡単に手に入れられると言ってやってくれ」

「つまり、アレクサンドルの求愛を望んでいないのか?」

「いや、死ぬほど愛してると思いこんでる。運命に引き裂かれたふたりという筋書きのおかげで――」

「ますますのぼせあがっているわけか」マックスはあとを継いだ。「親父さんの意見は？」

「もちろん大反対さ」

「正直言って、そんなに悪い組み合わせではないと思うんだがな」

ジャックは肩をすくめた。「残念ながら、アレクサンドルの人となりはよく知ってるんだ。いくら言っても無駄だよ。あいつにアンリエットへの誓いは守れない。ふたりの愛とやらは、もってせいぜい一年だよ。アレクサンドルは愛人を作り、妹は悲しみに打ちひしがれる。だったら、愛という幻想のない結婚のほうがましだ。きちんと相手を選んでやれば、妹はまっとうな人生を歩める」

「だが、たった一年間の幻想でも、まったく愛がないよりはいいぞ」

ジャックは声をあげて笑った。「まるでアメリカ人のせりふだな。結婚より愛をとるなんてのは連中の考え方。クレオール人はそんなの認めない。二階にいるあの無愛想なご老体を説得しようなんて考えるなよ。命が惜しかったらな」

「ご忠告、感謝するよ。じゃあ、わたしは二階にお邪魔してくる」

「一緒に行こうか？」

マックスはかぶりを振った。「いや、結構だ」

クレマン邸は簡素ながら優雅なしつらえの屋敷だ。アメリカアカマツ材の床は磨き上げられてルビーのごとき輝きを放ち、各部屋にはこげ茶色のオーク材の家具と上等な手織り絨毯が備えられている。マックスは階段を上りながら手すりをそっと指でなぞり、少年のころにジャックと滑り下りて遊んだのを思い出した。

二階の廊下で誰かの視線を感じてつと足を止める。肩越しに振りかえると、羽目板張りの扉のひとつがかすかに開いていた。アンリエットが懇願するまなざしで、隙間からこちらを見ていた。おそらくお目付け役のおばが近くにいるので、なにも言えないのだろう。マックスは安心させるように小さくうなずいてみせた。アンリエットが用心を忘れて扉を開く。とたんに扉の向こうから、勝手な振る舞いをしかりつける声が聞こえ、扉はすぐさま閉まった。

マックスは苦笑を浮かべた。途方に暮れた恋人たちの、最後の頼みの綱になど本当はなりたくない。それでも彼は、ディロン・クレマンに言うべき言葉が見つかることを祈りつつ、朝食の間を目指した。

部屋に現れたマックスを、ディロンは鋭いまなざしで迎えた。ふわふわの白髪が頭頂部できらめいている。ディロンが口を開くと、たるんだ首に埋もれていた角張った顎が現れた。鉄灰色の瞳がマックスの瞳を射抜く。老人は身ぶりで座るよう促した。

「座れ。おまえと話すのはずいぶん久しぶりだな」

「結婚式で話しましたが」マックスは老人のまちがいを正した。

「ノン。二言三言では話したうちに入らん。おまえはあの小さな赤毛の花嫁に見とれて、わしにはまるで知らん顔をしておった」

マックスはまじめな表情を作り、笑いをこらえた。あれほどもどかしい夜はいままでなかった。まだ結ばれるには早い。そう頭ではわかっていながら、リゼットから視線を引き剝がすことさえできず、死ぬほど彼女を求めていたからだ。「遺憾に存じます」

「口先ばかりでなにを言うか」ディロンは不満げにもらした。「いや、本音だな。なにしろ今日のおまえは、わしに頼みごとがあるのだからな。ところで結婚生活はどうだ？　そっちもやはり遺憾か？」

「それについてはまったくそのようなことは」マックスは即答した。「妻には大変満足しています」

「どうせ今日は、弟のことでわしに泣きつきに来たのだろう、ええ？」

「いえ、わたし自身のことです。アレクサンドルの求愛を反対なさる一番の理由は、このわたしにあるそうですから」

「それはちがうな。弟にそう言われたのか？」

「わたしが過去にヴァルランの名を地に落とさなければ、お嬢さんへの愛情は歓迎してもらえた——弟はそう考えています」

「なるほど。最初の妻の一件か」

マックスは老人の射るような目をじっと見かえし、短くうなずいた。

「たしかにあれは問題だ」ディロンは断じた。「だがこの一件に反対しているのは、おまえの弟の性格ゆえだ。外見ばかり気にして、意志薄弱で、ろくに働きもしない——あらゆる意味で認められん」

「あの年ごろの男はみなそうでしょう。でもわが弟なら、アンリエットになに不自由のない暮らしを約束できます」

「たわけたことを。あいつはとっくに、自分の相続財産を食いつぶしているのではないのか？」

「わが家の財産はわたしが管理するよう父に命じられました。ですからアレクサンドルには、一家族を十分に養えるだけの資産が残っています」

ディロンは無言で、灰色の太い眉の下からマックスをにらんでいる。

「ムッシュー・クレマン」マックスはゆっくりと口を開いた。「ヴァルラン家の家柄についてはあなたもよくご存じでしょう。お嬢さんはきっと、アレクサンドルの妻として幸せをつかめるはずです。どうか感情的にならず、現実的かつ理にかなった縁談だと認めてはいただけませんか？」

「あいにく、現実的になろうにもなれんのだ」老人はつっぱねた。「なにしろ当人たちが、吐き気がするほど感情的になっているのだからな！　感情だけで幸せな結婚ができると思うか？　ノン！　人目もはばからず求愛し、大げさに愛情を表現し、芝居がかったしぐさで、かなわぬ思いに歯ぎしりし、胸をかきむしる――そんなもの愛ではない。わしはいっさい信じぬ」

その言葉を聞いて、マックスはやっと、ディロンが反対する理由を理解した。愛ゆえの結婚を娘に許せばおのれの自尊心が傷つく。なぜならそれは、クレオールのしきたりにそぐわないから。この結婚を許せば、ディロンは物笑いの種になる。鉄の意志もどこへやらだと揶揄される。ルイジアナを侵しつつあるアメリカ的価値観に、まんまと影響されたとまで言われるかもしれない。要するに、愛ゆえの結婚はディロンの名をおとしめることになるのだ。

「同感です」マックスは大急ぎで考えをまとめた。「ふたりを引き離そうとすれば、かえって恋情《ナチュレルマン》は燃え上がるばかりでしょう。だったら、長めの求愛期間を設けてはどうでしょう。もちろん、厳しい監視の下で。ふたりの愛が薄れるのを待つんです」

「なんだかよくわからんな」

「そんなに長くはかかりません、おそらく一年も必要ないでしょう。若いうちは気まぐれですからね」

ディロンは眉根を寄せた。「たしかに」

「激しい恋情が薄れてお互いへの関心を失ったころに、ふたりを結婚させるのですよ。アンリエットもそのころには、弟との結婚はいやだと言いだしているかもしれない。ふたりにとってはいい教訓になるでしょう。結婚して数年もたてば、あのふたりもわが両親のように……あるいはあなたと奥様のように、理性ある愛情を徐々に相手に抱けるはずです」

「ふうむ」ディロンが顎を撫でる。マックスは息を詰めて老人の答えを待った。「悪い案ではないな」

「理にかなっていると思いますよ」マックスは穏やかに応じた。板ばさみで悩んでいたところへ解決策を与えられて、老人が内心ほっとしているのが感じられた。この方法なら、ディロンは娘が望む夫を迎え、なおかつ自尊心も保てる。

「ふうむ。よかろう、その作戦で進めてくれ」

「承知しました《ビヤン》」マックスは事務的に応じた。「ところで持参金は――」

「その話はまた今度だ」ディロンは無愛想にさえぎった。「さっそく持参金の話を持ちだすとは……さすがはヴァルラン家の人間だな」


「愛していないふり？」アレクサンドルは大声をあげた。「わけがわからない」

「わたしを信じてくれ」マックスは言いながら、通りかかったリゼットの腰に腕をまわして、膝の上に抱いた。「お互いに関心を失うのが早ければ早いほど、結婚式も早まるんだ」

「そんなまわりくどい方法を思いつくのは兄上くらいなものだよ」アレクサンドルは皮肉めかした。

「アンリエットと一緒になりたいんだろう？」マックスは淡々と応じた。「この方法なら実現するぞ」

　リゼットは夫に擦り寄って髪を撫でた。「さすがね、マックス」

「そうでもないさ」マックスは言いながらも、褒められてまんざらでもない様子だ。

　彼女は声を潜めてつづけた。「これでハッピーエンドまちがいなしね。ロマンチックなわたしのだんな様のおかげだわ」夫婦でにっこりと笑みを交わしあう。

アレクサンドルはうんざりした声をあげて立ち上がった。「兄上がロマンチックだって」とつぶやく。「こいつはきっと悪夢だ」

それから数週間、アレクサンドルとアンリエット・クレマンはあてにならぬ未来を胸に交際をつづけた。アレクサンドルは幾夜となくアンリエットと居間で過ごしたが、部屋には必ずクレマン家の一同もいた。馬車で出かけるときには、彼女の母親とおばが同行した。教会でも舞踏会でも、彼はアンリエットとけっして目を合わすまいとした。彼女のそばにいられる喜びと、にもかかわらず断固として距離を置きつづけねばならない現実に、切望感はいや増すばかりだった。

アンリエットがくれるほんの小さな合図にすら、重大な意味があるように思われた。別れるときにはいつもゆっくりになる足どり。ごくまれに目が合ったときに彼女の瞳に宿るきらめき。若い男なら誰だって、このような状態には耐えられまい。

やがてアレクサンドルは、ほかの女性にいっさい関心を失っている自分に気づいた。これには当の本人も驚いた。ベルナールと一緒に夜遊びでもしてこいと長兄に勧められたときには、心の底から憤りを覚えた。

「おまえが禁欲生活を送っているらしいとの噂がディロンの耳にも届いている」兄は穏やかに警告した。「おまえがアンリエットに夢中なのは誰の目にも明らかだ。そろそろ、彼女への関心を失ったふりをしてくれなくては困るな」

「そのために売春宿に行けというのかい？」

「前はよく行っていただろう？」兄が指摘する。

「ずっと前の話じゃないか。少なくとも、最後に行ってから二カ月は経った」

兄は声をあげて笑い、だったら別の方法で、アンリエットに飽きたように見せかけろと命じた。アレクサンドルは内心で身もだえしながらも、クレマン家を訪問する回数を減らし、徐々に間遠になっていった。アンリエットも懸命に、そろそろ婚約が発表されるらしいとの噂に無関心をよそおいつづけた。

　愛を取り上げられたふたりに同情したリゼットはマックスに訴えた。「ムッシュー・クレマンの自尊心を保つだけのために、ふたりにこんな試練を強いるなんてばかげているわ。ごく単純な話を、極めて複雑にしているだけじゃない」

「容易に手に入らないものを切望する――アレクサンドルにはそういう経験をさせたほうがいいんだ」マックスはほほえみ、身をかがめて妻にキスをした。リゼットはドレッサーの前で、寝る前に髪を編んでいるところだ。「最高のものには待つ価値がある。きみがそうだったように」

「あら、わたしのことなら待たなくてもすぐ手に入ったのに」

「きみとの出会いを待っていたんだよ」

　胸を打たれたリゼットは、笑みをたたえて夫の手のひらに頬を寄せた。「ビヤン・ネメ……本当に殺し文句が上手ね」ドレスの前ボタンをはずしながら、たんすのほうを指差す。

「ナイトドレスを持ってきてくれる？」

「あとでね」マックスはささやいて、妻の肩からドレスを脱がせた。

やがて、ニューオーリンズの社交シーズンを飾る大規模な舞踏会が、ルジュール家で開かれる日がやってきた。農園主であるルジュール家の、三人娘のうちのひとりが婚約した祝いの舞踏会だ。相手の男性はポール・パトリスといって、地元で活躍する裕福な医師の息子である。普通、農園主の娘にとって医師の息子は望ましい結婚相手とはみなされない。だがパトリス家の男子のうち唯一独身のポールは、ハンサムなばかりか礼儀作法もわきまえており、いたって紳士的な性格をしている。ジャスティンとフィリップとはわずか三つしか年がちがわないというのに、ポールは裕福な家と婚姻関係を結ぶため、気楽な独身時代をあっさり捨てた。

「自由な時間はたったの一八年間。もう自分に手錠をかけようっていうんだから呆れるよ！」ジャスティンは皮肉めかした。「来年にはきっと子どもが生まれるぜ……やだやだ、ボン・デュー《ボン・デュー》あいつ、自分がなにをしているかわかってるのかな」

「フェリシー・ルジュールが相手ならきっと不満はないよ」フィリップはどこか夢見るような口調で応じた。「結婚って、ジャスティンが考えるほどひどいものじゃないと思うけどな」

ジャスティンは頭がどうかしたかとばかりに呆れ顔で弟を見た。口をゆがめて冷笑を浮かべる。「おまえもじきに結婚しそうだな」

「かもしれないね。いい子が見つかればだけど」

「おまえの好みのタイプ、おれ知ってるぞ。本の虫で分別臭い、眼鏡ちゃんだろ。その子と美術や音楽や、つまらないギリシャ神話について話しあうんだ」

フィリップはむっとして、ラテン語の本を兄の目の前で閉じた。「美人に決まってるだろ」と重々しく言う。「優しくて物静かな子だよ。それでジャスティンがぼくにやきもちを焼くんだ」

ジャスティンは鼻を鳴らした。「おれは船で東に旅立ってハーレムを作る。五〇人の女をはべらせるんだ！」

「五〇人？」リゼットはおうむがえしに言い、声をあげて笑った。ちょうど部屋に入ってきたところだった。「そんなにいたらあなたてんてこ舞いよ、ジャスティン」

ジャスティンは冷笑を消して天使のような笑みで応じた。「でも、プティット・ママンみたいな人が見つかったら、ひとりで我慢するよ」

少年のお世辞《プテートル》に笑い声をあげたリゼットは、ほほえんだままフィリップを見やった。「ひょっとしたら、今夜は好みのタイプの子に出会えるかもしれないわ。ふたりは、ベルナールとアレクサンドルと一緒の馬車でいいわね？」イレーネはリウマチの発作が出ているので、今夜は同行できない。

フィリップはうなずいた。「うん。父さんが、一台目の馬車にリゼットとふたりで乗るって言ってたから」

「ふたりきりで?」ジャスティンはおやという顔で言った。「どうして馬車でふたりきりになりたいんだろう? フィリップとおれも一緒だっていいのになあ。そうか、もしかして父さんはリゼットに——」

「やめろよ!」下品な物言いをする兄を、フィリップは顔を真っ赤にしてたしなめた。兄の頭めがけてクッションを投げつける。ジャスティンは頭を下げてそれをかわした。

リゼットは必死に笑いをこらえた。「じゃあ、ルジュールのお屋敷でね」とまじめな面持ちで言い、ボンネットと手袋を手にノエリンが待つ、玄関広間に向かった。

ニューオーリンズでもとくに小さなバイユーに面して立つルジュール邸は、あっさりとしたデザインながら風格をたたえた壮大な屋敷だ。かたわらには樹齢三〇〇年以上と言われるオークの大木が生えている。咲き誇る薔薇が屋敷の内外を彩り、豪華なシャンデリアが放つきらめきは邸内を隅々まで照らしだす。招待客は外回廊まであふれており、そのあいだを縫うようにして、飲み物をのせた銀のトレーを手に使用人が歩いている。

母屋のとなりに見える建物は、プライバシーを必要とする男性客や独身男性のための離《ギャルソニエール》れだ。近侍を伴った紳士が数人、夕方からそこに集まり、酒とたばこを楽しみながら街の最新事情を語りあっていた。その間も邸内で過ごしていた女性陣はいま、思い思いに着飾って舞踏室に集まりつつある。今夜のためにルジュール家は地元の楽団を呼んでおり、カドリールの軽快なメロディーがおもてまで流れてくる。

「リゼット」マックスは馬車を降りる妻に手を貸しながら言った。「ちょっといいかい?」

「なあに?」リゼットは妙に無邪気そうに目を見開いてたずねた。「どうかしたの、ビヤン・ネメ?」

「アレクサンドルに、アンリエットとしばらくふたりきりになりたいから手助けしてくれと頼まれているんじゃないかい? なにも企んでないだろうね?」

リゼットは驚いた顔をした。「いったいなんの話?」

マックスは警告するように妻を見つめた。「今夜、お互いへの無関心を衆目の前で示すことができさえすれば、ふたりは数カ月後には結婚できるんだ。だが万一、逢引しているところを見つかったりしたら、わたしにはもうお手上げだ」

「心配いらないわ」リゼットは請けあった。

「アレックスはつまらない失態のためにアンリエットを失う恐れだってあるんだよ。きみはディロンの自尊心がどれだけ大きいかわかっていない」

「大丈夫、ちゃんとわかっているわ」リゼットは夫から離れようとした。だが彼は妻の腰に両手を添え、じっと瞳をのぞきこんだ。「マックス」リゼットが抗う。「わたし、まだなにもしてないわ!」

「これからもするな」マックスは警告し、手を離した。

それから二時間。マックスは弟と妻を監視しつづけたが、どちらも舞踏室を出ようとしなかった。招待客にふるまわれる上等なワインを一、二杯飲むころには、すっかりくつろいだ気分になっていた。ワインはルジュール家の農園で作られた特上品だ。

マックスは当主にワインの出来と娘の婚約への祝いの言葉を伝えたのち、ほかの客と合流してしばし歓談した。

その様子を遠くから、リゼットは誇りを胸に眺めていた。となりにはアレクサンドルが立っている。今夜の夫は黒と白の盛装に身をつつんでいる。長い指でワイングラスを持ち、周囲の男性陣と語らうさまは、優雅で男らしく、とてつもなく魅力的だ。そんな彼が自分のものだとは。

アレクサンドルが義姉の視線を追って言う。「楽じゃないよ、兄上の弟でいるのは」

リゼットは眉根を寄せた。彼女は幾度となく目にしてきた。マックスが弟たちのために便宜をはからい、ふたりが必要としているものを手に入れられるよう根回しし、愚痴ひとつこぼさず借金を肩代わりするのを。アレクサンドルのいまのせりふは恩知らずもいいところだ。

「マックスには何度も助けてもらっているでしょう？」

「まあね。でもベルナールもわたしも、兄上が求める水準に応えるのに苦労してね。当の兄上はなんでも完璧にこなすし。ところが突然、兄上の名は地に落ちた。家族全員が影響を被ったよ。ヴァルランの名は汚れ、ベルナールとわたしまで、兄上と同じように蔑みの目で見られた」

「だからマックスを恨んでいるというの？」

「ちがうよ、そうじゃない。以前はそんなふうに思ったこともあったかもしれないけど、いまはちがう。だけどベルナールは……」アレクサンドルはふいに口を閉ざした。なにかを言おうとして、考えなおしたのは一目瞭然だ。

「ベルナールがなんなの？」リゼットは問いただした。

義弟は首を振った。「なんでもない」

「教えてちょうだい、アレックス。じゃないと、手は貸さないわ」

アレクサンドルは顔をしかめた。「ベルナールは兄上を心から許すつもりはないらしいって言おうとしただけさ。それにベルナールは次男だからね。常に兄上と比べられ、劣っているとみなされてきた」

「マックスのせいじゃないわ」リゼットは冷ややかに断じた。「ねえ《ヴレマン》、アレックス……あなたもベルナールも、マックスを言い訳に使ってはいけないわ。自分の言動には自分で責任を持たなくちゃ。マックスはそうしているでしょう」

「わかったよ」アレクサンドルは両手を上げて降参した。「もうこの話はおしまい。だけどさ、義姉さん《マ・スール》、わたしたちには兄上を批判させないくせに、自分は批判するよね」

リゼットはふっとほほえんだ。「だって、わたしは妻だもの」

妻がいつ姿を消したのか、マックスは気づかなかった。だがいなくなったとわかるとすぐ、舞踏室の歓談の輪を礼儀正しく離れて、外回廊に出る扉のほうへ向かった。彼女の姿はやはりなかった。

「くそっ、リゼットめ」と小声で悪態をつく。つづけて彼は庭を目指した。妻がアレクサンドルとアンリエットの逢引を手引きしたとしたら、おそらく場所はそこだろう。

みごとに手入れされた広々としたルジュール家の庭には、欧州や東洋から輸入した珍しい樹木や草花があふれている。人工池には魚が泳ぎ、かわいらしい橋まで架かっている。マックスは怒った孔雀を追い散らしながら、遊歩道へと通じる薔薇のアーチをくぐった。遊歩道の先はランタンの数が減って闇が濃さを増していた。やがて、大きなイチイの木が立ち並ぶあたりに出た。天使の像が踊り、魚の形の噴出し口が設けられた噴水は庭のちょうど中央に位置しており、そこからさらに数本の小道が延びている。

マックスは口のなかで悪罵を吐いた。これでは妻もその連れも見つかりっこない。舞踏室に戻って待つ以外の選択肢はなさそうだ。

とそのとき、砂利敷きの小道を踏む足音がした。陰に身を潜めて、近づいてくる人影を見つめる。

ディロン・クレマンだった。娘がいなくなったことに気づいたにちがいない。マックスに気づきもせず、のしのしと前を通りすぎていく。マックスは顔をしかめた。老人が怒り心頭に発しているのは明白だ。アンリエットとアレクサンドルを老人より先に見つけないと大変なことになる。ディロンは左に向かった。記憶がたしかなら、その先には東屋がある。思わず笑みがもれた。若いころはマックスもその東屋を利用した。いまだにふたつみっつ楽しい思い出が胸に残っている。だがアレクサンドルはあそこを逢引の場所には選ばない。見え見えすぎる。

　ままよ、とばかりにマックスは反対の小道を選んだ。果樹が生い茂る温室につづく道だ。陰から出ないように気をつけながら歩を進めると、やがて温室の片隅に立つリゼットの姿が見えてきた。遠くでフクロウが鳴く。妻は跳び上がって驚き、左右に視線を走らせた。

　妻を見つけたとたん、マックスは苦笑いを浮かべた。弟たちの逢引に手を貸したりしないと言ったばかりなのに。まんまと人の鼻を明かしておいて、そのまま逃げおおせはしないと教えてやらねば。

　リゼットはため息をついた。早く舞踏室に戻りたい。自分がいなくなったことにマックスはもう気づいただろうか。フクロウが低く鳴き、彼女はぎくりとした。

と突然、たくましい腕が背後から腰にまわされた。大きな手に口をふさがれ、恐怖に息をのむ。れんがのように硬い胸板に無理やり引き寄せられる。口をふさぐ手を半狂乱で引き剥がそうとしていると、耳元で聞き慣れた声がした。

「庭を散策したかったのなら、言ってくれればエスコートしたのに」

　リゼットは安堵につつまれて体の力を抜き、口から手が離れるとほっと息をもらした。

「マックスったら……」振りかえって夫の首に両の腕をかける。「びっくりするじゃない！」と責めてから胸板に額を押しあてた。

「お仕置きだよ」

夫の険しい表情に気づいて、彼女は眉をひそめた。

「ふたりはどこだ？」

唇を噛んで温室を見やる。扉が開き、アレクサンドルが顔を出した。髪は乱れに乱れ、唇が濡れている。「リゼット？　なにか物音が――」兄がいるのに気づくとアレクサンドルは凍りついた。沈黙が流れる。

最初に口を開いたのはマックスだった。「一分だけやるからアンリエットに別れを告げてこい。しっかりとな。これが永遠の別れになるかもしれないぞ」

アレクサンドルは温室内に消えた。

事情を説明しようとして、リゼットは息もつかずに一気にまくしたてた。「たった五分間ふたりきりになりたかっただけだし、協力すると前から約束していて、いまさら破ることもできないでしょう、あなただって、わたしがアンリエットをここに連れてきたときのふたりの嬉しそうな顔を見たらわかるはずよ、どうしてわたしが――」

「家に帰ったら、当分のあいだ椅子に座れないくらい尻をたたいてやる」

リゼットは蒼白になった。「嘘でしょう」

「いや、喜んでお仕置きしてやる」マックスは請けあった。

夫の首から腕を下ろす。「マックス、まずは話しあいましょう……」

彼が聞いていないのに気づいて、リゼットは口をつぐんだ。夫の瞳には警戒の色が浮かんでいる。「どうかしたの?」

するとマックスはなにも言わずに彼女を抱き寄せ、いきなり唇を重ねた。驚いたリゼットは身をよじりながら叫ぼうとしたが、腕はしっかりと体にまわされており、叫び声も彼の口にのみこまれてしまった。夫は顔を傾けていっそう深く口づけると、舌をねじ入れてきた。片手が腰のほうに下り、やわらかな臀部をつつみこみ、硬くそそり立つ部分に押しあてる。リゼットは視界がぼんやりとしてくるのを覚えながら、もがくのをやめた。身を震わせながら息をのみ、弓なりにした体をいっそう強く押しつける。ところが夫は、彼女が小さく抗うのもかまわず、唐突に唇を離した。

「これは……こんばんは、ムッシュー・クレマン」マックスはかすれた声で言った。

リゼットが慌ててそちらに向きなおると、ディロン・クレマンのいかつい顔が数メートル先にあった。怒りを抑えこんだ目は、射抜くようにこちらを見ている。

「娘のアンリエットがあなたと一緒にいるのを見たという方がいましてね、マダム・ヴァラン」老人は鋭く言った。「娘はどこです?」

リゼットは夫を振りかえり、なすすべもなく見つめた。

「申し訳ありませんが、お役には立てないようです、ムッシュー」マックスはそう答えつつ、リゼットの背骨の一番上を親指でそっとなぞった。「妻はわたしとふたりきりになるためにここに来たものですから」

「ではアンリエットの姿は見ていないと?」

「ええ、この名に賭けて見ていないと断言しますよ」

リゼットは目を閉じて祈った。どうかアレクサンドルとアンリエットが温室から出てきませんように。

14

ディロンはふたりを凝視し、リゼットの狼狽した表情とドレスの乱れ、マックスの感情を抑えた顔と明らかな高ぶりとを見てとった。夫婦は結婚してまだ日が浅い――ふたりきりになるためにこっそり庭に出るくらいのことは、いかにもやりそうだ。老人はそう判断すると、最後にもう一度だけ不審の目を向けてから、咳払いをしてきびすをかえし、あらためて娘を捜しに行った。

リゼットは感謝の念につつまれながら夫を見上げた。「あなたが現れなかったら、きっと見つかっていたわ。ありがとう」

「ドレスを直しなさい」マックスはぶっきらぼうに命じた。「すぐにアンリエットを邸内に連れ戻すんだ」

不幸な恋人たちが温室からそっと出てくる。罪悪感に打ちひしがれたアンリエットを、リゼットはほほえみで励ました。「行きましょう。タントのところに早く戻らなくちゃ」

彼女はそろそろとアレクサンドルから離れ、リゼットについて母屋に戻る小道を歩いていった。アレクサンドルは唇を噛んだ。見るからに恋人を呼び戻したそうな顔だが、これ以上、兄を怒らせる勇気はあるまい。

マックスは不快げに唇をゆがめ、妻の背中が見えなくなるまで見送った。

アレクサンドルは反抗的に兄をにらみつけた。「兄上には愛のなんたるかがわからないのかい？　腕が痛くなるほど誰かをきつく抱きしめたいと切望するのがどんな気持ちか、知らないのかい？　兄上がいまのわたしの立場だったら、同じことをしなかったと断言できるかい？　自分はリゼットを手に入れるために彼女の体面をさんざん汚したくせに。わたしに言わせれば——」

マックスは両手を上げて制した。「いいかげんにしてくれ。おまえがアンリエットと逢引しようがしまいが、そんなのはどうでもいい。リスクを背負うのはおまえ自身だ。ただしそのためにわが妻の手を借りるのなら、わたしにも干渉する権利がある」

アレクサンドルはひとりよがりな怒りを鎮めた。「それはそうだけど……でも今回はリゼットがぜひ手伝いたいと言ったんだよ」

「そりゃそうだろう。彼女は優しいからな。それに頼まれるといやとは言えない。リゼットのそういう性格を利用するのはたやすい、ネスパ？　だが二度と彼女を巻きこむな、アレックス。次は許さないぞ」

弟はおのれの浅はかさを恥じるようにうなずいた。「すまなかった、兄上。アンリエットのことしか考えられなくて——」

「わかってる」マックスはさえぎった。

「リゼットに腹を立てているんだね。でも彼女を責めないでくれ。アンリエットとわたしが頼んだのがいけなかったんだ。まさか彼女に罰を与えたりしないだろう？」

両眉を上げ、マックスは冷笑を浮かべた。「どうした、アレックス……まるでわたしからリゼットを守らねばならないとでも言いたげじゃないか」


アンリエットを無事におばのもとに帰したあと（おばは逢引についてディロンに告げ口しないと約束してくれていた）、リゼットは外回廊にひとりで向かった。隅の暗がりに立ち、罪悪感に苛まれつつ、マックスに見つからなければいいけれどと思う。だが遅かれ早かれ夫と向きあわねばならないのはわかっている。夜食の用意が整ったのだろう、邸内では招待客たちがぞろぞろと食堂に向かっている。リゼットにとって、今夜の舞踏会はすでに輝きを失ってしまった。妙に落ち着かない気分だった。

夫の自尊心を傷つけたことに、深い後悔を覚えた。マックスは寛大で理解ある夫だが、やはりクレオールの男である。なのにリゼットは、夫の明白な希望に背いてしまった。彼女は眉をひそめて、どうすれば夫の怒りを鎮められるだろうと考えた。

足音が聞こえたかと思うと、黒い人影がやってくるのが見えた。夫が自分を捜しているのだと思い、「マックスなの？」とたずねる。すると足音がやんだ。リゼットは夫から目をそらしたままつづけた。「ごめんなさい。アンリエットとアレクサンドルのさびしそうな顔を見ていられなかったの。でもあなたの言うとおりよ。やっぱりちゃんと言うことを聞くべき

――」なだめるように笑みを浮かべて歩み寄る。「あなたの喜ぶ顔が見たいわ、ビヤン・ネメる。言葉を切って鋭く息をのむ。相手の顔がはっきりと見えた。マックスではなく、エティエンヌ・サジェスだった。

目はぎらつき、吐く息はアルコールの臭いがした。「こいつはなんともそそる申し出だな」サジェスはつぶやいた。「おまえがどうやって償うか、ちゃんとお見とおしだよ。その可愛い口と器用な手を使うんだろう？　おまえのだんながうらやましいよ、リゼット……おれの気持ち、わかるだろう？」

脂ぎったサジェスの顔に浮かぶ表情に、リゼットはぞっとした。ひどく酔っているらしい。脇をすり抜けて逃げようとしたが、行く手を阻まれてしまった。「通してちょうだい」と低い声で命じる。

「まだだ。おまえがだんなに与えてるものを、ちょっとばかり味見させてもらってからだよ。そもそもおまえは、わたしのものだったんだからな。本来ならわたしのベッドで毎晩眠るはずだった。ヴァルランではなくわたしこそが、おまえの脚のあいだでいい思いをするはずだったんだ」

「ふざけたことを言わないで」リゼットはぴしゃりと言い放った。頭のなかでさまざまな考えが駆けめぐる。サジェスを相手にここで悶着を起こすわけにはいかない。たちまちスキャンダルとなり、また決闘だ。誰かに目撃される前に早く彼から逃れなければ。「当時もいまも、あなたなんて大嫌い。わたしの前から消えてちょうだい、この酔っぱらい」

サジェスはてらてらと光る唇をにやつかせた。「なんて元気のいい、気の強い女なんだ。ニューオーリンズ一の美人じゃなくても、男を満足させる方法はよおくわかっているらしいな」よろめきながらリゼットに近づく。「哀れなリゼット。わたしの妻になることだってできたのに、人殺しとベッドをともにしているとはな」

「真犯人はあなたなんじゃないの？」

サジェスはにやりとした。「いいや、わたしじゃない。コリーヌを殺す必要などありゃしない。彼女はほしいものはなんでも――いや、ほしいと言わなかったものまでくれたからな。ほとほと飽きてはいたが、殺す理由などなかった」両腕を伸ばして、リゼットの頭上の壁に手のひらをつく。

リゼットはサジェスの顔を凝視した。そこに浮かぶ表情から目をそらせなかった。「あなた、コリーヌの身になにが起きたか知っているのね？」とそっとたずねる。

つんと鼻をつく息が顔にかかる。「ウイ」

「話して」

サジェスは視線で彼女の体を舐めまわした。「話したらお礼になにをくれるのかな？」

リゼットが無言でなおも凝視していると、サジェスは胸に手を伸ばし、乱暴にわしづかみにした。リゼットは相手の横っ面を力いっぱいたたき、体をひねって脇をすり抜けた。だが髪をつかまれ、引き戻された。痛みに押し殺した叫び声をあげ、サジェスの手に爪を立てて、必死に逃げようとする。

サジェスはリゼットの頬に口を寄せて言った。「ようやくおまえの抱き心地をたしかめられるときが来たな」

「やめて――」

「おまえはわたしのものになるはずだった」サジェスは彼女の脚のあいだに膝を押し入れ、濡れた唇と歯で頬を撫でまわした。リゼットが叫び声をあげると、片手で口を押さえ、もう一方の手で乳房をつかんだ。彼女は嫌悪感におののきつつ、その手に嚙みついてもう一度叫んだ。

そのとき、背後から鋭い怒声が聞こえたかと思うと、リゼットはものすごい力で誰かに後ろに引っ張られた。その手が離れたとたんによろめき、細い木の柱をつかんで体を支える。身を震わせながら、ジャスティンがサジェスの喉元を狙って飛びかかるのを呆然と見つめた。すぐさま殴りあいになり、肉を打ついやな音に思わず縮み上がる。

「ジャスティン、やめて！」彼女は必死に助けを求めた。招待客もすでに騒ぎに気づいており、周囲に人だかりができている。誰かがリゼットを指差す。彼女はすぐさま陰に隠れ、乱れた髪を直し、ドレスの身ごろを引き上げた。

やがてひとりの男性が野次馬のなかから飛びだし、ジャスティンをサジェスから引き剝がしてくれた。ベルナールだった。「落ち着け、ばか野郎！」小声で言い聞かせ、身をよじる甥を必死に押さえつける。

「くそっ！」ジャスティンはわめいた。「放せよ！　あいつを八つ裂きにしてやるんだ！」

そこへサジェスの親族が数人現れた。義兄のセヴェラン・デュボワの姿もあった。サジェスを取り囲み、激しく言い争いながら、ギャルソニエールのほうに引っ張っていこうとする。サジェスの振る舞いに恥をかかされ、恥の上塗りを避けるために、とにかく彼を人目につかないところに連れていこうというのだろう。

大勢の視線を感じて、リゼットは屈辱感に身を縮めた。消えてなくなりたい。まさか、自分で蒔いた種だと思われているのだろうか。コリーヌと同じように、サジェスの誘惑を進んで受け入れたと？　そのとき、耳元で声がしてリゼットはぎくりとした。

「リゼット？」フィリップがかたわらに立ち、青い瞳で心配そうに見ていた。このままでは彼女が気絶してしまうとでも思ったのか、肩に腕をまわして支えてくれた。リゼットは少年に寄りかかり、深く安堵した。フィリップは冷静沈着だった。気性の激しい兄とはまるでちがう。ジャスティンはまだ、おじの腕から逃れようとして罵り、もがいている。彼女の視線を追ったフィリップは、顔を真っ赤にした兄を見てかすかにほほえんだ。「ジャスティンはきっと、サジェスとの対決を邪魔したベルナールおじさんを許さないね」

「そうね」リゼットはとぎれがちに笑った。

「大丈夫？」

小さくうなずく。「マックスはどこ？」

「誰かが捜しに行って――」それまで大騒ぎしていた見物人が急に静かになったので、フィリップは言葉を切った。野次馬の群れをかきわけるようにしてマックスが現れた。いっさいの音が消え、ジャスティンも黙りこむ。

マックスは立ち止まり、リゼットの紅潮した顔からジャスティンへと視線を移した。それから振りかえって、親族に囲まれたサジェスを見た。夫の瞳に血に飢えた色が浮かんでいるのを見てとり、リゼットの背筋が凍りつく。

「マックス、だめよ」彼女は鋭く呼んだ。

だがサジェスをにらんでいるマックスは聞く耳を持たなかった。「今度こそきさまを殺してやる」とすごみのある声で言う。その声にリゼットをはじめとするその場にいた全員がすくみあがる。あっと思ったときには、マックスはサジェスにつかみかかっていた。

リゼットは思わず叫び声をあげそうになり、両手で口を押さえた。目の前の夫はまるで見知らぬ他人だった。サジェスを親族たちから引き剝がし、押し倒して、頭を床にたたきつける。ベルナールとアレクサンドルとジャスティンとフィリップが、四人がかりでようやく夫を止めた。

後ろ手に押さえつけられたマックスの前に、セヴェラン・デュボワが進みでる。怒り狂ったマックスの耳にも届くよう、デュボワは威厳のある落ち着いた声音で言った。「ヴァルラン、奥方に対する侮辱への許しを請いたい。すべて義弟の責任だ。一族を代表して心からお詫びする。二度とこのような非礼を働かせないと誓おう」

「その必要はない」マックスはあざ笑った。「今回はそいつを生かしておくなどという失態は犯さない。剣を渡してやれ。この場で片をつけてやる」

「この場で決闘は無理だ」デュボワは応じた。「戦える状態ではない。殺人と同じだぞ」

「では明日の朝だ」

「そんなに彼を殺したいか」デュボワはかぶりを振った。

そこへサジェスの間延びした声が唐突に割って入った。「そうさ、マックスは人殺しが好きなんだ」親族に助け起こされたサジェスは鼻血をぬぐおうともしなかった。

マックスは弟たちの腕から逃れようと激しくもがいた。「放せ」とうなったが、ベルナールとアレクサンドルにいっそう強く押さえつけられるだけだった。

「エティエンヌ」デュボワが鋭く呼んだ。「おまえは黙っていろ」

サジェスはよろめきながら前に進みでると、顔をゆがめて笑った。「コリーヌの身になにが起きたか、きさまはずっと自分自身に嘘をついてきた」マックスに向かって言い放つ。

「どうして真実と向きあわない？　ヒントならそこらじゅうにあるだろうが。そこから真実を導きだそうとしないのはなぜだ？　真相のありかはきさまの家。それをきさまは知ろうとしない」ふいに表情を失ったマックスを見て、甲高い笑い声をあげる。「なんて愚かなやつ――」

「エティエンヌ、いいかげんにしろ！」デュボワがたしなめ、サジェスの襟首をつかんで引っ張っていった。

歩み去るサジェス家の面々をマックスは呆然と見ていたが、いきなり弟たちの腕を振りほどき、あたりを見まわして半狂乱でリゼットを捜した。彼女は回廊の手すりの前に、ピンからほつれて肩に落ちた巻き毛も直さずひとりで立っていた。すぐさま妻に駆け寄ると、マックスは細い肩を両手でつかんだ。

リゼットは震えを止められなかった。「マックス、彼は真犯人を知っているんだわ」

彼女の顔を両手で挟み、マックスは安心させるように、あるいは束縛するように、顔中にキスをした。「けがはないか？」と乱暴にたずねる。

「ええ、大丈夫」

大きな手が肩から背中、腰へと下りていく。人びとの視線を感じたが、リゼットは安堵につつまれながら夫に身を寄せた。他人にどう思われようがかまわなかった。夫の体はこわばり、心臓は恐れと怒りに激しく鼓動を打っている。

「二度とやつにあんなまねはさせない」夫のかすれ声が聞こえた。「必要とあらば、やつを殺す」

ぎょっとしたリゼットはすぐさま顔を上げた。「そんなことを言ってはだめ。もう心配はないのよ、マックス」

夫の黒い瞳は感情がうかがい知れず、平素は浅黒い顔が青ざめている。「まだ心配だ」彼は静かに言った。「安心するのは早い」

リゼットはなにか言おうと口を開いた。だが夫にそっと身を引き離され、アレクサンドルのほうに押しやられてしまった。「屋敷に連れて帰ってやってくれ」

「あなたはどこに行くの？」

マックスは問いかけには答えなかった。「すぐに帰る」

「一緒に帰ってちょうだい」リゼットは懇願した。

夫はアレクサンドルと視線を交わすと背を向けて歩み去った。

「マックス！」リゼットは夫を呼び、あとを追おうとした。

だがアレクサンドルに腕をつかまれてしまった。「心配はいらないよ、リゼット。デュボワやサジェス家の人間と話しあうだけだろう。なにかあればジャック・クレマンがとりなしてくれる」彼はそう言うと、近くに立つベルナールに向きなおった。「兄上と一緒に行くか？」

ベルナールは首を振った。「どうせたいして役に立たないさ」と言ってから、悪意に満ちた声でつけくわえた。「なにしろわたしは、あの無礼なけだものを兄上の手に渡してしまえばよかったと思ってるんだからな」

彼の言葉につづいた沈黙を、ジャスティンの声が切り裂く。「父さんがやらないんなら、おれがやる」

一同はジャスティンを見やった。騒ぎに紛れて、少年がいるのをすっかり忘れていた。アレクサンドルは眉をひそめ、ベルナールは「がきが息巻くな」と言って小ばかにしたように笑った。

リゼットは慌てて少年に歩み寄り、手をとってしっかりと握りしめた。「ジャスティン、そんなことを言ってはだめよ」

「おれ、サジェスの様子を見張ってたんだ」ジャスティンはぶっきらぼうに告げた。「あいつはずっとリゼットを見てた。リゼットが姿を消すと、すぐに追っていった。だからあとをつけてみたんだ、そしたら――」

「ありがとう」リゼットは静かにさえぎった。「助けてくれて。でももう終わったのだから大丈夫よ、これからは――」

「あいつが回廊に出るのを見たんだ」ジャスティンはやめなかった。ほかの人間に聞こえないよう、ささやき声になってつづけながら、周囲に背を向けた。視線はリゼットだけにじっとそそがれている。「おれが扉の前に来たときには、あいつはもうリゼットをつかまえていた。おれは走った。そのとき、回廊の脇に誰かが立っているのに気づいたんだよ。そこに立って、ただリゼットたちを見ていた。ベルナールおじさんだよ。リゼットを助けるために指一本動かそうともしなかった」

少年がなにをそんなに問題視しているのかわからず、リゼットはかぶりを振った。「ジャスティン、話ならあとで――」

「わかんないの？　男のくせに家族が困ってるのを助けないなんて変だろ。たとえ相手と仲がよくなくても、普通は助けるよ。おじさんの振る舞いはリゼットへの裏切り行為なだけじゃない。父さんやおれや――」

「ごめんなさい、疲れてるの」それ以上聞きたくなくて、リゼットはささやきかえした。いまの自分は冷静ではないし、ジャスティンもひどく動揺している。ベルナールのことは、あとでゆっくり考えればいい。

ベッドでひとり丸くなりながら、リゼットはがちがちと歯が鳴るのを止められずにいた。薄暗い部屋にせわしなく視線を投げる。舞踏会での記憶が脳裏を駆けめぐって、なにか恐ろしいことが、自分にもマックスにも食い止められないなにかが起ころうとしている予感を捨て去ることができなかった。

マックスが逆上するところなど初めて見た。あのとき彼女は一瞬、目の前で夫がサジェスを殺すのではないかと思った。両手で頭を抱えて、脳裏をよぎる暗いイメージを追い払う。だがそれは執拗にとどまっていた。〝今度こそきさまを殺してやる〟というマックスの脅し文句とともに。

うめき声をあげて寝返りを打ち、枕に顔をうずめた。邸内は静まりかえっている。みな疲れて、すでにやすんでいる。ベルナールだけはどこかへ出かけたらしい。イレーネには、今夜の出来事は話さないとみんなで決めてある。

それから数時間も経っただろうか。リゼットは誰かが帰宅した気配を感じた。ベッドを飛びだし、寝室の扉に歩み寄ったとき、マックスが部屋に入ってきた。まだ彼女が起きているのを見ても、驚いた顔は見せなかった。

「遅かったじゃない」リゼットは両の腕をマックスの腰にまわした。夫が身を震わせて緊張し、荒々しい思いをかろうじて抑えつけているのが察せられた。夫は大きな手で彼女の背中を撫で、そっと抱き寄せてから、顔を見るために身を離した。

「大丈夫《サヴァ》かい？」

「ええ、大丈夫。あなたが帰ってきてくれたから」リゼットは眉間にしわを寄せて、夫の気持ちを読みとろうとした。「明日、決闘をするの？」

「いいや」

「よかった」彼女は心からの安堵を覚えた。「ベッドに横になりましょう。話があるの――」

「まだだめなんだ、プティット。もう一度出かけてくる」

「どうして？」

「片づけなくちゃいけないことがあってね」

「いまから？」リゼットは首を振って抗議した。「だめよ、マックス。今夜はここにいて。仕事だろうとなんだろうと関係ないわ。いてほしいの。お願いだからそばに――」

「すぐに戻る」マックスはきっぱりと言い放った。「どうしても行かなければならないんだ、リゼット」

　このように物騒な様子の夫を、どこへだろうと行かせるわけにはいかない。彼を危険にさらしてはならないと直感が訴えている。「行かないで」リゼットはマックスの上着の前をつかんだ。

　彼が拒否しようとするのを見てとり、できることなら使いたくないと思っていた、最後の手段に頼ろうと決心した。「前に言ったわね。わたしがしないでとお願いすれば、きっと従うって。お願い。行かないで」

マックスはいらだたしげにうなった。「くそっ。行かなければならないんだよ。今夜だけは勘弁してくれ」

「お願いを聞いてくれないの？」と詰問しながら、夫の細めた目を見つめる。彼が葛藤しているのが感じられた。妻の期待に応えたいという思いと、やるべきことをやらねばという切迫感とが激しくせめぎあっているのだろう。彼はじれったそうに唇を引き結んだ。

沈黙が張りつめ、引き伸ばされた紐のごとくちぎれかける。これ以上、夫に板ばさみの苦しみを与えてはいけない。リゼットは自ら危うい均衡を破ることにした。夫の上着をつかんでいた手を離し、ブリーチの前を撫でる。思いがけない振る舞いに、彼がびくんとするのがわかった。そそり立つものを探りあて、手でつつみこみ、優しく握りしめた。そこが激しく脈打ち始めたところで、乳房を胸板に押しあてた。

「リゼット、いったいなにを」という夫の声は低く、深みを増して震えていた。

「あなたの気をそらすためよ」リゼットの手につつまれたものは、いまやすっかり大きくなっている。彼女はブリーチの前に並ぶオニキスの彫刻ボタンに指をかけた。内側からの張りつめた圧力のおかげで、ボタンはいとも簡単にはずれた。歓喜の声をあげながら、硬くそそり立つ部分に指先を這わせる。

するとマックスは息をのみ、よろめきながら後ずさった。リゼットはすぐさまそれを追い、とりわけ感じやすい部分をいたぶるように愛撫した。「リゼット」夫がかすれ声で呼ぶ。「そんな手でわたしを引き止められると思ったら、大まちがいだぞ」

「じゃあ、これではどう？」その場にひざまずき、やわらかく熱い口のなかに彼のものを含んだ。舌先で優しく舐めて、裏側の脈打つ血管を探りあてる。

苦しげなうめき声が頭上で聞こえ、やがてマックスは言った。

「それなら引き止められる」マックスは壁に背をもたせ、荒々しく息をしながら、口と舌の愛撫を受けた。これ以上はもう耐えられないと判断するとリゼットを両腕で抱きかかえてベッドに連れていき、むさぼるように情熱的な愛を交わした。


ニューオーリンズ中が噂にわきかえった。マクシミリアン・ヴァルランとエティエンヌ・サジェスの確執はすでに周知の事実だったが、ルジュール家の舞踏会での騒動が噂に火をつけたのだ。サジェスがいかにしてヴァルランの赤毛の妻を辱めたか、スキャンダルは家から家へとまたたく間に伝わった。

ある者は、新妻のマダム・ヴァルランが回廊で半裸にされたと言った。別の者は、ヴァルランがサジェスの一族全員に復讐を誓うのをこの耳で聞いたとうそぶいた。ヴァルランが妻に向かって、よその男と視線を交わしたら先妻と同様に絞め殺してやると脅したと語る者もいた。

舞踏会の翌日、街にある海運会社の事務所に足を運んだマックスは、人びとが好奇心に満ちた視線を向けてくるのに気づいた。女性たちは、けっして近づいてはいけない危険動物を見るような目で彼を見ていた。やもめ時代ですら、そんな目で見られたためしはない。一方、男たちは、校庭でいじめっ子と向かいあった少年のような、値踏みするまなざしを向けてきた。うんざりしたマックスは、街での用事をさっさと片づけて帰ることにした。どうやら彼は、自分に責任があろうとなかろうと、スキャンダルにつきまとわれる運命らしかった。

帰宅すると、母屋の前の長い私道に数台の馬車が止まっていた。母が客を迎える日ではないはずだ。マックスは眉をひそめつつ邸内に足を踏み入れ、手袋と帽子をとった。居間のほうから静かな話し声が聞こえてくる。

様子を見に行こうと思っていると、リゼットが現れた。「お義母様にお客様なの」妻はひそひそ声で報告し、彼の腕をとった。「姿を見せてはだめよ。みなさんびっくりなさるから」彼女に導かれるがまま、書斎に向かう。リゼットに引き寄せられると、視界には彼女しか映らなくなった。リゼットは純白のこまかなレースをあしらった鮮やかなブルーのドレスに身をつつんでいた。

「お義母様ったら、今朝はとてもご機嫌なの」彼女は報告しながら書斎の扉を閉めた。「ゆうべの出来事についてお義母様から話を聞こうと、ご近所からも遠くからもお客様がいらしてるわ。お義母様が舞踏会に行かなかった事実なんてどうでもいいみたい」

マックスはしぶしぶ笑みを浮かべた。あんな騒動があれば傷つき動揺するのが普通なのに、リゼットは笑って忘れようとしている。彼は身をかがめて妻にキスをし、やわらかな唇を味わった。「心配はいらないよ」と苦笑交じりに言う。「今度のスキャンダルだって、一〇年、あるいは二〇年も経てば忘れ去られる」

リゼットはほほえみをたたえて夫の顔を引き寄せた。「じゃあそれまでは、ふたりきりでどこかに隠れていましょう」

「マダム・ヴァルラン」マックスは深く息をしながら、彼女の首筋に唇を這わせた。「きみとなら地獄だって大歓迎だ」

「わたしも、あなたとならどこへでも一緒に行くわ、ビヤン・ネメ」


その夜遅く、リゼットはふと目を覚ました。マックスが彼女の腰にまわしていた腕を上げ、ベッドから出ようとしていた。夫の体の温かなぬくもりがほしくて、抗議の言葉をつぶやく。

「なにをしているの？」

「ちょっと出かけてくるよ」

「出かける？」睡魔といらだちに襲われつつ、リゼットは顔にかかった髪をかきあげながら身を起こした。「ゆうべもこんな話をしなかった？」

「したね」マックスはすでにブリーチをはき終え、脱ぎ捨てたシャツはどこかと捜している。

「ゆうべのうちに片づけるべき仕事があったのに……気をそらされた」

「その仕事とやらは昼間のうちにできないの？」

「無理だろうね」

「なにか危ないこと？　違法行為なの？」

「百パーセント違法というわけじゃない」

「マックス！」

「きっかり二時間後に帰ってくる」

「いやよ」リゼットはつぶやいた。「どうして夜中に出かけるの」

「きみは寝てなさい」マックスはささやき、彼女を横たえて額にキスをした。毛布をしっかりと体に掛ける。「目覚めたときには、ちゃんととなりにいるから」


翌朝目覚めると、雨がしとしとと降っていた。九月のこの時期には少々早いだろうかと思いつつ、リゼットは少し厚手のベルベットのドレスに着替えた。シンプルなデザインの赤茶色のドレスで、髪の色を引き立ててくれる。髪は真ん中で分けて、後頭部に緩くまとめた。

小さなうめき声がベッドから聞こえたので、肩越しに振りかえった。しわくちゃのシーツにつつまれた、毛だらけの長い手足。マックスは約束どおり夜のうちに帰宅した。そしてどこに行っていたのかとの質問には答えず、服を脱ぎ、愛を交わし、すぐに眠りについた。リゼットは夫の曖昧な態度にじりじりする一方で、帰ってきてくれたことに安堵してもいた。

ベッドに歩み寄り、両手を腰にあてて、「やっとお目覚め？」と生意気に呼びかける。

「疲れてるんだ」マックスはぼやいた。

「疲れ果ててるんでしょう？　その様子なら、今夜は妻にも言えない謎の仕事に出かけたりせず、おとなしくベッドで眠っていそうね」

マックスは身を起こし、顔をごしごしとこすった。シーツが腰のあたりまで落ちる。夫に腹を立てているのに、小麦色の筋肉質な体を目にするとうっとりせずにはいられない。「わかったよ」マックスはつぶやいた。「全部ちゃんと話す。さもないと平和な一日を送れないみたいだからな。じつはゆうべは——」

誰かがものすごい勢いで階段を上ってくる音に、彼は口をつぐんだ。

何事かしらと眉根を寄せつつリゼットが廊下に出ると、そこにはフィリップがいた。ひどく狼狽しており、顔は蒼白だ。「ジャスティンは？」少年はリゼットの顔を見るなり大声をあげた。「家にいる？」

「わからないけど」彼女は答えながら、マックスがガウンを身に着けるあいだ、扉を半分閉めておいた。「街でお友だちと一緒じゃないのかしら。でもどうして？　なにかあったの？」

フィリップは懸命に息を整えた。「剣術の稽古に行ったんだ」あえぐように言う。「そ、そこで聞いたんだ……エティエンヌ・サジェスが……」

いやな予感に全身がぞくりとする。背後にマックスの気配を感じて、リゼットは夫に身を寄せた。「つづけなさい」彼は扉を開けながら促した。「サジェスがどうしたんだ、フィリップ？」

「ゆうべ、ヴュー・カレで見つかったらしいんだ……殺されてたって」

15

ジャン＝クロード・ジェルヴェの訪問によって、マックスがサジェス殺しの唯一の容疑者と目されていることがわかった。ジェルヴェは憲兵隊、つまりニューオーリンズの治安維持組織で、隊長という最も高い位についている。事態がよほど深刻でなければ、憲兵隊長が容疑者の取り調べを行ったりはしない。

だがジェルヴェは自ら進んでこの役を引き受けた。彼は数年前にマクシミリアン・ヴァルランに受けた恩義を忘れてはいなかった。ヴァルランが各方面に根回ししてくれたおかげで、憲兵隊は新たな武器と装備を整えることができたのである。こうして彼の家を訪問し、殺人事件の取り調べを行うことで、ジェルヴェはそのときの恩返しができると考えていた。出迎えたヴァルラン家の人びとの前で、彼は気まずさをひた隠し、無表情をよそおった。

「ムッシュー・ヴァルラン」直立不動の姿勢で立ち、ジェルヴェは口火を切った。ヴァルランが書斎の扉を閉める。「今回こちらにうかがったのは――」

「理由は聞かなくてもわかっています、隊長」ヴァルランはクリスタルのデカンタがずらりと並ぶ棚に歩み寄り、そのうちの一本を取り上げて、問いかけるように隊長を見やった。

「ノン・メルシー」本音を言えば飲みたくてたまらなかったが、ジェルヴェは丁重に断った。

ヴァルランは肩をすくめて自分用にブランデーを用意した。「どうぞ、おかけください。すぐにすむ話ではないでしょうから」

「ムッシュー・ヴァルラン」ジェルヴェは大きな体をゆったりとした革張りの椅子に沈めた。「まずは、今回の訪問は正式なものではない点をお断りして――」

「質問は山ほどあるのでしょう、隊長。時間がもったいないので、お互い単刀直入に行きましょう」ヴァルランはうっすらとほほえんだ。「世間話はまたの機会に」

ジェルヴェはうなずいた。「ではムッシュー、おとといの晩、ルジュール家の舞踏会でエティエンヌ・サジェスを殺してやると脅したのは本当ですか？」

「サジェスがわが妻を辱めたのです。その場で殴り倒したかったのですが、両家の人間に止められました。彼の状態を考慮して、決闘はあきらめるよう言われたのです」

「なるほど。サジェスは酔っていたと聞いています」クレオール人でなければ、〝酔っていた〟との一言にジェルヴェが込めた意味を理解できないだろう。それは相手の男らしさ、名誉、あるいは人格を激しく非難する言葉だった。クレオール人は酔っぱらうほど酒を飲む男を蔑むのである。

ジェルヴェは緩く握りあわせた両手を肉づきのいい太ももに置いた。「奥方とサジェスは以前、婚約していたと聞きましたが」

その質問に、ヴァルランは黒い瞳を不快げに細めた。「そのとおりです」

「サジェス家の人びとは、あなたがいまの奥方をエティエンヌから盗んだと言っています。具体的にどういう経緯だったのかお話しいただけますか？」

ヴァルランが答えようとしたとき、小さくノックする音がし、扉がきしみながら開いた。

「なんだ？」彼はぶっきらぼうに問いただした。

ジェルヴェの耳に、女性のささやき声が届く。「おいやでなければ、わたしにも話を聞かせてほしいの、モン・マリ。邪魔はしないわ」

ヴァルランは目で問いかけた。「隊長がかまわないとおっしゃったらだ。隊長、妻のリゼット・ヴァルランです」

ジェルヴェは礼儀正しくおじぎをした。エキゾチックな赤毛に、鮮やかなブルーの瞳。マダム・ヴァルランはじつに印象的な女性だった。いかにも健康そうな印象ながら、純白のシーツの下で裸になって身もだえする姿をなぜか想像させる。ぽってりと官能的な唇は、どきまぎするほど扇情的な妄想を呼び覚ました。威圧感あふれる夫が同じ部屋にいるというのに、ジェルヴェは顔がほてってくるのを感じた。椅子に座っておいたのはもっけの幸いだった。

「隊長？」ヴァルランが促す。

ジェルヴェはふたたび口を開いた。「ムッシュー……わたしの質問は、マダム・ヴァルランに不快な思いをさせるかもしれません」

「妻の前でもざっくばらんにおたずねください」相手は応じつつ、妻を横に座らせた。

「そうですか。では、ええと、まずはエティエンヌ・サジェスの婚約者を盗んだ経緯からお聞かせ願えれば」

「盗んだ？」マダム・ヴァルランが、信じられないと言わんばかりにおうむがえしに問いかけた。「そんな言葉は使わないでください。そもそもわたしは、自らの意志でサジェスの家を出たのです。サジェスがわたしに、紳士とは思えない言動をくりかえしたからですわ。その後、夫の母がこちらに滞在するよう言ってくれました。夫の母は、わたしの母とも知りあいですの。ところがこちらに厄介になって数日後、わたしは病に倒れました。回復に向かう過程で夫と恋に落ち、結婚の申し込みを受けたのです。だからわたしは、誰からも盗まれてなどいません。おわかりいただけましたでしょう《ヴォワイエ・ヴ》？ 極めて単純な話ですわ」

「なるほど」ジェルヴェはつぶやいた。「ムッシュー・ヴァルラン、この件をめぐってサジェスと決闘をなさいましたね？」

「ええ」

「決闘のせいで、お互いへの憎しみがいっそう増したのでは？」

「いいえ」ヴァルランは即答した。「途中で切り上げたほどですから」

「なぜ？」

「彼が哀れになったのですよ。あの場にいた誰もが、わが名誉を合法的に守るためにサジェスを一息にたやすく殺せると思っていたでしょう。だがわたしも、それなりに平穏な暮らしを望む年齢になりました。サジェス家とヴァルラン家の確執が終わることさえ望んだくらいです」妻にまで不審げな目を向けられて、ヴァルランは眉をつりあげた。「嘘じゃありません」と静かに言い添える。

「サジェスと前の奥方との関係を知っていてもですか？」隊長はたずねた。

「憎しみは人の心をすり減らします。ほかの感情をほとんど失ってしまうくらいに」ヴァルランは小さくほほえんで妻を見やった。「そんなものはないほうがずっと豊かな人生を歩めると気づいたとき、やっと憎しみを放棄できた」隊長に視線を戻す。「だからといって、サジェスを許したわけではありません。彼の裏切りにはいたく傷つけられましたし、わたしにもプライドがある。でも、過去の憎しみを胸に抱きつづけるのに疲れたんですよ。過去と決別したかったんです」

「だがサジェスがそれを不可能にした？」

「そういうふうには思っていません。決闘のあと、われわれはほとんど言葉を交わしていませんから」

ジェルヴェはコリーヌとサジェスについてさらにいくつかの質問を投げてから、別の話題に移った。「ムッシュー・ヴァルラン、ゆうべあなたをヴュー・カレで見たと証言する人物がふたりいます。なにをしにあちらに？」

ヴァルランは警戒の色を浮かべ、しばしためらってから答えた。

「かつてのプラセーに会いに行きました」

リゼットとジェルヴェは頰を赤らめた。リゼットはやっきになって考えた。マリアムに会いに行った？　会っていったいなにをしていたというの？　目をしばたたいていると、ジェルヴェの問いかける声が聞こえてきた。「マダム、席をはずしたほうがよろしいのでは──」

「いいえ、ここにいます」リゼットは抑揚のない声で答えた。

隊長は見るからに狼狽した様子で質問を再開した。「あなたの愛人？」とマックスにたずねる。

「数年間、交際していました」

リゼットは会話のつづきをろくに聞いていなかった。不快な想像が頭のなかを駆けめぐる。マックスはわたしに嘘をつき、まだマリアムに会っていた。あるいは、ヴュー・カレに行った本当の理由を隊長に隠すために嘘をついている……。

しばらくするとジェルヴェが立ち上がった。取り調べ終了だ。「ムッシュー・ヴァルラン」隊長は重々しく言った。「あなたにある事実をお伝えする義務がわたしにはあります──もちろん、非公式にという意味ですが」

マックスは身を乗りだし、隊長の顔を鋭く見つめた。

「ニューオーリンズが合衆国の一部となったいま、われわれは、罪を犯せば法で裁かれるのだと民衆に伝えていかねばなりません」ジェルヴェは語りつづけた。「現状、民衆はいかなる政府機関も信頼していません──悲しむべきことに、わが隊も。エティエンヌ・サジェスは歴史ある名家の出です。その死は大きな損失とみなされる。このような犯罪に、人びとはただちに罰が下ることを望んでいるでしょう。ですが、公正な裁判は万人に約束されているわけではない。この地の司法制度はまだ十分に整っていないのです。公正な裁き、あるいは正義に期待するのは愚の骨頂と言っていいでしょう」

　マックスはゆっくりとうなずいた。

「とりわけ」ジェルヴェがつけくわえる。「地元の名士が団結してあなたを糾弾した場合には。このうちのひとりは郡裁判所の判事です。彼らはあなたの逮捕を求めている。しかも単なる威嚇行為ではない」

「ひょっとして、そのなかにメキシコ人協会の会員もいますか?」マックスはたずねた。

「ほとんどが会員ですが」ジェルヴェは質問に少々驚いた表情を浮かべた。

　バーの仲間たちだわ。リゼットは怒りに震えた。アーロン・バーの支援者が夫の逮捕を求めているのだ。企みに手を貸そうとしなかったマックスに復讐するためならどんな手段もいとわない、彼らはそうバーに約束したにちがいない。そして今回の事件をその絶好の機会ととらえた。

「これからどうするか、考える時間をさしあげます、ムッシュー」ジェルヴェは真正面からマックスを見つめた。「あいにく、あなたを逮捕せよとの命令はじきに下るでしょうが」隊長は一呼吸置いた。「なにか質問はございますか?」

「ひとつだけ」マックスはぶっきらぼうに言った。「サジェスの殺害方法は?」

「絞殺です。サジェスのような大男をその方法で殺害するには、相当な力が必要でしょう」

ジェルヴェはこれみよがしに、マックスのたくましい胸板や肩を見た。「あのような所業ができる人間は多くはいません」

リゼットはなにも言わず、隊長を玄関に送るマックスを見守った。両手を握りしめて、みぞおちにあてる。悪夢を見ているようで、そこから目覚めることができたならと思った。

一分後（彼女には一年にも思えた）、マックスが書斎に戻ってきた。椅子のかたわらに片膝をついて、リゼットの冷たいこぶしを温かな手でつつみこむ。「リゼット……顔を上げて」

彼女はうろたえきった目で夫をじっと見つめた。

「ゆうべはマリアムに会っていた。彼女の息子――過去に交際していた男とのあいだにできた息子が、ニューオーリンズを出る手助けをするためだ。混血児なのに、白人女性と深い仲になったのを先週見つかってしまってね。危険な状況だった。この土地の人間がどんな罰を与えるか、きみも耳にしているだろう……いや、いまはその話はよそう。数日前、マリアムから助けてほしいとの手紙を受け取った。彼女の息子への愛情を知っているわたしには、断れなかった」

リゼットは夫の説明をほとんど聞いていなかった。「ジェルヴェ隊長は、時間をくれるとおっしゃったわね……逃げる時間という意味でしょう？　ここから逃げろと彼は言っているのね？」

「そうだ」マックスはため息をついた。「まさしくそういう意味だろう」

「今夜中に出発しないと。荷物はすぐにまとめるわ。行き先はメキシコ？　いいえ、フランスのほうが――」

「どこにも行かないよ」マックスは静かに制した。

リゼットは彼の上着の襟をつかんだ。「いいえ、行くの！　あなたと一緒ならどこに住もうとかまわない。ここにとどまれば、彼らに――」言葉が出てこない。「だって、隊長の言ったとおりなんでしょう、マックス」

「犯人はわたしではない」

「わかってる。でも、それを証明する手立てはない。あっても誰も聞いてくれないわ。合衆国の当局は、国の権力をクレオール人に示す機会を狙っているのでしょう？　あなたのような立場にある人間に罰を与えれば街を掌握できる、そう考えるにちがいないわ。だから逃げないと。あなたは罪を着せられるのよ。わからないの？　万が一、あなたの身になにかあったら……」

「わたしたちは逃げたりしない。そんな人生はわたしたちにふさわしくない」

「やめて！」リゼットは落ち着かせようとするマックスの手を振り払い、立ち上がった。

「それ以上なにも言わないで！」すぐに冷静さを取り戻す。「二階に行って、わたしたちと双子の荷物をすぐにまとめるわ。ノエリンに旅行かばんを用意するよう言ってちょうだい。ああ、いいわ、やっぱりわたしが言うから」夫の手が伸びてきたので、彼女は後ろに飛びすさった。

「さわらないで！」

「ここにいよう、リゼット」マックスは静かに言った。

顎がわななくのを抑えこみ、リゼットは夫にうんと言わせる方法を必死に考えた。「わたしは今夜のうちにフランスに発つわ。あなたは、信条を貫くためにここに残って縛り首になるか、家族とともに逃げて幸せに暮らすか、自分で選んでちょうだい。もたもた考えている時間はないわよ！」

大急ぎで部屋をあとにしたかと思うと、リゼットはすぐにまた戸口に現れた。「どちらを選ぶにせよ」とつけくわえる。「このことも考えて。わたしが妊娠してる可能性は大いにあるわ。子どもには父親が必要よ。それでもまだ選択を悩むのなら……」彼女はいらだたしげに目を細めた。「たとえあなたが縛り首になろうと、わたしはフランスに行きます。そして誰かほかの人と結婚するわ！　これだけ言ってもやっぱり一緒に来る気にはならない？」

妻が書斎を出て階段を駆け上る音を聞きながら、マックスはどっかりと椅子に座りこんだ。不安でならないのに、苦笑いがこみあげてくるのを抑えられない。世界中を探しても、あの半分も自分を理解できる女性にはめぐり会えないだろう。ほんのわずかの簡潔なせりふで、リゼットは彼の弱点をすべて突いたのだ。

邸内は墓地のごとく静まりかえっていた。聞こえるのは、リゼットがあわただしく荷物をまとめる音だけだ。母は数時間前、打ちひしがれた顔をヴェールで隠し、ノエリンを連れて大聖堂に向かった。長いつきあいのある老いた司祭に教えを乞い、息子の罪をお許しくださいと祈りを捧げているのだろう。出かけるとき、母は息子に話しかけることはおろか、顔を見ることすらしなかった。

当然ながら母は、サジェス殺しの犯人は息子だと思いこんでいるはずだ。なにしろ母は、コリーヌの命を奪ったのも息子だと信じているのだから。マックスはわびしさとともに思った。冷血な殺人犯と知りながら、母が息子をなお愛せるわけなどない。

夕方まで家を出たり入ったりしながら、マックスは逃亡という選択肢について考え、そして却下した。ルイジアナの領地を没収された場合に備えて、数年前に欧州に土地を購入しておいた。逃亡を余儀なくされても、リゼットとともに一生快適な暮らしを送れるくらいの余裕はある。だが名誉を失い、サジェス家やその親族の報復を恐れながら逃亡暮らしを何年も強いられて……果たして幸福でいられるのだろうか。それにサジェス家の復讐の刃は息子たちにも向けられるにちがいない。マックスが犯したとされている罪を誰かが償うまで、その危険が去る日は来ない。だから彼はここにとどまり、無実を証明しなければならないのだ。

階段の上り口で足を止め、二階を見上げた。フィリップは自室にこもっている。ジャスティンは帰宅後、父親が逮捕されるかもしれないと聞くなり、行き先も告げずに出かけてしまった。革の旅行かばんを持ったメイドが、駆け足でマックスの脇をすり抜けて階段を上っていった。リゼットが早くしてと呼ぶ声が聞こえる。マックスは苦笑交じりにかぶりを振った。彼の妻を、意気地なしと責められる人はいまい。荷物をまとめる必要はないと告げに行くため、マックスは階段の一段目に足をのせた。

だが背後で大きな音がしたので立ち止まった。玄関扉が開き、ジャスティンが転びそうな勢いで邸内に入ってくる。

「父さん！」大声で呼ぶ。「父さ――」マックスに駆け寄ったジャスティンは、全身をこわばらせてひどく興奮していた。雨で服も髪も濡れそぼり、絨毯に水滴がしたたっている。

息子を落ち着かせようとして、マックスは反射的に手を伸ばした。「ジャスティン、いったいどこに行ってた――」

「つ、つけたんだ……」ジャスティンは口ごもり、父の両腕をぎゅっとつかんだ。「べ、ベルナールおじさんをつけたんだよ」いらだたしげに腕を引っ張る。「いまは街の〈ラ・シレーヌ〉で、飲んだり賭けたりしてる」

意外でもなんでもない。「家族が災難に遭ったとき、あいつにはあいつなりにやり過ごす方法があるんだよ、モン・フィス。ベルナールもこれからずいぶん苦しむだろう。だからいまは好きにさせてやろう。それより――」

「そうじゃないんだったら！」ジャスティンはぐいぐいと腕を引いた。「おじさんと話をしなくちゃだめだ！」

「話？」

「おじさんに訊いてほしいんだよ」

「なにを？」

「どうしてリゼットをあんなに嫌ったのか。どうして屋根裏から落ちそうになったときにほうっておいたのか。どうしてリゼットとサジェスが回廊にいたとき、ただ見てるだけで彼女を助けなかったのか！　おじさんが、ゆうべどこに行ってたのか！」

「ジャスティン」マックスはじれったそうに呼んだ。「理由は知らんが、どうやらベルナールとけんかをしたらしいな。だがいまはほかにやるべきことが――」

「あるもんか！」ジャスティンは執拗に食い下がった。「母さんをどう思ってたか、おじさんに訊いてよ！　サジェスがなにを知ってたのか、どうしておじさんがそれに気づいて慌てたのか、本人に訊いてよ！」

マックスは息子の肩を乱暴に揺すって黙らせた。「もういい。いいかげんにしろ！」

ジャスティンは口をつぐんだ。

「おまえの気持ちはわかる」マックスは息子の細い腕をつかんだ。「わたしに殺人者の汚名を着させまいとしてくれているんだろう。だからといって、ほかの誰かに罪をなすりつける権利はおまえにない。その誰かが家族ならなおさらだ。ベルナールを嫌いだからといって――」

「一緒に来て」ジャスティンは懇願した。「おじさんと話してくれよ。そうしたら、おれの言ってる意味がわかるから。おれが父さんになにかお願いしたことなんてあった？　時間がないなんて言わないでよ。だいたい、これからいったいどうするつもりなんだよ。まさか、捕まるのをただ待つの？」

息を詰めて答えを待つ息子を、マックスは険しい目でじっと見つめ、やがて小さくうなずいた。「いいだろう」

ジャスティンは両腕を父にまわして胸に顔をうずめてから、すぐに身を離した。「途中でサジェス家の人に会うといけないから、表通りは避けないと——」

「いや、表通りを行こう」マックスは言った。「裏通りはもうぬかるんで進めまい」大またで玄関に向かう彼のあとを、ジャスティンが小走りについていった。

ルネ・サジェス・デュボワは居間でひとり、封蠟で閉じられた手紙を膝に置いて座り、目の縁を赤くしてその手紙を見つめていた。宛名はマクシミリアン・ヴァルランとなっている。弟のエティエンヌが決闘の直前に書いた手紙。弟は自らその手紙に封をし、姉に内容を教えることを頑として拒んだ。そして、ヴァルランが勝ったらその手紙を当人に渡すよう姉に託したのだった。

ルネはぼんやりと考えた。どうしてヴァルランは、あのとき弟の命を奪わなかったのか。どうして、致命傷を与えぬままにあの決闘を終わらせたのか。エティエンヌ自身、決闘のあと何度となくその疑問を口にし、以前にも増してヴァルランへの蔑みを募らせているようだった。

決闘後、ルネはその手紙を弟に返そうとした。そのたびに弟は、姉さんが持っていてくれ、自分になにかあったときは先に頼んだとおりにしてくれと言った。弟が亡くなったいま、この手紙はヴァルランに渡さねばならない。

だがルネにはできなかった。いくら約束とはいえ、弟を殺した張本人の顔を見るなど耐えられない。「ごめんなさい、エティエンヌ……わたしには無理よ」涙を流しながら、彼女は手紙を床に放り投げ、背を丸めて悲しみに暮れた。

さんざん泣いて、ようやく落ち着きを取り戻した。視線が手紙に吸い寄せられる。弟はいったいなにを伝えたかったのだろう。かつて友人だった男、やがて敵となり、最後には自分の命を奪った男に、本当はどのような感情を抱いていたのだろう。ルネは身を乗りだして手紙を拾い、深紅の封蠟を破った。

文面に目を走らせながら、頰に伝う涙を指先でぬぐう。一枚目は内容が曖昧すぎて意味がわからなかった。眉をひそめて二枚目に進む。「そんな……」ルネはつぶやいた。手のなかで手紙が震える。「エティエンヌ……嘘でしょう」

雨のなかを息子と並んで馬を走らせながら、マックスは考えていた。いったいどうして、自分はこんなことをする気になったのだろう。ベルナールに質問をしたところで、どうせなにも得られやしない。いまごろ弟はすっかり酔いつぶれて、まともに話もできない状態になっているはずだ。

それにしても、なぜジャスティンはベルナールをこのいまいましい一件に巻きこもうとするのか。歯を食いしばってこらえなければ、やはり家に戻るぞといまにも言ってしまいそうだ。しかし当のジャスティンが言ったとおり、息子が父親に頼みごとをするのはこれが初めてだ。

ジャスティンが速度を上げ、馬のひづめがぬかるみを蹴る。カーブに差しかかったところで速度を緩めると、少し先に四人の騎手が見えた。四人はすぐに通りに広がり、近づいていくマックスたちを囲んだ。

四人はセヴェラン・デュボワとエティエンヌの弟たち、そしていとこだった。彼らの目的はわざわざ考えるまでもない。一族の者を殺した人間を私刑に処するつもりだろう。反射的に片手を脇にやったマックスは、口のなかで罵った。拳銃を家に置いてきてしまった。

息子がすぐさま馬を右に向かせ、逃げようとする。

「よせ、ジャスティン」マックスは吠えた。敵はすぐそこにいる。逃げようとしても無駄だ。父の命令が聞こえなかったのか、それとも無視したのか、ジャスティンは馬を方向転換させるのをやめない。そのとき、サジェス家のひとりが小銃の銃身をつかみ、重たいメープルウッドの銃床を棍棒のように振りまわした。

パニックに襲われ、マックスは荒々しい叫び声をあげた。「なんてことを!」サジェス家の者に向かって怒鳴り、馬から飛び下りる。泥のなかを走って、いまにも鞍から落ちそうになっている息子の力を失った体を抱きとめた。

馬が足踏みをする。セヴェラン・デュボワは、マックスが息子を抱いて地面にひざまずくさまを黙って眺めていた。「近ごろは正義もあてにならん」デュボワは言った。「だから自らの手で裁くのが最良の方法だと判断した」

マックスはジャスティンのひょろりとした体を膝に抱き、頭を横に向けて濡れた髪をかきあげ、けがの具合を確認した。こめかみにひどい裂傷とあざができているのを見つけると、峻烈な怒りに体を震わせた。息子がうめき声をあげて、目をしばたたく。

「すまなかった」マックスはささやきかけながら、青ざめた頬にキスをした。「ジュテーム、ジャスティン。大丈夫だ。動くなよ、モン・フィス」上着を脱いで息子の体にそっとかける。

「息子にはそれ以上の手出しはしない」デュボワが宣言した。「ただし、きさまがわれわれに面倒をかければ話は別だ」

マックスは冷たい憎悪を込めてデュボワをにらみつけ、ジャスティンを地面に横たえた。そして立ち上がると、サジェス家の者が手首を縛り終えるのを抗いもせず待った。


その晩、エティエンヌ・サジェスの姉の訪問を受け、リゼットはたいそう驚いた。それでも、比の打ちどころのない丁重さで客人を迎えた。ルネに対していっさい好意は感じなかったが、弟を失った悲しみは理解できた。

「ムッシュー・ヴァルランはいらっしゃる？」前置きもなくいきなり問いただされて、リゼットはますます意外に思い、相手の顔を凝視した。もう何カ月も前、サジェス家に短期間だが滞在した折のルネの態度が思い出される。落ち着きはらった冷ややかな態度は終始変わらなかった。だがいま目の前にいる女性は、頬を紅潮させ、高ぶった感情に身を震わせており、まるで別人に見える。「ご主人と話したいの」ルネは居間に案内するというリゼットの誘いも断り、早口に言った。「いますぐに《イメディアットマン》」

「あいにく外出中ですの」リゼットは答えた。

「どちらに？　お戻りはいつ？」

リゼットは探るようにルネの顔を凝視した。ひょっとしてサジェス家の人間が、なにか恐ろしい企みのために彼女を寄越したのだろうか。「わかりません」と正直に答える。

「ご主人に渡すものがあるのよ。弟から託されたの」

「いったいなんですの？」リゼットは不信感もあらわに詰問した。

「手紙よ。エティエンヌから、自分にもしものことがあればムッシュー・ヴァルランに渡すよう頼まれたわ」

リゼットは冷ややかにうなずいてみせた。どうせマックスを辱める言葉が書き連ねられているにちがいない。墓場に行ってもなおマックスを愚弄しようなどと考えるのは、サジェスくらいのものだ。「わたしに預けてくだされば、あとで夫に渡しますわ」

「どうしてわからないの。この手紙にはすべてが書かれているのよ。過去のすべてが……あの情事も……なにもかもが」

リゼットは目を大きく見開いた。「見せてください」と言うと、差しだされる前に相手の手からひったくった。ルネに背を向け、殴り書きのような文面に素早く視線を走らせる。いくつかの文章が目に飛びこんできた。

愛のためになにも見えなくなっちまったか、マックス。おまえの性格はよくわかってる。

おまえは、弟がそんな裏切り行為を働いたと思うよりは、自ら犯してもいない罪を背負うことを選ぶ人間だ。

……だからわたしは、おまえの望むとおりにしてやった……おまえが自分を騙して苦しむさまを、わたしはただ見ていた……

リゼットは手紙から顔を上げ、ルネを見た。「ベルナールなの?」と取り乱した声でたずねる。

ルネは心ならずも哀れみの表情を浮かべ、リゼットを見つめかえした。「手紙にはそう書いてあるわ。コリーヌは弟と別れたあと、今度はベルナールと関係を持った。彼女はそれを弟に話したの。ベルナールが一緒に逃げると言ってくれなかったら、夫に情事をばらすつもりだとも」

リゼットは慌てて残りの文章にも目をとおした。

……ベルナールのやつは、コリーヌと一生逃げて暮らすより、彼女を亡き者にしてしまうほうがずっと楽だと思ったんだろう。わたしだって、同じ選択肢を与えられたなら、あの売女を絞め殺したかもしれない。だが、あれを寝取られた夫の仕業だと見せかけるようなまねは……ヴァルランの人間でないとまずできまい。

「弟は、コリーヌとベルナールの関係を少しも疑わなかったご主人を責めているのよ」ルネは言った。「ご主人が目を向けようと思いさえすれば、きっと気づいたはずだと」

「でもマックスは、ベルナールは当時ほかの女性と愛しあっていたと」

「ええ、アメリカ人のお嬢さんね」

「ベルナールの子を身ごもって、ニューオーリンズを出ていったって――ああ、なんていう名前だったかしら――」

「ライラ・カラン」ルネがさえぎった。「その手紙にはちがう筋書きが書かれているわ。ベルナールはライラに興味を持っていたけれど、愛しあってはいなかったようよ」

「どうしてサジェスにわかるの？」

「ライラを誘惑したのは、ベルナールではなくてエティエンヌだったから」ルネは苦々しげに笑った。「恥ずべきことだけど、弟が純潔を奪った女性はライラが最初でも最後でもなかったわ。ベルナールにとっては、ライラと恋仲のふりをするのは都合がよかった。コリーヌとの関係が周囲にばれる危険がそれだけ減るからでしょうね」

リゼットは体が冷たくなっていくのを感じた。弟の所業を知ったら、マックスはどうなってしまうだろう。考えるとめまいがした。「サジェスもベルナールが殺したのね」

「おそらくはね。もちろん証拠はないけれど、でも――」

「絶対にそうだわ！」リゼットは断言した。「ルジュール家の舞踏会でサジェスが飲んだくれるのを見て、このままではいずれ真相をばらされると思った……そうよ、ベルナールが殺したにちがいないわ！　マックスにすべての罪を着せるために」

「落ち着いてちょうだい。時間はあるわ。当局がご主人を連行しに現れたら、この手紙を見せればいいの」ルネは唇を引き結んだ。「ご主人がまだ逃げていなければの話だけど。逃げたわけではないのでしょう？」

リゼットは射るような目で答えた。

ルネがさらになにか問いかけようとしたとき、物音がしてふたりの会話をさえぎった。

「マックスなの？」リゼットは勢いよく振りかえった。「いったいどこに行って――」言葉がつづかなかった。

ジャスティンが戸枠にもたれて立っていた。ずっと走ってきたのだろうか、すっかり息があがっている。褐色の肌は青ざめ、こめかみにはあざができ、血が流れている。全身びしょ濡れで泥まみれだった。「手を貸して。アレクサンドルおじさんはどこ？」

「クレマン家でアンリエットと一緒よ」リゼットは反射的に答えた。「ジャスティン、いったいなにが――」

少年は二階に向かって呼びかけた。「フィリップ！　早く来てくれ！」

階段の上に現れたフィリップは、兄を一目見るなり慌てて下りてきた。ジャスティンがリゼット越しにルネを見やる。「たいしたもんだな」という少年の唇は、憎悪にわなないていた。「あんたが養母さんをここに引き止めてるあいだに、あんたのだんなや弟が……」少年は足元をふらつかせ、その場に膝をついて頭を抱えた。「父さんを私刑にする魂胆なんだ」言い終えると息をのみ、駆け寄って体を支えるリゼットに手を伸ばした。リゼットは少年の服や手についた泥も気にせず、しっかりと彼を抱きしめた。「やつらが父さんを連れてった」激しくあえいで、必死に意識を保とうとする。「行き先はわからない。父さんを殺すつもりだよ。どうしよう、もう手遅れかもしれない」

四人はマックスの馬を引いて、表通りからぬかるんだ脇道に入った。エティエンヌを殺した男に制裁をくわえるつもりだった。ほとんど毎月のように権力のありかが変わるこの地では、善悪の定義すら一定ではない。だから正義を求めるなら、自らの家族に頼るほかはない——彼らはそう考えていた。

後ろ手に縛られたマックスは、全神経を張りつめさせて隙をうかがっていた。四人は彼の馬の手綱を引き、サジェス・プランテーションのはずれ、この時期は作付けが行われていない場所に連れていった。木立のそばで彼らが馬を止め、下りようとしたそのとき、マックスは行動に移った。愛馬の腹を蹴っていきなり方向転換させ、その勢いでセヴェラン・デュボワの手から手綱を引き抜こうとする。

だがデュボワは、手首を縛り上げていた縄の端をつかんで引っ張った。地面に転がり落ちたマックスは、脇腹を下にして寝転がったまま、痛みにうめいた。無様に落馬した彼を、四人は笑いもあざけりもしない。彼らにとってこれは厳粛な儀式だった。つまらない復讐などではなく、道義を守るために果たすべき義務なのだ。

無駄と知りながらもマックスは、立たされるときにもがいて抵抗した。最初の一撃に目がくらみ、頭蓋にまで衝撃を感じながら頭をのけぞらせる。息をする間もなく、つづけざまに殴打され、肋骨を折られた。肺から空気が抜けていく。横ざまに殴られると、彼はついに地面にくずおれた。目の前を闇と光が渦巻き、あらゆる音がとどろきとなって耳をふさいだ。


ルネは驚愕のあまり真っ青になった。「夫が彼を連れていった？　セヴェランと――」

「そうだよ！」ジャスティンは怒鳴った。「あんたの呪わしい家族が父さんを連れていった！」

「いつ？」

「わかんない。半時くらい前だ」

ルネはリゼットに歩み寄り、そっと肩に触れた。「知らなかったのよ」

「よく言うよ」ジャスティンがつぶやく。

ルネは少年をきっとにらんだ。「生意気な口をたたいても、なんにもならないのよ」リゼットに向きなおる。「どこに連れていったか、たぶんわかるわ。自信はないけれど。馬車を外に待たせてあるから」

「どうして夫を助けようとするの？」リゼットはぎこちなくたずねた。フィリップがかたわらに来たのにも気づかなかった。

「エティエンヌはずっと前に話すべきだったわ。ご主人が無実だと知っていたのだから。弟の行いは誰にも償えない――」

「話は後まわしだよ」ジャスティンが冷ややかな声でさえぎった。「とっとと出かけよう。あんたの家族に縛り首にされる前に、父さんを見つけなくちゃ」痛みにうめきつつ、少年は玄関扉を押し開けると、馬車のほうを顎でしゃくった。

フィリップがリゼットを支えておもてに出る。ジャスティンがルネの肘をつかむと、彼女は鋭くにらみつけた。「汚い手でドレスを台無しにしないでちょうだい!」

ジャスティンは肘を放さず、倒れまいとして彼女につかまりつづけた。「どこに行くんだよ。どうして父さんがそこに連れていかれたと思うんだ?」正面の階段を下りながらたずねる。「おれたちが父さんを見つけられないように、追跡ごっこをするつもりなんだろう?」

「理由はさっき説明したでしょう」ルネは横柄に答えた。「うちのプランテーションの、北東の端に向かうつもりよ。農園のはずれの人目につかない場所」声にかすかな悪意を込める。「縛り首にちょうどいい木がいっぱい生えているの。セヴェランは以前もそこでひとり殺したわ。あとをつけたから知ってるのよ」

「殺した理由は?」

ふたりは馬車の前で歩を止めた。ルネがジャスティンの手を肘から振り払う。その場でにらみあい、ルネは生意気な少年を黙らせるべく口を開いた。「わたしの愛人だと疑っていたの」不遜な声音を作れたことに満足したものの、期待に反して、少年は頬を赤らめもしなかった。

「実際はどうだったんだよ?」とたずねるジャスティンの青い瞳は、一五、六とは思えないほど大人びている。

「愛人だったわ」今度こそ彼を驚かせられる。ルネは思った。

するとジャスティンは、大人の男のような目で彼女の全身を眺めまわした。「命を賭けても惜しくないと思えるくらい、よかったんだろうな」

腹立たしいことに、顔を赤らめたのはルネのほうだった。彼女は急いで馬車に乗りこんだ。

四人はオークの古木の下に集まり、大枝に縄をかけた。

「やつの意識が戻るまで待とう」セヴェラン・デュボワが提案すると、ほかの三人はぐったりとしたマックスをいやがる黒毛馬の鞍にまたがらせた。マックスの馬は神経質で気が荒く、主人以外の人間がそばに寄るだけで不機嫌になる。乗りこなせるのは彼だけだ。

サジェスの末弟のトマは、意識を失ったマックスの首に輪縄をかけて引き絞ってから、馬の手綱をおそるおそるとった。「この体勢をずっと保つのは無理だと思うよ」

「我慢しろ。やるのは意識が戻ってからだ」デュボワは答えた。「これから死ぬんだと、こいつにわからせてやるためにな」

この状態で馬を歩かせれば、マックスの体は木にぶら下がることになる。首の骨がすぐに折れる心配はない。彼は気管を締めつけられたままそこにぶら下がり、もがき苦しむのだ。

デュボワは興奮した様子の馬に歩み寄り、マックスの血まみれの顔をのぞきこんだ。「目を開けろ。よし、そろそろやるぞ！」

耳慣れぬ声に馬が横に足を踏みだし、輪縄が締まる。意識を取り戻したマックスは半目を開けた。馬の背から半身を起こして、縄の圧力を少しでも弱めようとする。デュボワはマックスの顔に怒り、敵意、あるいは懇願の色が浮かぶのを待った。だが黒い瞳にはいっさい感情が見えない。

マックスは顔をしかめて、腫れ上がった唇を開いた。出てきた声はひどくかすれていた。

「リゼット……」

デュボワは眉根を寄せた。「女房の心配などする必要はない。きさまのように冷酷な殺人者がいなくなって、むしろ喜ぶだろうからな」手綱を放すようトマに身振りで命じる。「やれ、起きているあいだに縛り首にするんだ」

そのとき、絶望に満ちた女性の声が聞こえてきた。「やめて！」

サジェス家の馬車が遠くに見える。車輪が泥にはまったらしく、女性がひとり、足をもつれさせながら走ってくる。トマは片手を上げて馬の腰をたたこうとしたが、デュボワは鋭い声音でそれを制した。彼は妻のルネが馬車から下りる姿をとらえていた。彼の顔に憤怒の色が浮かぶ。妻の後ろには、マックスの息子たちがいた。

転んですぐに起き上がったリゼットは、足をとられながらも、ぬかるんだ大地を懸命に走った。手綱が誰の手にも握られていないのを見てとった瞬間、恐怖に襲われた。マックスの首にかけられた輪縄は、頭上の大枝に結ばれている。夫はひどく殴られ、両目を閉じている。その姿から視線を引き剝がし、彼女は震える声でセヴェラン・デュボワに告げた。「夫は犯人じゃない」手紙を差しだす。「これを読んで。お願いだから――読んでから判断して」

トマがおずおずと手綱に手を伸ばす。黒毛馬は瞳に怒りをたたえて足踏みをしており、いまにも暴れだしそうだ。リゼットはデュボワに手紙を突きつけながら、いまにも暴れだしそうだ。呆然としながらも、一本の細い綱が夫の命を握っているのだと悟る。千の祈りが脳裏を駆けめぐった。デュボワが紙を繰る音が聞こえ、馬がじれったそうに頭を横に振る。マックスは意識を失っており、いまにも馬の背から落ちそうだ。

と突然、背後でジャスティンがささやく声がした。「おれが縄を切る。動かないで」少年は馬の後ろをまわってオークの木のほうに移動した。口にナイフを挟んで上り始める。

「動くな、小僧」ジャスティンの動きに気づいたデュボワは命じると、火打ち石式の拳銃をブリーチから取りだした。だがジャスティンは聞く耳を持たず、体を揺らして幹を上っていく。「小僧――」デュボワがふたたび口を開こうとするのを、リゼットはさえぎった。

「拳銃をしまってちょうだい、ムッシュー・デュボワ。夫は無実だとわかったはずよ」

「こんな手紙は証拠にならん」

「どうして信じないの」リゼットは訴えながら、馬の背でぐったりする夫を見つめた。「あなたの義弟の筆跡でしょう」彼女はこのような苦悶をかつて感じたことがなかった。愛するもの、幸福を与えてくれるたったひとつのものが、目の前で危険にさらされている。

「見てのとおり、筆跡がひどく乱れている」デュボワは言った。「義弟はこれを書いたとき酔っぱらっていたんだろう。そんな状態で書いた手紙など信じられるものか」

そこへルネが現れ、夫の前に立ちはだかった。「彼女を苦しめるのはもうやめて！　一度でいいから、男らしく自分の非を認めてちょうだい」

風が吹いてリゼットのマントの裾をとらえ、ひらりとそよがせた。驚いたマックスの馬が前足を蹴って走りだす。リゼットの耳に自分のかすれた叫び声が届く。まるで悪夢を見ているかのごとく、夫の体がゆっくりと鞍から落ちていく。

だが輪縄はすでに枝につながれていなかった。ジャスティンがナイフで切っていた。

マックスの体はやわらかな地面に落ち、そのまま動かなかった。冷たい風が黒髪をなびかせる。リゼットはすぐさま夫に駆け寄り、かたわらにひざまずいてすすり泣いた。

16

地面にうつ伏せに倒れたマックスを見やってから、デュボワは妻に視線を戻した。「手紙の内容が本当なら、なんだというんだ？」と言ってせせら笑う。「ベルナールがコリーヌを殺した犯人なら、なんだっていうんだ？　ヴァルランが、コリーヌとの情事を恨んでおまえの弟を殺した事実は変わらんぞ」

「たとえ弟の死を望んでいたとしても、彼に殺人を犯す必要などなかったのがなぜわからないの？」ルネは反論した。「正々堂々と自分の命を奪う機会を、弟自身が彼に何度もあげたじゃないの。彼は決闘で弟を死なせることだってできた――でもそうしなかった。ルジュール家の舞踏会で弟に償わせるために、剣ですべて終わらせることだってできた。誰も彼を責めたりしなかったはずなのに、彼はそれもしなかった。セヴェラン、お願いだから冷静になって」

やっとの思いで首から輪縄をはずしたリゼットは、夫の頭と肩を膝に抱いた。シャツは破れ、全身ぐしょ濡れで泥まみれだった。だが顎の下に手をやると、弱々しい脈がちゃんと感じられた。

「もう大丈夫よ」リゼットはささやき、夫の顔にこびりついた血をドレスの裾でぬぐった。頰に熱いものが伝うのを覚えて、いらだたしげにぬぐう。けれどもいまいましい涙はあとからあとから流れてきた。やがてマックスがかすかなうめき声をあげたので、小声で呼びかけて安心させた。「ここにいるわ、ビヤン・ネメ」

彼は震える指でベルベットのドレスをつかんだ。本能的に、温かなリゼットの体にいっそう身を寄せる。「リゼット……」横向きになろうとして、激痛にびくんと跳ねる。

「だめよ、じっとしていて」リゼットはなだめ、夫の頭を胸元に引き寄せた。

「愛してる」マックスはささやいた。

「わかってるわ、モン・シェール。わたしも愛してる」リゼットはささやきかえしてから、少し離れたところで呆然と立ちつくしているジャスティンを見やった。決意に満ちた表情を作ってから、少年に告げる。「ジャスティン、お父様を家に連れて帰りましょう。ムッシュー・デュボワにもそう言ってちょうだい」

ジャスティンはすぐにうなずくと、まだ妻と言い争っているデュボワのもとへ走った。

「あいつをかばっていったいなんになる?」デュボワが顔を真っ赤にして詰問する。

ルネは憤怒の表情を和らげた。「彼をかばっているわけではないわ」という声はぐっと穏やかになっていた。「弟を殺した真犯人に罰を受けてほしいだけ。だからあなたにベルナールを捜してほしいの。ベルナールから真相を聞きだせば、正義を下せるでしょう?」

「かもしれんな」デュボワは乱暴に言い放つと、一同に聞こえるよう声を張り上げた。「ベルナールの居場所は？」

誰も答えなかった。リゼットは素早く考えをめぐらせた。どうするのが一番、マックスのためになるのだろう。自分の希望だけを考慮するなら、デュボワたちにぜひともベルナールを捜しだしてもらい、好きに罰を与えてほしい。そして、二度と義弟の不愉快な顔を見ずにすむようにしてほしい。だが彼はマックスのじつの弟。弟をどうするか、決めるのはマックスであるべきだ。

「家にいるわ」リゼットは落ち着いて答えた。「今日は義母に付き添って教会に出かけたから」

それが嘘だと知っている双子は、用心深くリゼットを見やった。「そうだよ」ジャスティンが同調する。「おじさんを捕まえるつもりなら、早く行ったほうがいいよ」

リゼットはデュボワから目を離さずに訴えた。「ムッシュー、その手紙はわたしにください。ジェルヴェ隊長が来たときに、夫の無実を証明するものはそれしかないわ」

「その前に訊いておこう」デュボワは言った。「今日の一件については、ジェルヴェにどう説明するつもりだ？」

つまり、デュボワは手紙と引き換えに彼女に約束させたいのだ。ジェルヴェにも彼の部下にも、サジェス家の人間が夫を手にかけようとした事実を告げ口しないと。リゼットはやり場のない怒りをのみこんだ。いずれにしても、当局はこの件についてなにもできやしないだろう。だからといって、デュボワとサジェス家の人間への憎しみを忘れられる日は一生来ない。リゼットは自らに誓った。いつの日か、彼らにたっぷりとこの償いをさせてやる。ジャスティンも同じように考えているのは顔を見なくてもわかった。「手紙をくれれば黙っているわ。早く夫を家に連れて帰りたいの。このままでは、けがのせいで死んでしまうでしょう」

「そうだな」デュボワはぶっきらぼうな声音で答え、内心の困惑を隠した。彼は心優しい男ではない。後悔とも無縁だ。けれども、ヴァルランの若妻の射るようなまなざしに、なぜか自分を恥じる気持ちがわいてくる。

「まだ小娘のくせに、ずいぶん口が達者だな」デュボワは小声でルネに言い、背を向けると、馬車をぬかるみから出すようトマたちに命じた。「ラ・マリエ・デュ・ディアブルと呼ばれる理由がわかったよ」

「強いお嬢さんだわ」ルネは物悲しげな表情で応じた。「彼女が弟の妻になってくれていたら――弟は、変われたかもしれないわね」

デュボワとサジェスの弟たちは、それぞれの馬に乗ってヴァルラン家に向かった。ルネの馬車が農園の脇道をやってきてかたわらに止まる。ルネは自ら扉を開けて乗りこみ、御者に早口で指示を出した。

フィリップがリゼットのかたわらにやってきてしゃがむ。「どういうつもり？　ベルナールおじさんが〈ラ・シレーヌ〉にいるのは知ってるんでしょう？　どうしてデュボワたちに、家にいるなんて言ったの？」

「時間稼ぎのためよ」リゼットは夫の顔に雨がかからぬよう、マントをかぶせた。

「なんの時間稼ぎ？」フィリップが重ねてたずねる。

「彼らが捜していると、ベルナールに警告するのよ」

「どうして？」フィリップは怒気を含んだ声で問いただした。「おじさんに警告してやる必要なんかない。デュボワたちに捕まえさせればいいじゃないか」

「お父様がそれを望まないからよ。さあ、彼を馬車まで運んで」

双子は細いわりには力自慢で、意識を失った父をふたりがかりで馬車に乗せた。マックスはその間、うめき声ひとつあげなかった。どれほどひどく痛めつけられたのだろうと思うと、リゼットは心配でならなかった。

父親を馬車に乗せてしまうと、ジャスティンはリゼットを脇に引っ張った。顔には疲れが見てとれるが、表情は落ち着いている。「おれがおじさんのところに行ってくるよ」少年は静かに言った。「なんて言えばいい？」

「そうね……デュボワたちが捜していると伝えて。少なくとも今夜一晩は、マックスが埠頭に新しく建てた倉庫に隠れていれば大丈夫だろうって」リゼットは眉をひそめた。「でも、街までどうやって行くの？」

ジャスティンは黒毛馬のほうに顎をしゃくった。先ほど逃げだしたときにそう遠くまでは行っておらず、木の下で用心深く草を食んでいる。「父さんの馬で行くよ」

「無理だわ」あの馬の気性の荒さは、リゼットもよく知っている。

「大丈夫だよ」ジャスティンは淡々と応じた。

ジャスティンは自信がなければこういうことを言いださない子だ。けれどもリゼットは、同意する前にひとつだけ確認しておきたかった。「あなたを信じるわ、ジャスティン。あなたはきっと、さっき言ったとおりにする。怒りに任せて行動したりしない。ベルナールに伝えたらすぐに帰ってくる。彼を責めたり、口論したりしない。暴力に訴えたりもしない。それができるのね、ジャスティン？」

少年は青い瞳でまっすぐに彼女を見つめかえした。「うん」リゼットのほっそりとした手をとって口元に持っていき、手の甲を頬に押しあてる。「父さんを頼むよ」かすれ声で言うと、彼女の背を馬車のほうに押した。

波止場に立ち並ぶ少々いかがわしい酒場はみなそうだが、〈ラ・シレーヌ〉もまた、騒音と音楽と悪意のない口論に満ちている。別のときだったら、ジャスティンはせっかくの機会を大いに楽しんだだろう。〈ラ・シレーヌ〉はまさに彼の好きなタイプの酒場だった。上品さはまったくないが、粗暴で鼻持ちならないケンタッキーの連中を締めだすくらいの気取りは兼ね備えている。

店内に足を踏み入れたジャスティンは、大勢の客をかきわけて奥の賭博室に向かった。おじはすぐに見つかった。数人の友人とテーブルを囲んで、のんびりとトランプを並べている。

「おじさん」ジャスティンは声をかけた。「伝言があるんだ」

ベルナールは驚いて顔を上げた。「おや、ジャスティン。ボン・デュー――ひどい格好だな。またけんかか？」黒い瞳に嫌悪感をにじませる。「人が楽しんでるのに邪魔するな」

「リゼットからの伝言だよ」ジャスティンは冷たくほほえんだ。テーブルを囲んだ男たちが、ふたりのやりとりに興味を示し始める。「誰にも聞かれないところで伝えたほうがいい？　それともこの場で言おうか？」

「生意気ながきめ」ベルナールはトランプをテーブルに放って立ち上がると、ジャスティンを部屋の隅に押した。「とっとと言って、帰るんだ」

ジャスティンはおじの手を振り払い、青い瞳できっとにらんだ。「三つめの殺人も起こるところだったよ……おじさんのせいで、あいつらがさっき父さんを殺そうとした」

ベルナールは蒼白になった。「なんの話かわからんな」

「リゼットからの伝言だよ」ジャスティンはつづけた。「サジェス家の人間はおじさんがエティエンヌを殺したと知ってる。いまごろはおじさんの行方を捜してる。命が惜しかったら、どこかに逃げろ。埠頭に建てた新しい倉庫なら隠れられるかもしれない」

ベルナールはなにも言わなかったが、唇の端がわなわなと震えていた。「嘘だ」とささやく。「わたしにかまをかけようったって――」

「そうかもしれないね。だったらここに残って、どうなるか試してみれば？　そうだ、そうしなよ」ジャスティンは薄く笑った。「そのほうがいいよ」

ベルナールは不信と恐怖を瞳にたたえて甥の顔を凝視した。首を絞めようとするかのごとく両手を上げる。

ジャスティンは身じろぎひとつせず、「無理だよ」と静かに言った。「おれは酔ってないし、ひ弱な女でもない。おじさんのこれまでの犠牲者とはわけがちがうよ」

「後悔なんかしないぞ」ベルナールは吠えた。「サジェスなどこの世にいないほうがいいんだ。おまえの淫乱な母親も」

ジャスティンはひるんだ。おじが足をもつれさせながら部屋を出ていくのを、無言で見ていた。

医師が診察を終えて帰ったあと、ノエリンはあるじの体にさらに絆創膏を張り、特製の軟膏を塗りつけ、戸口にお守りをいくつもぶら下げた。リゼットはお守りをそのままにしておいた。ノエリンから、とてもよく効くお守りだと聞かされていた。

しばらくすると、マックスはようやく意識を取り戻し、腫れ上がった目を細く開けた。

「どうなった?」目を覚ますなり詰問し、痛みに悪態をついて、折れた肋骨を押さえた。

リゼットは水の入ったグラスを手にベッドに駆け寄った。夫の頭をそっと持ち上げ、グラスを支えて水を飲ませる。危うく縛り首にされそうになったあとの出来事を説明してから、彼の命を救った手紙を差しだした。「ルネ・デュボワが昼間、持ってきたの。サジェスが、自分の身になにかあったときにあなたに渡すよう彼女に託したそうよ」

「読んでくれ」マックスはかすれ声で言い、グラスを置いた。

リゼットは落ち着いた声音を作って淡々と読んだ。一枚目を読み終え、ベルナールに関する部分に差しかかる。夫の顔は見なかったが、屈辱感と怒りと恐怖にのみこまれそうになっているのがわかった。

「くそっ」マックスはつぶやいた。

リゼットは読みつづけた。だが最後まで読み終える前に、マックスが手紙を取り上げ、握りつぶしてしまった。

「サジェスは嘘つきの酔っぱらいだ」

「マックス、信じたくない気持ちはわかるわ、でも——」

「きみは信じるというんだろう」マックスは冷笑を浮かべた。「そのほうが話はずっと簡単だからな。ベルナールに——最初からきみとそりの合わなかったあいつに責任を押しつければ、一〇年前に起きた事件の謎は解ける。サジェスの道義心がどぶねずみにも劣るなんて事実はまるで無視か？　あの酔っぱらいのろくでなしの説明にすっかり満足しているらしいが、こんなのが真相のわけがないだろう、ちくしょう！」

「どうしてそう言いきれるの？　ベルナールがあなたの弟だから？」

「ちくしょう」マックスは乱暴にくりかえした。「ベルナールはいまどこだ？」

夫の怒りと、その裏に隠された苦悩とを感じとり、リゼットは静かに答えた。「埠頭の新しい倉庫に隠れているんじゃないかしら。サジェス家の人たちが捜していると伝えたから。あるいはもうニューオーリンズから逃げる途中かもしれないけど」

マックスは毛布を押しやり、足を床に下ろそうとした。

「いったいなにをしているの？」リゼットは金切り声をあげた。「その状態で出かけられるわけがないでしょう。頑固なんだから！　ノム・デ・デュー、危うく命を落とすところだったのよ」

夫は苦痛に息をのみ、肋骨のあたりに手をあてた。「着替えを手伝ってくれ」

「いやよ！」

「弟に会わないと」

「なんのために？　どうせなにもかも否定するに決まってるわ」

「顔を見れば、この話が本当かどうかわかる」

「あなたに自殺行為を許すわけがないでしょう！」リゼットは決意を固めると、マックスをベッドに横たえて力いっぱい押さえつけた。体重ではまったくかなわないが、けがのせいで夫はすっかり弱っていた。うめき声をあげて枕に頭をもたせたマックスは、ふたたび眠りについた。

物音を聞きつけたノエリンがすぐに部屋に現れた。「どうなさいました、奥様？」

有能なメイド長の存在がありがたい。「気を失っているうちに、鎮静剤を飲ませてくれる？　象も熟睡するくらいたっぷり飲ませて――さもないとまた起きようとするから」

「ウイ、マダム」

「わたしはちょっと出かけてくるわ」リゼットは泥だらけのマントがかかった椅子に歩み寄

った。「ええ、もう遅いのはわかってるわ。でも、ジャスティンを連れていくから大丈夫」

埠頭に立ち並ぶ倉庫の扉が大きく開かれ、木箱や家具や綿花の梱《こり》が一瞬、月明かりに照らしだされる。重たい空気を女性の声が切り裂いた。

「ベルナール？　いないの？」

隅のほうで床をこするような音がし、静寂を破る。「リゼットか？」というベルナールの声には警戒心と驚きがにじんでいる。彼はマッチをすった。

ジャスティンと並んで立ったリゼットは、義弟がオイルランプに火を灯すのを見ていた。

「気をつけてちょうだい」ぶっきらぼうに注意する。「今日はさんざんな目に遭ったから、倉庫が火事なんてことになると困るわ」

「おまえが今日どんな目に遭ったかなんてわたしの知ったことか」ベルナールは震える声でやりかえした。「こっちはもう何時間も、命を奪われるんじゃないかと怯えながらここに隠れているんだ」

「それが正解よ」

ベルナールはふたりをにらみつけた。「なんの用だ？　兄上はどうした？」

「大けがを負ったわ。でもお医者様は、じきによくなるでしょうって」

「おじさんのせいだよ」我慢しきれなくなったのか、ジャスティンが言い添える。リゼットは少年を肘で突いて黙らせた。

憎しみに満ちた義弟の瞳をじっと見据える。「命が惜しいんでしょう、ベルナール。サジェス家の人たちはあなたを見つけたら殺すつもりよ。彼らに見つからなくても、ジェルヴェ隊長と部下たちがいずれあなたを逮捕しに来る。エティエンヌ・サジェスが、コリーヌの殺害事件について知っていることをすべて手紙に書いて残していたの。当然ながら、あなたが事件に関与した事実も書かれていたわ」

「この、赤毛の淫売――」ベルナールは悪罵を吐き、リゼットにつかみかかろうとした。すかさずジャスティンが進みでて、クリシュマルドを引き抜き、打ち振るう。ぎらりと光る剣を突きつけられたベルナールは、後ずさりしてリゼットをねめつけた。「なにが望みだ?」

「真実よ。手紙に書かれた内容をあなたが認めないかぎり、マックスはけっして事実を受け入れないわ。質問に答えてくれたら、生きてここから逃げる手助けをしてあげる」

「なにが知りたい?」ベルナールは怒りに震えながらも、罪悪感に蒼白になっている。

「どうしてコリーヌと関係を持ったの?」

ベルナールはリゼットだけをじっと見ていた。ジャスティンの青ざめた顔を見まいと必死のようだ。「なりゆきだ。わたしが進んでしたことじゃない。コリーヌはその前から兄上を裏切ってサジェスと関係を持っていた。だから誰かを傷つけたわけでもない。だがやがて、コリーヌの頭がいかれているのに気づいた。なにもかも捨てて一緒に逃げようと言われたんだ……そんなまねはできないと拒んだが、彼女は執拗だった。それである日、大げんかになった。気づいたときには彼女の首を絞めていた。兄上のためにもあんな女はいないほうがいいと思った――あいつが兄上の人生をめちゃめちゃに――」

「いいかげんにして」リゼットは辛らつな声でさえぎった。「マックスのためだったなんて言わないでちょうだい。あなたのせいで、マックスは殺人者の烙印を押され、何年も苦しみつづけたのよ。自分の罪を兄になすりつけただけでしょう?」

ベルナールの顔を大粒の汗が流れた。「助けてくれ。わたしがなにをしたにせよ、兄上が弟の死を望んでないのはわかってるだろう?」

「夜明けにリバプールに発つ船があるわ。ナイトホーク号よ。一時間ほど前にティアニー船長に話しておいたわ。なにも訊かずに乗船を許可してくれるはずよ」リゼットは腰に結わえた小袋をはずし、ベルナールに投げた。義弟は反射的に片手でそれを受け止めた。「そのお金で、どこかよそで新しい人生をやりなおせばいいわ。二度とここには戻ってこないで、ベルナール」ジャスティンに向きなおる。少年ははためにもわかるほど手を震わせながら、まだクリシュマルドを体の前にかまえていた。青い瞳は涙で光っている。彼はそれをこぼすまいとして目をしばたたいた。「行きましょう、ジャスティン」リゼットはささやいた。「一緒に帰りましょう」

ふたりは倉庫をあとにした。どちらも、振りかえりもしなかった。

アーロン・バーの支援者の訴えにもかかわらず、マックスは逮捕されなかった。サジェスの手紙とクレイボーン知事の周到な根回し、そして地元紙の思いがけない沈黙のおかげで、当局は手紙に書かれているとおり、行方不明のベルナール・ヴァルランが犯人であるとの結論に達した。

アーロン・バーの企みに加担する有力者たちは、この一件をさらに追及することも可能だった。しかし彼らは目下、より重要な問題に直面していた。一八〇六年の夏までには、バーはオハイオ川の小島に人員と物資を集め、メキシコおよび西部征服への準備を着々と進めていた。だがニューオーリンズからセントルイスに帰還後のバーを悩ませつづけた噂が、彼の計画を阻む結果となった。

計画は失敗に終わったと判断したウィルキンソン軍総司令官はすぐさま寝返り、すでに情報を得ていたジェファーソン大統領に、バーの動きに注意するよう警告した。その結果、大統領はバーの逮捕を宣言した。時を同じくして、バーがウィルキンソンに宛てた暗号文の存在が全国紙で報じられた。

ベルナールの所業を知ったイレーネは、まるで次男を亡くしたかのごとく悲嘆に暮れた。わが子がそのような罪を犯せる人間だなどと、受け入れられる母親はいない。イレーネは以来、すっかり老けこんでしまった。とはいえ、内に秘めた強さまで失いはしなかった。彼女は家族全員に対し、自分の前で二度とベルナールの名前を出さぬよう、威厳をもって命じた。

マックスは驚くべき早さでけがから回復し、じきにいままでどおりの精力的な彼に戻った。コリーヌ殺害事件の真相は、たしかにマックスに大きな精神的苦痛を与えた。だが一方で、彼に安堵も与えた。コリーヌの身にいったいなにが起きたのか、やっと知ることができたのだ。疑いが晴れ、名誉も回復し、マックスはついに心穏やかな暮らしを手に入れた。リゼットはそんな彼に暗い過去を思い出させぬよう、夫をぬくもりと愛情で満たした。マックスの心にあるのはもはや幸福だけだった。

そして春。アレクサンドルはアンリエット・クレマンと結婚した。ふたりの結婚は親族一同に喜びをもたらした。サジェス殺害の騒ぎのあと、ディロン・クレマンが娘をヴァルラン家に嫁がせることを許さないのではないかとの危惧も一時は生じた。だが、この縁談がいかに望ましいものか説得され、ついにディロンは家のためと称して結婚を許した。実際には娘への深い愛情ゆえだった。

リゼットは姉のジャクリーヌからの手紙を受け取って大喜びだった。ずっと便りも出さなかったことを詫びる心のこもった内容だった。いずれ母やガスパールも、マックスとの結婚を認めてくれる日がやってくるかもしれないと思えた。その後、リゼットの熱心な誘いを受けて、姉は年上の夫とともにヴァルラン家を訪問し、一月ほども滞在してくれた。マックスはプライバシーを侵害されるのをいやがったものの、妻がそんなに喜ぶのならと、じっと我慢してくれた。

アレクサンドルの結婚式から間もなく、フィリップはフランスの学校に進学した。書物で読み、いつか行ってみたいとずっと夢見ていた場所をすべて訪れるためだ。家族はジャスティンに同行を懇願したのだが、彼は頑として拒み、おれはカビ臭い博物館にも古代遺跡にも興味はないと宣言した。弟が旅立ってしまうと、ジャスティンはしばしば街をひとりで徘徊するようになった。ときには何時間も埠頭に立って、あたかもそれがこの地から逃れる唯一の手段だとでもいうように、出港する船をいつまでも眺めていた。

彼は去年の秋の出来事以来すっかり変わった。ずっと成熟した、思いやり深い青年になり、少年時代の反抗的な一面は消え去った。自由な時間は常に父親とともに過ごし、親子はお互いへの理解をますます深め、そして、誰も予想しなかったほどに絆を強めていった。

ほどなくしてリゼットの妊娠が明らかになった。マックスに報告すると、妻が大事業を成し遂げたとばかりに興奮した。「まったく《ヴレマン》もう、そんなに驚く話ではないでしょう？」リゼットはからかった。「お義母様だって言ってるわ。こんなに時間がかかったことのほうが、むしろ驚きだって！」

「娘だったら」マックスはリゼットを両腕で抱きしめながら言った。「この世界をきみに捧げるよ」

「でも、男の子が生まれる気がするわ。もうひとり息子が増えたらいや？」

マックスはにっこりと笑いつつ、首を振った。「いやだね。わが家にはもっと女性が必要だ」

コリーヌが妊娠したとき、マックスは世のほかの男性同様、ほとんど関心を示さなかった。だ本音を言えば、双子が生まれるまで、妊娠も出産もたいしたことではないと思っていた。がリゼットの体に対しては、恥ずかしくなるくらい興味を示した。

マクシミリアン・ヴァルランが妻を溺愛しているとの通説を疑う者がいたとしても、このころには疑いはすっかり晴れていただろう。リゼットが腹部の痛みや吐き気を訴えるたび、マックスはかかりつけの医者を呼び、医者が少しでも遅れようものなら、激しく叱責した。イレーネは友人のひとりに、絶対に内緒よと断ってこう打ち明けた――お医者様はだめとおっしゃるのだけど、息子ときたらリゼットの診察には必ず立ち会うのよ。木曜恒例のお茶会の午後中、老婦人ふたりはぞっとすると言いつつも、マックスの振る舞いを話の種にして大いに盛り上がった。

おなかが目立ってくると、リゼットはしきたりにより軟禁生活を余儀なくされた。クレオールの慣習では、妊婦は公の場に姿を見せてはならず、参加を許されるのは自宅でのちょっとした集まりや、ごく親しい人たちとの内輪のパーティーだけだ。妻の退屈をまぎらわせるため、マックスは妊娠後期の数カ月間、街での仕事を減らし、ほとんどの時間を農園で過ごすようにした。退屈しのぎに本やゲーム、版画集などを妻に買い与えた。ある土曜日の夜など、サン・ピエール劇場の団員を招いて自宅で観劇会を開いたりもした。

その忘れがたい晩、リゼットはとりわけ満ち足りた気分だった。夫がそこまでして自分を喜ばせようとしてくれることに感激していた。彼女はほほえんで、自分を抱いて二階に運ぶマックスの腕に擦り寄り、たくましい胸板を手で撫でた。「あなたの妻になれて、わたしってなんて幸せ者なのかしら」

マックスは苦笑した。「ほんのちょっと前なら、誰もきみに同意しなかっただろうね」

「でもいまはみんな、あなたを誤解していたとわかってるはずよ。それに、あなたがどんなに素晴らしい男性かも」

「他人にどう思われようと関係ないさ」マックスは黒目がちな瞳でリゼットを温かく見つめた。「きみさえ幸せでいてくれれば」

「もっと幸せになりたいわ」

「もっと？」マックスは眉を上げげた。「ほしいものがあるなら言ってごらん、愛する女《ひと》。わたしがなんでもあげる」

リゼットはクラヴァットの結び目をけだるくもてあそんだ。「ベッドに入ったら教えてあげる」

マックスは優しく笑った。「妊婦のわりには、きみはびっくりするくらい情熱的だな、プティット」

「それがなにか問題？」

いたずらっぽい笑みがマックスの瞳に浮かぶ。「問題だけど、喜んで解決するよ」彼はそう約束した。リゼットが声をあげて笑い、室内履きを蹴り脱ぐ。履き物が階段に落ちる音を聞きながら、マックスは彼女を抱いたまま寝室に向かった。

訳者あとがき

リサ・クレイパス初の米国を舞台としたヒストリカルである本作『偽《いつわ》れない愛（原題When Strangers Marry）』は一九九二年に刊行後、二〇〇二年に原題を『Only in Your Arms』から改めて再刊された作品です。

原著の裏書きによれば、初刊から約一〇年間を経てロマンス小説界も作家自身も変化したことを踏まえ、大きく改稿したうえでの再刊となったようです。とくにヒロインは初刊時の「絶世の美女」から、本作にあるとおりのキャラクターに変えられているとのこと。クレイパスのヒストリカルでは、ただのレディではない、現代女性にも通じる強さを兼ね備えたヒロインが多く登場します。本作でもヒロインの新たなキャラクター造形の際には、そうした特性がつけくわえられたのではないでしょうか。

物語の舞台は一八〇五年のニューオーリンズ。継父の決めた結婚から逃れたヒロインのリゼットでしたが、ひょんなことから、地元の大農場主であるヴァルラン家に居候することになります。彼女の婚約者が宿敵サジェスであることを知ったヴァルラン家の当主マクシミリアン（マックス）は、サジェスへの復讐のためリゼットをわが物に。便宜上の結婚だったはずが、やがて惹かれていくリゼットとマックス。けれどもマックスには暗い過去が……。

ふたりの愛の行方に、マックスの暗い過去、そして当時のアメリカの政治情勢を交えて描かれる本作は、これまで邦訳されてきたリサのヒストリカルとは一味ちがいます。とくに政治情勢がからむ部分は、ほぼ史実どおりに話が進むとはいえ、日本の読者にはあまりなじみがないかもしれません。

このため、本作では冒頭に〈物語の背景〉として、ごく簡単な米国史とニューオーリンズを擁するルイジアナ・テリトリーの当時の政情を記しました。物語を理解するうえでの助けとなれば幸いです。

そんな本作の読みどころは、やはりなんといっても、おとなの色気たっぷりのヒーローの人物像でしょうか。一見傲慢そのものですが、ヒロインに心を開いていくうち、彼本来の性質が明らかになっていくさまは読んでいて楽しいものです。

ヒロインのリゼットは先にも書いたように、とても芯の強い女性。物語のなかで自ら認めているとおり、しとやかなクレオールのレディというより、当時ニューオーリンズに増えつつあった進歩的なアメリカ人女性に近い性格のようです。ヒーローであるマックスとは年の差が一五ほど離れていますが、彼の横暴にもめげずに何度でも立ち上がるさまが痛快です。

舞台が一八〇〇年代初頭のニューオーリンズとあり、いつものクレイパス作品とは情景描写も大いに異なり、興味深いものがあります。川と湖に囲まれ、湿地帯が広がるニューオーリンズ。降雨量も多く、道はしばしばぬかるみ、川は氾濫し、そのために家屋敷は高床式になっています。外回廊などもこの地のお屋敷ならではの造りで、こうした風景はぜひとも写真などで見て、想像力をふくらませていただければいっそう物語が楽しめるのではないでしょうか。

いままでにないクレイパスの魅力を本作でどうぞご堪能ください。

二〇一〇年五月

ライムブックス

偽《いつわ》れない愛《あい》

著　者　リサ・クレイパス
訳　者　平林《ひらばやし》 祥《しょう》

2010年6月20日　初版第一刷発行

発行人　成瀬雅人
発行所　株式会社原書房
〒160-0022東京都新宿区新宿1-25-13
電話・代表03-3354-0685　http://www.harashobo.co.jp
振替・00150-6-151594
ブックデザイン　川島進(スタジオ・ギブ)
印刷所　中央精版印刷株式会社

落丁・乱丁本はお取り替えいたします。
定価は、カバーに表示してあります。

ISBN978-4-562-04386-6　Printed in Japan

リサ・クレイパス 大好評シリーズ

「壁の花」シリーズ

ひそやかな初夏の夜の
平林祥［訳］ 940円
困窮する貴族の娘アナベルは上流貴族の男性との結婚を願っていた。しかし2年前、彼女の唇を奪った青年実業家と再会し……

恋の香りは秋風にのって
古川奈々子［訳］ 940円
米国人実業家の長女リリアン。理想の恋人と出会える「秘密の香水」を手に入れ、ウェストクリフ伯爵のパーティに出かけたところ……

冬空に舞う堕天使と
古川奈々子［訳］ 920円
内気なエヴィーが、放蕩者で知られる貴族セバスチャンに意外な提案をする。困窮していた彼は、この取引にのることにしたが……

春の雨にぬれても
古川奈々子［訳］ 920円
花婿を見つけられず父に最後通牒をつきつけられたデイジー。願いが叶うという泉で祈っていた彼女の背後に見知らぬ男性が……

壁の花の聖夜
白木智子［訳］ 760円
米国人実業家の長男レイフは、英国上流貴族令嬢のコンパニオンのハンナと出逢う。彼女は放蕩者と評判のレイフを警戒するが……

「ザ・ハサウェイズ」シリーズ

夜色の愛につつまれて
平林祥［訳］ 930円
両親を亡くし一家を支える子爵家の長女アメリア。ある日、ロマの血を引くキャムと出会い、突然彼に唇を奪われてしまう……

夜明けの色を紡いで
平林祥［訳］ 930円
ロマの血を引くケヴは、心優しいウィンと特別な絆を感じていた。病弱な彼女が外国の療養所へと旅立ってしまい、ケヴは……

「キャピタルシアター」シリーズ

ときめきの喝采
平林祥［訳］ 900円
幼い頃に政略結婚をさせられたジュリア。家を飛び出し、女優になる夢を叶えた彼女の前に、顔も知らなかったジュリアの夫が…

愛のカーテンコールを
平林祥［訳］ 930円
マデリンは親の決めた結婚から逃れたい一心で、スキャンダルをおこすために当代随一の名優スコットの劇場を訪れるが……

最高の贈り物
平林祥［訳］ 580円
放蕩者のアンドリューは伯爵家の相続権を剥奪され、窮地に陥っていた。そこで潔癖なキャロラインに偽りの婚約を提案し……

価格は税込です